一本郑经

郑洪升随笔

郑洪升　著

中国出版集团　中国民主法制出版社
全国百佳图书出版单位

图书在版编目（CIP）数据

一本郑经：郑洪升随笔 / 郑洪升著．—北京：中国民主法制出版社，2019.1

ISBN 978-7-5162-1971-3

Ⅰ．①一…　Ⅱ．①郑…　Ⅲ．①随笔—作品集—中国—当代　Ⅳ．①I267.1

中国版本图书馆 CIP 数据核字（2019）第 016329 号

图书出品人 / 刘海涛
出版统筹 / 乔先彪
图书策划 / 林　松
责任编辑 / 梁　惠　张　婷　黄宝强

书名 / 一本郑经：郑洪升随笔
作者 / 郑洪升　著

出版·发行 / 中国民主法制出版社
地址 / 北京市丰台区右安门外玉林里 7 号（100069）
电话 /（010）63292534　63057714（营销中心）　63055259（总编室）
传真 /（010）63055259
http: //www.npcpub.com
E-mail: mzfz@npcpub.com
经销 / 新华书店
开本 / 16 开　710 毫米 ×1000 毫米
印张 / 21.25
字数 / 314 千字
版本 / 2019 年 4 月第 1 版　　2019 年 4 月第 1 次印刷
印刷 / 北京天宇万达印刷有限公司

书号 / ISBN 978-7-5162-1971-3
定价 / 55.00 元

自　序

这是我出版的第七本书。前几本都是我儿子郑渊洁作序，还有一本是我孙子郑亚旗写的序。这一本干脆我自力更生一回，来个自序。

我早已进入耄耋之年，一生碌碌无为。有朋友经常问我：你一生之中最爱好什么？我的回答是：两样东西。一是革命小酒，每天中午喝二两，喝了之后立刻文思泉涌，脑子特别好使；二是书籍，以书为伴，每天不读几页书，好像丢了魂似的。

在浩瀚的书海中，我对“随笔”这种文体特别感兴趣。在咱们中国，南宋时期洪迈的《容斋随笔》最为著名；在国外当以英国的《培根随笔》最为出色。

我尤其喜欢“随笔”中的这个“随”字。它使人可以随看，随想，随写。

随看，每篇文章很短，利用点点滴滴的时间，随时随地就可以看几篇。

随想，每篇文章虽短，但它独立成篇，边看边思索，心得体会随之而来。

随写，把自己思索的成果记录下来，哪怕几十个字，几百个字，几千个字，日积月累就可以积少成多；天长日久，说不定还可以鼓捣出一本书来。

千万不可小视随看、随想、随写的这些东西。因为它涉及的面儿很广，可以涉及政治、经济、军事、教育、道德、法律、爱情、婚姻、风俗、地理等方方面面，内容别具一格、无所不包。同时，因为它是随笔，其语言简洁，文笔优美，说理透彻，警句迭出，上天入地，行云流水，不拘一格，丰富多彩。现代社会早已进入快节奏时代，每天读几篇随笔，如同吃快餐一样，会给生活带来无限方便和乐趣。

每个人都在自己的能力范围之内活动，超出自己能力的文章是写不出来的。我有自知之明，深感在观察、分析、文字表达等方面能力有限。因此，我的随笔水平很低，名副其实是“随”出来的。许多同志对我的随笔很感兴趣，要求集结出版，给了我很大的鼓舞。考虑到从这些文章也能看出一个八旬老人的思想轨迹，我就同意出版了。只要每篇文章能给亲们带来一点点启发，一点点快乐，一点点联想，一点点收获，一点点欢声笑语，一点点茶余饭后的谈资，老夫就心满意足了。

这是我在中国民主法制出版社出版的第二本书。前一本是《父亲的含义是榜样》，出版后销售得很不错。从合作中我深深体会到，这是一个讲原则、守信用、重合同，对作者和读者关心负责的出版社。我们合作得很愉快。我对中国民主法制出版社的领导和全体工作人员，再次表示衷心的感谢。

郑洪升

目录

CONTENTS

第四章　直抒胸臆

第一章

论议风生

论样儿

美国现任总统特朗普在上台前后，与美国主流媒体一直硬碰硬地对着干，互相看对方都不顺眼。特朗普首次在国会发表演说后，美国有的媒体说了这样一句话："特朗普的举止总算有了总统的模样。"

这句话使我产生了一系列的联想，看来不管是干什么，我们都要有自己应有的样儿。

当父母的，要有当父母的样儿；当儿女的，要有当儿女的样儿；当领导的，要有当领导的样儿；当部下的，要有当部下的样儿；当老师的，要有当老师的样儿；当学生的，要有当学生的样儿。别说人了，连花草树木，要被人喜欢，长得也要有个样儿，有样儿的，就高贵，长成歪瓜裂枣，肯定没人喜欢。同样是一块石头，样子好看，价值连城，样子不好看，就会被人视为又臭又硬的顽石，一脚踢开。

样儿是什么？样儿是事物内在素质的外在表现。样儿是摆不出来的，是装不出来的。有的人没那么深的学问，却装出很有学问的样儿；有的人没有那么高的领导水平，却摆出很有水平的样儿；有的人长相一般，却把自己捯饬得花里胡哨，似乎很漂亮的样子。这种不是发自内在而是装出来的样子，都是长久不了的，也是掩盖不了实质的。一切样儿都是本性使然。

写到这里，我不由得想起过去人们对我国京剧四大名旦的评价：梅兰芳的"样"，程砚秋的"唱"，尚小云的"棒"，荀慧生的"浪"。这些特点统统是其内在素质的外在表现形态。

样儿与内在实质的统一，应该成为我们追求的最高境界。

论麻烦

常听人抱怨"太麻烦了""真麻烦""怎么这么麻烦"。

其实，有麻烦有时候是好事。人最怕没事干，这一点，退休的人最有感受。

汽车不是开坏的，是放坏的。

麻烦的另一个说法是事情多。有事情干，说明别人和社会需要你。事情越多，说明你的价值越高。

作为员工，你的老板越麻烦你，你的麻烦越少。老板不麻烦你了，你的麻烦也就来了。作为配偶，你的另一半总是麻烦你，说明他（她）离不开你。他（她）不麻烦你了，什么事都不跟你说，你们离分道扬镳也就不远了。

不要怕麻烦，要感谢麻烦，解决麻烦。

真没麻烦了，没人给你派活儿了，你就真麻烦了。

论名声

人来到世界一遭，都想留个好名声。正所谓“人过留名，雁过留声”“人活一张脸，树活一张皮”，谁也不愿遗臭万年。

名声有大小之分，有好坏之别。有的人在小范围内有名，而有的人在大范围内，甚至在全世界都有名。有的人名声很大，但那是遗臭万年的名声；而有些人却能流芳百世。

根据我的观察和分析，名声具有这样几个特点：

第一，它不具有普遍性。同样一个人，一部分人说他好，另一部分人就说他不好，被所有人都说好者，几乎打着灯笼也难找。孙中山是民主革命的先行者，是推翻封建帝制的总司令，但也有不少人说三道四，有些人竟叫他“孙大炮”。

第二，名声不具备长期性。一个人往往是在一个时期被说好，而在另一个时期则受人指责。在中国最典型的是孔夫子，时而被捧上天，时而又被打入地；时而被奉为圣贤，时而又被批为“孔老二”。

第三，名声不具备强制性。凡是用强权树立起来的名声大多不长久。当年希特勒的名声可谓大矣，只要喊一声元首驾到，“万岁，万万岁”之声不绝于耳。这种用强权树立起来的名声，必将遗臭万年。

那么，好名声是靠什么赢得的？我认为主要靠“三立”：立德，立功，立言。即：品德高尚，为广大人民所爱戴；为社会立有卓著功勋；为人类留下了不朽的作品。

每个人都要像爱护自己的眼睛一样爱护自己的名声。

论独思与集思

常言道，“心之官则思”。过去人们把心当成思考的器官，其实“铁路警察各管一段”，心是不管思考的，思考之责在大脑。人既然脖子上扛着一个大脑，就是用它来思考的。这个思考的最可贵之处，在于独立地进行，切不可人云亦云，跟着别人跑。

但是，绝对的独立思考是没有的。我们在思考之前，要向全世界的名人“借脑子”，要参考许多资料，要参考别人对此问题的看法，不知不觉间你已经受到别人的影响。独立思考的真正含义，在于逆向思维，敢于提出不同的意见。把独立思考绝对化，在思想领域处处说不，这不叫独立思考，叫抬杠。因此，在强调独立思考时，要防止排他主义。不能认为与别人的看法相同，就不是独立思考。

除了强调独立思考，还要强调集思广益。共性总是寓于个性之中。集思就是善于听取大家的意见，把群众的智慧集中起来。俗话说，“三个臭皮匠顶个诸葛亮。”聪明的人是那些善于集思广益之人。过去有个很好的提法，现在似乎提得不多了。这句话叫：“从群众中来，到群众中去，集中起来，坚持下去”。从群众中来，就是尊重群众的独立思考；集中起来，坚持下去，就是集思广益，将想法变成行动。它很巧妙地处理了独思与集思的关系。这既是一个科学的认识路线，也是一种科学的工作方法。

我们既不可把独立思考绝对化，也不要用集思的东西去排除独立思考。能够把两者巧妙结合，才是一个人的真本领。

论积累

我写微博好几年了。在这几年之中，我虽零碎地写了一些东西，但主要打了“三大战役”。第一个战役，我集中地写了几十个观点，如我的爱情观，我的育儿观，我的教育观等，并以《郑老爷子大观园与郑渊洁家书》为题出版了一本书。第二个战役，我把全世界范围内几十位已故名人的相关作品，从我的书架子里搬下来与其“聊天”，最后以《聊天》为题，又出版了一本书。此书正式出版之后，我又进入第三个战役，即每天以随笔的形式，写个短篇。这不，日积月累，今天达到400篇了。前200篇以《父亲的含义是榜样》为题，由中国民主法制出版社正式出版，后200篇亦会陆续出版。

作为一个八旬的老人，还能在生命的最后阶段打这样三大战役，靠的是什么？这里边因素固然很多，但是我认为最重要的是积累。

饭要一口一口地吃，路要一步一步地走，歌儿要一句一句地唱，戏要一个角色一个角色地演，书要一本一本地看，活儿要一件一件地干，文章也要一篇一篇地写。合抱之木，生于毫末；九层之台，起于累土；千里之行，始于足下。不积跬步，无以至千里；不积小流，无以成江海。小水长流，则能穿石。千里之差，兴自毫端。为山九仞，功亏一篑。海不辞水，故能成其大；山不辞土石，故能成其高；明主不厌人，故能成其众；士不厌学，故能成其圣。

微博，微就是小和少，博就是大和多，每天写几百字，看着不起眼，但积少可以成多。量的积累可以引起质的变化。

我劝年轻朋友们，任何时候，也不要拒绝小事情，因为所有大事情，都是由小事情构成的。一定要一点一滴地完成自己的知识积累。积少必然成多。

论一锤定音

你听说过“一锤定音”这个词语吗？

听说过。

你知道这个词语的含义吗？

不就是一句话作出决定的意思嘛！

那你知道这个词语的来历吗？

你这打破砂锅问到底，我还真不知道。

不知为不知，是知也！那我告诉你，制造锣的时候，最后要敲一锤子，这一锤决定锣的音色，于是就有了“一锤定音”这个词语。

后来人们就用这个词语来形容在七嘴八舌争论不休的情况下，有个人凭一句话就作出最后决定。

一个国家，一个政党，一个单位，甚至一个家庭，充分发扬民主精神是很重要的。但是如果光发扬民主，在关键时候，在关键问题上，没人敢拍板，缺个一锤定音的人，也要误大事。我们常听到一句话：兵熊熊一个，将熊熊一窝。在危难之时，在紧急情况下，在重大问题上，如果缺一个一锤定音的人，那真要坏大事。别说重大决策了，连一场球赛也是如此，在双方僵持不下之时，一位球员临门一脚，一脚定乾坤，就能结束战斗。在战争时期，这一仗究竟怎么打？最高指挥员一拍板：就这么打。他一锤子就定了音，而且他这一锤子下去，八九不离十，大家心服口服。

凡能一锤定音的人，必须具备这样几个条件：德高望重，智慧超人；经验丰富，临危不惧；职务相当，拥有实权；性格坚强，力排众议；无私无畏，敢于担当。

我们需要民主，也需要集中。我们需要广议，也需要有一锤定音的人。否则群龙无首，立不起门户。

论修墙

在人类历史的早期阶段，人们过着群居的生活。随着生产力的提高，生产关系不断变化，人们由群居过渡到一家一户的散居。为了自身的安全，人们修起了院墙。再发展，院墙又扩大为城墙。

修墙的世界纪录一直由我国的秦始皇保持着。他老人家修的可不是院墙，也不是城墙，而是国墙。他在我国当时的北部国境线上，修了一道万里长城。

秦始皇一带头，人们修墙成风。这不，清朝康熙年间有位名叫张英的大臣，他的老家在安徽桐城，张英的家人为修墙与邻居打起来了。张英的夫人连忙给老伴写信，要求他利用职权进行干预。而张英在回信中却说：“千里家书只为墙，让他三尺又何妨。万里长城今犹在，不见当年秦始皇。”老伴很不错，按老头的指示，把院墙往后让了三尺，邻居被感动了，也往后让了三尺。结果传为佳话：“争一争，行不通，让一让，六尺巷。”

秦始皇修墙的先进经验，都流传到外国去了。苏联时期，“东德”“西德”之间有一堵柏林墙。柏林墙虽倒了好多年了，美国现任总统特朗普一上台，就宣布要在美国与墨西哥长达几千公里的边界上修堵边境墙，而且要求修这堵墙的费用由墨西哥出。为此两国关系弄僵了。

其实，历史的经验一再证明，修墙没用。所有人为修起的墙，迟早都会垮塌。而人与人之间心中的这堵墙，比修起来的这堵有形之墙不知要牢固多少倍。现在世界的发展似乎改变了，不是墙倒众人扶，而是墙倒众人推了。

摆在人类面前的任务，不是修墙，而是拆墙。不仅拆有形之墙，而且要拆人们心中的无形之墙。无形之墙比有形之墙可怕万倍。

论底气

我们经常听见有人说，某位领导底气十足；也有人说，某位歌唱家底气真足；还有人说，你看某位老人，别看他那么老了，但底气很足，像个小伙子一样。

底气，一般指物质与精神两个方面。身体的底气，属于物质方面；人的气质、风度，属于精神方面。

在这篇短文中，我主要谈精神方面的底气。

一个人，特别是处于领导地位的人，怎样才能有底气？

我认为，要能有底气，必须在三句话上做好文章。哪三句话？

第一句话，打铁先要自身硬。让别人做到的必须自己先做到。例如你反复号召要廉洁，要遵纪守法，而自己就是违法乱纪的腐败分子，你的底气怎么能足？如果你本身一尘不染，即使别人造谣诬陷，你也不用怕，因为你问心无愧，身正不怕影子斜。这样的人，底气能不足吗？

第二句话，艺高人胆大。我读书多，我实践多，我看问题比别人准，我讲问题比旁人透，我干的活儿比别人漂亮，那我底气就足。假如我是个球员，我一上场就如定海神针，就赢球；假如我是个大厨，我做的菜，门外都飘香，自然受顾客欢迎。这样的人，底气能不足吗？

第三句话，一个好汉三个帮。常言道，“一个篱笆三个桩，一个好汉三个帮”，红花还要绿叶配，一个人底气足不足，在于他有没有雄厚的群众基础。只要他时刻相信群众，依靠群众，紧紧地同群众站在一起，他的底气就足。他全身心地为人民办了许多好事实事，人民看在眼里，记在心里，关键时刻，人民群众就会与他站在一起。这样的人底气能不足吗？

一个人，只要在这三句话上做好文章，不仅有底气，而且还有霸气，打遍天下无敌手！

论恋旧

2017 年 6 月 15 日，是吾儿郑渊洁 62 岁生日，我祝吾儿生日快乐，也祝所有在 6 月 15 日出生的人生日快乐。

我回想了一下，郑渊洁 30 多年来，就干了一件事，他通过写童话和演讲，以及从事力所能及的慈善事业，为提高全民的国民素质，特别是儿童的想象力贡献了一点微薄力量。他特立独行，通过写童话这种方式，一干到底。

没想到的是，他最近总宣传一种理论：男孩的智力百分之百归功于妈妈，和爸爸没什么关系。过去我对他妈妈从来没有刮目相看过，经他这么一宣传，我倒有点重视了。

在录制《朗读者》节目时，渊洁突然向董卿提出，我妈妈让我爸爸替她抱抱您。董卿马上问我，他的妈妈不就是您的老伴吗？我心想，不仅是老伴，而且是原配。我俩实现了拥抱，这是长辈与晚辈的拥抱。因为我是“替身”，这次拥抱后我的地位没提高多少，渊洁妈妈的地位反而提高了不少。

许多事情加到一起，倒勾起我的埋怨，我想了想与我生活了 60 多年的这个老伴到底有哪些优点。她祖籍浙江绍兴，生于北京，新中国成立前在北平女一中念书，新中国成立前参军，后转业到地方工作，也是一位离休老干部。她最大的优点就是省吃俭用，就是恋旧。1960 年我去井冈山参观，用 50 元给她买了一件凡尔丁布料的外衣，回来后我认为她会喜欢，万万没想到却落下了几十年的埋怨。她说我既不会买，又乱花钱，并说从今以后不准给她买衣服。但这件从井冈山带下来的衣服她穿了快 60 年了，袖子破了，她改成背心，背心破了，她又多次缝补，直到上个月她才与这件衣服告别。现在她穿的衣服鞋袜，不是孙子小时候的，就是孙女穿小了的。有的袜子都穿破了，她还要把袜筒剪下来当抹布。不管去哪个孩子家住，一进门她首先瞄准的是堆积如山的废品，不把这些破烂儿处理掉，她是睡不好觉的。

最近我在想：老伴应该算吃穿不愁一族，儿女个个孝顺。但她就是“厚古薄今”，就是恋旧。大概这是我们这代人的一个共同特点。

一天我跟老伴说，都像咱们这么过日子，一双鞋袜穿十几年，内需如何扩大，生产怎么发展？

说什么也没有用，已经养成老习惯喽。

论运作

运作，我认为是个很不错的词。一个人，一个家庭，一个单位，一个政党，一个国家，是否会处理各种错综复杂的关系，在很大程度上取决于是否会运作。

运作既属于战略范畴，也属于策略范畴。但更多的是策略，是方法，是工作艺术，是处理与调整各种关系的本领。

运作要站稳立场，运作要头脑清醒，运作要看准对象，运作要知己知彼，运作要善于分析各种矛盾，运作要权衡利弊，运作要采取各种办法，运作要驾轻就熟，运作要得心应手，运作要易如反掌。

运作的成功，靠实力，靠技巧，靠时机，靠运气，靠帮助，靠耐心，靠当机立断。

无论是处理国内问题，还是处理国际问题，在很大程度上就看我们运作水平的高低。

通过巧妙地运作，让一部庞大的机器正常运转起来，这是一项摆在我们面前的极为重大的艰巨任务。

运作万岁！

论衡量

一个清醒的人，其实一生都在不断地进行衡量。衡量自己，衡量别人；衡量家庭，衡量社会；衡量过去，衡量现在；衡量朋友，衡量对手；衡量人类，衡量自然。

要长跑了，首先咱要衡量一下自己的年龄和体力，年轻时不费吹灰之力，跑个十几里，小菜一碟，现在已过六旬，一衡量体力，不行了，只能改为短跑或慢跑。球队之间的比赛，首先也要衡量双方的实力，如果咱是个丙级队，和人家甲级队去比，除非爆出冷门，否则基本没戏。高考时也得根据自己平时的学习成绩报志愿，你的成绩门门优秀，名列前茅，那你就报北大和清华，如果你只是在及格线上晃悠，就不可把志愿报得太高。谈恋爱也一样，假如你是贾宝玉就去追林黛玉，如果你是猪八戒就别去追嫦娥。买房子也是这个道理，假如你的钱不太多，你就买个两居室，假如你有一大笔钱，是靠正当劳动所得，你买栋别墅，也是天经地义。

过去常说这么几句话：有什么武器，打什么仗；到什么山上唱什么歌；叫花子不能和龙王比宝。这些话都是进行衡量之后，得出的朴素的生活哲学。

只有会衡量，才能保持清醒的头脑，才能知道自己的水平，才能知己知彼，才能不会被一时的胜利冲昏头脑，才能谦虚做人，才能不会视群众为草芥。

衡量是个法宝。

朋友呀，咱们时刻都别忘衡量。

论厚道

厚道，是个褒义词。如果说，某某人很厚道，这是对他很高的评价。如果说，某某人极不厚道，那么我们对这个人的人品就要质疑了。

厚道，也是个中性词。对特别亲近的人和敌对的人，一般不用“厚道”二字。例如，一般不说父母对儿女很厚道，也不说儿女对父母很厚道。父子之情是一种骨肉之情，用厚道来形容好像不合适。对敌人和对手也不能讲厚道，那是一种“以其人之道，还治其人之身”的关系。

真正的朋友之间，要讲厚道。

对真正的朋友厚道，有这样几个标志：一是君子之交淡如水，不搞吹吹捧捧那一套；二是在朋友吃香喝辣之时，不搭车不沾光；三是在朋友有难、走背字时，不落井下石，不加入墙倒众人推的行列。

总而言之，在任何情况下，对真正的朋友都要厚道。薄情寡义之人，没人喜欢，更没人愿意与之交往。

论从众

人类社会是一个大众的社会。几十亿男女生活在地球上，人类社会又分为若干个国家和地区。为了把这么多的人管理起来，形成一个有序的社会，人们就选择了一定的社会制度，又制定了法律，还有国家机器保障这些法律的执行。

在漫长的社会生活中，人们自然而然地产生了从众心理，以从众为光荣，以从众为安全，以从众为幸福。在社会上曾流传着一个说法：还是随大流保险。不骑马，不骑牛，骑个毛驴当中游。中游，就是从众，就是随大流。

但是，从众者往往干不成大事，从众者往往出不了大名，从众者往往发不了大财，大凡有大出息的人几乎不从众。

从众的人倒霉全体遭殃，不从众的人倒霉由个人承担。

虽说从众的人难干大事，但不从众的人活得久者不多。

政治上从众，而在思想上翻江倒海，抠住一门学问，两耳不闻窗外事，埋头著书立说的人，也能求得安全与长寿。

从众，不敢标新立异的人，在历史上留下大名者寥寥无几。在某个领域获得突破，推动社会向前发展者往往是那些力排众议，敢于标新立异之人。

很难说，是从众好，还是别出心裁棒，这要因时因地因人而异。

论念经

念经，一般与宗教联系在一起。信教的人大多念经。

但是也不尽然。例如去西天取经的师徒四人：唐僧、孙悟空、猪八戒、沙和尚，只有师傅唐僧念经，三个徒弟只参加取经，并不念经。鲁智深这个和尚，只见他吃肉喝酒打抱不平，也不念经。

念经一般都念出声来，和咱们现在说的朗读差不多。《朗读者》实际上也可以叫《念经者》。从这个意义上说，不一定信教的人才念经，所有的人一辈子都在念经。你看，我们读书，常常说读经典。经典也是经。

真正的经，都难念。唐僧和徒弟们历经九九八十一难，从西天取回的经，认识的人极少，过去唐僧认识，到了现代恐怕只有季羡林大师等为数不多的人认识了。所以人们都说，真经难念。

有句话流传得很广：外来的和尚会念经。我常想为什么只有外来的和尚会念经，这本地和尚就不行？思来想去，大概是：许多人存有崇洋媚外的心理，只有对外边来的东西才崇拜，外来的和尚念的经一般听不懂，越听不懂的东西越令人感到深奥。反正好经都不好念，好念的似乎都不是好经。

还有一种说法，老和尚的经是好的，被下面的歪嘴和尚念歪了。这个情况要具体分析，不可人云亦云。有的经确实是好经，真的被歪嘴和尚给念歪了。但也不尽然。有的时候，老和尚的经本来就是歪的，再被无数的歪嘴和尚一念，结果歪上加歪，南辕北辙。

在我国还有一句话也流传极广：家家有本难念的经。我曾多次表态，这句话带有真理的性质。你在现实生活中想想，不管大家还是小家、富家还是穷家、皇帝的家还是老百姓的家，每个家都有本难念的经。不同的是这个难念的经有大有小，有多有寡而已。谁要吹牛说他家里一点难念的经也没有，一切都顺顺当当，平安无事，你千万不要相信。

大家举目瞭望世界，全是难念的经。欧洲、亚洲、非洲、澳洲、美洲都遍布着难念的经。这一本难念的经，人们费了九牛二虎之力，刚念了一点，另一本难念的经又摆在面前，真是层出不穷，按下葫芦浮起瓢，一波未平一波又起。

怎么办？难念也得念。人的一生，说到底，就是在念经中度过的。而且这中间有好念的经，也有难念的经，两者相较，难念的经多，好念的经少。

考验一个人的本事，就看你能否把难念的经给念下去。

论小事

记得有位哲人曾经说过：任何时候都不要拒绝小事情，因为大事情是由小事情组成的。

在科学界有一位大科学家说：在我们家，我管大事，我夫人管小事，但我们家里从来没有大事。

共性总是寓于个性之中。

以小见大，见微知著，一叶知秋。解剖一只麻雀，就了解了所有麻雀的构造；解剖一个典型，就可以了解一般的情况。

我们常说，涉及群众的事都是大事，群众无小事。柴米油盐酱醋茶看似事小，但咱千万别忘记另一句话：民以食为天。天是什么？天是宇宙。宇宙大不大？大得无边无际，再也没有比它大的东西。所以，千万别看不起柴米油盐酱醋茶，这些都是和天一般大的东西。政府抓大事，首先也是抓好这些看似小实为大的东西。断了柴米油盐酱醋茶，天下立马大乱，谈稳定岂不是白日做梦？

由此可见，小是大的组成，大是小的领军。没有小，哪来的大？没有大，小往哪里容？离开了小事，大事就成为无源之水，无本之木。离开大事，国家与个人也会丧失前进的方向。

作为一个领导者，要善于从小事中看到大事。既不当高高在上的官僚主义者，也不当忙忙碌碌的事务主义者。

作为个人，要从小事干起，脚踏实地一步一个脚印地往前走，积少成多，不要奢望一口吃成胖子，一锄头挖出个金娃娃。

在生活中，鸡毛蒜皮的小事有没有？当然有，而且还不少。对这类小事应该抱什么态度？这个问题，几百年前我们郑家有个名人就告诉大家了，还用我说？老爷子你别卖关子，你说的难道是郑板桥？

是的。

他说什么了？

难得糊涂，吃亏是福。

论粉丝

2017年是中国人民解放军建军90周年。过去形容解放军的成长，常用这样一句话：从无到有，从小到大，从弱到强。如果套用这句话，我的微博粉丝也是从无到有，从少到多，至今已经发展到近70万人，我也成为70万“禁军”的“教头”了。

记得我的首条微博刚发出后，在一天多的时间内既无人看，更无一人评论。在孙子郑亚旗和儿子郑渊洁转发后，才赢来几万粉丝。但后边的文章就靠自己了。正如许多粉丝说的那样，如果你没有那个实力，自己写得不好，谁转发也无济于事。

经过几年日日夜夜在微博上的摸爬滚打，我感受最深的是：

粉丝是看不见摸不着的朋友。我们之间虽素不相识，但心心相印。当我从留言中看到有的人劝我少喝酒，希望我多睡觉，不要起得太早；有的人提醒我不要忘记自己的年龄，毕竟年纪大了，一定要注意身体注意安全；有的人在各种节日与我的生日发来热情洋溢的祝福，我能感觉到这不完全是客套，好像他们真的喜欢我这个爷爷。有这么多朋友相伴，我的心里热乎乎的。

粉丝是看不见摸不着的老师。大家知道，我没受过正规教育，文化底子很薄，理论水平不高，连打字都不会，用手写板写微博，既费劲，又经常出错。在网上，我是有名的“错别字先生”。每当这时，我的粉丝就成了我最好的老师。他们告诉我这个典故运用有错，那个字有误。而且有些粉丝的评论水平相当高，我虽不可能每条回复，但每条必看，对写得特别好的，我总是拍案叫绝。我常常惊叹：我的粉丝中真是藏龙卧虎呀！

粉丝是看不见摸不着的学生。在我的粉丝中，年轻学子居多。有不少中学老师，常在班上宣传我的微博，甚至把我的某几条微博作为讲课的内容。这些人常称我为老师，我也就不客气地视他们为学生了。一次我偶遇著名演员刘劲和侯勇，出乎我意料的是，他们自称是我的学生，不管多忙，每天必看我的微博。我过去当哲学教员时也只有二三百名学员，现在已 80 多岁，又有了几十万学生，这才是名副其实的桃李满天下。

粉丝还是看不见摸不着的“掘墓人”。此话怎讲？实事求是地分析，在粉丝之中，确实有那么一些人向别人要民主要自由的劲头很大，但他自己却听不得一点不同意见。例如对政府只要批评，马上说好，高帽子给你戴一大堆。然而只要一表扬，马上就说你是老顽固、老僵化，将我骂得狗血淋头。

《论粉丝》的文章就写到这里。我喜欢我的粉丝，我以他们为豪，只要我还有一口气儿，我就要为大家写下去。同时我也希望在我的粉丝中，多出成果，多出人才！

论本分

在过去就有人之初性本善还是性本恶的争论。有人认为人生下来之后，其性本来是善的，后来变恶了，那是后来学坏了。有人却认为，人的本性生下来就是恶的，后来学善了，那是教育的结果。

我是性本善派。

我认为，人生下来时其性本是善良的，是非常天真、纯洁、可爱的，后来在发展过程中，绝大部分人仍保持了这种天性，而且还有升华和不断地完善与提高。有的人则不然，他们学坏了，变成了贪污分子，变成了盗窃犯，变成了卖淫嫖娼者，变成了杀人纵火犯……

无论如何你不能说，这个人他生下来就是个坏蛋。

人要本分，首先要保持人的这种善良天性，在人的意义上来做人。不能把人这种高级动物降低到一般动物的水平。

人要本分，就要自食其力，根据自己对社会的贡献，获取相应的劳动报酬。

人要本分，就要遵纪守法，慎独，不偷鸡摸狗，不当麻烦的制造者。

人要本分，就要不断地升华自己，提高自己的素质，争取成为社会的优秀分子，成为社会的脊梁。

总之，人来到世界上一回，不可枉此一生，要认认真真做事，堂堂正正走路，本本分分做人。

当本分人最终不会吃亏！

论规矩

现在很强调讲规矩，守规矩，因为无规矩不能成方圆。无规矩，就会七嘴八舌形不成决定；无规矩，就会失去方向；无规矩，行动就会乱套，丧失力量。

规矩是什么？它是维系人类行为的法规。一个国家、政党、单位，甚至家庭，都需要用一定的规矩来规范、约束、限制人们的行为。宪法是大规矩，以它为指导制定的诸多法律和规定，是分门别类的小规矩。家庭虽不一定有明文规矩，但它在长期的发展过程中，形成了一些道德规矩，这些规矩也是不能随意破坏的。破坏了它，家庭关系也会一团糟。你看各行各业，也都有自己的许多规矩，这些规矩也是不能轻易破坏的。

根据我的体会，规矩具有如下三个原则：

一是普遍性原则。规矩一旦确立，就管着其所适用范围内的所有的人。在规矩面前人人平等，没有规矩以外的人。例如党内有条规矩，必须实行集体领导，那任何领导都不能搞一言堂，个人说了算。规矩的普遍性原则，保证了规矩不会变成一纸空文。

二是特殊性原则。在普遍遵守规矩的前提下，也要承认它的特殊性。例如民主集中制也是一个规矩。个人专断是不对的，但是光民主不集中也是不成的。这就规定了某些人有集中大家意见的权力。这种民主基础上的集中，也是符合规矩的。否定了特性，也就否定了共性。

三是连续性原则。凡规矩都是在一段较长时间内起作用的东西，朝令夕改不叫规矩。一个好规矩的形成，要靠长时间打磨，要靠教育，要靠道德的力量来熏陶，还要有铁的纪律来保证。只有这样，规矩才不会因人的改变而改变。

朋友，我们生活在人类社会，让我们成为一个讲规矩、守规矩的人。

论了不得

写到这会儿，老夫想写一写一般人根本想不到，而在日常生活中又常挂在嘴边的一句话：了不得。

了不得，它既是一个量的概念，也是一个质与量互变的概念。

一个人出了一个好主意，没人说了不得。如果他在关键时刻，在关键问题上，总出好主意，那就会使人感到，这人了不得。

一个人在一个部门，一个地区，一个岗位干得好，没人说他了不得，若在几个部门、几个岗位、几个地区都干得有声有色，那就真是了不得。

一个人写了一篇好文章，没人说了不得，而他写出了许多篇高水准的文章，人们就会说，此人了不得。

一个人做了一次演讲受到听众欢迎，没人说他了不得，假如他在多种场合，对着不同听众演讲，场场都受到极为热烈的欢迎，那人们就会说，这个人了不得。

一个人在 100 个人中，有 30 个人说好，没啥了不得，若有 60 个以上的人齐声称赞，那就很了不得了。

一个人如果执教一个球队取得好战绩，没人说了不得，若他执教好几个队，每个队都取得较好战绩，那就会被人们赞为了不得。

这里还有个偶然与必然的关系，一次成功或许是偶然，也就是通常老百姓说的“瞎猫碰到死耗子”，反复成功多次，就只有必然性可以解释了。

在历史上，在现实生活中，在各行各业中，能称得上“了不得”的人较少，希望年轻的朋友们努力，争取进入“了不得”的人的行列。我静候亲们的好消息！

论　穷

吾儿渊洁大概觉得我前段时间写得太猛了，动用库存太多，需要充电，于是抱来几十本书让我翻阅。真应了“开卷有益”这句话，我一翻，就写出了《华为公司为什么那么神？》的随笔。又一翻，头次见到古古先生著的《穷囧囧》一书。有意思的是这位名叫穷囧囧的虚拟人物，竟有语录。我将这些语录抄给大家：

打工出汗的是穷人，
打球出汗的是富人。
偷菜的是穷人，
偷税的是富人。
在家里洗脚的是穷人，
在店里洗脚的是富人。
喜欢走亲戚的是穷人，
喜欢交朋友的是富人。
穷人脱发是癞子脑壳，
富人脱发是聪明绝顶。
穷人的钱叫家当，
富人的钱叫身价。
学手艺的是穷人，
学管理的是富人。
当消费者的是穷人，
当投资者的是富人。
做事情的是穷人，
做事业的是富人。

上述语录与其说是穷囧囧的语录，不如说是古古先生的语录，更确切些说，是古古先生在社会上收集来的语录。它反映了一部分真实情况，也带有一定的幽默性。

自从人类社会存在以来，穷与富的问题就一直存在着。在发达国家也存在贫困问题，不过它多为相对贫困；而在不发达国家多为绝对贫困。在美国的穷人，要放在发展中国家，那简直居于中等收入以上，有的比我国教授的收入还高。

在不同时期人们对穷富的看法也截然不同。改革开放之前，谁家是贫下中农那真是扬眉吐气；谁家是地主、富农、资本家，那简直抬不起头，如果在国外有个富亲戚，那更是倒霉上加倒霉，女的嫁人困难，男的娶媳妇都不容易。

改革开放后，提倡当万元户，提倡劳动致富。世道确实变了，人们的观念也变为以富为荣了。与过去相比，我们的生活水平确实有很大提高，人们都想脱贫致富。但是，在社会主义初级阶段，完全消除穷富之间的距离是根本不可能的。只能是缩小贫富差距，消灭绝对贫困。

在这里还有一个关键问题是通过什么手段致富。通过自己的体力与脑力劳动致富光荣；而通过贪污受贿和巧取豪夺致富无耻。后一种人富不了多久，终将一贫如洗。

我总觉得人活得要有志气。我通过刻苦努力，获取知识，改变自己的地位，希望由穷变富。如果经过努力仍改变不了，我人穷志不短，我安贫乐道。我比有些所谓的富人活得还泰然，还自在。就像济公唱的那样：

鞋儿破帽儿破身上的袈裟破，
你笑我他笑我一把扇儿破，
无烦无恼无忧愁，
世态炎凉皆看破，
哪里有不平哪有我。

以上就是我的穷富观！

论范围

人生下来，长大，直至离世，有一个东西必须懂得。什么东西？那就是：范围。讲规矩，离不开范围。因为任何规矩都是在一定的范围内形成和制定的。离开范围，规矩就无从谈起。每个范围之内都有自己的规矩。此范围之内的规矩，在彼范围是不通用的，它有其特性。

地球上有100多个国家和地区，这些国家的范围大多是界定了的，所以相安无事。有些国家之间冲突不断，甚至兵戎相见，流血牺牲，往往是范围没有确定，或是确定了但有一方不认可这个范围。各个国家又有自己的规矩。硬让别国照自己的规矩办事，往往也行不通，人家不吃你这一套。弄不好，人家说你违反和平共处五项原则，干涉别国内政。

家庭是社会的细胞。这个细胞虽小，但也有其范围。一家人只能在自己的范围内生活。超出此范围，你试试，邻里之间就会产生矛盾。现在许多邻里之间的冲突，往往是由公用的走廊、停车位，甚至安装护栏引发的，实质还是在争夺范围。

领导干部都有自己的职权范围。属于你管的地盘、工作，你必须尽心尽责，把它管好；不属于你职权范围内的事，你就不应乱插手。若把手插到别处去了，那就叫“把手伸得太长了”，不仅搅乱了工作部署，而且破坏了团结。

一个院校，其科目的设定也是有分工的，文科与数理化之间虽有联系，但毕竟各有其教学范围，你总抢别人的戏，抬高自己，贬低别人，究竟是什么意思？这盘棋怎么下？

医院的分工也很细密。根据人体的不同范围，设置不同的科室，医务人员接受的都是专门教育，治牙的不治眼睛；治眼睛的不治鼻子；治鼻子的不治肠胃；治肠胃的不治皮肤。真是“铁路警察各管一段”。当然，也不能过分强调范围。过去有个笑话：一个人去拔牙，不慎把拔下的牙咽到喉咙里了，牙科大夫说，你的牙掉的范围已属于耳鼻喉科，你去找他们吧。到了耳鼻喉科，大夫一看，牙又掉到胃里去了。大夫说，这个范围归胃肠科负责，你去找他们吧。去了胃肠科，大夫一检查牙已到了肛门，而专治肛门的大夫却说，这是牙，不归我管，应该去找牙科大夫。推了一圈，又推回到牙科。

范围是什么？范围就是空间。一切事物都存在于空间与时间之中，离开一定空间的事物是无法存在的。不懂得这个道理的人，轻者难有成就，重者还会碰得头破血流。

世界上只有一种东西似乎是没有范围的。什么东西？思想。人的思想，可以时而上天，时而入地，它无边无际，谁也锁不住。一个好的思想，一部好的作品，可以传遍全世界。但是，切莫忘记：思想是无范围的，而思想的表述是有范围的。

论自律

鲁迅先生提到过一种“遵命文学”。现在看来，我出版的几本书，第一称不上文学；第二都不是遵命，而是自命，就是说都不是别人让写的，是自己想写的。今天破个例，来篇“遵命文章”。昨天有位网名叫“子非喵”的年轻人在评论中说，爷爷请您写篇《论自律》的随笔。不是说读者如同上帝吗？我就执行“上帝”的旨意，来写这篇“遵命文章”。

谈自律，首要的前提是，要弄清什么是“律”？“律”的含义是约束，凡与律沾边的，多与约束有关。例如纪律，法律，规律。在古诗词中，有五律，七律，我国古代审定音乐的标准，叫音律。现代有种很重要的职业叫律师，律师是帮助别人同违法乱纪者进行斗争的人。

一个国家、一个政党、一个组织要能形成力量，必须有严格的纪律来约束。法律有许多种，规定得很细很具体，每个公民必须遵守，依法治国靠什么？就靠这些法律，谁触动了法律，是要自食其果的。重复多次的东西就形成规律，它虽然没有硬性条文，但你违背了客观规律，必然碰得头破血流，到时候哭都哭不出来。搞创作，不仅要遵循创作规律，而且一些格律也是不能随便破坏的，如古诗的五律和七律，若不遵守，就会闹出笑话。

说到底，人是生活在有约束的自由环境之中，人是受约束的自由人。

然而，自律性强的人，却感受不到约束，他们过得相当自在。什么是自律？自律的含义是，在没有人监督的情况下，通过自己要求自己，自觉地遵守各种法律，拿它约束自己的言行。这也叫慎独。例如，偷盗是违法的，而我从来不小偷小摸，我发现有偷盗行为还报警；法律规定要尊老爱幼，而我是尊老爱幼的模范，禁止虐待老人，拐卖儿童的法律条款对我毫无约束；法律规定强奸妇女要判重刑，而我尊重女性，遇到一些情况我还会来个英雄救美人；法律规定杀人偿命，我不杀人，还救人。各单位都有一些规定，但是我像乔布斯说的那样：“自由从何而来，从自信来，而自信则从自律来。学会克制自己，用严格的日程表控制生活，才能在这种自律中不断磨炼出自信来。”

由此可见，越自律的人越自信，越自信的人越有底气，越有底气的人越幸福，越幸福的人越自由。不自律的人处处感到受限制，最终变成欲望的奴隶，甚至走上犯罪道路。

自律还要与他律相配合。他律，就是各种法律与法规，就是他人的监督。有人说，既然强调自律，就可以废除他律。绝对不行！原因很简单，社会上的人并不是都能自律，没有他律的法定条文，对那些不自律而触犯法律的人，如何定性与量刑？有他律的条款在，对所有的人而言也是一种强大的威慑。

我们可以这么说：自律程度越高的人，对他律感到的压力越小。一个自律性很强的人，他心情愉快，泰然自若，几乎感觉不到他律。

让我们加强自律，做一个在约束很多的环境中能感到自由自在的人吧！

论“门前清”

我不会打麻将。但知道在打麻将的诸多名堂中，有个“门前清”。什么是“门前清”呢？简单地说，就是自己的这一副牌，靠自己和，没用一张别人的牌，既不吃，也不碰，更不杠。

今晨，躺在床上，我想以此引申一下。

我们每个人，每个家庭，都要争取“门前清”。要独立自主，自力更生，不靠外援和别人的施舍过日子。既不啃老，也不啃小，做一个“门前清”的人。

我们的工作也要“门前清”。今日事，今日毕，不拖泥带水，不把今天能完成的事，拖到明天和后天。记得我过去看过介绍法国前总统蓬皮杜的一篇文章，这位总统批阅文件干脆利索，他每天下班时，办公桌上一干二净，都是“门前清”。

我们的学习也应做到“门前清”。要有长计划短安排。长计划那是一两年，甚至几十年的事。但短安排要力争“门前清”。要看的书，要做的作业，一定要达到“门前清”。

各级官员更要做到“门前清”。不贪不贿，不做亏心事，不怕鬼敲门。既不怕检举，也不怕巡视。不然整天心惊胆战，吃不下、睡不着。不知哪天东窗事发，身败名裂。

看来，“门前清”是做人、做事、做官的最起码要求。

论“戏骨”

最近，表演艺术家蓝天野以90多岁的高龄重登话剧舞台；李雪健在一部电视剧中三分钟之内没说一句台词，全凭高超的表演技巧征服了观众；在电视剧《人民的名义》中，不少老演员集中饰演众多角色，受到极高的评价。人们都称赞这些演员是“戏骨”或者“老戏骨”。

那么，什么是“戏骨”？

据说，“戏骨”一词最早出自对京剧表演艺术家的赞美，是说他们的表演，形态风流，出神入化，惟妙惟肖，演技高超，演什么像什么。

但是，这样说我认为似乎还欠点火候。因为这个词的关键在“骨”字上。我琢磨着，之所以称优秀的演员为“戏骨”，就在于他们的表演深入骨髓。演技不是装出来的，而是发自骨髓的。他们的表演也能深入到观众的骨髓，从而打动人心，演员与观众从骨子里产生共鸣，久久难以忘怀。这种功夫，是真功夫，不是哗众取宠的花招。

“戏骨”往往不分主角和配角。有些主角不一定能达到“戏骨”的水平。反而有些配角演技特别高超，被观众和导演尊称为“戏骨”。“戏骨”往往也不以年龄为标准，京剧中的四大名旦，四大须生，很年轻时就成为“戏骨”，而有些演员演了一辈子戏，也没达到“戏骨”的水平。

有“戏骨”就有“戏肉”。如有的演员和“戏骨”在一起饰演角色，自称是“戏肉”，形容自己与“戏骨”配合默契，骨肉不分离。

戏有“戏骨”，国有国魂。鲁迅是伟大的作家，逝世后其棺木上就盖着“国魂”的大旗。

现在的问题是，“戏骨”的片酬真的是“骨瘦如柴”了，而“小鲜肉”与那些颜值高的演员的报酬却高得离谱。据传《人民的名义》中那么多“戏骨”的片酬加起来还不到4000万，尚不及一位“小鲜肉”在一部戏中挣的钱多。这种现象已经引起人们的不满。

但我却没有听说过哪位“戏骨”对报酬不满，因为他们不是为钱而在这部戏中饰演角色的。“小鲜肉”的片酬高得太出奇了。在我国还处于发展中国家行列，尚有几千万人口正在脱贫之时，一位年轻演员演一部戏就挣上千万元甚至上亿元，不仅使广大群众的心理难以平衡，而且将新老“戏骨”置于何地？

论信任

人这种动物非常奇特。最大的特点就在于互相难以信任。其他动物没那么多心眼，以诚相待，互相之间也斗，但一般斗力而不斗智。说白了，就是不斗心眼。而人不同，互相设防，斗勇又斗智，很难建立信任关系。

信任，信是前提。不信，怎敢任，怎敢托付？社会发展到今天，人的个头不一定都长，可是心眼都长了不少。如不多长几个心眼，似乎就无法生存在这个世界上。我看到这样一段话：“倘若你只信任那些讨你欢心的人，那是毫无意义的；倘若你信任见到的每一个人，那你就是一个傻瓜；倘若你毫不犹疑，匆匆忙忙地去信任一个人，那你就可能也会那么快地被你信任的那个人所抛弃。”

其实，不光是现在，过去人与人之间，也存在着信任与不信任的问题。你看诸葛亮在《出师表》中就说要“亲贤臣，远小人”。他认为，先汉之所以兴，就因为亲贤臣；后汉之所以亡，就因为亲小人。

人似乎有从娘胎里带来的互不信任的劣根性，但要想干成一件事，特别是要干成一件轰轰烈烈的大事，必须建立互信关系。如果互不信任，还真难实现伟大目标。要夺取政权，不相信群众、依靠群众，行吗？取得政权后，不一如既往地相信群众、依靠群众，行吗？假如对人民群众处处设防，什么也不信任了，我们社会的根基还能牢固吗？对那些敌对分子和不法分子，我们必须严加设防，而对人民群众，却要绝对信任。如果人民群众感到处处受限，不被信任，那就快出大事了。

人与人之间的互相信任，是完全可以建立的。这需要有共同的信仰，共同的目标，共同的利益，共同的爱好，尤其是要经过较长时间的考验，特别是艰苦奋斗中逆境的考验。在你顺利时，吹捧你的人，不值得信任，反而常有逆耳之言者，倒应视为知己；在荣华富贵时，敬酒碰杯者，不一定是朋友，而在你饿肚子时送给你一个窝头者，反而是朋友，值得信任。

最后，老夫想把一段话借用过来，权且作为我这篇短文的结束语：“花朵因为有春天的信任，才绽放得十分艳丽；高山因为有大地的信任，才屹立得巍峨壮观；小溪因为有大海的信任，才获得更广阔的生命。”

论帽子

奇怪，帽子有什么好谈的，不就是头上戴的那个帽子吗？

不错，是头上戴的帽子。但是，你千万别小瞧了帽子，这里边还有不少讲究。

人的脑袋占有头等重要的位置，是重点保护对象。人来到这个世界之后，最怕冷的部位就是头。为了使头不受侵害，避风，遮光，大人就往孩子头上扣一顶帽子或包一块布。孩子在成长过程中，要戴各种帽子，说不定大大小小的帽子有十几顶，甚至几十顶。

孩子长到 20 岁时，在过去还要举行一个仪式，由父亲或族长正式为这个孩子行冠礼，就是戴一顶帽子。

帽子是分等级的。平民有平民的帽子，官员有官员的帽子，也就是通常所说的乌纱帽。博士有博士帽。皇帝的帽子更为不同，那叫皇冠。

有不少人一辈子就为得到一顶乌纱帽或为保住乌纱帽而奋斗。也有不少人为头上戴上四方博士帽而几十年寒窗。

上面说的是有形的帽子，还有许多无形的帽子，如“高帽”。

作为人，别没有帽子可戴，什么帽子也没有，那就可怜了。但帽子也别太多，更不要把不该戴的帽子扣在自己头上。

论有序与无序

人类社会的发展是有序的，也是无序的。有序中无序，无序中有序。无序与有序犬牙交错，你中有我，我中有你。社会总是在有序与无序的状态中交替向前。每个事物都有其产生发展与灭亡的过程。无数小的产生与小的灭亡，构成一个大的发展序列。人受着客观环境的支配，亦可改变环境。在社会的发展过程中，人起着重要作用。人性善与人性恶的争论意义不大。摊上性善且本领大的领袖是人类的福气；摊上一个性恶又胡作非为的领袖，绝对是人类社会的灾难。一代一代的人都生活在自己所处的时代。碰上什么样的时代如同碰上什么样的父母一样，不可选择。每天都有人为自己的时代做贡献，有时也因所处时代家破人亡。世界上没有世外桃源。世外桃源只是人们企图逃避现实而臆想出来的，在理想国做一个现实的人吧，在现实世界的大海中畅游，其乐无穷！

第二章

款款而谈

谈“小鲜肉”

我老了，在古稀之年上又加了十几年，是货真价实的老朽了。

人老了，就有个如何打发剩下时间的问题。我因为闲得没事干，又怕变痴呆，嘴角流口水，没人喜欢，所以就在新浪网注册了微博账号，用手写板，鼓捣起了自媒体。几年来我写了上万条微博，稀里糊涂划拉过来许多粉丝。在众人的捧场下，我竟忘记年龄，也不知天高地厚地天天上网“织围脖”了。

在网上混久了，我逐渐发现上网者年轻人居多，像我这样 80 多岁的白头翁，真的是稀有动物。与年轻人在一起，他（她）们除了给我“戴高帽”外，就是尽甩新词，例如，酷毙了，帅呆了，小鲜肉，颜值高，葛优躺，吃瓜群众，蓝瘦香菇……总之一个劲地硬往我的评论中塞。

对这些新词，有时我问他们是什么含义？他们告诉我：爷爷，您就是酷毙了，您就是帅呆了，绝非骂人，是好意。为了开玩笑，活跃气氛，我有时也自称酷毙了，帅呆了。每当此时，不少人就会说，爷爷您真“潮”，这种词您老都会用。我对这种赞扬感觉到开心极了。

今天，我看到我十分敬佩的大作家王蒙先生批评：用“小鲜肉”不妥。这使我大吃一惊。原来我认为所谓“小鲜肉”就是小嫩肉的意思。我们这些大人看到儿孙刚生下几个月时，小屁股、小脚丫上的肉又白又细又嫩，不由得上去亲几口，好像是很大的享受。基于这个意义，我在文章中也用过“小鲜肉”。经王蒙先生这么一说，我才知道“小鲜肉”指的是性感的小白脸，或奶油小生。看来我的理解与人家的本意，相差十万八千里。

自从上网以来，我学了不少东西，增加了很多见识，“小鲜肉”就是一例，我还要继续向亲们学习，以防思想僵化，皮肤变僵，也让自己的肉“鲜”一点。

谈盘点

什么是盘点？这本来是做买卖的人定期或不定期地对店内商品进行清点的一种用语。后来扩及各行各业，进行年终总结和年终回顾也成了一种盘点。我觉得“盘点”这个词简单明确，形象好记，而且适用于每个人。所以，每年年底时，我不仅对自己的成绩与不足进行盘点，而且提醒大家也进行个人盘点。盘点，实际上类似于焦裕禄同志说的“过电影”。

咱们干什么都要做到心中有数。这一年，我到底读了什么书，干了些什么事，我的收入和支出情况，以及家人和朋友的状况，都应进行一下盘点，从中梳理出哪些事干对了，哪些干得不够漂亮，甚至弄砸了，从而接受经验教训，利于来年再干。

盘点时要客观，要实事求是，赚了就是赚了，赔了就是赔了，既不能虚报，也不能瞒产。一句话，不能自己骗自己。

写到这里，不由得使我想起乔羽老先生那首《算盘歌》中的几句词：“下面的当一，上面的当五,一盘小小算珠，把世界算得清清楚楚。”“三下五去二，二一添作五，天有几多风云，人有几多祸福？君知否——这世界缺不了加减乘除。”

年底了，咱们就来他个“三下五去二，二一添作五”，盘点一下我们自己的年度收获。

谈大限

今天，在去殡仪馆送别好友杨世绵同志的路上，我的思绪一直围绕着人的大限，也就是死亡这个问题转悠。这是每个人都绕不过去的坎，所谓“生是偶然，死是必然”。随着社会老龄化的到来，特别是医学的发展，似乎活着不容易，死也不容易了。不少人的寿命，不是在自然成长，而是在各种器械、药物的帮助下痛苦延长。

最近英国《经济学人》周刊提出：人的死亡不可避免，但糟糕的死亡可以避免。过度的治疗给病人带来更多的痛苦。在一些富裕国家，人们在去世前大多经历了多年逐渐恶化的病痛折磨，大约三分之二的人在医院或养老院去世。他们在去世前通常接受过不惜一切代价且越来越猛烈的治疗，这些治疗使年老的患者痛苦不堪。

在我的战友中，像杨世绵同志这样的去世方式实在令人羡慕。他长寿，活了92岁。虽长期患有糖尿病，但坚持服药，坚持锻炼，不忌水果，不忌粥，不住院，心态平和，关心国家大事，最后毫无痛苦地倒在儿子家中（他长期与儿孙生活在一起）。我的另一位战友，当他81岁时发现癌症，已到晚期，他虽住院，但谢绝治疗和饮食，不愿遭受病痛折磨，不到一个月就含笑而去。更好的死亡意味着更好的人生，直至最后一刻。

但是，究竟怎样死亡，儿女们不能决定，大夫们更无权决定，在这个问题上，只有自己说了算。看著名作家琼瑶在79岁、身体还健康的情况下，就公开给儿子写信说，一旦她得了不治之症，不抢救、不插管、不切喉，希望让她无痛苦地死去，这种精神令我佩服。

再谈方法

细心的朋友可能注意到了，这些年我一而再、再而三地向大家强调方法的重要性。

方法是什么？方法是门道，方法是钥匙，方法是捷径，方法是过河的桥，方法是通天的道。方法对了，事半功倍，方法不对，事倍功半。

我们钦佩某位领导，抛开其他原因不说，在很大程度上，准是钦佩其高明的领导方法。他能像弹钢琴那样，把大家十个手指的积极性全部调动起来，在他的领导下即便再苦再累，心里也感到很舒畅。我们再看一些学霸式的人物，从表面上看，他们学得很轻松，从不死记硬背，学校组织的各种活动都参加，但是他们的功课几乎门门优秀，这其中有一个很重要的原因，就是他们找到了一种非常管用的学习方法。我们再看一些高级厨师，在各种调料相同的情况下，为什么他们烧的菜就颇受顾客青睐？究其原因，也是由于他们在长期的实践中摸索出一套带绝招的烹调方法。

读书也好，写文章也好，做具体工作也好，这其中都有一个方法问题，只要你找到了方法，你就能用一把钥匙开万把锁，一通百通。

根据我长期的体会，我把方法分为两种类型，即：大方法与小方法。

所谓大方法，我指的是思想方法。这既是世界观，又是方法论。一个人如果不从哲学的角度树立正确的思想方法，看问题不客观、不全面、不发展、不辩证，总是在小聪明的范围内打转，那是解决不了问题的。所谓小方法，是指完成某项工作的具体办法。

大方法与小方法必须结合。仅仅在思想方法上解决问题，学了些大道理，却不在具体实践中寻找解决某个问题的具体方法，那也一事无成。大方法如同方向，小方法如同措施。只有方向与措施巧妙结合，才能到达真理的彼岸。

朋友，把主要精力放在掌握分析问题和解决问题的方法上来吧！如果你既找到了大方法，又找到了具体的小方法，你将如虎添翼。

谈开花与结果

每到春天，万物生长，许多植物开出非常好看的花。于是大家纷纷走出去赏花，在花旁拍照留念。当花儿枯萎时，散落一地，也有人为此而伤感，如《红楼梦》中林黛玉提着花篮，一边泪流满面，一边葬花，还吟诵了一首著名的《葬花吟》。

但是，你想过没有，有的花，开花后结果，而有的花，只开花不结果。这是因为花蕊分为雄蕊和雌蕊，表面上看都是花，然而它们的性别是不一样的。当然，也有一种花是双性花，它本身就具备雌雄两种属性。可是有许多花只是单性，它们能否结果，取决于有没有经过传粉和受精这样的过程。在这中间风和蜜蜂起着非常重要的作用。

至于果实能否长大、成熟，那又要经过另一个过程。

由此，我们联想到人生。有的人花儿开得好，果儿也结得好；有的人只开花不结果；有的人开花后结了果，但结的果不行，要么是个苦果，要么是个歪瓜裂枣，没人待见。

人，要想开出好花，又结出好果，我认为有这样几个条件：其一，你本身就具备受粉的条件；其二，你必须借助外力，为受粉创造条件；其三，你要有不怕风吹雨打、抗旱抗涝的本领。

具体地说，人要想成功，必须选择最适合自己的目标，例如你想当钢琴家，但是你本身一点音乐细胞都没有，成吗？你确实有弹钢琴的天赋，但你不向老师学习（不传粉受粉），行吗？你在发展过程中，经不起风吹日晒、经不起各种磨炼甚至挫折，行吗？

由此可见，开花不一定结果，结果不一定能成大果。有的人一生别说结果了，连花都不开。

年轻的后生们，老爷子我是多么希望你们既开花又结果呀！

一谈我的一点写作经历

我离休后，先后出版了五本书：第一本是《郑渊洁家书》；第二本是《人生十论》；第三本是《郑老爷子大观园与郑渊洁家书》；第四本是《聊天》；第五本是《父亲的含义是榜样》。这五本书加到一起，约130余万字。

说真的，我没上过什么学，文字功底很浅，本不是写作之料。之所以还舞文弄墨，实在是环境所迫。和我一起参军的几个人，都被分配到野战部队握枪杆子去了，只有我留在晋冀鲁豫军政大学，这所学校后又改名为石家庄高级步校。我在院校一干就是15年，只能握笔杆子。再加上在我的性格中有爱文厌理，逻辑思维较强，形象思维偏弱，以及有强烈的表现欲等特点，所以一生就和笔杆子形影不离，靠写东西这个活儿吃饭。

但是，由于客观形势变化，我写的讲稿也好，文件也罢，没有“永久牌”，都是“飞鸽牌”。今天认为是百分之百对的，明天可能成为百分之百错的，自己否定自己。据说，有些作家不敢出全集，只出选集，就是怕一出全集，把那些见不得人的东西全兜出来，自己都跟自己打架。我写的东西也摆脱不了时代的印记，把当年写的东西现在拿出来一看，不仅脸红，而且像彭真同志说过的那样，简直会出一身冷汗。所以，我将以前写的东西都付之一炬。

退休之后，我最大的收获是获得了支配自己时间的自由。在职时，写东西是根据任务来写，围绕中心工作来写。而退休之后，没人给你布置任务了，你就可以按照自己的兴趣，发挥自己的特长来写东西，看菜吃饭，量体裁衣，到什么山唱什么歌。

我退休之后，吾儿郑渊洁的创作正进入高潮期，那个时候他写作还是用钢笔，投稿之前，要抄一份寄走，把手稿留下。我就担负了给儿子抄稿子的任务，并与他妈妈一起帮他处理每天从全国各地寄来的大量信件。

从 1983 年起（那时我还在职），我在太原，渊洁在北京，我就把我看的名人传记的心得体会，以信的形式寄给他。对于我写的这些信，与他在一个编辑部工作的同事都很感兴趣，曾出现过一人朗读，众人听的热烈场面。这种信写了不少。我退休后加以整理筛选，抽出 20 多万字，由学苑出版社于 1994 年正式出版。卖得相当好，并很快再版。

我写了大半辈子，终于有了冠以自己名字的正式出版物，为此我着实兴奋了一段时间，为处女作的出版没少偷着乐，还多喝了几杯酒。

这本书之所以受到欢迎，实事求是地说，还是沾了儿子的光。从书名来说，刚开始设定为《郑洪升家信》，可那时有几个人知道我郑某是何许人也？而定为《郑渊洁家书》就不同了，他当时如日中天，大人小孩都知道郑渊洁童话，而且还有专门刊登他一人作品的刊物《童话大王》杂志。把书名定为《郑渊洁家书》，我这本书的销路就如同有了“通行证”；再者，当家长的倒想看看郑渊洁的爸爸是怎样帮助郑渊洁的；最后，我在这些信中把古今中外的几十位著名作家和美国 40 位总统的主要经历，从事创作和从政的精华，用信的形式表述出来，这些内容本身就有极大的吸引力。

写作和出书也是能让人上瘾的。第一本书出版后，我的目标瞄准下一本。至于第二本书《人生十论》是怎么写作与出版的，且听下回分解。

二谈我的一点写作经历

出版《郑渊洁家书》时，我已 62 岁，起步太晚了。吾儿郑渊洁 20 岁出头就出版了好几本书，到 30 几岁时已出版了十几本书。过去虽然有“一本书主义”的提法，但那一本书是什么质量？我自知质量不行，只能在数量上打打主意。于是在我临近 70 岁的时候，伸了伸手臂，蹬了蹬腿，觉得没问题，尤其是脑子还没显出任何痴呆的迹象，我就下定决心，试着鼓捣出第二本书来。

咱们中国那句“七十三，八十四，阎王爷不找自己去”的话传播太广、影响太深。一晃，我也快 70 岁了，快到去阎王爷那儿报到的年龄了，我得抓紧所剩不多的时间再写本书，否则把多年肚子里装的东西全带走，于心不甘。

但是写什么？这要看积累，更要看灵感。我写的一段话，真实地反映了我当时的思想情况：“鄙人有些年不舞文弄墨了。自从去年 7 月工资袋里增加了 300 元老年费之后，想一试身手，试一试脑子还灵不灵，试一试手还听不听使唤。”近些年，我一直住在长子郑渊洁家。这里远离闹市，环境安静，空气清新，书香万里，悠闲自得，催人思索。一天清晨醒来，我躺在床上，望着天花板，脑子不停地转。忽然文思泉涌，蹦出十个词语来：论说、论吃、论动、论住、论玩、论位、论读、论爱、论恨、论死。这样，我写《人生十论》的构思就出来了。

像盖房子一样，构思如同图纸，要把房子盖起来，那得一砖一瓦地苦干。而且，我还要有所创新，要写得与别人不一样。例如，我写“论说”一章时，把重点放在“掌握说话的诸多要素”上。这些要素是：说话要明白；说话要简练；说话要符合逻辑；说话要幽默风趣；说话要文明；说话要有根据；说话要看对象；说话要有忌讳；说话要尊重别人；说话要有新内容。这些要素，就撑起了这一章的框架。最后，我希望我的读者通过不停地学习与锻炼，尽量做到言之有理、言之有法、言之有物、言之有序、言之有据、言之有趣、言之有情、言之有礼、言之有度、言之有乐、言之有防。西方一位语言学家说过，人的百分之九十九的话并不比苍蝇的哼哼有意义些，可是他愿意哼哼，愿意证明他是活人，不是蜡人。最后，我就借用他的这段话说：“猴子变人后，人类用各种不同的语言，哼哼了亿万年，有文字记载的历史也有五六千年了。人肯定还要哼哼下去。因此，我们要学会哼哼，向会哼哼的人看齐，不断完善哼哼的质量，提高哼哼的水平。活到老，哼哼到老，哼哼万岁！”我用这些有趣味的话，结束了“论说”这一章。

毕竟是上年纪的人了，其他各论，我都用蚂蚁啃骨头的精神，将其啃下来了，用了 360 多个日夜。

我用大稿纸写完后，把厚厚的一摞稿子交给渊洁看。出乎我意料的是，轻易不说好的儿子说这部书稿写得好。既然作家儿子都说好了，我像吃了定心丸。这本书在我 72 岁时，由学苑出版社正式出版，上市后很快脱销，次年又重印。现在市面上早已看不到了。

我第一本书与第二本书的出版，整整相距 10 年。

我的第三本书是怎么写出来的？别急，且听下回分解。

三谈我的一点写作经历

不知是巧合，还是天意，我的第一本书出版时，我已 62 岁；我的第二本书出版时，我已 72 岁；而我的第三本书出版时，我恰好是 82 岁。有朋友说，老爷子你是十年磨一剑呀！我说，磨的是不是剑不敢说，起码是十年磨一斧吧！

我第三本书的名字叫《郑老爷子大观园与郑渊洁家书》，由二十一世纪出版社出版，首次就发行了 10000 册。这本书的出版是个意外收获。

我 80 岁时，郑渊洁、郑毅洁和他们的妹妹郑欣，在北京饭店摆了几桌，请我的亲朋好友来聚一聚，把我的 80 岁生日当成我的加油站。在喝了几杯酒的情况之下，我即兴说了我的人生体会，即“六个不敢”：不敢忘记自己姓什么，不敢忘记孝敬父母，不敢忘记呵护子女，不敢忘记帮助他人，不敢忘记读书写字，不敢忘记锻炼身体。在座的朋友都认为我这“六个不敢”既是我的人生写照，也是后辈可以学习的处世原则。

在这“六个不敢”中，关键是如何读书写字。我的孙子郑大旗和郑亚旗就鼓励我放弃“刀耕火种”，充分利用先进的科学技术，用电脑写作。电脑买来了，我既不会英文字母，又不会汉语拼音，等于不会打字，输入渠道被堵住了，我怎样写作？干瞪眼，没办法。过了一段时间，两个孙子又告诉我可以用手写板。我告诉孙子，先买一块最便宜的，如果我可以驾驭，再给我买块高级的。当手写板放到我面前时，我是以怀疑的态度接受它的。谁知一试，竟把我想写的字输入电脑了，一按鼠标，发出去了。简直神了！

闲言少叙，言归正传。自从我在网上发了东西后，粉丝逐渐增加，许多人知道了这个 80 多岁的老爷子原来是郑渊洁他爸，对我的期望值越来越高，不断地向我提出各种问题，要求我发表自己的观点。因为我是老人，知道文责自负的原则，我不能有问必答，有把握的问题，我发表个人看法，没把握的问题，免谈。本着这个原则，我一口气在我的自媒体上，以长微博的方式，发表了几十个观点。例如：我的爱情观，我的育儿观，我的家庭观，我的健康观，我的饮食观，我的饮酒观，我的娱乐观，我的老年观，我的世界观，我的斗争观，我的粮食观，我的读书观，我的讲课观，我的工作观，我的教育观，我的偶像观，我的开会观，我的慈善观，我的浪费观，我的剩女观，我的环保观，我的养狗观，我的植树观，我的上网观，我的足球观。

那时还没微信，玩微博的人很多。我每发表一个观点，都有几十万人点击。例如，有上千万人阅读我的剩女观，叫好声不绝于耳。我大声疾呼：剩女绝不是被人挑剩下的女子，剩女一般是才女，剩女一般是美女。我还指出，由于我国男女比例失调，将来多出的3000万男子将无妻可娶，姐弟恋将成为社会的一种普遍现象。届时，只有剩男，没有剩女。在老夫眼中，剩女，圣女也。在提高剩女信心的同时，我也向剩女们进了一言："看人不要用显微镜、透视镜、B超等先进工具，因为世界上没有完人。认真是一门学问，糊涂也是一门学问。"

我走的是明白、简洁、通俗易懂的语言表达路线，这些观点发出去后，立即在网友中产生共鸣，网友们要求出书，因为他们表示更愿看纸质读物。根据大家的要求，以"大观园"为主题的我的第三本书，就正式出版了。恰好吾儿郑渊洁和吾孙郑亚旗也有新书出版，于是在北京王府井新华书店举行了郑家祖孙三代与读者会面、签售的活动，创造了三代人同台签售的历史纪录。

想听我第四本书的故事吗？且听下回分解。

四谈我的一点写作经历

我的第四本书的写作与中央电视台的一档节目有关。什么，怎么和央视有关？别急，心急吃不了热豆腐，容我慢慢道来。

前几年的一天，吾儿渊洁陪我和他娘在运河边散步，突然他的手机响了，一看是央视著名少儿节目主持人"月亮姐姐"从日本打来的，当时她正在日本旅游。电话里说，《开门大吉》的导演不认识郑渊洁，想通过她询问郑渊洁，能否请他老爸郑洪升录一期《开门大吉》的节目，并且希望郑渊洁与郑亚旗以嘉宾身份出现在第二现场。渊洁说，我征求一下我爸的意见，然后答复。这个电话的内容被我知道后，我就想，《开门大吉》的导演是想一箭三雕，把我们三代人都囊括到他的节目中去，还把我安排在主角的位置，儿子和孙子都是配角。机不可失，时不再来，我倾向于上节目。但是，我又一想，《开门大吉》挺火，上这个节目者颜值高的年轻男女居多，像我这样 80 多岁的老头子真不多，在音乐方面我又是外行，万一上去出了洋相，咋办？正在我心里打鼓之时，导演找上门来了，鼓励我上，一再说他们节目组特别期盼有 80 多岁的老人，特别是老军人参加。我这个人就怕人家给鼓劲，一打气，我的勇气来了，决心上节目。

录制节目的那天，主持人的主持非常灵活，虽然事先没有经过排练，但在他的引导下我即兴发挥讲了许多事先根本就没有准备的内容。例如去红高粱地里试讲呀，用头写字呀。当主持人问到我如何读书自学时，我对着镜头大声说了一句：我的体会是，要向古今中外的名人“借脑子”！

长话短说，这期节目播出后，反响很强烈，我的许多粉丝希望我谈谈是怎样向全世界的名人“借脑子”的。

当时我想自己给自己惹麻烦了，是呀，怎样向全世界的名人“借脑子”？谈我的读书心得体会吧，这种方式老得没牙了，没人爱听。思来想去，最后我决定，把我家书架上的名人写的相关著作请下来，与他们“聊天”。通过这种“聊天”，把名人思想的精华或某个侧面展现出来，因为活着的人与故去的人“聊天”这种形式过去几乎没有（起码我没见到过），一定会引起读者的浓厚兴趣。

主意定了后，我就开始了《聊天》一书的写作。

说是好说，但这个天怎样聊，选一些什么人聊，我又费了一番脑筋，最后自定了这么几条聊天的原则：第一，先与国外名人聊，后与国内名人聊；第二，在国外主要与联合国安理会几大常任理事国的名人，外加上德国的几位名人聊；第三，聊天虽有戏说的成分，但要以历史事实为依据；第四，选择对象要有方方面面的代表性，如政治家、文学家、军事家、哲学家等；第五，聊天的对象要具备故事性、趣味性，引不起兴趣的免聊。

遵循这五条原则，我先后与华盛顿、林肯、富兰克林·罗斯福、马克·吐温、海明威、丘吉尔、萧伯纳、拿破仑、戴高乐、雨果、大仲马、巴尔扎克、希特勒、康德、黑格尔、歌德、爱因斯坦、斯大林、列夫·托尔斯泰、屠格涅夫、克雷洛夫、绥青、秦始皇、孔子、孟子、司马迁、韩信、韩愈、柳宗元、李世民、武则天、李白、苏洵、苏轼、苏辙、赵匡胤、王安石、王著、司马光、欧阳修、包拯、岳飞、成吉思汗、忽必烈、郭守敬、关汉卿、泰不华、朱元璋、施耐庵、罗贯中、李时珍、朱棣、海瑞、于谦、朱由检、杨慎等中外名人聊了天。聊得十分有趣，通过这种比较活泼的形式，我向大家展示了我是怎样向全世界古今中外的名人“借脑子”的。

这本书由我的孙子郑亚旗作序，由天津人民出版社于 2016 年 7 月出版。因为老内容有了新卖点，据说出版后卖得挺火。我还受天津人民出版社之邀，专程去天津与我的读者见面，并签售了这本书。

想知道我的第五本书《父亲的含义是榜样》是怎样写出来的吗？且听下回分解。

五谈我的一点写作经历

前面说过，我的第一本书出版时，我 62 岁；第二本书出版时，我 72 岁；第三本书出版时，我 82 岁。若按这个速度，我的第四本书出版时，我应该是 92 岁。然而，我加速了，我比以往提前了 8 年，也就是说在我 84 岁时，我的第四本书就出版了。接着再加速，第五本书《父亲的含义是榜样》只相隔一年，就由中国民主法制出版社出版了。

这是为什么？分析来分析去，原因固然很多，但是主要原因是网络的力量。我 80 岁上网后，一来通过网络大家知道了我，原来郑洪升就是郑渊洁的爸爸；二来通过网络大家了解了我，知道了我对诸多问题的看法，并有共鸣；三来我的持之以恒的勤奋精神感动了“上帝”，使我的粉丝队伍不断扩大，在几年之内竟达到几十万；四来我的写作由于充分利用了电脑的先进技术，加快了速度；第五，我每天与几十万年轻人交流，他们在启发着我，鼓励着我，使我增加了写作的劲头和灵感。我常与他们开玩笑，他们也逗我，使我几乎忘记了年龄，常常误认为自己不是 86 岁，而是 68 岁。

阁下认为，老夫找的这几条原因对否？

《聊天》一书于 2016 年出版后，许多朋友表示喜欢，并希望我一鼓作气，继续与古今中外的名人聊下去。有的人甚至提出让我与毛爷爷、邓爷爷聊一聊；还有人提出让我与蒋介石也聊聊。我想，我不能被你们牵着鼻子走，我不聊了，我量力而行，见好就收了。我改写别的体裁了。

那么写什么？现在很提倡转型，我的写作怎么转型？

我决定转写短篇，转写随笔。歌德谈创作时，特别强调两点。一是写短篇，二是要与现实生活相结合，不要无病呻吟。现在生活节奏这么快，长篇大论不受欢迎。若是千百字左右的短篇，几分钟就可以“咽”下去一篇；同时，一篇集中谈一个问题，看着也过瘾；再者，像我这么大岁数的人，写篇短的总比写长的省力；还有，在网上发短篇很合适，现炒现卖，可以积少成多。

我转写短篇后，一年中，已发出442篇，近50万字，越写越来劲。在现实生活中，我有取之不尽，用之不竭的写作素材。例如：看球赛可以写，动物园的老虎咬死人可以写，于欢的案子可以写，球星的故事可以写，甚至蚊子咬人前不叫了也可以写。总之，上至天文，下至地理，古今中外，世界观，方法论，教育子女的方法……均可见诸笔端，随心所欲却不逾矩，嬉笑怒骂皆成文章。因为都是有感而发，与现实息息相关，所以很受大家欢迎。

2017年出版的《父亲的含义是榜样》一书，只是收录了其中的200多个短篇，我还有200多篇随笔，在那里待命，等候出版社的召唤。

前面五谈，谈经过多。下面的第六谈，我想从总体上谈点写作的具体体会。请稍候！

六谈我的一点写作经历

写文章，说难也不难。有许多人凭写文章吃饭，有些人又怕写文章，好像这不是他们能干的活。因此，望而生畏，不敢写，久而久之也懒得写。其实，人的本能是会写的，只是有层纸未被捅开，把许多人隔在写作之外。我的观点是：人人应该写得一手好文章，不一定是上报刊，也不一定要出书，在平常工作和生活中，不能放弃这种文字表达能力。如果在这方面你出现短板，就如同你在与人交往中，失去了一种很重要的交流工具。

那么，写文章最重要的是要解决什么问题？我的体会是：认识起点要高；捕捉素材要“毒”；加工制作要细。

先说认识起点要高。马克思说过这么一段名言：“批判的武器当然不能代替武器的批判，物质的力量只能用物质力量来摧毁；但是理论一经群众掌握，也会变成物质力量。”这是对“物质变精神，精神变物质”的最经典的阐述。毫无疑问，写文章属于精神领域的东西，但是把文章写好了，被群众所认同、所接受、所掌握，又可变为强大的物质力量。如果我们不会写文章，不会用理论表达我们的观点，我们岂不失去了这个精神与物质相结合的武器？有些人认为，写文章是搞文学的人、机关“笔杆子”的差事，我是理工科的，我会研究，我会计算就行。这个观点恰恰不行。一些大科学家，一些一生从事发明创造的人，在人文领域往往也是行家里手。爱因斯坦如果在人文领域一窍不通，他能那么精辟而简练地表述他的相对论吗？所以，乔布斯一生追求的就是：科技与人文的巧妙结合。可以毫不夸大地说，大凡在科技方面有建树的人，无一不是在人文领域亦有深厚的基础的人，他们都善于将其研究成果，明明白白地表达出来。我们必须站在这个高度，认识掌握写作本领的重要性。有人可能会说，我不搞科学研究，也不搞文学创作，我不需要在写文章上费心思。错！错！错！别说过去写信了，你现在用手机发微博、写评论、发短信吗？如果你一点文字功底也不具备，你怎样与你的亲朋好友准确、生动、有趣地交流呢？

再说捕捉素材要“毒”。写作素材遍地都是，就看你会不会发现。有人说，我也想写，但没的写，似乎脑子一片空白。这是因为不善于观察周围事物，许许多多最佳的写作素材，被自己白白放过去了。为了捕捉写文章的素材，咱就要加强锻炼，使自己具备鹰一样的眼睛，狗一样的鼻子，蜜蜂一样的勤奋。在这里我有意用了一个“毒”字。不毒不行！只有尖锐、独到，善于看出别人没看到的东西，你才能写出好文章。在捕捉素材时，不要过分相信自己的记忆力，要随身带个小本或一张纸，把想到的、看到的、听到的新鲜事，随时用几个字记下来。否则过会儿忘记，你怎么也想不起来了，一个金子般的好灵感可能就溜掉了，永远不会回来。

最后我说加工制作要细。好文章是怎么写出来的？是磨出来的。观察的素材，只能是加工的原料，要把它变成文章，这就要精耕细作。这个阶段的功夫在于细。要去粗取精，去伪存真，由此及彼，由表及里地反复掂量。要深入到客观事物的本质中去，求索出事物的真谛。在这里我举个具体例子：一天，我走进“同仁堂”，看见它的堂训是“求珍品，品味虽贵必不敢减物力；讲堂誉，炮制虽繁必不敢省人工。”我立即把这个堂训抄录下来。回到家里，我看了一遍又一遍，最后我得出认识，这头一句话是告诫本店员工，在任何情况下不减料；第二句话，告诫大家不偷工。“同仁堂”之所以在全球驰名，就是因为它不偷工不减料。而我们现在发现的假冒伪劣产品，无一不是偷工减料的产物。何止减料，有的干脆换料。若举一反三，把“同仁堂”的堂训用在写文章上，也不能偷工减料。如果素材不够，就要深入实际进一步挖掘；如果写文章的功夫不到，就要反复推敲打磨。好文章都是货真价实的东西，偷工减料绝对写不出好文章。

上述三点体会，仅供年轻朋友们参考。希望大家通过大量阅读，反复实践，写得一手好文章！

谈睡姿

如果我们把每天的时间分成三大块，一块是用来工作或学习的；一块是用来吃饭交际和玩的；第三块就不用说了，肯定是用来睡觉的。这就是说，一个人一生中的几乎三分之一的时间是用来睡觉的。再干脆点说，一个人的一生总是处于两种状态：醒着和睡着。这两种状况交替出现，来回换班，缺一不可。不醒不成，不睡也不成。醒着谋生，睡着为谋生取得精力。世界上固然有不少人为醒着苦恼，但也有相当多的人因为睡不着而被折磨得死去活来。

人这种高级动物，干什么事情之前不仅喜欢创造一种理论，而且还讲究个姿势。例如坐有坐姿，站有站姿，走有走姿，仪仗队走的那种姿势，模特儿是万万不能用的。反之亦然。

那么，睡觉有无姿势？有人说了，睡觉不就是脱下衣服鞋袜往床上一躺吗，难道这还有姿势？朋友，我要告诉你，古今中外的人都很重视睡姿，而且对睡姿有不少研究与论述。我过去就看过毛泽东年轻时以“二十八画生”的笔名写的一篇论文，题目叫《体育之研究》，在这篇论文中，他还谈到了孔夫子的睡姿。

人的睡姿五花八门，但概括起来就是三种：侧卧、仰卧、俯卧。这三种睡姿中，以侧卧为最好，以仰卧为最不好。古人说侧卧如“侧龙卧虎”，说仰卧是“仰瘫尸”。孔夫子在《论语》中还用了这么六个字：“寝不尸，居不客”。什么意思呢？他告诉人们，睡觉时不要像挺尸那样躺着，居家时要随意，不要像做客那样拘束。

侧卧，侧向左边好呢，还是侧向右边好呢？古代人认为侧向右边最佳，把侧向右边睡叫“吉祥睡”。有一年我去山西运城参观关公庙，有个关公大老爷睡觉的石头塑像，我特别注意到，关公就是侧向右边而睡的。

现代医学研究证明，侧向右边睡大有好处，一是人的心脏在左边，侧向右边睡，不使心脏受压；二是人的胃肠的开口全在右侧；三是肝脏也位于右胁部，这样朝右侧睡对心脏和消化大有益处。

老夫建议亲们每天睡下后，先仰平身体，用双手揉揉胸部与腹部，揉得舒舒服服，全身放松，一边揉一边把脑子里的一些乱七八糟的东西都扫地出门忘得一干二净，尔后向右侧卧，闭上眼睛进入梦乡。

谈早起

有些朋友经常问我：老爷子为什么每天都起那么早？

除了笨鸟先飞外，我主要是尝到了早起的甜头。

世界是纷杂的。人生活在无穷无尽的干扰之中，而思考问题是需要相对清静的。

早晨十分宁静，一根针掉到地上都能听到响声，加上脑子通过一夜的休息，正是最好用的时候，它极其兴奋，它渴望思索，它火花四射。此时此刻，它能派生出许多奇特的构思，蹦出许多闪亮的语句，辩证思维、逻辑思维、形象思维融合在一起，交相辉映，向你扑来。在这个时候，说不定就能捕捉到一两个好想法，写出一两篇好文章。

机不可失，时不再来。凭我的经验，我总感到若把早晨这宝贵的光阴丢掉，实在可惜。

这就是我的回答。

谈谈吃的内容与形式

凡事物都由内容与形式两个方面组成。吃饭也不例外。吃的内容偏重于营养，吃的形式偏重于吃的文化与交流。

在吃上，我这个人一向重内容而轻形式。我和家人或单独吃喝的次数多。在这种情况下，我是老大，是真正的核心，我想怎么吃就怎么吃，能吃多少就吃多少。我是百分之百地为自己吃的，而不是为别人吃的。

就拿吃一只烧鸡为例，吃之前我用肥皂洗三遍手，我不把鸡切成块，也不用筷子，我直接下手，采取抓两头带中间的办法消灭它。也就是先吃鸡头和凤爪，再吃中间的肉。有句话说，鸡肋食之无味，弃之可惜，可怜的大才子杨修还因鸡肋被曹操杀了头。但是，我对鸡肋情有独钟，鸡肋上肉虽然不多，但附在它上面的东西真是下酒的好菜，吃起来味道美极了，大有嚼头。

但是，你去参加宴会，这么吃就不雅了，在这种场合吃的是形式，吃的是面子，吃的是文化，吃的是交流。坐有坐相，吃有吃相。我偶尔参加一些聚餐时，因我的年纪大，又是郑渊洁的爹，往往被安排在主座，用现在的话说，就是核心的位置上。但那是死要面子活受罪。我能下手撕鸡吃吗？我看到一种好吃的菜，我能连着下筷子吗？等盘子转到你跟前，还没夹几下，又转走了。一顿饭下来，总觉得肚子里空空如也。内容没收获多少，散席时还要昧着良心说，这顿饭吃得真好！

我主张，吃饭为自己吃，而不是为别人吃，重在吃的内容，而不在吃的形式。完全否定形式是不对的，必要的形式还是要讲究的。但是，若把形式放在内容之上，本末倒置，那就大错特错了。

第三章

生活随感

世上什么最疯狂？

人们从主观上都追求平和，追求宁静。但是，这只是一种主观愿望。事实上树欲静而风不止，人欲“泰”而疯狂袭。这种疯狂的存在，几乎不以人的主观意志为转移。

请看：有人追求财富到了疯狂的程度；有人追求名誉到了疯狂的程度；有人追求地位到了疯狂的程度；有人追求美色到了疯狂的程度……

然而，在诸多疯狂中，什么最疯狂？我的回答是人性。在人性中有一种填不满的坑。常言道：人心不足蛇吞象。你看那些腐败分子，他们当初并不腐败。但是他们处在一定的环境中，其人性中的那种疯狂就应运而生，由贪污受贿千元、万元、几十万元、几百万元，甚至到上亿元都打不住了。这时，他们已经利令智昏，疯狂地掠夺，疯狂地追逐权力，疯狂地享乐，疯狂地侵犯人民的利益。所以，牛顿说过这样的话：“我能计算天地运行的轨迹，却无法预测人性的疯狂。”

历史表明，限制人性疯狂的措施，只有两条。第一条是靠教育。把各种知识、各种美德，通过教育灌输到人的大脑这个行动的总指挥部去，使其从思想上明白什么是善，什么是恶，什么能做，什么不能做，从内因上对付人性的疯狂；另一条就是监督。一般的监督不成，要严格监督，真正把权力关进制度的笼子里。这个笼子是由人民的最高权力机关制作的，是不锈钢的，而不是纸糊的，笼子的钥匙掌握在人民手中。否则，疯狂的掌权者可能把人民关进由他们制造的笼子里，而他们却在笼子外边吃喝玩乐，胡作非为。这是从外因上对付人性的疯狂。

总之，人必须接受教育，教育者必须首先接受教育；人必须接受监督，有权者必须首先被监督。世界上应该形成一种人人接受教育，处处接受监督的环境。这样，牛顿所说的人性的疯狂，虽不可能完全根除，但可以减到最少。

世上什么最厉害？

前几天鄙人写了一篇随笔：《世上什么最疯狂？》。回答是：人性最疯狂。大家反映不错，得到不少赞扬。我受到鼓舞，于是一不做二不休，干脆再写一篇《世上什么最厉害？》。

世上什么最厉害？是老虎狮子吗？不是；是坦克飞机大炮吗？不是；是导弹原子弹吗？不是；是金子银子钞票吗？也不是；是掌握权力的大官吗？更不是。老爷子，急死人了，你就别再卖关子了，赶快告诉我们，世上究竟什么最厉害？好，我的回答是：规律最厉害。

什么是规律？规律是自然界和人类社会诸多现象之间存在的一种必然的、本质的、稳定的、固有的联系。它几乎是无形的，是隐藏在事物内部的一种非常神秘的东西。它决定着事物发展的必然趋势。

规律有些什么特点？它具有反复性，就是说它不是只出现一两次，它反复出现。它具有客观性，它不以人的主观意志为转移，你认识承认它，它存在，你不认识不承认它，它同样存在。它具有普遍性，它存在于一切事物之中，可以这么说吧，世上万事万物其内部都有规律，都受规律管束，谁也跳不出规律的支配。它厉害到什么程度？它厉害到顺之者昌，逆之者亡。你顺应规律办事，它让你一顺百顺，你违背规律办事，它让你碰得头破血流。

新中国成立后，我们取得的一切胜利，无不是顺应了客观规律的结果；我们所遇到的一切曲折和失败，无不是违背客观规律的结果。我们现在面临的一切难题，包括经济失调，空气污染，资源破坏，人民中存在的不满情绪……归根结底，无一不是客观规律对我们的惩罚。

因此，我们必须从思想上明确，世界上规律最厉害。规律铁面无私，毫不留情。你顺应它，它给你开绿灯，笑脸相迎，让你吃甜头。你触犯了它，不听它的话，胡乱折腾，它给你亮红灯，让你大吃苦头，哑巴吃黄连，有苦说不出。

朋友，你说世界上是不是规律最厉害？

世上什么最高尚？

高尚与低级是对立的。要想做一个高尚的人，就必须做一个脱离了低级趣味的人。高尚与低级，几乎是水火不相容。一个人身上高尚的成分越多，它必然把低级趣味挤得无容身之地。难以想象，一个高尚的人，却是从头到脚都被低级趣味缠身之人。

人是高级动物，他活得有脸面，有尊严。他不希望当“二皮脸”，更不希望不要脸。人一般都立志高尚，追求高尚，歌颂高尚。

那么问题来了，什么是高尚？

古人对高尚的标志有众多表述：

张衡说：“不患位之不尊，而患德之不崇；不耻禄之不伙，而耻智之不博”；

范仲淹说：“先天下之忧而忧，后天下之乐而乐”；

文天祥说：“人生自古谁无死，留取丹心照汗青”；

李白说：“土扶可成墙，积德为厚地”；

申涵光说：“行一件好事，心中泰然；行一件歹事，衾影抱愧”。

以上名人名言，确实很精辟，是对高尚的真诚表白和极为热情的颂扬。但是，看了以后，作为我们这些一般人，也有点丈二和尚摸不着头脑。

在老夫看来，高尚是平凡的，高尚是存在于我们日常生活之中的，高尚是每个人经过努力都可以达到的。如果高尚很难做到，那不叫高尚，那叫高不可攀。

说白了吧，我认为，作为一个人，要上敬父母，下慈子女；遵纪守法，尽职尽责；孜孜不倦，好学上进；先公后私，助人为乐；自身朴实，为人大度；严于律己，为官清廉；热爱祖国，英勇顽强。简单来说，不当麻烦的制造者，不玩物丧志，不得过且过，不损人利己，不偷鸡摸狗，不卖国求荣，不贪生怕死，凡是这样的人，他就是一个高尚的人，一个脱离了低级趣味的人。

世上什么最可怕？

这一篇原本并不在我的写作计划之列，是朋友们的命题。既然我把你们当老师，我是学生，言出必行，只有照题目写作了。

要谈世上什么最可怕，首先必须分清是个体怕，还是群体怕。

若说个体怕，那是五花八门的，非常多。如有人怕夜半临坟地；有人有恐高症，出游怕登高；有人怕老师留作业；有人怕坐船遇台风；有人怕驾车出车祸；有人睡觉怕失眠；甚至有的男人怕老婆，有的女士怕男人有外遇……如此种种，不胜枚举。

但是作为群体来讲，总有几种共同怕的东西。

一是贪婪最可怕。有个故事流传很广，三个朋友去森林里玩，一个人发现一棵树下有一堆黄金，吓得面如土色，心惊胆战，立即跑去找另两位朋友。朋友们见他如此惊慌失措，以为他看见鬼了，忙问怎么回事，这位朋友说，比鬼还可怕，我看见一堆黄金。两位朋友觉得看见一堆黄金，这不是天上掉下馅儿饼吗，你怕什么？简直是太傻了。他们忙问黄金在什么地方，这个人把黄金所在的方位告诉他们后，立即离开这里。这两个人走过去一看，果然有一大堆金光闪闪的黄金，眉开眼笑，乐开了怀。这两个人中的甲说，这么多金子，白天运回去，怕人看见，咱们等天黑后再运。乙说，对，你在这里看着，我回去弄点吃的，再弄瓶酒来，庆祝庆祝。等乙走后，甲想：这些金子我得独占，等他回来后，我把他打死。乙想：我在饭里撒毒药，把甲毒死，金子全归我一人所有。等乙提着饭回来时，甲先下手为强，一棍子把乙打死。他高兴得又吃又喝，不一会儿肚子疼得直在地下打滚，被活活毒死。这两个贪婪的家伙就这么呜呼哀哉了！

二是骄傲最可怕。常言道：人怕出名，猪怕壮。有些人一旦掌握了一定的权力，或因某件事干得漂亮而出名之后，就不知天高地厚了；就目中无人，忘了天外有天，人外有人了；就把自己的尾巴翘到天上去了。这样的人都没有好结果，个个都会走向失败。

三是认真最可怕。毛泽东同志的那句名言，想必大家还记得。他说：世界上怕就怕“认真”二字，共产党就最讲认真。这样说来，共产党是怎样打败国民党的？是靠认真。他们认真学习，认真从事社会调查，认真维护广大群众的根本利益，认真遵守群众纪律，不拿群众一针一线，过果园不动手，进瓜地不低头，宁可露宿街头也不进老百姓的屋子。认真到如此地步的队伍，能不取胜吗？所以，我非常赞同毛主席说的这句话。

也有人说，世上最可怕的不是狮子老虎，不是狼，而是人。我最怕人，既怕死人，更怕活人。因为世上的一切坏事都是人干的。

也有人说，世上最可怕的就是不知道什么最可怕。

世上什么最难忘？

每个人活在世上，总有几件永生难忘之事。由于人所处的环境不同，经历不同，决定了其难忘的事也不同。但是个性之中能看到共性，因为共性往往存在于个性之中。所以，我的这篇随笔想改变一下写法，我想以韩信大将军为例，剖析世上最难忘的究竟是什么。

韩信出生于今江苏省淮安市，其家境贫寒，父母虽非常爱他，但穷困潦倒，早亡。这下雪上加霜，苦了小韩信，他只好以讨饭为生。每天能讨到的吃的极少，还被人家的狗咬出大门，常常饿着肚子，两眼直冒金星。但是村子里有一位大婶可怜韩信，经常给他吃的。这位大婶就成了他的救命恩人，韩信想，一旦我将来有了出息，我若不报答她誓不为人。

韩信渐渐长大成人，他家里有把剑，他常常把这把剑挎在身上。附近集市上有个杀猪的小子，死活看不上这个背着剑的韩信。一天趁人多时，他向韩信挑战：你小子有种，就用剑捅死我，如果你不敢，就从我的裤裆下爬过去。周围的人都在起哄，有的喊捅死他，有的喊钻过去。韩信想，我要捅死他我得偿命，岂不坏了我的前程，只好忍辱从这小子的裤裆下爬了过去，这就是那个流传于世的“胯下之辱”。

韩信后来离开家乡，先在项梁手下当兵，后又转到项羽那里。他很有军事头脑，但不被项羽重用。他又投奔到刘邦那里。萧何发现这是个不可多得之才，多次向刘邦推荐，但韩信仍不被刘邦重用。韩信夜奔离开刘邦，被萧何知道后连夜追了回来。萧何告诉刘邦，你要夺取江山非重用韩信不可。

刘邦终于听从萧何的意见，拜韩信为大将军。刘邦的军队在韩信的率领下，进行了十大战役，尤其是决定最终胜负的暗度陈仓之战，井陉之战，攻齐破龙且之战，垓下之战，这些战争帮助刘邦消灭了死对头项羽，建立了汉朝。但是，狡兔死，走狗烹；飞鸟尽，良弓藏；敌国破，谋臣亡。吕后与萧何合谋，杀了韩信，并灭了他的三族。

从韩信的故事中，后人醒悟到：

母爱最难忘；

在最困难的时期救过自己命的人最难忘；

羞辱过自己的人最难忘；

知遇之恩最难忘；

自己打过的胜仗、取得的辉煌成就最难忘；

杀功臣、陷害忠良之人最难忘。

阁下，你什么最难忘？

世上什么最无奈？

在世界华人圈中，不知道邓丽君大名的恐怕不多。在2005年她逝世10周年时，人们发现了她生前录制的一首名叫《无奈》的歌。这首歌的歌词如下："我本来打算离你远去，从此不再提起你。看着你一脸茫然，眼眶是泪滴，我无能为力。心中的无奈像一根线，牵绊着我还有你，我实在实在没有勇气，来抛下这情意。这一刻虽然默默无语，但是我心在哭泣，求求你不要问我为什么凄凄，我无法回答你。也许有一天我离开你，请相信是不得已，我心中心中有个秘密，却无法告诉你。我青梅竹马童年伴侣，如今又与我相聚，我们俩从前有过爱情的默契，今生要在一起。这一份无奈隐藏心底，该选择他还是你，你叫我叫我怎么处理，这三角的难题！你叫我叫我怎么处理，这三角的难题！"为何无奈？原来是因为面临三角恋爱！

什么是无奈？无奈是一种情绪，是一种对某件事情进退两难的态度。在成语中有许多就是表达无奈的。如：束手无策，无计可施，不知所措，无可奈何，迫不得已，无能为力，万般无奈，茫然若失，计出无奈，欲哭无泪……

在日常生活中无奈之事很多。例如老婆整天唠唠叨叨，没完没了，实在无奈；男人要去参加一个约会，老婆死活不让去，真是无奈；夫妻双方的老人住在一个大院，不知道节假日回家先进谁家，实在无奈；给农村的父母寄点钱，父母坚决不同意，实在无奈；借给别人钱了，对方就是不还，要也不是，不要也不行，实在无奈；财权不在自己手里，弄个小金库，东躲西藏，偷偷摸摸，也真无奈；一方总怀疑对方有外遇，偷听电话，偷查手机，像破案似的，实在无奈；生了孩子父母来看孩子，老婆拉着脸，丈母娘一来却喜笑颜开，实在无奈……

以上都是个性的无奈。也有几样是较为普遍的无奈：不愿干的工作非让干，不干又不行，真无奈；想学的内容不让学，没兴趣的学习内容一个接一个，还要口是心非地发言表态，真无奈；不愿听的报告，非让坐在下面规规矩矩地听，还要不时鼓掌，真无奈；物价涨得飞快、空气污染严重、社会风气败坏，自己又无能为力，真无奈……

但是，光无奈也不成，还要往积极乐观的方面看。我觉得莎士比亚有段话说得就很积极。我给大家抄录如下："再好的东西，都有失去的一天。再深的记忆，也有淡忘的一天。再美的梦，也有苏醒的一天。该放弃的不要挽留。该珍惜的不要放手。分手后不可以做朋友，因为彼此伤害过；也不可以做敌人，因为彼此深爱过。"

愿我们的生活，少些无奈，多些快乐！

世上什么最无耻？

据考证，无耻这个词最早出自《孟子》。孟子曰："人不可以无耻。无耻之耻，无耻矣。"从此之后，"无耻"二字，不仅在文章中被广泛使用，而且成语中带"耻"字的也相当多。例如：厚颜无耻、卑鄙无耻、不以为耻、荒淫无耻、报怨雪耻、奇耻大辱、报仇雪耻、寡廉鲜耻、忍耻含垢、不耻下问、礼义廉耻、不耻最后、忍耻偷生、包羞忍耻、引以为耻、恬不知耻等。这从一个侧面说明，有耻或无耻对人非常重要。

到底什么是无耻？它一般是指一个人不分善恶，不分是非，不分尊耻，为了达到一定目的，可以抛弃信仰，可以不要脸面，可以不择手段，可以破坏规矩，可以不计一切代价地去胡作非为。

无耻是分等级的。有大无耻与小无耻之别。在我国历史上，有公认的十大最无耻之人，他们是：陷害忠良的伯嚭；祸国殃民的安禄山；奸相杨国忠；卖国求荣的张邦昌；误国害民的蔡京；通敌卖国残害忠良的秦桧；狂征暴敛心狠手辣的阿合马；巨奸大恶贪贿误国的严嵩；欺主乱政专横跋扈的鳌拜；天下第一贪的和珅。这些人之所以被公认为我国历史上十大最无耻之人，是因为他们的官职大，他们祸国殃民的范围广、时间长。除以上十大最无耻之人外，还有不计其数的无耻者。

在当代最无耻的是两面人。这些人一般都官居要职，但他们为了达到个人不可告人的目的，极力掩盖自己的罪行，他们当面说的与背后说的不一样；白天干的与黑夜干的不一样；在台上的形象与在台下的形象不一样；给别人讲的和自己做的不一样。这是些根本不要礼义廉耻之人，是些不守党纪国法之人，是些白天是人夜晚是鬼的人。被揪出的“大老虎”，个个都是这号最无耻的人。

衡量一个官员是高尚还是无耻，有一个最简单的标准，就看他是人民的公仆，还是人民的主子，看他是否把人民真正当成国家的主人。正如马克思那句名言所表述的：“在民主的国家里，法律就是国王；在专制的国家里，国王就是法律。”

我和我的“国防军”

再过三年，鄙人就进入90岁人群的行列了。现在耳不聋，眼不花，十分能吃，八分能睡，80岁后还用手写板写出几万条微博，出版了五本书。虽然白发苍苍，但脑子还不糊涂，记忆力与理解力、想象力，还能跟得上。走起路来，腿不疼，腰不弯，似一阵风。有时在田间散步时，常听到一些不认识的农民说：这老头准是位老军人！

常有人问我：你是怎么做到鹤发童颜红光满面的，难道有神助？

我说，确有“神”。这神就是我的神兵，我把它称为我体内的“国防军”。

虽然我的父亲郑锦云与岳父刘润甫都是名医，但我从小当兵，没学过医，对医学方面的知识，可以说是一窍不通。但是我简单地认为：人出生时，父母在儿女的体内就给他们装备了一支“国防军”，在医学上叫免疫力。人不是生活在无菌室里，一出生各种病菌就前赴后继地向我们袭来。这时，就看咱的“国防军”是否有战斗力。如果战斗力强，就可以将来“敌”聚而歼之，经过漂亮的歼灭战，我自岿然不动。假若咱的“国防军”是一窝子吃货，是一盘散沙的熊兵，在这种情况下，我们只好被来“敌”打败，缴械投降，轻者住院治疗，重者甚至丢了性命。

辩证法告诉我们，内因是根据，外因是条件，外因通过内因起作用。身体的健康，不是靠吃药打针来维持的，主要还是靠你体内的“国防军”，也就是身体的免疫力，把各种病菌消灭在萌芽状态。实在抵抗不住了，再搬援兵，就是看医生，吃药打针，让外援拉兄弟一把，内外夹击，里应外合，把入侵之“敌”彻底地消灭，从而恢复健康。

那么，朋友们接着会问：你是怎么对待你的“国防军”的？我的回答可以说出几十条，但最为重要的就三条：

头一条，给它提供充足的营养。常言道，兵马未动，粮草先行。如果营养跟不上，你的免疫力自然就会下降。这是物质基础。再好的马，不给它喂足粮草，它也跑不起来。营养来自哪里？我的体会，营养就来自五谷杂粮，就来自各种肉类与蔬菜，就来自各种水果。当然能喝酒的朋友，也可以细水长流地每天（私款）来二两革命小酒。我绝不对五花八门的、价格昂贵得吓人的保健品感兴趣。我从来不吃保健品。我的信条是：能吃饭就不要吃药；能吃药就不要打针；能打针就不要输液；能输液就不要开刀。只要把饭吃好，你的“国防军”就身强力壮，就可以在“敌人”面前亮肌肉，就能拒“敌人”于“国门”之外。

第二条，对自己的“国防军”多进行实战训练。通过超强度训练，使它增强战斗力。我一生很注意运动。我年轻时打球，跑步；老了后，摸索出养生的十大绝招：天鼓齐鸣、小便咬牙、用头写字、鼓漱咽津、喝酒三忌、闭目养神、便后净身、躺下揉腹、散步聊天、坐下梳头。我这十条绝招，新华社都介绍过，也收录在我出版的《郑老爷子大观园与郑渊洁家书》一书中。另外，我不主张过“候鸟”的生活。我觉得一个人的身体，该冷时就让它冷，该热时就让它热，要随季而动。你看奥运会，它放在夏季与冬季进行，而不放在春秋二季。总是处在恒温里，对身体并不一定就好。

第三条，互相支援，保持平衡。我形象地把体内的“国防军”比喻为：神经、消化、呼吸、泌尿、内分泌、运动、循环、生殖八大集团军。这八大集团军不是孤军奋战，而是互相配合，互相支援，一方出现情况，其他队伍要立即出动，全力支援，共同努力，把病菌围歼。不能像孟良崮上的张灵甫，李军长向他直喊：

张军长拉兄弟一把吧！而张军长死活按兵不动。根据我的体会，在这八大集团军中，神经系统尤为主力军中的主力。人的心情，精神状态，关联到全身的各个部位。因此遇事保持一个乐观的态度，愉快的精神，对健康长寿，对战胜疾病特别重要。

以上就是我和我的“国防军”相处的秘诀。养兵千日，用兵一时。一旦病菌来找我的麻烦，想讨我的便宜，我的“国防军”招之即来，来之能战，战之必胜。

我和我的导师们

我昨天一鼓作气写了篇《我和我的“国防军”》，没想到大家给了高分。人就喜欢“戴高帽”，这一戴又戴出一篇，这就是今天这篇《我和我的导师们》。灵感的跳跃往往是一串一串的，估计一发而不可收了，下边还会有《我和我的孩子们》《我和我的部下们》《我和我的上级们》《我和我的休友们》……我的年轻朋友们，你们的期望值不要太高，不会有《我和我的女人们》，因为我这一辈子就一个女人。巧妇难为无米之炊呀。

饭要一口一口地吃，路要一步一步地走，文章要一篇一篇地写。亲们别催得太急，一旦把弦催崩了，想写也只能望洋兴叹了。

由于种种原因，我没上过什么学。我是“吃野食”长大的。我的导师，都是我自己从全世界范围内选来的，而且还是免费的，他们大部分都留有长胡子。当时我十分天真地觉得胡子越长越有学问，好像他们的每根胡子里面都藏着取之不尽，用之不竭的智慧。

我的外国导师，首先是马克思和恩格斯。马克思的胡子宽，恩格斯的胡子长。在我看来他们的学问又宽又长，我对我的这两位导师敬佩得五体投地。我先自学这两位导师合著的《共产党宣言》。我就奇怪这两位当时不到30岁的德国青年，怎么就能写出文笔如此美，气派如此大，分析如此透，预见如此远，成为共产党人“圣经”的文章。我反复阅读，认真背诵，爱不释手，不知读过多少遍。后来我的儿子郑渊洁被学校开除后，我在家教他，用的教材就是《共产党宣言》。从读这本书尝到甜头，我就进而啃这两位导师的代表作：马克思的《资本论》和恩格斯的《反杜林论》。这“两论”对我的影响太大了。以前说过，我通读《资本论》时，只有20几岁，是抱着儿时不爱睡觉的郑渊洁读完的。马克思从分析商品开始，进而分析资本主义的生产方式和方法，其严谨的治学态度，顽强的奋斗精神，都给我留下终生难忘的印象。恩格斯的《反杜林论》中那种摆事实讲道理的尖锐的批判战斗风格，永远是我们学习的榜样。读《反杜林论》时，我写了20多万字的读书笔记，摘录过上百张资料卡片，后来还多次登上讲台，给学员讲过辅导课。

从马克思、恩格斯两位导师开始，我又找了好多位留有大胡子的导师，黑格尔、费尔巴哈、康德、李嘉图、欧文、傅立叶等人都先后成了我的导师。这些我在《聊天》一书中提到不少，不必一一列举。在这里我只想说，我请的导师都是某一学说的创始人，我是从根上学的，全是原汁原味的，学的不是二手货，更不是假货。

在国内我的导师首推毛泽东。我读过他写的“世界上什么问题最大，吃饭问题最大”；以及后来写的“谁是我们的敌人，谁是我们的朋友，这个问题是革命的首要问题”；以及“分析抗日战争为什么是持久战的科学方法”，还学过他的哲学名著《实践论》《矛盾论》，我不仅把他视为自己的领袖，而且视为自己最好的导师。

在国内我还有几位导师，艾思奇的《大众哲学》《辩证唯物主义与历史唯物主义》，李达的《唯物辩证法大纲》，这些都是我读过上百遍的最好的哲学教材。华岗的《形式逻辑》对我的影响也很大。不少人爱听我讲课，在这方面我的导师是孙定国。

现在有些人，并没有真正读过这些导师的著作，遇到情况人云亦云地乱批、甚至乱骂，每当这时，老夫都觉得可笑。我不是说导师就百分之百正确，更不会说他们没有错误。但我们对这些导师不能持全盘否定态度。反正我对教育过我的导师，不管是古代的还是今天的，不管是中国的还是外国的，一直保有感恩的、极为尊敬的态度。

我的口号是：向全世界的名人“借脑子”！我们的智慧是万万不够的，要向他人“借脑子”，以补自己之不足。

让我们永远当小学生，永远尊敬自己的导师！

我和我的演讲偶像们

我上年纪后，经常躺在床上用手捂着胸口，回想自己这一辈子。思来想去，总觉得自己没什么大本事。好在领导交给我的任务从没耽误过，办事能力还行；会写点东西；讲起理论课来挺受欢迎。那么，我的演讲才能是从哪里得来的？除了自己反复苦练外，我有三位演讲偶像，他们对我的影响太大了。

第一位是孙定国。

1947 年我们一帮只有十几岁的娃娃，要从山西省阳城县，步行去驻扎在河北省冀县的以滕代远为校长的晋冀鲁豫军政大学。阳城是太岳军区所在地，军区司令是王新亭，副司令员是孙定国。行前孙定国给我们讲了一次话。就是这次讲话使他成为我的偶像，影响了我的一生。之前我就听说过孙司令特别能讲，战士们说：只要孙司令一个月能给我们讲一次话，我们情愿不要津贴。那次我真的感受到他的厉害和魅力。他讲了两个小时，不念稿子。只见他的表情与手势配合得恰到好处；声音有高有低，时而严肃，时而微笑；时而讲道理，时而说故事；时而引经据典，时而朗诵诗词……他把全场听众的情绪完全调动了起来，让我们几乎忘记了自我。听了孙定国司令的这次演讲，我暗暗下定决心，将来我一定要像他那样会演讲。新中国成立后，孙定国被调到中共中央高级党校任哲学教研室主任。听说他的演讲才能是年轻时对着大镜子苦练出来的。

第二位是郭奇。

郭奇是晋冀鲁豫军政大学政治部副主任，曾担任过北平中共地下党书记。他去延安后在抗日大学讲哲学，正好毛主席也在抗大讲课，与郭奇非常熟悉。由于郭奇留着大胡子，毛主席戏称他是“马克思”。新中国成立后，郭奇在南京军事学院任教，毛主席去视察时，看见郭奇后高兴地说：原来马克思在这里！逗得大家都笑了，当时的照片曾在军事博物馆展出过。在晋冀鲁豫军政大学时期，我听过郭奇的几次演讲。他讲话的最大特点是幽默，不管多么严肃的问题，他都能逗得全场人哈哈大笑。他讲话也不念稿，就站在一块石头上，对着大操场上的人讲。已经过去 70 年了，但他讲的一个事我至今记忆犹新。当国民党军队大举进攻解放区时，占领了很多城市，连延安也被占领后，有些人产生了悲观情绪。而他说：

蒋介石没什么了不起，我们和他在一个澡堂洗了那么多年，还不知道他的本事有多大？

第三位是孙毅。

孙毅将军也留着胡子。当年毛主席、朱总司令、彭副总司令都叫他孙胡子，在《毛泽东通信集》中还收录了毛主席写给孙毅的信。他担任过我们石家庄高级步兵学校的校长。他特别能讲，从来不带稿子，一讲就是几个小时。孙校长是艰苦朴素的典范，是以身作则的典范，是刻苦学习的典范，是锻炼身体的典范。他讲话的最大特点是不讲空话套话，非常实际，总是以自己的经历与发现的问题说事。不管他讲多长时间，大家只嫌其短，不嫌其长。例如，有次下了大雪，他通知各大队扫雪。但是他亲自检查后，发现扫得很不干净。他就讲："雪后不扫雪，说后才扫雪，各扫门前雪，扫后仍有雪。不行，重扫！"他还深入到各个教室，拉开每个课桌的抽屉看，学员写的"人在课堂心在家，家中留下一枝花……"他都亲自抄下来，在演讲时批评学员学习精力不集中，一边上课一边还念着一枝花。孙校长最后的职务是总参顾问。他 90 岁大寿时，当时的国防部部长迟浩田去给他祝寿时说，总参党委开会决定，总参要出一位百岁老人，大家一致同意，这个任务由您老人家来完成。孙毅将军真的圆满完成了总参党委给他的这个任务，百岁与世长辞。我还去八宝山参加了老校长的遗体告别仪式。

除这三位演讲偶像外，我还认真读过甘肃文化出版社编辑出版的《世界最著名名人演讲录》一书。我的体会是：好的演讲，必须健康，幽默，有故事，有金句，通俗易懂，不装腔作势，不故弄玄虚。每次演讲，都要能给人留下一点难忘的印象。

演讲是一门艺术。

掌握这门艺术，需要向偶像学，更需要多练。

我和我的博友们

我真闹不清楚"粉丝"这个称谓是从什么时候兴起来的，粉丝不就是细粉条嘛，怎么以它称呼崇拜者呢？我写微博后，对我的"粉丝"多数情况下称呼"朋友"或"亲们"，直接用"粉丝"极少，因为我不愿意让他们当粉丝被人涮了。

2018年3月2日，也就是狗年正月十五，我遵读者之命，写篇《我和我的博友们》，用这种方式在这个大好日子里，一方面与大家在网上团圆；另一方面也向我的50多万博友表示最诚挚的感谢。谢谢你们关注我，谢谢你们鼓励我，谢谢你们给我以力量。我们这辈子有缘。

我这个人不管遇到什么事都爱分析。我笃信“分析好，大有益”的论点。只有分析，你的脑子才会清醒，办事才不会莽撞，才能有自知之明与他知之明。至于你分析出来的东西能否全部公布在社交平台，那还要遵循季羡林老人的告诫：“假话不说，真话不全说”。

我从80岁后，在我两个孙子的鼓励帮助下，开始用手写板在新浪网上写微博。过去说过，我花了几个月的时间，反复思考，多次修改，写好后还征求他人的意见，“吭哧吭哧”写出我的首条“围脖”。我心中暗喜，一点鼠标发出去，觉得这头一炮准打响，打响后，还不来他几万粉丝。然而，“围脖”发出后，静得怕人，一个关注者都没有。每过一个钟头，我就打开网页瞧一次，打开十几次，仍然没人理睬。我就纳闷儿了，人家明星们就写吃了、喝了、化妆了、整容了、恋爱了、离婚了、生孩子了……这些内容就有那么多人关注，而我这个微博自认为挺有分量，怎么就被打入冷宫了呢？不行，我得求外援，这时我想到“上阵父子兵”这句话。在我孙子郑亚旗和儿子郑渊洁的先后转发下，我的博友如同从天而降，一两天之内猛然增长了几万，连“微博女王”姚晨都关注了我。我始终把我的第一批博友视为我的“井冈山”时期的老战友。

儿子是名人，他一转发，“呼啦”一下子来了几万人关注我的微博。但是我心里明白，不能仅凭儿子吃饭，你写得不行，谁转发也无济于事。此时此刻，我下定决心，要凭自己的本事吃饭。我一看关注我的人越来越多，很快涨到十几万。我就想：现在一本杂志、一份报纸真正的读者才多少？这么多朋友天天来看我写的东西，我必须给自己立几条规矩：我是撰稿人，我必须文责自负；我是八旬老人，我不能为老不尊；我是个老共产党员，我不能背离自己的信仰；我是名人的父亲，我不能给自己孩子脸上抹黑；我是个老军人，我必须守纪律不能造谣传谣；我是个哲学课的讲师，我要给年轻人传授方法论；我是个健康老人，我要向大家传授养生经验；我一生向全世界的名人“借脑子”，肚子里有不少存货，在我有生之年，我要无私地给大家掏出来，别让这些宝贝跟着我“爬了烟筒”。为了活跃网上气氛，我还经常和我的博友们逗着玩。奔着这些精神，我每天清晨四点钟起床，几年下来，写出上万条微博，从这些微博中还有选择地抽出一部分出版了几本书。

我与我的博友们天天在一个平台上交流，无形之中已建立起深厚的感情，深感这个队伍的质量相当高。他们中有教授，有学生，有工人，有农民，有保安，有警察，有明星，有军人，有律师，有法官，有新闻工作者，也有相当多的公务员。他们分布在海内外，是名副其实的来自五湖四海。我的博友确实是遍天下。每当我看到有些母亲半夜三更一边给孩子喂奶一边给我写评论时；当我看到有些病人动完大手术麻药作用一过就给我发消息时；当我看到有些朋友和我探讨某个问题并给我改错别字时；当我看到不少学生考了好成绩向我报喜，还说由于看我微博使他脑子大开其窍时；当我看到有许多人把我的微博转到他们的朋友圈还推荐朋友关注我时；当我看到因为我的微博的启发，不少人也让他们的上了年纪的长辈上了网并关注了我时；当我看到有的著名教授，不仅向自己的学生推荐我的微博，而且去台湾、香港、澳门等地讲学时，也让大家关注郑洪升老人的微博，还说我是“老成谋国”时；当我看到不少人因为我每天发微博早，也改变了自己的生活习惯，早起早睡时，所有这一切，都是给我的最高奖赏，都是我力量的源泉。在此，我向亲们深深地鞠躬，表达老夫发自内心的没有一点虚情假意的感谢。

有人说网络很复杂；有人说这是个是非之地；有人说这里鱼龙混杂；有人说这里人身攻击成风；有人把网络视为洪水猛兽；有人敬而远之根本不敢涉及。但老夫认为，网络的出现，是人类科技发展史上里程碑式的重大进步，我们要张开双臂迎接它、利用它、发展它、健全它，事在人为，要使它为我们服务。

在我看来，要用好网络关键在于正确的引导。万万不可因噎废食！

我和我的“奴隶们”

看到这个标题，大家一定会纳闷儿：公元前 475 年，中国的奴隶社会就逐步瓦解，进入封建社会，现在都什么时候了，郑老爷子怎么还有“奴隶”？

我记得有位大名人说过：“我们要当书的主人，而不能当书的奴隶。”换句话说，书是我们的“奴隶”，这就是我的“奴隶们”的来源。

书是由古今中外从事写作的人们生产出来的产品。它们和其他商品一样，一旦进入市场，就具有两种属性：使用价值与交换价值。其使用价值能给我们以知识营养；其交换价值是作家与出版部门所花费的社会必要劳动时间。我们花钱把书买回来后，这些书就归自己所有，如同变成我们的“奴隶”，我们取得了对它们的任意支配权。

首先，我们要通过书的作者介绍与目录，了解它们的“身世”，以及它们具有什么特长和本领。尔后我们要通过阅读，进一步弄清这本书立论是否正确，结构是否严谨，切入点是否独特，语言是否优美，想象力是否丰富，结论是否恰当。根据审查结果，好的“重用”，一般者“次用”，实在不及格者，打入“冷宫”。

对于自己喜爱的作家的精品，就要有特殊待遇，天天看它，在它身上划重点，做眉批，夹标记，以便有朝一日写东西时，参考它们，引用它们。因为它的所有权归自己，我完全有权任意支配它们。

既然这些书都成了自己的“奴隶”，我还不能让它们吃“大锅饭”，更不能让它们变成“铁饭碗”。我要优胜劣汰，过几年清理一次队伍。实在不行的，就让它们去废品收购站，粉身碎骨，化为纸浆，以便腾出地方让新来的“奴隶”落脚。在这方面，一定要搞好新陈代谢，紧跟时代的步伐，永不掉队。

根据老夫的切身体会，要想当好“奴隶主”，驾驭好自己的“奴隶们”，就得把读书的主动权紧紧地掌握在自己手中。千万不要被书牵着鼻子走。

我和我的商品们

说到底，我们人与什么打交道最多？有的人可能回答是人。我的回答是商品。咱可以不见人，但无法离开商品。咱的衣食住行，以及所需要的一切，几乎全是商品。

商品经济是否发达，是生产力发达与否的一个外在表现。人类社会之初，并没有商品。因为生产力水平极低，生产的产品仅够甚至不够自己使用，没有剩余之物可以拿出去与他人交换。凡商品，都是交换之物，生产出的产品不进入交换领域者，不叫商品。随着生产力的不断提高，能拿出去与别人交换的东西越来越多，人类就逐步进入商品社会。商品这个东西，把我们人与人紧紧地联系在一起，使得你中有我，我中有你，取长补短，互通有无，进而把整个人类社会联系为命运共同体。我们提出改革开放，改革什么？实质上就是改革阻碍商品生产的一切不合理的规章制度、上层建筑；开放什么？开放商品进出口，包括引进有利于商品生产的资金与先进技术，同世界接轨。

商品进入交换领域，必须具备两个条件，一是它对他人有使用价值；二是它有价值。其使用价值，使它具备被别人需要的资格；其价值，使它可以与其他商品等价交换。商品的交换，开始是物与物交换，后来进化为通过货币这一媒介进行交换。所以，人们要想获得其他商品，必须先挣工资，有了工资，才能拥有自己所需的其他商品。

美国特朗普先生当选总统后，吾儿郑渊洁说了一句话：他一辈子经商，没从过一天政，他当上总统后一定会把美国当成一个大公司来经营。此话真让他说对了。你看他刚上台没几年，特善于计算商业利润，计算交易是否吃亏，喜欢讨价还价，喜欢打贸易战。这个本性是难改的。因此，我们要掌握适应他的对策，从贸易战中增长自己的才干。

每个人都生活于商品经济之中，不是商品的生产者，也可能是商品的交换者，或者是商品的消费者。阿里巴巴、京东，以及数不清的实体店，统统是商品交换的平台与渠道。

我从 80 岁起，开始写微博，逐渐悟出：我可能也进入了文化商品生产的领域。我生产出几万条微博，用这些微博与我的几十万粉丝交流，逐渐得到他们的认可和赞扬。我的“牌子”也闯出来了，并且从我的这些微博中，我选出一部分，先后出版了《郑老爷子大观园与郑渊洁家书》《聊天》《父亲的含义是榜样》三本书，它们以文化产品的形式进入了图书市场。我还有百十万字的存货，根据图书市场的需求，将逐步迈入市场。这样一来，微博这个先进的科技产品，把我这个商品的消费者，推入了文化商品的生产者行列。本来已失去劳动力的我，又焕发了青春，成为一名商品的生产者。我住的、吃的、穿的、行的、看的，都是他人生产的商品。我当了一辈子商品的消费者，做梦也没想到，人到晚年，竟然进入到文化商品生产者的队伍，当上了一名商品的制造者。

感谢好时代！感谢高科技！感谢新浪！

我和我的休友们

人这一辈子，有许多东西可以抗拒，唯独自然法则不可抗拒。再年轻的人也有老的一天；再强壮的人也有病的一天；再大的官也有下台的一天；再健康的人也有死亡的一天。

有句话叫：叶落归根。对离退休干部来说是：叶落归“所”。什么“所”？干休所。我从岗位上退下来后，就归到一个有几百名离休干部的干休所。离别了战友，结识了休友。战争年代的战友们的生死与共，那是从相对意义上说的。休友们的生死与共，那可是从绝对意义上说的。

过去形容我们部队的发展进程时，常用一句话：从无到有，从小到大，从弱到强。干休所里的人走的是另一条路线图：从有到无，从大到小，从强到弱，最后全部死亡。在这里去世一位少一位，只有减法，没有加法。

人们都说，老年群体是弱势群体，无职无权，是属于人一走茶就凉的群体；脑子不好用了，是个常上当受骗的群体；鼻涕过河口水直流，是被人嫌弃的群体；加上有些为老不尊的人干出碰瓷或是强迫别人让座的事，使老年人沦为让人瞧不起的群体。

但是杰出的词作家乔羽先生那首《夕阳红》，才是对老年群体的正能量描述：“最美不过夕阳红，温馨又从容。夕阳是晚开的花，夕阳是陈年的酒，夕阳是迟到的爱，夕阳是未了的情，有多少爱化作一片夕阳红。”我和我的休友们，就是晚开的花，就是陈年的酒，就是迟到的爱，就是未了的情，过着温馨又从容的生活。回想起来：少年时期太懵懂；青年时期未免太莽撞；壮年时期未免欠成熟；到了老年阅历丰富了，许多事情才看明白，才成为一坛老酒。

将近30年来，我与我的休友们就生活在这种温馨而从容的环境之中。在他们中间，有战斗英雄，有工作模范，有书法家，还有许多能歌善舞之人。我们老有所学，老有所乐，老有所为，老有所养，过着愉快的晚年生活。能跳时跳，能唱时唱，能跑时跑，能喝时来二两酒。逐渐老了之后，躺在床上望天，拄着拐棍聊天儿，坐着轮椅遛弯儿，顺着马路转圈，没病没灾者撒欢。哪位住院了，互相看望，哪位去世了，向遗体告别。聊天儿时，互通信息，互相抬杠，有交不完的心，说不完的笑话。这里没有权力之争，没有高低之别，不管过去职位高低，休息后无官一身轻，都放下架子，成了普普通通的一员。大家生活得非常自在，极其友好。

进入老年后，本人确有“枯木逢春”“老树开花”之感。离休后的头些年，我和渊洁他妈一起，帮助渊洁处理、收藏读者来信；后来我从事个人创作，先后出版了五本书。我还与儿子一起上过一次《艺术人生》，上过两次《开门大吉》（一次是主角，一次给孙子当配角），还和儿子一起上过《朗读者》节目。由于我的人缘好，每次出镜后，休友们有的马上来电话祝贺，有的见面后滔滔不绝地品评我的表现，给了我极大的鼓舞，加上儿女们孝顺，几十万粉丝捧场，使我这个临近 90 岁的老人，生活得有滋有味。

难道我的夕阳，真成了乔羽先生所说的“晚开的花”和“陈年的酒”？

第四章

直抒胸臆

意外收获

昨天我有一个比喝酒吃肉都高兴的意外收获。目前在海外谋生的名为“企鹅酱衣锦夜行”（网名）的朋友，向我报告了这样一件事，他说，我现在是大学教授，五年前我还是个青年学生，每天“吃着”爷爷您给我们准备的“特种食粮”，我不知不觉地就变成了大学教授。您在五年前给我如下赠言，这几句话，我一直牢记在心，它是我由青年学生成为教授的一种动力：

做人要实，

办事要活，

待人要诚，

读书要思，

工作要细，

饮食要节。

我是多么希望在我的粉丝中，多出人才，多出成果啊！如果某一天有位诺贝尔奖获得者说，因为从小看郑渊洁童话保护了自己的想象力，看郑老爷子的微博加强了逻辑思维，该多好啊。我一兴奋，干脆连酒都不喝了。

撰写历史书的三巨人

我国历史悠久。历史是一面镜子。历史的经验和教训都值得注意。于是在我国有不少靠研究历史吃饭的人，也就是通常所说的历史学家。

在我国众多历史学家之中，鄙人认为有三位可称为巨人，这就是司马迁、司马光、蔡东藩。

司马迁，受宫刑之后，以“究天人之际，通古今之变，成一家之言”的精神，写成被鲁迅誉为“史家之绝唱，无韵之离骚”的《史记》。这部书成为我国第一部纪传体通史。从而司马迁也就成为我国第一位撰写历史书的巨人。

北宋时，司马光另辟蹊径，经纬结合，以年代为经，以历史事件为纬，在梳理历史事件时，夹叙夹议，表明观点，以警示后人，千辛万苦写成《资治通鉴》这部大书。他是被誉为“博学多闻，贯穿今古，上自晚周，下迄五代，成一家之书，褒贬去取，有所据依”的另一位撰写历史书的巨人。

蔡东藩以惊人的毅力，先后完成了囊括西汉、东汉、两晋、南北朝、唐、五代、宋、元、明、清等朝代，共 11 部 724 万余字的《中国历朝通俗演义》。此书时间跨越之长，人物之众多，篇幅之巨，堪称历史演义之最，被誉为“一代史家，千秋神笔”。蔡老先生的座右铭是：“我伸我见，我为我文。不必不学古人，亦不必强学古人；不必不学今人，亦不必盲从今人”。蔡东藩是我国第三位撰写历史书的巨人。

毛泽东主席逝世后，有一次我去中南海参观他的故居。我这个人有个习惯，不管去谁家，都要看看人家书柜里的书。到了毛主席故居，我最感兴趣的是看他读什么书。当我看到毛主席的床上，有一半被书占领，我就睁大了眼睛使劲看这是些什么书。至今给我留下最深印象的是蔡东藩著的《中国历朝通俗演义》。参观回来后，我就买了一套，出了新版本，我又买了一套。

我认为，完全可以将蔡东藩与司马迁、司马光并列为撰写我国历史书的三巨人。

我对霾有了新态度

我承认在霾面前，我是“霾盲”。从科学技术的角度说霾为什么产生，我真说不清楚。我只知道，雾是一种基本上无毒的自然现象，而霾就不同了，它是空气中悬浮的密度很高的有毒害的微粒物质。雾与霾如同夫妻，两种东西异性相吸，很容易结合在一起，相伴而行，相伴而至。汉字是以形表意的文字，从“霾”这个字来看，就不好看，张牙舞爪，非常吓人，一看就觉得不是个好东西。

雾和霾既然相伴而行常来咱们这里串门，而且串的次数越来越多，赖着不走的时间越来越长，从微观上我又没本事说清楚，那么咱们从宏观上应有个认识，有个态度，这样，遇到雾霾来咱们家串门时，咱就不会情绪紧张，手足无措，甚至骂爹骂娘了。经过认真冷静地思考，我有了如下新的态度：

（一）雾霾的产生是大自然对我们的无情的严厉的惩罚。100 多年前伟大导师恩格斯在他的名著《自然辩证法》中就说过："我们不要过分陶醉于我们对自然界的胜利。对于每一次这样的胜利，自然界都惩罚了我们。"在这里恩格斯说的是全人类面对的问题，同样也包括咱们中国。这些年，我们确实陶醉于我们的发展速度，发展成就，但是好事不会让咱们全遇到，接踵而至的是老天爷给咱开出的罚单，雾霾就是男女老少都能看得见体会得到的一种大罚单。还有许多看不见的罚单，老天爷已经开出或正在开出。

（二）虽然有惩罚，我们还是要发展。邓小平同志说，发展是硬道理。这个说法，我至今认为不错。我们这么一个有十几亿人口的大国，过去一穷二白，有那么多贫困人口，兜里没钱，国家没实力，有谁瞧得起咱们？通过几十年的发展，我国经济实力和人民生活水平大大提高，住房条件大大改善，人们坐上小轿车，拿上手机，揣着人民币满世界游，真是大不一样了。这一点不仅我们每个人能感觉到，而且被国际公认。所以，我们不能因噎废食，从此不敢发展，停止发展。

（三）我们的教训是饥不择食。因为饿肚子饿怕了，为了尽快发展，虽吞下去不少好东西，但也吞下去许多有毒的东西。加上国际上有些坏小子损人利己，把污染的项目一个劲地往我国塞，我们这里有廉价劳动力，就成了世界工厂，我们自己也搞了相当多污染严重的项目。土和洋的不良结合，就形成现在严重的污染源。这些工厂又不能全停了，停了工人失业，丢掉饭碗，又会派生出社会不安定因素。因此只好哑巴吃黄连，苦果还得慢慢往下咽。

（四）治理雾霾千万不能急躁。冰冻三尺非一日之寒。常言道，病来如山倒，病去如抽丝。既然雾霾这么严重了，根据伦敦、洛杉矶等城市的经验，没有几十年是难治理好的，所以咱们也要一步一步地来，千万不能搞行政命令，立军令状，因为老天爷根本不吃这一套。咱们不是从经验教训中总结出了科学发展观吗？我们的成功，是因为遵循科学规律去发展；我们收到老天爷的罚单，也是由于违背了科学规律胡乱发展。只要稳扎稳打地治理，诚恳地向老天爷道歉，并负担伤害了老天爷的"医疗费"，我相信总有一天会把老天爷的蓝天白云像娶媳妇一样地再抬回来。

（五）在雾霾没有治理好前，个人怎么办？达尔文早已给我们指出一条明路：物竞天择，优胜劣汰，适者生存。什么是物竞？就是生物之间的竞争。什么是天择？就是大自然的选择。什么是优胜劣汰？就是在竞争中的胜者留下来，劣者被淘汰。只有适应大自然环境的人才能生存下来。因此我们要加强自身锻炼。人体内是有免疫力的，是有“国防军”把门的，而且有好几道岗哨。在同样的雾霾环境下怎么有的人病倒了，有的人没事？主要是各人的身体素质不同。我敢预言，别看现在有霾，过些年我国的人均寿命肯定还会增加。

老夫的态度就是：认清原因，接受教训，加强治理，不急不躁，科学发展，增强体质，适者生存。

赞“工匠精神”

在2016年的十大流行语中，有个“工匠精神”。这个词比“小鲜肉”强多了，简直不可同日而语，并列而行。

什么是“工匠精神”？要说清楚这个问题，首先就要弄明白什么是工匠。工匠者，它是一种职业。从事这种职业的人，终其一生可能不为人知，他们抓住一点，精益求精，力求完美，尽心血于其中；在奋斗的过程中可能被世人瞧不起，甚至被辱骂；遭到亲人疏远，朋友远离，仍不亢不卑，甘当无名英雄，扎扎实实为社会增添物质和精神财富，这样的人，谓之工匠。这种工匠，他不打一枪换一个地方，其身上拥有韧劲和耐心。他们认准了一件事，就会不急不躁，不慌不忙，专心致志地在上面投入精力，十年磨一剑，不干则已，要干就干出精品，这就是工匠精神。

为什么现在特别倡导和弘扬“工匠精神”？因为现在民风浮躁，人心不古，追名逐利。正如有人指出的那样：有相当多的人，重利益，轻信仰；重外表，轻灵魂；重小利，轻长远。对一件事，全力尽心者，凤毛麟角；称之工匠者，寥若晨星。在这种情况下，不大力提倡“工匠精神”，光喊“小鲜肉”，光追捧“小鲜肉”，成吗？当然不成。

近日看到雷晓裴先生写的一篇文章，现在更严重的问题是我们缺各种匠人。匠之不存，技之难在。纵观悠悠中华文明史，在某种意义上，正是因为有一代又一代中国工匠的存在，才有了万里长城的雄伟、敦煌壁画的惊艳、苏州园林的精致、龙门石窟的庄严，今天，我们手中的这些国宝，无一不是工匠队伍的巨大贡献。因此，培养一支不会消失的工匠大军，发扬“工匠精神”，就成了当务之急和百年大计。

说真的，我们现在不缺议论家，不缺空谈家，不缺侃大山的人，不缺忽悠人的人，唯独缺一支强大的工匠队伍和一种“工匠精神”。要在待遇和社会地位上，真正向这部分人倾斜，使发扬“工匠精神”不至于成为一句空话。

大风颂

前几天北京的雾霾邪门儿了。来势之猛，毒害之深，范围之广，时间之长，都破了纪录。汽车限行，工地停工，工厂减排，严查狠罚，似乎都不大管用，而风一来，雾霾就被吹散了，蓝天白云又回来了。

我的一位网名叫“鱼儿得水花儿得光”的粉丝，为此编了几句顺口溜：“风儿真是好东西，吹散雾霾全靠你。万物生灵齐叩谢，终于吸到好空气。”

受此启发，老夫想起了刘邦的《大风歌》。既然想到刘邦，自然而然地又想起他的死对头项羽的《垓下歌》。我顺着《垓下歌》改，将其改成雾霾袭来的状况，而把《大风歌》改为雾霾被大风吹走的景象。

说干就干，我先抄录《垓下歌》原文如下：

力拔山兮气盖世。时不利兮骓不逝。

骓不逝兮可奈何！虞兮虞兮奈若何。

现在咱把其改为：

风拔山兮霾盖世，时不利兮气不顺。

气不顺兮可奈何，民兮民兮奈若何。

再看刘邦的《大风歌》原诗：

大风起兮云飞扬。

威加海内兮归故乡。

安得猛士兮守四方！

咱们将这首诗改为：

大风起兮霾吹走。

威加上空兮北京城。

安得蓝天兮泽四方。

按照相声表演艺术家马三立的单口相声，就是：“逗你玩”。

二十四节气歌

老夫向大家报告一个特大喜讯。有朋友问：什么喜讯啊？还特大，要大幅度涨工资了？我说，比涨工资的意义大多了。这个特大喜讯就是：2016 年 11 月 30 日，联合国教科文组织将我国的“二十四节气”列入人类非物质文化遗产名录。请阁下注意，能列入全人类这个名录的，可是凤毛麟角。有不少国家一个没有，而我们就列入了 30 多个。别看美国是全世界独一无二的超级大国，我没听说过美国列入这个“名录”的项目有几个。

我写的这些随笔，是放在枕头旁边，供大家睡前醒后随便翻的，因此，我把《二十四节气歌》抄录如下，供朋友背诵。

关于二十四节气，最早见于《淮南子·天文训》中，这是我国劳动人民在长期的生活和生产劳动中，集体智慧的结晶。我看到的《二十四节气歌》有两个版本，一个简单的，一个详细的。简单的是：

春雨惊春清谷天，夏满芒夏暑相连，
秋处露秋寒霜降，冬雪雪冬小大寒。

详细点的版本如下：

立春梅花分外艳，雨水红杏花开鲜；
惊蛰芦林闻雷报，春分蝴蝶舞花间。
清明风筝放断线，谷雨嫩茶翡翠连；
立夏桑果像樱桃，小满养蚕又种田。
芒种玉秧放庭前，夏至稻花如白练；
小暑风催早豆熟，大暑池畔赏红莲。
立秋知了催人眠，处暑葵花笑开颜；
白露燕归又来雁，秋分丹桂香满园。
寒露菜苗田间绿，霜降芦花飘满天；
立冬报喜献三瑞，小雪鹅毛片片飞。
大雪寒梅迎风狂，冬至瑞雪兆丰年；
小寒游子思乡归，大寒岁底庆团圆。

后边这个《二十四节气歌》虽长点，但有文学色彩，也好记。小两口如在一起时，可以比赛，看谁背得快。背不下来者，被罚刮三下鼻子，或下厨做饭。

白发颂

当我读到王小凯先生的大作《白发》一诗时，热血沸腾，心潮澎湃，倍感亲切，这不就是对我们这一群银发世界的老哥们的外形与内心世界的真实写照吗？我先把这首诗摘录如下（请原谅个别词句稍有改动）：

白发，曾让我焦躁，白发曾让我烦恼，最早女儿抱着我的头，

把白发一根根拔掉，我低头不语，妻子在旁边偷笑……

岁月在流逝，白发像赛跑，一根又一根，没完没了，乌黑的秀发终被白发笼罩。

白发是年轮的写照，是步入老年的路标，是历经沧桑的积淀，更是新篇章的感召。

白发的我心态依然年轻，能量不息，激情燃烧。

我追求生活的美好，向往更高的目标，登高望远，身边伴着鲜花绿草。

今天的我，虽然白发，可我阳光，活得有味道；

虽然白发，但我依然健康，宝刀不老。

白发的我，自信而不清高，白发的我，被热情拥抱，

白发的我，儿女围绕，享受着孙辈在我膝上撒娇。

我心安理得，不再忐忑，汲取美好生活的养料；

花开四季，只有金秋最好，银发人生，我们快乐自豪。

细观白发，它不如青丝那般柔顺飘逸，但它粗壮、挺括，

表达着老年的坚韧，展现着晚年的骄傲。

用白发扎成毛笔，描绘出七彩的微博，硕果累累，岁月逍遥。

白发不再涂染，这是我生命的本色；

每一根白发，记录着我的美好。

白发告诉我，天天挺直腰；白发提醒我，快乐就会不老。

银装素裹，是生活的本真；达观乐活，才是真正的养生之道。

我精彩，我荣耀。我自强，我不老。这，就是我们的精神风貌！

您觉得这首诗写得如何？我认为写得真好。好就好在它道出了老年人的豪迈与心声。

每个人的家中，几乎都有白发老人。现在的黑发族，也有头发白的那天。想当年我的头发又黑又多，每次去理发都有人夸。现在，也有人夸，不过只夸：老爷子这头白发，白得真漂亮，白得真有气派。不管夸什么，有句话我要告诉大家：

我们的今天，就是你们的明天。过些年，再看这首诗，那也是对你们的写照！

向肥胖宣战

孔夫子有句名言：三人行必有我师焉。现在世界卫生组织也有句名言：三人行必有一胖。

据统计，1980 年以来，全世界肥胖人数已翻了一倍以上；2014 年，18 岁及以上的成年人中就有 19 亿人体重超标，且有 13% 的人为肥胖；2014 年，有 4100 万 5 岁以下的儿童为肥胖。过去是发达国家的人肥胖者多，现在发展中国家的人猛追，与发达国家在肥胖上的距离正在缩小，出现了“你胖我也胖”的局面。

人长得胖点，看着福态、魁梧、有气派，是一种健康和生活好的外在表现。但什么都有个度，太胖了，脖子下面一堆肉，个个都是“将军肚”，人还没进门，肚子“捷肚先登”，走起路来上气不接下气，总不正常吧！

关键是肥胖会给人带来许多可怕的后果。心血管病，糖尿病，有些癌症，都与肥胖有关。据说，心血管病是全球的头号杀手，仅 2012 年，全球死于心血管病的人就有 1750 多万，占这年死亡人数的 31%。通常所说的“三高”：高血压、高血脂、高血糖，其罪魁祸首，大多与肥胖有关。肥胖为因，“三高”为果。

另外肥胖也不好看。虽然我国古代四大美女之一的杨玉环也胖，但她是那种匀称的胖，绝不是现在我们看到的全身上下都是肥肉的那种胖。现在的女性都追求线条美，而肥胖者不缺肉，恰恰没了线条。

写文章贵在联系实际，把自己摆进去。有人会问：老爷子你有没有肥胖症？我的回答是：真让你问着了，我的体重是 98 公斤，是货真价实的肥胖。我的腰带经常钻新眼儿。我在“三高”中也占了一席之地，高血压史长达 40 年，够老资格的了。

一年前，我家郑渊洁带头吹响向肥胖宣战的进军号。他的主要方法是过午不食。早上和中午一点不少吃，就是与晚饭断绝关系。结果饭量未减，路一步没多走，他的体重一年后由 98 公斤减到 78 公斤。儿子向肥胖宣战取得辉煌战果，儿能做到爹也能做到，我紧跟其后也冲了上去，基本上采用他的办法，半年多下来，我的体重减了近 16 斤，在 90 公斤上下晃荡。明显的感觉是浑身轻快了，肚子变小了，皮带眼越系越往后了。

我的最重要的体会是，减肥没有什么窍门，关键就是坚持，就是有毅力。自从我决定晚上断绝主食后，和朋友在一起聚餐时，我看着大家吃大鱼大肉，我就吃一根黄瓜两个西红柿。开始嘴里还冒口水，习惯后，一切诱惑对我都不起作用了。我告诉大家，只要一次坚守不住阵地，往后就溃不成军了。

朋友，如果你肥胖的话，赶快以坚持的精神，以惊人的毅力，向肥胖宣战，加入到减肥大军中来吧！

咱的姓从哪里来？

你我他都有姓。什么是姓？我们从这个“姓”字上，便可知道一二。“姓”字由两个字组成，一个是“女”字，另一个是“生”字，女人生了孩子，就是“姓”。古语有云：“姓者，生也”，“姓”的本意就是生。它是一个人来到这个世界的符号，也是其家族世世代代延续的符号。所以有“行不更名，坐不改姓”这么一说。

我们中国人到底有多少个姓？真难十分准确地回答。按《百家姓》上列的，单姓 408 个，复姓 30 个，共计是 438 个。但是我国还有许多少数民族，把他们的姓加上，那就数不胜数。

《百家姓》形成于我国宋朝，据说由钱塘儒生们编写。因为这关系到人的姓，编写时不能不“势利眼”。我们假定前四个姓是正国级，哪些姓能排在前四位，这就得反复掂量了。《百家姓》一上来就是“赵钱孙李”。为什么赵姓为头姓？宋朝的开国皇帝是赵匡胤，他们敢不把“赵”字排在首位吗？不排为天下第一姓，怪罪下来那就是“辱君之罪”，砍头没商量。吴越王钱镠的后裔大多居住在浙江，所以钱姓便排在第二位。吴越王钱俶的最后一任妃子姓孙，借钱氏的威风，孙姓也排在第三。为什么李姓为第四，大概是因为南唐家族姓李的居多。《百家姓》若是在唐朝编，李姓准是天下第一姓，因为皇帝姓李。

“赵钱孙李”之后，紧接着就是“周吴郑王”。我们姓郑的竟排在第7位！据记载：秦汉一统，郑家多为望族，项羽的名将郑荣就是郑姓的代表人物，他成为历史上郑氏家族演变的主体。因此郑姓占据第7位并不奇怪。

接下来的问题是，咱中国人的姓是怎么来的？最近读了初红写的一篇刊登在《西安晚报》上的文章，使我知道了咱中国人的姓，主要来自21个方面：以天干为姓；以地支为姓；以方位为姓；以住地为姓；以气象为姓；以时间为姓；以植物为姓；以动物为姓；以矿物为姓；以色彩为姓；以封地为姓；以官职为姓；以谥号为姓；以朝代为姓；以职业为姓；以数字为姓；以序数为姓；以食物为姓；以性别为姓；以器官为姓；以动词为姓。例如以植物为姓的就有：李、杨、松、柏、梅、兰、竹、麦、谷、粟、姜、叶。这样我们就知道了叶剑英元帅和粟裕大将，以及京剧大师梅兰芳等人姓氏的来历了。

爱我们自己的姓氏吧，通过发扬“工匠精神”，做出优异的业绩，为其增光添彩吧！

会玩是一种本事

你会玩吗？反正我这个人活了80多岁了，至今不大会玩。围棋、象棋不会下，交谊舞、广场舞不会跳，连扑克也不会打。在玩上的消费，几乎等于零。所以我十分羡慕那些会玩的人。

千万不要认为不会玩是个优点，它是个很大的缺点。一个人会不会玩，可是大不一样。会玩的人，活得潇洒、智慧、自然、快快乐乐、心情舒畅、有滋有味。在工作和生活中，拿得起放得下，无所畏惧。通过玩，思考问题，排忧解难，化解矛盾。遇到不愉快的事，跳广场舞，下盘棋，气消怒散。相反，不会玩者，活得沉闷，面无笑容，愁眉苦脸，遇到一点小事，便惊慌失措，毫无男子汉大丈夫或女中豪杰之气概。

两种人，两种活法，当然其效果就大不同了。

大凡大智大勇之人，往往是很会工作也很会玩的人。工作的高手，一般也是玩的高手。你看，诸葛亮事必躬亲，但琴弹得很棒。司马懿兵临城下了，他守的是座空城，但是他不慌不忙地在城楼上玩琴，吓得司马懿兵退30里。玩琴，成全了诸葛亮的空城计。马克思撰写巨著《资本论》时，在百忙之中，他还经常找人下棋，而且爱悔棋，要点小赖。据他的一些好友回忆，马克思是个有名的“输不起”的人，赢了，他手舞足蹈，一旦输了，他像个小孩一样会生气，有时气得连胡子都翘起来了。

世界上还有不少人一生以玩为职业，不仅玩得出了大名，还发了大财。乔丹玩篮球，举世无双。马拉多纳玩足球，成了球王。聂卫平玩围棋，成了棋圣。李宁玩单双杠，成了体操王子。伏明霞玩跳水，成了跳水皇后。我们这些普通人，因为没玩出名堂，只好掏腰包看人家高手玩。奥运会是干什么的？说白了，就是把全世界各种会玩的人才集中到一个地方玩，大家花钱看这些高手玩，从中开阔眼界，鼓舞斗志，得到快乐。

朋友，千万不要向我学习，要在学习和工作之余，学会玩。会玩也是一种本事。通过玩，锻炼身体，增加智慧，劳逸结合，从而更好地学习与工作。

国家的硬实力与软实力

一个国家的硬实力与软实力是相得益彰的。为了抵御外侵，秦始皇大修特修万里长城。在相当长的一段时期内，增强了国家的硬实力。

然而，修长城的那年，既没有挖掘机、起重机、推土机，也没有什么科学仪器，全靠人力。要完成这么浩大的工程，就得抓大量民工。两千多年前，一个叫范喜良的小伙子就被抓去修长城了。而小范跟一个叫孟姜女的女子刚举行完婚礼，大年初一的新婚之夜就从被窝里被拉出来强行抓走，而且一去久久不归，连个“微信”也不给妻子发。孟姜女是位个性很倔强的女子，她长途跋涉，千里迢迢从南方来到长城脚下丈夫干活的地方，寻找心上人小范。一打听，小范早已因劳累死亡，就埋在长城脚下。听到这个噩耗，孟姜女对天大哭，哭了几天几夜，使苍天动容。老天爷又是打雷又是下暴雨，加上孟姜女的泪水，竟让长城倒塌800里。孟姜女终于寻到爱人范喜良的尸骨，抱着他一起投海自尽，实现了神圣的海葬。

后来，孟姜女哭长城的故事出现了许多版本，而且越编越离奇，最后编到秦始皇看到孟姜女颜值奇高，非要向孟姜女求婚。孟姜女说，我与你成亲可以，但你必须答应我一个条件。秦始皇说，什么条件？快讲。孟姜女说，你必须在河边搭祭台，穿孝衣，领着所有官员，齐祭范喜良。秦始皇说，小菜一碟，于是满口答应。吊祭的那天，孟姜女在祭台上泪如雨下，眼泪落到了河里，变成了一条条洁白的小银鱼。孟姜女唱着："可恨秦始皇，逼奴入宫墙。奴以三件事，诋辱他昏王。百日将夫祭，向浪桥人终。银鱼奴幻变，一时配成双。"秦始皇落了个鸡飞蛋打的下场，没娶上孟姜女，反被羞辱了一番。

所有这些家喻户晓的孟姜女哭长城的故事，就成为长城这个硬实力衍生出的软实力。

万里长城是我国象征之一，现在又成为吸引全世界游客的旅游胜地。它为后辈增加了数不尽的物质和精神财富。直到今天张艺谋还与美国人合作拍出大片《长城》，数亿人民币进入腰包。随着在全世界公映，美金、英镑、马克、卢布、法郎等各国钞票也会像孟姜女哭出的小银鱼一样，流入张导与各位演职人员的口袋。

由此可见，我国的软硬实力，都很厉害。

一对两地分居的老困难户

就快到年底了，加上天寒地冻工地不宜施工，每到这时，春运的序幕便要拉开，大量的农民工兄弟，就要暂时结束和家人两地分居的生活，回家过年，实现夫妻团圆了。

不知为什么，每当这时，我就不由自主地想到牛郎织女这对两地分居的老困难户。

相传在很久以前，天上的王母娘娘有个名叫织女的外孙女，住在银河的东边，她的手特别灵巧，用一种神奇的丝，能织出美丽的云彩，而且这些云彩会随着时间的变化而变换颜色。在银河的另一头，就是人间。这边住着一个叫牛郎的小伙子，因父母早亡，他与哥哥嫂子在一起生活。这个嫂子不是善主，比黄世仁他妈还厉害，不让牛郎吃，不让牛郎穿，最后还把牛郎扫地出门。牛郎惨了，他除了放的那头老牛与他在一起，别的一无所有，过着光棍的生活。

奇怪的事情发生了，一天老牛说话了，它告诉牛郎，织女与其他几个仙女将要到附近的河里洗澡，你藏在芦苇里，她们脱了衣服下水后，你趁机把织女的衣服抢过来，她没办法赤身裸体回天上，就会与你成婚。老牛教的这一招真灵。牛郎突袭，别的仙女吓得穿上衣服就跑了，唯独织女没衣服可穿，就留下与牛郎在人间成婚了。小两口日子过得十分美满，那时也没有只准生一个孩子的政策，他们一鼓作气生了一男一女。

后来，这件事让王母娘娘知道了，天上的仙女与人间的穷小子成婚，这成什么体统？她大发雷霆，派天神把织女押回。牛郎与织女从此两地分居，夫失妻，孩失娘。那时，天各一方，人居两地，没有卫星遥控，没手机可用，更没微信视频可发。牛郎整天愁眉苦脸。这时老牛又说话了："牛郎呀，我老得都没牙了，浑身是病，很快就要死了。我死后你剥下我的皮披在身上，就可以蹚过银河，去天上找织女，从而实现夫妻团圆，结束两地分居的悲惨生活。"老牛说完此话，便咽气了。

后来，牛郎披着牛皮，带着两个孩子，经过千辛万苦，终于在天上找到织女，夫妻和母子久别重逢，抱头大哭。

此情此景感动了王母娘娘，她作出一个人性化的决定：允许牛郎与织女每年农历七月七日的晚上相会一次，相会时由喜鹊负责在天河上搭桥。这就是传说中的"鹊桥相会"的来历。从此，他们永远过着两地分居的生活。

牛郎和织女，可是名副其实的两地分居千年的老困难户了。

新建与改建有感

过去有句流传很广的话，宁吃鲜桃一口，不吃烂杏一筐。几个月来，我目睹了几座旧楼加装电梯的过程，不得不把这句话改为，宁盖新楼一栋，不改旧房一间。

北京市在 20 世纪 80 年代盖的居民楼，大多是四层或六层的，当时物质条件不允许，这种楼型安电梯的几乎没有。但那时人们年轻力壮，即使住在顶层的人，上下楼也能如履平川。

谁知岁月不饶人。当年30多岁的人一晃60多岁了，40岁者也古来稀了，50岁者更是80多了，60来岁的成90岁以上的老寿星了。这些人爬楼梯难了，有些坐上轮椅的人，没人抬下不来，尤其是偏瘫的人，更是长年下不了楼，要送医院时得几个人往救护车上抬，狭窄的楼道，转个身都困难。

把这号楼干脆重建？不错，是拆了一部分，一律重建安装电梯的高楼。但是相当多的楼由于种种情况一步到位不成，只好分两步走。第一步，来个初级阶段，旧楼安装电梯，先把老年人上下楼的困难解决了，其他问题，从长计议，心急吃不了热豆腐，一锄头挖不出个金娃娃。

但是，旧楼安装电梯谈何容易。巧妇难为无米之炊，资金从何而来？楼上的人心急火燎地要安，住在低层的居民根本无此需要，不管你楼上的人怎么呐喊，我稳坐钓鱼台，假装听不见。这一栋楼只要有那么几户所谓钉子户，开工的锣鼓鞭炮就响不了。

费了九牛二虎之力，资金有了，钉子户也想通了，但动工就难了。盖新楼如同生孩子，新生儿的神经系统、消化系统、呼吸系统、泌尿系统、内分泌系统、运动系统、循环系统、生殖系统，全部齐全又健康，一环扣一环。而要在旧楼上安装电梯，如同一个老人，腿脚不灵了，要给他安装假肢，牵一发而动全身，要拆掉凉台、要挖地基、要改线路、要改煤气、要改下水道，要改动一切必须改动的东西，然后才能谈安装电梯。而且特别需要指出的是，整个施工过程是在屋子里还住着人，尤其是住着许多老年人的情况下进行的，既怕碰伤了人，又怕噪声太大，影响居民休息，小心翼翼，这是在前怕狼后怕虎的情况下进行施工的。

看着施工指挥人员，看着为社会创造财富，为改善居民，特别是老年人上下楼困难，而在夏天汗流浃背，在冬季冻得手上出血的工人同志，所有有良知的人，不能不从内心说声谢谢。

最近我在想，会做衣服的人都愿意做一件新衣服，而不愿意改一件旧衣服，在旧楼安装电梯，如同改一件旧衣服。我把我的这个想法告诉了我的一位好朋友后，他说，老爷子您的这个比喻很形象，也很贴切。我想补充一句：改的这件旧衣还不是从身上脱下来改，是穿在身上改的，这就难上加难。

旧楼安装电梯这件事，给人的启示是：建新容易，改旧难。我们的改革开放，有时之所以步履维艰，就是因为积重难返，改多年形成的旧东西太难。

新年寄语

新的一年即将来临。这一年世界上发生的怪事儿不少，2018 年的时间老人又累又烦，盼着赶快下台。排队的 2019 年的这位老人还没尝过滋味，迫不及待地想登上舞台。真有点像《围城》中说的那样，城里的人想出去，城外的人想进来。

新年一到，我又向前跨了一步，稀里糊涂的已经近 90 岁了。作为一个老人，我对新的一年充满期待，充满希望。在新年的前夕，我寄语如下：

蓝天白云多点，雾霾少点；

低收入人群的工资高点，杂七杂八的收费少点；

学校和幼儿园内外环境安全点，暴力欺凌少点；

能买得起房子的人多点，房价向下落点；

股市人们喜欢的“老牛”多点，大家讨厌的“老熊”少点；

深入实际调查研究多点，空谈开会少点；

刻苦读书的人多点，游手好闲的人少点；

锻炼身体的人多点，住院看病的人少点；

看齐意识强点，七嘴八舌胡乱妄议少点。

我是学哲学的，心里明白，像我们这么大岁数的人，剩下的时间不多了，所以，我得抓紧时间，一点也不敢怠慢。在新浪网上，现在我已有几十万又真又铁的粉丝，他们中的许多人如同我的知心朋友，每天鼓励我，因为我姓郑，他们说我是“郑（正）能量”。对此，我既衷心感谢，又感到非常光荣。在新的一年里，我一定一如既往地与年轻朋友们在一起，互相学习，共同提高，大胆地往前走，往前走，莫回头！

何为国之不祥

相传春秋时期，齐国的国君齐景公一天心血来潮，率领着宫内一帮人上山打猎。他们刚到一座山上，就看到一只又大又凶猛的老虎从树林中蹿出。齐景公带的这些人中既没有武松式的打虎英雄，也没有李逵那号的老娘被虎吃后，愤怒之下，敢于深入虎穴把老虎统统灭掉的勇士。这帮人看见如此凶猛之虎，一个个吓得护着齐景公，赶快往山下跑，跑得比兔子还快。

好不容易连滚带爬上气不接下气地到了山下，又看见一条又粗又长的大蟒蛇盘在草丛之中，昂起头向他们一个劲地吐信子。此时此刻，齐景公一伙人又吓得浑身哆嗦，出了一身冷汗，赶快退回宫中。

齐景公是个迷信之人，他认为上山遇大虎，下山遇蟒蛇，此乃不祥之兆，国家要倒大霉了。齐景公赶快宣召他最信任的大政治家、大思想家，即身材矮小，然智谋过人的晏子进宫问话。

齐景公把遇到的情况向晏子说了一遍，他认为如此不祥之兆，恐怕国家要出大事了。

晏子听过笑着对齐景公说："每个国家都会有不祥之兆，但不是大王说的这种不祥。国之不祥有三：有了贤德明智的人才，国王不知道，此乃一不祥；明知有贤才，大王不选拔录用，此乃二不祥；用了人才，却不让人家有职有权，此乃三不祥。若说国之不祥全在此也。遇见老虎和蟒蛇，这根本不是什么不祥之兆。山上是老虎穴居之地，在山下草丛中见到蟒蛇，那是因为那儿有蛇洞，这都是大自然的常态，与国家祥与不祥根本联系不上。依鄙人之见，有人才而不知，知道了而不用，用了又不给实权，这才是国家不祥之兆呀！"

晏子就是晏子，一席话不仅打消了齐景公的疑虑，而且敦促齐景公从此重视发现、选拔、任用人才，从而变不祥为祥！

幽默是文学艺术家的内分泌

大凡真正的文学艺术家，都具备一种幽默的气质。这既是他们的秘密武器，更是他们天生的内分泌。这种幽默是自然而然的，是随时随地的，是装不出来的。

相传有位姓周的员外，是位孝子，在其母亲70大寿时，大摆宴席，请了众多亲朋好友和社会名流赴宴，郑板桥亦在被请之列。

郑板桥的到来使周员外十分高兴，他想，我一定要请他当众作诗，并留下他价值连城的墨迹。

寿宴进入高潮时，员外令家人把早已准备好的文房四宝端上，员外走到郑板桥跟前，连敬三杯，请其作诗助兴。只见郑板桥拿起笔来，不慌不忙地写了一行：

周公之母不是人，

众人一看，面面相觑，不知所措，周员外更感不快，面色十分难堪，但又不好当众发作。谁知郑板桥接着写了一句：

九天仙女谪凡尘。

这句一写出来，众人笑了，齐声道好。周员外也面露喜色。谁知，接下来郑板桥又写了一句：

养的儿子都是贼，

这下众人真傻眼了，周员外的肺几乎要气炸了。然而，郑板桥不慌不忙地写出最后一句：

盗来仙桃献母亲。

在场的人无不为老郑的幽默拍手称赞，又连干三杯。

这就是文学艺术家的幽默。

大事不糊涂

郑板桥有句名言：难得糊涂。为这句话，我写过一篇短文。在《宋史·吕端传》中，“太宗欲相端，或曰：‘端为人糊涂。’太宗曰：‘端小事糊涂，大事不糊涂。’决意相之。”在古代，字都刻在竹子上，后来虽发明了纸，但生产规模有限，纸少而贵，所以，写文章语言很简练，不像咱们现在造纸厂这么多，不停地印，所以空话大话随便说，说多少，哪怕装一火车，也能印出来。说得再多，其实过几年后一文不值。比如，我写的这些所谓的文章，现在大家闲得没事干，又看在是个 80 多岁老人的分儿上，还会捧场，其实过一两年，谁还肯再看一眼？

上边我引用的《宋史·吕端传》的这段话译成白话就是：宋太宗赵光义决定任命吕端为宰相。有人说，吕端这个人为人糊涂，当不了宰相。太宗说，吕端在小事上是糊涂，但大事上不糊涂。最后力排众议，任命吕端当了宰相。并于公元 995 年，正式下了任命书。后来有人写了一副对联：诸葛一生唯谨慎，吕端大事不糊涂。

宋太宗之所以说吕端大事上不糊涂，那是有根据的。

吕端这个人，平时穿戴不讲究，吃喝也不讲究，对自己的住宅的面积大小以及周围环境更不讲究，不贪不贿，过着简朴的生活，特别是有人在背后说他坏话，他听到了也不计较，左耳朵进右耳朵出，与和他不对付的人相见，也嘻嘻哈哈像没事一样，给人的印象，吕端这个人就是个马大哈。但这是只知其表，不知其里也！我给亲们举个例子：有个叫李继迁的人很有实力，老在北宋的西部边界骚扰。一天宋太宗接到禀报，说边防军把李继迁的老娘捉到了，请示皇帝如何处置，宋太宗决定将其母斩首示众，用来警告那些忘恩负义之徒。正在此关键时刻，吕端向皇上谏言，万万不可。皇上问，为何不可？吕端说，过去楚汉相争时，项羽打算油烹刘邦的父亲。刘邦告诉项羽，如果你烹了我父亲，别忘了分给我一碗汤，让我也喝喝。吕端告诉太宗，大凡成就大事业的人是不会顾念亲人的，何况李继迁这号反叛之徒。

宋太宗听吕端讲得很有道理，反问：你说怎么办？吕端说：以我的愚见，应该把其母安置在延州（即今之延安）好好对待，以此为诱饵招拢李继迁投降，即使他暂不投降，也可把他的心拴住。宋太宗接受了吕端的高见，就真这么办了。过了多少年后，李与其母都去世了，他的儿子果然率部向宋朝归降。

此事的处理，确实令人口服心服，也证明吕端大事不糊涂。吕端在大事上不糊涂的事例还有几件，因我写的是短文章，就不多说了。

这些故事启示我们，一个人在小事上可以糊涂一点，虽心如明镜，但要装点糊涂。然而，在大事上不能糊涂。那种凡事不用脑子，不分是非，稀里糊涂跟风的人，肯定要犯原则错误。相反，遇事斤斤计较的人，在生活中，在与人相处时，一点儿也不糊涂，也不成。一定要铭记：在大是大非问题上，万万不可糊涂。

小个子，大智慧

有句话叫，不能以貌取人。我想说一句，也不能以个子大小取人。在我国历史上，有些个子特别小的人，却有大智慧。春秋时期齐国的宰相晏婴（亦称晏子），就是最典型的例子。许多大个子不是被他辩倒，就是被他收拾了。人们说，多少大个子，也斗不过这个小个子。

写文章切忌空谈，要以事实说话。好，我在这里试举几例。

有一次齐景公派晏子出使楚国。楚国人都知道晏子是个矮子，于是就绞尽脑汁想出一些羞辱他的办法：

他们在城墙的旁边开了个小洞，让晏子从这个小洞钻进城。晏子一看就知道这是在捉弄他。他灵机一动，说了这么几句话："出使狗国的人，才从狗门钻过去，我今天出使的不是狗国，是堂堂的楚国，从这个狗洞里钻进去，岂不将楚国当狗国了？"在城门外迎接他的礼宾官心想，这个小个子的确名不虚传，只好开了城门，请晏子进去。

晏子见到楚王。楚王一看齐王派来的宰相个子比自己想象的还矮小，随口说了一句："难道齐国真的没人了？"晏子一听，就知道楚王在羞辱自己和齐国。于是他说："光我们齐国的首都临淄就有 300 周，一周有 25 家。这么多人，要是把衣袖张开，足以遮天蔽日；要是都甩一下汗水，就像下了一场大雨，怎么能说我们齐国没人呢？"楚王说："照你这么说，齐国这么多人，怎么齐王派你来我楚国呢？"晏婴说："我们齐国派使者去他国，是根据对方的情况决定派谁去。贤能的人去贤能的君主统治的国家；没什么本事的人派往昏庸的君主统治的国家；在齐国我不仅个子最小，而且是最没本事的人，所以只能出使你们楚国了。"真厉害，骂人不带半个脏字，说得楚王哑口无言，心里不得不佩服这个小个子。

在楚王与晏子交谈时，几个武士押着一个被五花大绑的人来到楚王面前。这是他们早就设计好的圈套。楚王故意问："这是何人？犯了什么罪？"武士回答:“是齐国人，犯了盗窃罪。”楚王便问晏婴:“你们齐国人喜欢盗窃?”晏子说:“江南的橘子树移栽在北方，同样是橘树，而结出来的橘子又小又酸。这是因为地理环境变了。齐国人在本国时不偷，到了楚国变成盗贼，这大概与贵国的水土有关系吧!”

晏子，这位齐国的宰相，确实是历史上著名的小个子，大智慧。

装病为名，篡权为实

学过点历史的人都知道，司马懿是曹操手下的一名干将。此人诡计多端。他虽然比诸葛亮的智谋还差一大截，但在曹操的阵营中，那可不是等闲之辈。

曹操死后，他的儿子曹丕当了皇帝。曹丕死后他的儿子曹叡继承皇位。曹叡死后，因无后，就让只有 8 岁的养子曹芳当了皇帝。一个娃娃当了一把手，什么也不懂，朝廷的大事就由大将军曹爽与太尉司马懿来辅佐处理。

曹爽和司马懿之间矛盾重重，各怀鬼胎，互相斗智，都有野心。曹爽用计对司马懿来了个明升暗降，夺了兵权。司马懿怎能甘心，加快篡位的步伐。但他老谋深算，采用韬晦之计，以装病掩人耳目，从而打消曹爽对他的防备。

都传说司马懿病了，到底是真是假?曹爽派亲信、即将去荆州任刺史的李胜，以向司马懿道别为名，去查看司马懿到底病了没有，病情如何。

李胜到了司马懿府邸，仆人进去通报。司马懿一听是曹爽的亲信李胜来了，马上走进卧室，躺在床上，把伺婢们布置停当后，请李胜进来。

会客本应在会客室，仆人却把李胜领进卧室。李胜进去一看，司马懿躺在床上盖着被子，头上捂着毛巾，直喘粗气。李胜说:“皇上任命我去荆州任刺史，行前特来向您道别。”司马懿装聋卖傻，咳嗽不止地说:“你要去并州，那里胡人多，情况复杂，你要小心谨慎，好自为之呀!”刚说了这么几句，他就让伺婢给他端上粥来，想喝几口，压压咳嗽。粥端到他跟前，刚喝了一口，他就把一碗粥全洒在身上和被子上。李胜说:“听说您老人家生病了，大家都以为是小病，没想到病得这么重。”司马懿越装越像，有气无力地说:“我老了，病得又这么重，活不了几天啦，你这一去并州，咱们再也见不上面了，等你回来，我就归西了!”李胜说:“我不是去并州，是去荆州。”司马懿仍打岔说去并州。李胜要告辞时，司马懿老泪纵横，攥着李胜的手说："咱们再也见不上面了，托您照顾好我的儿子司马师和司马昭吧！"

李胜回来对曹爽说："司马懿脑子已经糊涂了，言语混乱，指北说南，指东说西，我说去荆州，他硬说我去并州，连粥都喝不到嘴里，洒了一身，看样子活不长了，对他不必担心。"曹爽从此再也不提防司马懿了。

然而，司马懿在背后紧锣密鼓地进行篡权的部署。一次趁曹爽陪魏帝去祭扫高平陵之机，发动政变，杀死曹爽，夺取了魏国军政大权，篡权成功。

有一个美丽的传说

前些年，张名河先生写了一首歌，歌名叫《有一个美丽的传说》。这首歌唱遍了大江南北，因为歌词太美了，至今我还记得几句："有一个美丽的传说，精美的石头会唱歌。它能给勇敢者以智慧，也能给勤奋者以收获。只要你懂得它的珍贵啊，山高那个路远也能获得。有一个美丽的传说，精美的石头会唱歌，它能给懦弱者以坚强，也能给善良者以欢乐。只要你把它埋在心中啊，天长那个地久不会失落。"

但是，今天我写的是另一个美丽的传说。它就是我们的老祖宗盘古开天地的美丽传说。

相传在很久很久之前，天和地是没有分开的。就像一个鸡蛋一样，蛋清和蛋黄连在一起。我们人类的祖先盘古就睡在这个"大鸡蛋"里，一睡就睡了近两万年。盘古养精蓄锐，力大无比。一天他睡醒后一看，黑咕隆咚什么也看不见，他一拳砸破了这个"大鸡蛋"。一声巨响后，只见"蛋清"冉冉上升，变成了天；"蛋黄"沉沉下降，变成了地。

天地分开后，盘古担心它们再合到一起，于是就脚踏着地，手撑着天，站立在天地之间。天每升高一丈，地也加厚一丈。盘古的身体也随着往高里长。你知道盘古长了多么长吗？大概有90000里那么长。盘古顶天立地了好久好久之后，看到天和地真的分开了，也固定了，他也累死了。

盘古临死前，还为人类做了高尚无比的遗体捐献：把左眼，变成太阳；把右眼，变成月亮；把自己嘴里出的气，变成风与云；把他的声音，变成雷；把身躯，变成大山；把血液，变成江河；把筋脉，变成道路；把肌肉，变成泥土；把头发和胡须，变成星星；把皮肤和汗毛，变成花草树木；把牙齿、骨头，变成石头和各种金属；把身上出的汗，变成雨露。

盘古开天地的故事，是一个多么美丽的传说。

这个伟大而美丽的传说，一直鼓舞着人类数千年。遗憾的是，盘古的子子孙孙太不争气，把老祖宗留给我们的天和地，都污染得不成样子了。我们只有把这个糟糕的污染问题处理好，重现蓝天白云和干净的大地，才能对得起我们的老祖宗盘古他老人家呀！

有些事真急不得

都知道饭要一口一口地吃，路要一步一步地走，仗要一场一场地打，书要一本一本地读，文章要一篇一篇地写，工作要一件一件地干。什么事都有个由量变到质变的过程。

有些事，要急。突发疾病，治疗要急；火灾、水灾、地震等自然灾害，抗灾要急。还有许多工作，不能拖泥带水，要只争朝夕。

但是，有许多事情，特别是工农业发展，是不能急的。我们的老祖先给我们讲过两个故事：第一个故事，相传宋国有个人，他嫌他地里的禾苗长得慢，就一棵一棵地往上拔，结果把禾苗全死了。这个故事的名字叫“揠苗助长”，是孟子讲的。第二个故事是，清朝有个人挑了一担橘子要到城里去卖。他在路上走得太快，有人劝他走慢点走稳点，他不听，结果摔了一跤，一担橘子滚落一地。他一个个地往筐子里捡，等他捡完，走到城门口，大门已关。这个故事是清朝马时芳先生讲的，题目叫“欲速则不达”。

冰冻三尺非一日之寒。几十年发展中遗留下来的问题，不是一时半会就能解决的。根据英国和美国治理污染的实践，这大概需要长达几十年的时间。因此，在治理污染时，既不能消极，也不能急躁冒进，在这个事情上真的急不得，揠苗助长的事不能干，欲速则不达的教训更要牢记。只要找准原因，按照轻重缓急，按部就班地来，蓝天白云就会向我们招手。

在反腐败斗争中咱都不要当叶公

相传在我国春秋时期，楚国有位名叫叶公的人，最喜欢龙。喜欢到什么程度呢？喜欢到他把自家的墙上、窗户上、床单上，以及一切日用品上都刻上或画上龙的形象。客人走进他的家如同走进龙宫。叶公和别人聊天也是夸龙，睡觉中梦见的还是龙，他是多么想见到真龙！

叶公好龙的事，真让龙知道了。龙决定亲自会一会叶公，如果此人真如传说中那么喜欢自己，就把他带进龙宫，委以重任。

一天，龙果然降临到叶公的院子里，趴在窗户上往屋里看。当叶公看见张牙舞爪的真龙时，吓得三魂丢掉二魂，六神失了五主，惨叫一声，晕过去，缓过神来后，哭着喊着，逃之夭夭。

这就是流传很久的著名的“叶公好龙”的故事。

我们可以回想一下，十八大之前，广大群众对腐败分子深恶痛绝，强烈要求进行反腐败斗争。而相当多的腐败分子，对反腐败叫得更响。然而，十八大后，真正进行反腐败斗争了，把一个个腐败分子绳之以法后，有些人却散布各种流言蜚语。这真像叶公一样，喜欢龙是假的，等真龙来了之后，他吓得魂不附体，逃之夭夭。

反腐败是关系到党和国家生死存亡的头等大事，是一场输不起的战争。在这场伟大的斗争中，咱都不要当叶公。

散步小记

今晨晴空万里，蓝天白云。我去户外散步，在马路上遇见一位长得白白净净，五官端正，浓眉大眼，目光炯炯，风度翩翩，衣着得体，仪表堂堂的年轻人。出乎我意料的是，他竟在光天化日之下，气宇轩昂地走到墙根，以“飞流直下三千尺”的气概和“水滴石穿”的精神，撒了一泡尿，然后旁若无人地扬长而去。

再往前走，我又看见一位女士，她长得很水灵，唇红齿白，眉目如画，体态轻盈，亭亭玉立。令人遗憾的是，在她的樱桃小口上竟叼着一支烟。

过了一会儿我碰见一位年近90岁的老者，他鹤发童颜，慈眉善目，高大魁梧，腰杆笔直，神采奕奕，很有长者风度。

他的今天就是我的明天。

京剧中的五个“四”

昨天我写了篇短文，名为《谁是我国各剧种的领头羊？》，很受年轻朋友的欢迎。许多朋友说，作为中国人不了解我国的“国粹”京剧，不能不说是个极大的遗憾。今天，老夫趁热打铁，以问答的方式，说一说京剧中很有意思的五个“四”，肯定会引起您的兴趣。

问：京剧中的第一个“四”是什么？

答：是指京剧中的四大行当，即生、旦、净、丑。

问：京剧中第二个“四”是什么？

答：是指前四大须生。他们是余叔岩先生、言菊朋先生、高庆奎先生、马连良先生。后来，因高庆奎先生嗓子坏了，余叔岩和言菊朋相继去世，这四大须生只剩下马连良先生一人活跃在舞台上了。

问：京剧中的第三个“四”是什么？

答：是指后四大须生。正因为前四大须生减员了，所以又产生了后四大须生。他们是马连良先生、谭富英先生、杨宝森先生、奚啸伯先生。

问：京剧中的第四个“四”是什么？

答：是四大名旦。他们是梅兰芳先生、程砚秋先生、荀慧生先生、尚小云先生。

问：京剧中的第五个“四”是什么？

答：是四小名旦。他们是李世芳先生、张君秋先生、毛世来先生、宋德珠先生。

问：这些四大须生、四大名旦、四小名旦等荣誉称号，是官定的还是民评的？

答：从我掌握的资料看，基本上是民评的。例如北京的《顺天时报》在1927年举办了“首届京剧旦角最佳演员”评选活动，接着1931年上海《戏剧月刊》也举办了类似活动，南北两次评选，梅兰芳、程砚秋、荀慧生、尚小云都顺利当选四大名旦。这是广大群众公认的，没有广泛而深厚的群众基础，仅由官方指定，是不会有强大生命力的。

问：为什么须生和旦角都评四个？

答：我估计这大概与京剧的四大行当有关。由于它的行当就是“四”，所以评出的最佳演员也以“四”为限。当然唱得好的绝非仅此四人，但凡事也有个限度，京剧恰恰限在“四”上。

问：你认为他们能入“四”的根本原因是什么？

答：除功底必须扎实外，最根本的是有属于自己的拿手绝活。例如马连良先生，他的唱腔委婉，善用鼻腔共鸣，念白清晰，声音铿锵，动作潇洒，形成独特的“马派”风格。例如梅兰芳先生，嗓音高宽清亮，圆润甜脆，音色极其纯洁，从而高音宽圆，低音坚实，形成独树一帜的“梅派”风格。再如张君秋先生，他的嗓音具备“娇、媚、脆、水”的特色，甜润清新，扮相雍容华贵，气度不凡，深受观众喜爱。没绝活是不成的，必须有自己的印记和特色。否则，出不了大名，就是一时出了名，也难站住脚。

问：上述名角，你在现场看过哪位的戏？

答：20 世纪 50 年代初，我在石家庄花 28000 元（合今两元八角，是我一个月的津贴费，当时还是供给制）买票，看了梅兰芳先生的一次演出，后来在北京看过一次荀慧生先生的演出。另外我在《聊天》一书中说过，张君秋先生的小女儿张学聪见了我，仍叫我老领导，因为 20 世纪 70 年代，她在我管的一个宣传队工作过。

问：你是否很喜欢京剧？

答：我非常喜欢。只要细细品味京剧的唱段，你就会感到许多所谓歌唱家在他们面前相形见绌。

难道北京这个名字是从太原“借”来的？

北京，现在是中华人民共和国的首都，在历史上也曾是多个朝代的都城。但它并不是一开始就叫北京。它的名字变来变去，曾用名多达 50 余个。它曾被称为：冀州、蓟城、燕京、幽州、涿郡、永安、长安、春明、日下、京华、都门、帝州、帝台、王城、黄州、辰垣、天都、玉京、神京、京师、宛平等。

在我国，最早被称为“北京”的是山西太原。据史书记载：唐朝和五代十国时期的后唐、后晋、后汉三代，都称它们的发祥地太原为“北京”。唐代玄宗时期，把今西安定为“中京”，河南洛阳定为“东京”，山西太原定为“北京”，陕西凤翔定为“西京”。所以，叫“北京”的老资格那确实属于我们山西太原。当然，后来也有几个地方被称为“北京”。但是它们的资格无一比得上山西太原。

正儿八经把“北京”这个称谓固定在现在的北京的，应该是明朝的永乐年间。朱棣称帝后，决定由南京迁都北京。他把原来的北平府改为顺天府，并在此建紫禁城。后正式改名为北京。至此，“北京”这个名字才正式固定为现在北京的专利名，其他地方都不准另行“注册”。后来中华民国政府定都南京，把北京改为北平。1949 年中华人民共和国成立，将北平又改为北京。由此可见，“北京”这个名字经过无数次否定之否定。

为什么朱棣要迁都北京？这有其政治因素和心理因素，也有地理因素。鄙人在《聊天》一书中，曾引用大臣李至刚对朱棣皇帝说的一段话：“幽州之地，左环沧海，右拥太行，北枕居庸，南襟河济，自古系称雄之地，北平又是陛下发祥之龙潜，故京城北迁是顺天意，应民心之事。”他的意思是说，由南京迁都北京好啊，其地理位置及其他因素，作为首都非常合格。其实苏辙早就有诗云：“燕山如长蛇，千里限夷汉。首衔西山麓，尾挂东海岸。”他对北京的地理位置也是赞不绝口！

最早被称为“北京”的，确实是山西太原。至于说后来北京的名字是从太原“借”来的，就算老夫的一句戏言吧。

聊聊“老婆”这个称谓的来历

在我国由于封建社会时期比较长，妇女长期处于低人一等的位置。现在翻身了，解放了，在家里处于领导地位，许多男子汉大丈夫，在外边吹胡子瞪眼，回到家中像小绵羊一样，患了气管（妻管）炎。甚至某些身居高位，能统率千军万马的人，也是个怕老婆的人。于是在社会上，怕老婆的故事和笑话满天飞。

但是，你未必知道“老婆”这个称呼的来历，我在这里先埋个伏笔，最后再揭开。

我先说说，在历史发展的长河中，对“老婆”曾有过哪些称谓：拙荆，荆室，荆妇，山荆，贱荆，婆姨，达令，堂客，细君，小君，右客，侧室，偏房，继室，续弦，梓童，女人，冤家，内人，糟糠，屋里的，娘子，妇君，做饭的，内掌柜的，婆娘，孩他娘，孩他妈，爱人，太太，夫人，妻子，媳妇，爱妻，贤妻，老伴……真够丰富的。

在历史发展的长河中，有许多称谓，滚滚长江东逝水了，大浪淘沙了。而“老婆”这个称呼，似乎生命力极强，叫起来比爱人还顺口，还亲切。我经常听到刚结婚的女子把自己的另一半叫“老公”，而男的则亲切地叫对方：“老婆”！

文章写到此，恰到好处，我揭开为什么叫“老婆”的谜底吧。

相传，过去有一对小夫妻，那真是男才女貌，一个是帅哥，一个是美女，恩恩爱爱，卿卿我我，人见人爱。谁知，爱妻生了几个孩子后，显得不水灵了，男的又想另娶一个偏房。一天，男的在一张纸上写下：

荷败叶残，落叶归根成老藕。

他媳妇也是喝过相当多墨水的人，一看，就看出丈夫喜新厌旧，把自己比作老藕了。她提笔在下边写了一句：

禾黄稻熟，吹糠见米现新粮。

“粮”与“娘”谐音。意思是说，咱俩婚后春华秋实，生儿育女，现在应该享受好日子了，你竟产生了二心。但是妻子并不与他吵闹，而是在生活中一点一滴地感动他。丈夫在妻子的感动下，终于打消了另娶的念头。这时，妻子高兴地提笔写了如下一句：

老公十分公道。

丈夫看到妻子夸自己了，赶快提笔写下：

老婆一片婆心。

从此以后，人们就把妻子称“老婆”，把丈夫称为“老公”了。等孩子结了婚，还可以一个当公公，一个当婆婆。

这个传说十分美好。“老公”万岁！“老婆”万岁！

“小老子”从“老老子”身上受到的启示

周有光老先生于 2017 年 1 月 14 日以 112 岁的高龄与世长辞。我认为，周老创造了一项世界纪录：他是从事学术工作，以脑力劳动为主，有突出成就，长期生活在城市，活的时间最长的人。我也见过或听说过某位名人活过了 100 岁，但有的是长期躺在病床上，完全靠药物、医疗器械维持生命，有的脑子已经糊涂，生活不能自理，连家人都不认识了。而周有光老人，一直“有光”，100 岁之后，还出版了三本书。这就说明，他直到生命的终点站，仍在学习着，思考着，劳动着，收获着。

说真的，我对周老的著作不仅没读过，而且连封面也没见过。都说他是汉语拼音之父，而我至今连汉语拼音也不会，只能靠手写板写微博。我头一次知道周有光这个大名，还是几年前，我看到有人写了一篇文章，该文介绍了活跃在网络上的五位 80 岁以上的老人，周有光排第一，南方一位教授排第二，我好像是排到第三。我一看，我离居冠军位置的周有光的岁数竟然还差 20 多岁。从此周有光的名字进入我的大脑，并使我肃然起敬。

近几天来，各大媒体都在介绍周有光先生的事迹。我这个 80 多岁老人，如果算个“小老子”的话，从“老老子”周先生身上受到如下几点启示：

第一，无限热爱自己的祖国。周有光会多种外语，早年留学国外，他是我国为数极少的和爱因斯坦聊过天的人。周有光早年断然放弃国外的工作和生活，回来为祖国服务。尽管祖国这个母亲很穷，有时脾气不好，还打骂孩子，但孩子依然不离不弃地热爱着自己的妈妈。

第二，有自己的主打产品。周老是位知识渊博的人。但他对“博”与“精”的关系处理得很好。他有自己的绝活，有自己的立身之本。在诸多学问中，在诸多创新中，他与他的团队，创造了汉语拼音。千万别小看了这来回倒腾的几个字母，它解决了亿万人的识字大问题。它与每个人息息相关，娃娃从上学起就开始学拼音，并把它当成进入知识殿堂的敲门砖。

第三，乐观面对人生。周老在政治运动中受过严重冲击。家被抄光后，他说，一片纸都没留下，我甩掉了包袱，感到一身轻；下放到西北五七干校劳动改造了，他笑着说，我的失眠症从此与我一刀两断；活了这么大岁数还没死，他幽默地对人说，上帝太忙把我忘了。我想，周老也长期生活在北京，他吃的菜也和我们一样受到污染，吸的也是雾霾，生活得也不宽裕，经历中也有不少坎坷，而他为什么能活这么久？除了他的基因等内部条件外，大概和他的这种乐观精神大大有关。

过去，我经常以 80 多岁为资本卖点老，在周有光面前，我只能算个“小老子”。“小老子”向“老老子”虚心学习，活到老，学到老，乐观到老。

雪　颂

昨晚北京下雪了。银装素裹，分外妖娆。有人说，这雪像白糖，却不甜；像味精，却不鲜；像海盐，却不咸。我说，像白发，却不用染；像白银，却不能花；像白面，却不能吃；像白纸，能够写出最新最美的壮丽诗篇。

我爱去“都一处”用餐

在北京前门大街上，有一家非常有名的餐馆，它的名字叫“都一处”，以烧麦为主打食品，兼顾其他，样样有自己的特色。

这家饭店创业于清乾隆三年（1738 年），开始以卖煮小花生、玫瑰枣、马莲肉等小菜维持生计。到乾隆十七年，突然一步登天，有了大名。这其中有个流传很广的故事：乾隆这位皇帝为了及时而又准确地了解民情，经常微服私访。那时，既没电视新闻，也没领导人的照片，谁能认出皇上长啥模样？一天，乾隆帝带上几个随从出京城，到通州运河沿线私访。返回京城后天色已晚。乾隆想到前门大街吃点夜宵，结果去一家，一家关门，走了许多家，统统关门歇业。转了半天，只有一家仍开着门。乾隆帝喜出望外，走了进去，美餐一顿，相当满意。过了几天，皇宫派人送来乾隆御笔“都一处”大匾。这时老板才知道那天晚上用餐的几个人中竟有皇上。

这下“都一处”名扬四海，生意兴隆。

我在北京住了几十年，我也爱去“都一处”用餐，只因为乾隆年间开这家饭店的老板，是我们山西浮山县的王瑞福先生。我纯粹是出于一种老乡情结，走进“都一处”，如同走进浮山。

“大董烤鸭”在创新中大步向前迈进

北京“大董烤鸭”的创始人、董事长董振祥先生，自称是我的大侄子。我的书出版后，他都要我题上字送给他，而且必须这么写：“大董我的大侄子，好好学习，天天向上。郑洪升”。

凡是来北京的中外游客，都知道这样一句话：“不到长城非好汉，不吃全聚德烤鸭真遗憾。”“全聚德”烤鸭店，创建于清朝同治三年（1864 年），创始人是河北省冀县的（说来真巧，我参军后，我们的晋冀鲁豫军政大学就在冀县）杨寿山先生。这个百年老店名扬四海。董振祥曾是“全聚德”烤鸭店的一位炉前师傅，在长期的操作中，他掌握了北京烤鸭的核心工艺技术。

随着改革开放大潮的到来，董振祥抓住这一千载难逢的机遇，自主创业，开办了私营的“大董烤鸭店”。

“大董烤鸭”在继承“全聚德”烤鸭特色的基础上，以它低脂少油、酥而不腻的特点闻名全国。经过 20 余年螺旋形的上升发展，成为公认的一家以“健康、时尚、经典”为经营理念，紧紧围绕饮食文化这个中心，千方百计地杀出自己的一条血路，创造出自己响当当的品牌的烤鸭店。他们认为没有品牌的企业，在市场竞争中是不会有生命力的。在经营上他们的口号是：精益求精，好上加好。“大董烤鸭”受到广大顾客的交口称赞，并成为不少外宾品味北京烤鸭的首选。

董振祥是位开门办店的董事长。他立足本店，走遍全国，吸纳各地的餐饮文化，以充实自己。他像蜜蜂一样在百花丛中采蜜；像作家一样四处寻找创作灵感和素材；像农夫一样精耕细作；像指挥员一样运筹帷幄；像战士一样冲在烤鸭第一线，实地操作，亲自示范。有这样的人经营“大董烤鸭”，不成功都难。

最近，我写了“便宜坊”，写了“都一处”，写了“王致和臭豆腐”。举贤不避亲，不能不写一写自称是我大侄子的董振祥亲手创办的“大董烤鸭店”。

“东来顺涮羊肉”在烈火中永生

看了这个标题，有的朋友可能感到奇怪，“东来顺涮羊肉”怎么在烈火中永生？

朋友，别急，听我慢慢给您道来。

“东来顺涮羊肉”名扬四海。这个老店是由河北沧州人丁德山先生于1903年创建的。当时，丁先生大概和现在的农民工差不多，他由沧州来到北京打工，经过千辛万苦，省吃俭用，手头有了点积蓄。他看到北京王府井东安市场这块风水宝地不错，就在这里盘了间铺子卖羊肉、贴饼子等。“东来顺”这个店名，是从“来自京东，一切顺利”这八个字中抽出来的。但是顺中有不顺。1912年东安市场发了大火，把丁德山的“东来顺”铺子也烧了。但他并未灰心丧气，随着东安市场的重建，他把自己的店铺由一间扩大为三间，并正式改名为“东来顺羊肉馆”，以经营涮羊肉为主。涮羊肉，就是羊肉火锅，锅子下边必须点火。请看：它是火灾后正式改为以经营涮羊肉为主的；它的火锅又离不开火，所以我说，“东来顺涮羊肉”在烈火中永生。

在北京涮羊肉的馆子很多，自己买上羊肉片在家里也可以涮。然而为什么唯独“东来顺”的涮羊肉如此有名？这是因为在长期的经营过程中，它始终坚持四个讲究。

第一是肉料十分讲究。经过丁德山的长期观察，不断试吃，听取顾客反馈，他最后选定“东来顺”涮的羊肉，必须来自内蒙古的大尾巴绵羊。只有这种羊肉最适合涮锅子。

第二是刀工十分讲究。经过引进高级师傅和严格培训刀工，“东来顺”切出的羊肉片薄如纸，齐如线，美如花，放在盘子里呈半透明状态，下到锅子里翻个滚就熟，放在嘴里就化。

第三是佐料十分讲究。以芝麻酱为主，配以多达十几种小碗小菜，供顾客根据自己的口味任意挑选。这种独特的色、香、味俱全的佐料，是其长盛不衰的一个重要原因。

第四是食具十分讲究。过去他们选用铜火锅，无烟木炭，碗和碟都用十分精美的青花瓷。在“东来顺”涮一次羊肉，简直是一种享受，如果再喝上二两烧酒，浑身发热，脑门子冒汗，舒服极了，久久难以忘怀。

愿北京“东来顺涮羊肉”，在烈火中提高，在烈火中普及，在烈火中发展，在烈火中永生！

肥而不腻的“砂锅居”

我多次去“砂锅居”就餐。这不，去年吾儿渊洁还陪我去吃了一顿。现在“砂锅居”的经营方针，越来越大众化，砂锅分大中小三号，个人去吃，来个小砂锅就可以吃得很好了。

当服务员把小砂锅端到咱面前时，揭开砂锅盖，热气腾腾，随之而来的是扑鼻的香味。最上边整整齐齐摆放着一层白肉片儿，下一层是豆腐粉条，再下一层是白菜萝卜片等。这时，我从兜里掏出小酒壶，把这一层白白嫩嫩的肉片当突破口，边吃边喝，进而扩大范围，向纵深发展。

“砂锅居”的核心就是这肥肉片儿。肥肉有补脑的作用，但肥肉往往与腻连在一起。“砂锅居”的奇妙之处，就是肥而不腻。即使把砂锅上面那一层肥肉片全消灭掉，你也感觉不出腻来。

这个奇妙从何而来？

“砂锅居”创建于清朝乾隆六年（1741 年）。相传，当时宫廷和各王府都用全猪祭祖。祭祖后，宫廷和各王府就把这些猪赏给了更夫们。这些更夫就把吃不完的肉拿出去换钱。随着时间的推移，这些更夫就与从宫里退下来的厨师合伙，开始经营砂锅煮肉。这种肉味道极佳，肥而不腻，被人们誉为“京都一绝”。一传十,十传百，竟传到乾隆皇帝的耳朵里，遂下旨让“砂锅居”的师傅入宫制作。乾隆皇帝吃后非常满意，于是题笔赐字:“此乃珍馐，味之一绝”。从此，“砂锅居”一举成名，名扬四海。

到了嘉庆年间，“砂锅居”的生意更加红火。盛传:“缸瓦市里吃白肉，日头才出已云迟”。后来更享有“名震京都三百载，味压华北白肉香”的美誉。

春节期间聊天策略及注意事项

春节期间，要探亲访友，要朋友聚会，正是畅聊的大好时机。但是有些问题，你不能不注意；有些分寸，你不能不掌握。

假如你是“剩男”“剩女”（咱先这么用词，其实你是“超男”“超女”），当有人哪壶不开提哪壶时，你事先要准备一套词，对答如流，千万不可含糊其辞；

当有人问到你的收入时，你要给他含糊其辞；

当谈到工作时，你要绘声绘色；

谈到吃喝时，要津津乐道；

谈到家庭成员时，要如数家珍；

谈到朋友时，要谈笑风生；

谈到大好形势时，要滔滔不绝；

谈到历史人物时，要谨言慎行；

谈到一些难堪问题时，要吞吞吐吐；

谈到各地风土人情时，要振振有词，娓娓动听；

当遇到有人对某个事儿想不开时，要苦口婆心，循循善诱；

当谈到某本好书或某条好微博时，要头头是道；

当亲人之间交谈时，要推心置腹，问寒问暖，关怀备至；

当谈到学外语时，要倒背如流，滚瓜烂熟；

当发现有人话中有话时，要避而不谈；

当有人旁敲侧击时，你可拐弯抹角；

当聚会现场有生人时，你千万不可信口开河，要守口如瓶，沉默是金。

“天福号”酱肘子有故事

你吃过北京“天福号”酱肘子吗？好吃，不腻，补脑。这和红烧肉的功效差不多。一般爱用脑子的人，都喜欢这一口。你看苏东坡有东坡肘子，毛泽东主席指挥三大战役取得伟大胜利后，唯一的要求就是来碗红烧肉。

我现在给您讲一个“天福号”酱肘子的小故事，估计您知道这个故事后，就得流口水。

那是乾隆三年（1738 年），山东掖县有位名叫刘凤翔的人来北京闯荡。他凭着自己会做酱肉的手艺，在西单牌楼拐弯处开了个小酱肉铺。但开张好长时间，生意暗淡，仅能勉强糊口。一天，刘凤翔在一个旧货摊上，看到有块旧匾，上面刻着“天福号”三个大字，他非常喜欢，他认为“天福号”岂不是上天赐福嘛！于是买了回来，重新粉饰了一下，挂在自己开的肉铺门上。说来也怪，自从“天福号”的牌子一亮出来，生意真的兴隆起来，店铺逐渐小有名气，回头客不少。

刘凤翔先生过世后，他的儿子刘抵明接了班。有一天，他太疲劳了，做酱肘子时竟然睡着了，等他醒来，发现锅里的肘子有点煳，正在他急得没办法时，店里雇的一个师傅，就往锅里加水加料，再熬。结果肘子的颜色变了，味道更鲜美了，许多老顾客一致称赞比过去的味道还好。刘抵明便如法炮制。“天福号”肘子的特色，就这么在坏事变好事的过程中形成并被顾客认可了。

“天福号”肘子好吃的消息传到皇宫里，慈禧太后品尝后大加赞扬。她觉得“天福号”的肘子又酥又嫩，不腻不塞牙，放到嘴里回味无穷。从此老佛爷专门下令给“天福号”发一个进宫的“腰牌”，也就是出入证，规定每天按时按量把酱肘子送进宫来。于是“天福号”酱肘子就成为清王朝的贡品。从此名扬四海，传至今天。

“月盛斋”的酱牛肉，香呀！

论做酱肘子，没人能比过“天福号”。若论做酱牛肉，谁也比不过“月盛斋”。

北京人谈起“月盛斋”的酱牛肉，尽是这词：闻之酱香扑鼻，食之醇香爽口，肥而不腻，瘦而不柴，不膻不腥，入口留香。不过，朋友别流口水！

这么高级的酱牛肉，历史不短了吧？那当然。相传在清乾隆四十年（1775 年）有位名叫马庆瑞的先生（回族），从北京广安门牛街迁到前门大街，开了个酱牛羊肉的铺子。这个肉铺为什么叫“月盛斋”呢？它是取“月月兴盛”之意。开张之后，就来了个开门大吉，生意兴盛，越来越红火。

什么好吃的也瞒不过宫廷。后来，慈禧太后特别爱吃“月盛斋”的酱牛肉，也发给“月盛斋”四块“腰牌”，按规定时间，由店老板把酱牛肉送进宫里。

从此，“月盛斋”的酱牛羊肉名扬四海，香气袭人，月月兴盛，年年发达。

第五章 津津乐道

春节期间聊修墙

对我来说，过年就两件事，一是吃饭，二是做饭。吃饭是保留节目，天天吃、月月吃、年年吃，好饭赖饭吃了几十年，至今仍是常吃常新，一点儿也没烦。不过，春节单吃少，聚餐多。这几天没少喝，儿孙们孝敬的美酒，已被我消灭了两三瓶。我的观点是今朝能喝赶快喝。我这话区别于今朝有酒今朝醉。年纪太大了，经不起醉了。我的另一件事是“做饭”。亲们可别理解为下厨房。这是我一生的弱项，偶尔下一次厨房，把碱面当成盐放进锅里的情况时有发生。所以我三生有幸，被老伴剥夺了下厨房权。我在这里说的“做饭”，特指给我的粉丝写文章。最近，来我的自媒体“吃饭”的人口，突然增加了好几万，给几十万人做“饭”，那可不是闹着玩的，从选料到制作都得小心谨慎，挑了又挑，选了又选。味道如何咱不敢吹，但起码是绿色食品无污染。

今天，我做的这顿“饭”，名字叫“修墙”，和东坡肘子的味道比可不次。

美利坚合众国第 45 任总统特朗普在竞选期间，主张在美国与墨西哥的边界上修一堵墙。我当时是当童话听的。因为美国总统竞选期间什么都敢许诺，至于当选后，是否兑现承诺，那是另一码事。谁知特朗普这个人说到做到，他刚上任一周，就一个劲地签署行政命令，其中有道命令是在数月内就开始动工修美墨边界墙，而且要墨西哥承担几百亿美元的修墙费用，如果对方不掏腰包，就增加进口税。一气之下，墨方取消了原定的美墨两国总统会见。这个事的麻烦还在后面。咱们骑上毛驴看唱本，走着瞧。

凡事必须思考。这几天我在想，自从人类有文明史以来，全球范围内修墙无数，家有院墙，城有城墙，各机关大院，各小区也有自个儿的围墙。特大的墙有两座：中国的长城墙，“东德”“西德”之间的柏林墙。如果美墨边界这堵墙真的修成了的话，那就是三堵墙。

这几堵墙，似乎有这么几个共同点：

第一个共同点：都是防人的。长城是为了防匈奴与其他外来势力入侵；柏林墙是为了阻止民主德国的居民逃往西柏林；美墨墙是为了防止墨西哥非法移民和走私贩毒。

第二个共同点：都劳民伤财。修长城花了多少银子死了多少人，无法计算。修柏林墙使“东德”的财政资金更加捉襟见肘。这次修长达 3169 公里的美墨边境墙，初步预计需花费 200 亿美元。

第三个共同点：都是独裁者所建。秦始皇是否为民主人士，早有定论；“东德”为什么垮台，这几乎众所周知。在美国与墨西哥边界修一堵墙，并不是特朗普的原创，2006 年 10 月 26 日，美国时任总统小布什就批准修建这座隔离墙，但由于种种原因，被搁置起来。特朗普这位新上台的总统，也可能把这堵墙修起来。因要修筑的这堵墙太长，施工地点地形相当复杂，耗时需要数年，就怕墙还没修起来，他自己先下台了。不过也不要紧，他会留下一个旅游景点，大大增加旅游收入。

第四个共同点：凡墙必塌。万里长城大部分塌了；柏林墙早已被拆了；美墨边界墙，即使修起来也得垮塌。因为现在世界发展的潮流，是拆墙，而不是修墙；是开放，而不是自闭；是全球化，而不是实行自我保护主义。非法移民、走私贩毒，似乎用一堵墙是挡不住的。就像万里长城并未挡住外来入侵者，柏林墙并未挡住“东德”的人逃往“西德”一样，这堵美墨墙也难以杜绝非法移民和走私贩毒。

近来我对两条寓言特感兴趣

不知为什么，近来我对两篇寓言故事特感兴趣。一篇是《叶公好龙》，为此我写了《在反腐败斗争中咱都不要当叶公》的短文。另一篇是我的晋南老乡柳宗元写的《黔之驴》。

黔者，贵州也。黔之驴，就是贵州的驴。柳宗元先生说的大意是：贵州当地原来是没有驴的。有人把一头毛驴牵到贵州。附近山上有只猛虎，看见这个从来没见过的动物，个头比自己大许多，心里很害怕。于是它就试着接近驴。有一天，这头驴忽然叫起来，声音特别大，可把老虎吓坏了，赶快躲开它。但不久，老虎听惯了驴的叫声，渐渐觉得驴也就这么两下子，又去凑近它、逗它。突然驴发了脾气，翘起后蹄子就踢起来，并不会咬。老虎经过一段时间的观察，得出一个结论：驴的本事不过如此。老虎就扑上去把驴吃掉了。

柳宗元的寓言，既有深广的现实主义内容和强烈的政治色彩，又有着深沉含蓄泼辣犀利的艺术风格。他通过《黔之驴》的寓言故事，嘲讽那些统治者，貌似强大张牙舞爪，实则外强中干。许多东西，你不要怕他，开始你要试探他，等他那几下子用完了，也就折腾不起来了，一旦时机成熟，你再收拾他。

喝酒插曲

在新春佳节期间，阖家团圆或朋友聚会，一般都要喝酒，无酒不成席嘛！在这种酒文化的气氛中，鄙人也聊聊喝酒。

在 25 岁之前，我滴酒不沾。之后我给一位首长当秘书，他的老部下多，吃饭时往往上酒。而我的这位首长血压高，喝两三杯还凑合，喝多了头晕。在场面上不喝又不行，他就说，我喝两三杯后，小郑你就上，替我喝。我说，我不会喝，这怎么办？首长教我喝酒的窍门：喝前先喝几口汤吃几口菜，只要不空肚子喝，没事。我按照首长教的办法，趁他们敬酒说话时，抓紧吃菜喝汤，该我上阵时，我端着酒杯就“冲”了上去，为了我首长的健康，甘愿奉献。头次喝酒，我的起点就高，加上我年轻，和同桌人不在一个起跑线上，他们有的醉了，有的虽然没醉，但说话时舌头的灵活度也下降了，而我喝了十来杯，脸不变色心不跳。从此，我尝到喝酒的甜头，一发而不可收。

但那时家里一瓶酒也没有。这种宴会场合，一年也碰不上几次。要想喝酒只能拿个空瓶去饭馆或酒铺打点零散的酒喝。为了喝酒，我只能要点小伎俩。例如，我的一位战友 38 岁了还未结婚，他老问我，小郑你说句真话，我到底长得怎么样？我说，老宋你这个人远看不如近看。他挺高兴，请我去路边的小饭馆喝酒。喝得差不多时，我说，老宋呀，我刚才一边喝一边近距离地观察你，你近看还不如远看。他生气地说，这顿酒我算喂狗了，你这辈子再别想喝我的酒。其实，说是这么说，他结婚时，又是我跑前跑后地为他操办，又喝了他不少喜酒。

改革开放后，随着生活水平的提高，大部分人家里差不多都有几瓶存酒。因为我爱喝酒的名声在外，亲朋好友和儿子孙子为投我所好，经常给我买酒。酒与人一样是分等级的。在我 75 岁之前，我喝酒是“正计时”：先喝级别低的，再喝中等的，最好的酒一直舍不得喝，在我家存 30 年的酒都有几瓶。而 75 岁之后，我突然想清楚了，我得“倒计时”：先喝最好的，再喝其次的。由于喝酒的路线图变了，我现在每天都在高级酒中晃悠。现在不喝何时喝？美哉！美哉！

这难道是我这个已奔向 90 岁的人，还能写点文章的一个摆不到桌面上的小原因吗？

希望亲们在春节期间吃好，喝好，玩好。

全世界都跌破眼镜

通常情况下，新官上任与他的选民都有个“蜜月期”。新官也会顺应民意“烧三把火”。随着时间的推移，新鲜劲渐过，双方就互相看着不顺眼了。不过，这有个量变到质变的过程，比较缓慢。

例如，里根被选为总统后，选民对他的满意度一直维持在 50% 以上，过了 727 天后，才下降到 50% 以下。老布什的满意度在 50% 以上的时间维持了 1336 天之多。克林顿也维持了 573 天。小布什与其父不相上下，满意度在 50% 以上的时间有 1205 天。首位黑人总统奥巴马的满意度超过 50% 的时间是 936 天。

而新上台的特朗普总统，则创造了一项美国有总统以来的最新纪录：上台刚 8 天，支持率就跌到一半以下，还剩可怜的 42%。由于他签署的一系列行政命令太不靠谱了，游行示威和抵制声遍布全球。甚至加州要进行公民投票，与特朗普的美国“离婚”，从而终结与合众国关系。连加州现任州长都半开玩笑地说：“我们也要在加州建‘长城’，把我们和特朗普的美国隔离起来。”

聊天纪事

虽然孔圣人早就说过：老而不死是为贼。但现在遇上这好年头，周有光老先生在各种逆境下，还活了 112 岁，酒界泰斗秦含章已 100 多岁了，仍健在，仍在著书立说。我 80 多岁，无论吃饭和写作，一点老化的感觉都没有，恰逢盛世，人们越活越年轻，都想再多活几年，看看世界的变化。

午饭后，北京上空万里无云，大家都走到室外晒太阳。人长着嘴，又会说话，于是七嘴八舌地聊起来。有的说，我佩服特朗普，他竞选时许诺的事，全都兑现，若政客当总统，不会。有的人说，特朗普是用房地产商总经理的办法管理美国，善于签发行政命令，顺我者昌，逆我者亡，上台刚10天，就开除了两个正部级官员。有的人说，既然硬，就一硬到底，墨西哥墙不修了，不准7个国家的人办理入美签证的政策也松动了，再退让下去，他签的命令就分文不值了，那不成“纸老虎”和“黔之驴”了。

他们七嘴八舌时，我一言不发。最后，我只说了一句：骑驴看唱本，咱们走着瞧，热闹戏，还在后边。

花钱真痛快

我从小对数字就没有清晰的概念。1955年前每月只发两万多元（合今天的两元）的津贴费，买完牙粉和肥皂就所剩无几。1955年改为薪金制，头次感到有点钱了，我有自知之明，虽然钱不多，但知道自己管不了钱。所以，自从1954年结婚，接着实行薪金制后，我每月发了钱，看都不看一眼，连工资袋如数上交老伴。她是会计，我们就这点钱，又要养活三个孩子，还要给老家的老人寄钱，虽月月光，但收支仍可维持平衡，从来没有赤字。

后来，老家的老人相继去世了，自己的儿女也长大可以自力更生了，而我发钱后，仍按老习惯，如数交老伴。时间一长，我好像一点财权都没了。

今天，老伴儿突然给了我1000元人民币，我问，这钱给我干什么？她说，你大儿子说了，每月给我爸1000元，让他有点小自由，想吃什么自己买点，不要看到想买的，一掏兜里空空如也！

半个多世纪来，我兜里终于有钱了。我今天上午走进一家超市，觉得自己很厉害，因为我兜里有钱。服务员问，老爷子买什么呀？我说买酸奶。对方说，有9元的，有12元的，有15元的，您老人家要哪一种？我当然要最贵的。接下来看见橘子，有3元一斤的，有8元一斤的，当然要8元的。就这么花下来，买了数十样，样样精品，没一件减价处理品。到门口一结账，共花掉600余元。读《资本论》时只知道商品的使用价值与价值，我头次对商品的属性有了切身体会。真痛快啊！

回到家里，老伴一看1000元一下子花掉一半多，而且数量和质量都不合她的标准。仅仅一天，拥有的财权被收了回去。

我现在又成了一无所有。

有些态不大好表

2017 年春节期间，宁波动物园的老虎咬死一位男子。为此，在网上好多人发表了评论，有谴责这位男子的，也有批评动物园的，也有说风凉话的。不少朋友想让我表个态，听听我的看法。

对这一不幸事件，我真不大好表态。因为有些事情非此即彼，而有些事情由于各种因素交织在一起，还真不宜非此即彼。有时，此中有彼，有时彼中有此。这位男子，违犯规定，越墙而过，进入老虎散养区，被老虎咬死，当然是他的责任，本应受到谴责。但是，他已经用生命为他的错误付出了代价，人已死于虎口，留下可怜的妻子和孩子，对这样一个不是因犯罪而死的人，我真不忍心再去用恶言恶语大加谴责。听到这个消息后，我脑子里首先的反应是：对他留下的妻子与孩子表示同情。

再说，对动物园进行批评吧，也难启齿。动物园的规矩是凭票进园，不准翻墙。而且动物危险的标志到处都是，围墙高达 3 米，他们总不能“三步一岗，五步一哨”地围着墙看守吧。

再说这只咬死人的老虎，它的虎性难改，它又没咬死人偿命的法律意识，加上平时定量供餐，肚子里也不是很饱，好不容易碰到个活物，正想美餐一顿，趁机过个好年，谁想人肉没吃上，反而被击毙，挨了枪子了。据说，翻墙进入虎区的男子表现得十分勇敢，还踢了老虎 13 脚，被扑倒 3 次后要爬起来，还真有点武松打虎的精神。我又想：万一他真把这只老虎踢死了，又是个什么结果？歌颂他是当代武松呢，还是严惩他踢死受国家重点保护的珍稀动物呢？

左思右想，对这位男子，对宁波动物园，对咬死人的老虎这三方，我都不好表态谴责了。

但是，老夫想由这件事，说三点题外的话：

（一）做人要守规矩，守法律。否则贪小便宜必然吃大亏。人的素质不提高，在国内或到国外，都会丢人格和国格，甚至丢了性命。

（二）动物园的安全措施要周到。不怕一万，就怕万一；既防共性，还要防个性；既防必然，还要防偶然。

（三）再遇见老虎吃人的类似事件，千万不要把老虎处决，因为这是它的虎性。它是无辜的。

以上就是我没有态度的态度。

改进“春晚”的方子已经开出来了

我们中国人有个习惯，不过了正月十五，好像年就没有过完。春节已过，时不时地还能听到人们议论“春晚”。

大年三十吃年夜饭，这早成为家家户户的规定。连杨白劳平时穷得揭不开锅，大年三十都要想办法给喜儿买二尺红头绳，买两斤白面包顿饺子吃。

改革开放后，我国人民的生活水平芝麻开花节节高，在满足物质生活需求的同时，对精神生活也提出了相应的需求。于是从 1983 年开始，我们的年夜饭又多了一道“精神餐”，这就是春节联欢晚会，简称“春晚”。嘴里吃着喝着，眼里瞧着乐着，人们尝到了甜头。最初，这本来是个偶然行为，因为好评如潮，文艺家们也尝到甜头，两个甜头合成一个甜头，后来就年年办“春晚”了。自从每年有“春晚”后，我国人民的年夜饭，就变成两道大餐：一道是物质的，桌子上八盘十碗；一道是精神的，看电视里播放的“春晚”节目。似乎缺一不可，相得益彰，一片叫好之声。

然而事物的发展在不断变化之中。一方面人们的胃口越来越刁；另一方面我们办事情总犯一个老毛病：很多事情开头并不错，但干着干着就走偏了，就变味了。办“春晚”逐渐求大、求全、求洋，有人甚至把上“春晚”变为成名成家的捷径。有的人为了上“春晚”，削尖了脑袋往里钻。群众的眼睛是雪亮的，欣赏水平是很高的，识别能力是极强的，渐渐地由喜欢“春晚”变为对“春晚”横挑鼻子竖挑眼了。有些人曾严肃提出：索性取消“春晚”。这样，“春晚”的生存权都受到威胁。

最近，我认真地回看了当初“春晚”的一些节目，还看了 1956 年的“春晚”的录像。那次主持人是电影《平原游击队》中李向阳的扮演者郭振清，郭沫若、钱学森、巴金、老舍、周立波、杜鹏程、孙谦等著名作家，梅兰芳、周信芳、侯宝林等大师，赵丹、白杨等一大批男女演员都参加了这次“春晚”。这次“春晚”非常自然活泼幽默。我又看了起初办的几期“春晚”，朱时茂、陈佩斯的《吃面条》，马季的《宇宙牌香烟》，葛优和马晓晴的小品《今晚我们相识》等一大批节目，都百看不厌，给人留下久久难忘的印象。而后来的许多节目，在它们面前简直相形见绌。

“春晚”发展到今天，出路在哪里？这个节目一定要办下去。但怎么才能办好？我认为方子已经开出来了，这就是四个大字：不忘初心。

就像回忆我们当初的理想、行程、方法一样，把最初我们办的一些“春晚”录像再调出来，请负责办“春晚”的领导、专家、导演们认真看看，反复研究一下，从而体会我们办“春晚”的初心，吃透了初心，清楚了过去，就知道了未来。

现在的“春晚”，如同满汉全席，花了不少钱，聘请了高级厨师，每年都花了很多时间，费了相当大功夫，但人们吃腻了，不合口味了，人们想吃口当初的窝头抹臭豆腐了。从本质上说，不是人们说“春晚”没劲，而是我们办得过了劲！

奔着不忘初心的指导思想，老夫希望把今后的“春晚”办得自然，毫不做作，轻松幽默，接地气，花很少的一点钱，却办得使广大观众能在一阵阵的笑声中，欢欢喜喜地吃好物质和精神这两道年夜饭。

元宵节趣谈

今天是农历正月十五，也就是我国传统的节日元宵节。在民间有个说法，论热闹，不是春节，而是元宵节。你看人家美利坚合众国新上任的总统特朗普，是位爱凑热闹的人，他打破历届总统在春节给华人拜年的惯例，春节时不给华人拜年，铆足了劲，等到元宵节，再给华人拜晚年。

你知道正月十五这一天为什么叫元宵节吗？元是一年的头一个月，一月也叫元月；宵是夜晚的意思，所以元月十五日夜晚举行的这个节日，就叫元宵节。

在我国过元宵节是从何年何月开始的？特准确的说法没有。通常人们说，它起源于隋朝隋炀帝时期；也有的说汉朝汉文帝时期就有了。之后，元宵节越闹越红火，一直延续到现在。

过年是为了赶走一种凶猛的叫“年”的野兽，过元宵节又是为了什么？这个说法不一，有的书上说，正月十五夜晚张灯结彩，是为了祭一位名叫“太一”的神。这位神非常了不起，传说“太一”神，是神中之神，一切神都归他管，也叫天神。在元宵节人们闹元宵，祭祀“太一”神，是为了求天神保佑这一年平安吉祥，五谷丰登。

还有一种说法是，元宵节是汉文帝为了纪念平定吕后篡权的胜利而设立的。平定“诸吕之乱”的时候，恰好是正月十五日夜晚。从此以后，汉文帝每到正月十五之夜，都走出宫来与民同乐，于是正月十五便成了普天同庆的元宵节。

综观几种说法，我认为祭祀“太一”神的传说靠谱，后来历朝历代，逐渐为元宵节增加了新的内涵。总而言之，在我国元宵节有悠久的历史，是一个十分喜庆的节日。有诗为证：

满城灯火耀街红，弦管笙歌到处同。

真是升平良夜景，万家楼阁月明中。

从中国驻美大使馆墙上的两首诗说开去

今年大年初二，美国新任总统特朗普的女儿，领着她会说中国话的非常令人喜欢的小女儿，到中国驻美大使馆参加联欢会。细心的朋友可能发现，大使馆的墙上挂着两幅书法作品，内容是两首唐诗。

一首是高适写的《别董大》：

千里黄云白日曛，北风吹雁雪纷纷。

莫愁前路无知己，天下谁人不识君。

另一首是贺知章写的《咏柳》：

碧玉妆成一树高，万条垂下绿丝绦。

不知细叶谁裁出，二月春风似剪刀。

敬爱的周恩来总理生前说过：外交无小事。我国那么多诗词精品，而中国驻美大使馆的墙上，选这两首诗挂在醒目之处，用意何在？

我天天给大家写，说得够多的了。今天，我很想领略大家的判断力，想象力，表达力，听听你们对这两首诗的高见。

吃不了兜着走

酒后吐真言，虽然有“七十不留宿，八十不留饭”这种说法，但我不大在乎，只要儿子孙子来电话报告有饭局，我肯定是一个回答：上刀山下火海也在所不辞。百分之百地答应赴宴。

每次赴宴我都被安排在主位，因为我岁数摆在那里，我不上座，没人敢坐。但是，一顿饭下来，我常常感觉不到我这顿饭吃了什么。

在去卫生间的途中，我悄悄问服务员，请实话告诉我，我们吃剩下的这一桌子东西，是你们还吃呢，还是被倒掉？她告诉我，我们都不吃，全部倒掉。

听到这个，我放心了。以前我拉不下脸来，不好意思让人家打包，知道这个底线后，每次我都理直气壮地说：服务员同志，麻烦您给我把剩下来的东西全打包。有时服务员扫荡不净，我一个盘一个盘地“明察秋毫”，连剩的一块排骨都装入塑料盒中，然后提上大摇大摆地走出饭店。

这一盒一盒的东西放在冰箱，我每天消灭几盒，直到今天才彻底地消灭完。

我在消灭这些残余“敌人”的过程中，怎么觉得比“正规战”时吃得还香还甜？当时只顾应酬，至于吃进去什么，真没感觉出来，只有这时才吃出味道来。

据说，我国餐桌上的浪费极为严重。每个人从小都知道：谁知盘中餐，粒粒皆辛苦。咱们要养成节俭的好习惯，如果下饭馆，就脸不变色心不跳地“吃不了兜着走”。

男人的汗颜

昨天看到一则新闻，四川广元有位 92 岁高龄的大姐，每天喝一斤高度白酒，一直喝了 60 余年，现在体检：心、肝、肺、胃的指标，统统正常。看了这条新闻，我的第一个感觉就是：这位老太太将了我们男人一军。自从武松喝 18 碗酒上景阳冈打死老虎给男子汉长脸后，还没听说过哪位男子一日三餐顿顿喝白酒，而且每天喝一至二斤，连水都不喝。这则新闻不是让全世界的男人甘拜下风，想往地下钻都找不到地缝吗？

今天中午我要为我们男子汉争口气，反正我比这位大姐还小 6 岁。我面前的下酒菜是一只烧鸡，旁边放一瓶二儿子给我买来的台湾高粱酒。我今天要创造一个奇迹，她一天喝一斤，我来个一顿喝一斤。

对于烧鸡，我采取抓两头带中间的办法。先消灭两只鸡爪，再消灭鸡头，然后从中间突破。边喝、边吃、边想着四川广元那位 92 岁的老太太。我今天不超过您誓不罢休。

现在的战果出来了，一瓶酒（45 度）只剩三两，鸡还剩半只。至于我是否超过了四川那位老太太，让亲们去裁判。希望你们裁判公正，把我酒后还能写随笔的因素加进去。四川广元的那位老奶奶，酒后肯定不会写文章。

你知道张骞这个人吗？

一提起“一带一路”，就很自然地想到“丝绸之路”。一想到“丝绸之路”，又很自然地想到它的开拓者张骞。

毛泽东在《沁园春·雪》中，提到五位帝王。第一位是秦始皇，第二位不是汉朝的开国皇帝刘邦，而是其曾孙汉武帝。汉朝发展到了汉武帝时期，达到巅峰。这时汉武帝为了改变屈辱的“和亲”状况，寻找大月氏，夹击匈奴，并发展对外贸易，与友邦交往，遂于公元前 139 年，派张骞率领百人使团，从长安（今西安）出发。在没有地图、没有指南针的极端困难的情况下，张骞一行望日月星空西行，开始长途跋涉。

张骞一行还未到达大月氏（今阿姆河上游，阿富汗北部），就碰上匈奴，并被其当人质拘留。这一拘留，就拘留了 11 年。但张骞百折不挠，观察和熟悉地形，伺机逃脱，以完成汉武帝交给他的出使西域的神圣使命。

果然，张骞被匈奴扣留了 11 年之后，终于从匈奴那里逃出，继续西行。他们首先到达大宛（原费尔干纳盆地）。大宛王早就耳闻汉朝富饶，欲通不得。今见汉朝来使，喜出望外，除热情超规格招待外，还派了翻译和向导，陪张骞到达康居（今乌兹别克斯坦、塔吉克斯坦境内）。接着张骞又访问了大月氏和大夏（今阿富汗北部）等国，于公元前126年返回长安。

张骞返回汉朝后，向汉武帝禀报了出使西域的情况与所见所闻。汉武帝听后大喜，决定与西域各国扩大友好交往。

到公元前119年，张骞奉命率领300余人，其中包括若干副使、译员，每人都配备了两匹马，还赶着上万头牛羊，携带大量丝绸、金币，价值上千万，再次走上“丝绸之路”。这次他们到达今天的伊朗、土库曼斯坦等地，每到一处，都受到热情接待。公元前115年，张骞返回汉朝。这不仅是汉朝与西域各国的友好交往，而且是一次规模盛大的物质交流活动。

张骞两次出使西域，开辟了横贯亚洲内陆的“丝绸之路”，从此，东西方的经济文化交流出现了盛况空前的繁荣局面。如果从张骞第二次出使西域算起，到西汉末年为止，这条“丝绸之路”畅通百年之久，之后也未完全中断。

据说，现在汉中城固县饶家营建有一座张骞纪念馆。该馆有一副楹联：

一使胜千军，

两出惠万年。

张骞被誉为“第一个睁开眼睛看世界的中国人”。有些西方学者甚至认为，张骞的成就绝不逊于哥伦布发现新大陆。

朱元璋写对联

不知为什么过去有些皇帝或大官，并没什么文凭，肚子里墨水也不多，但他们偏爱诌几句诗。例如，原来不读书的刘邦和项羽，也给世人留下《大风歌》《垓下歌》。这两首歌气派有之，文采却显得不足。明朝开国皇帝朱元璋，那可是正儿八经的穷苦人家出身，是我国少数当过和尚的皇帝。朱皇帝还不如刘邦，他连《大风歌》也写不出，只能写点对联。

朱元璋打下天下后，建都南京。为了庆贺天下太平，朱元璋发出一道最高指示：“春节时，整个京城家家户户都要在门上贴对联，以示庆贺。”朱元璋带兵打仗养成个习惯，总是身先士卒，他带头写对联。他先给大臣陶安写了一副：

国朝谋略无双士，

翰苑文章第一家。

写完给陶安的对联，朱元璋想，千万不能忘了我的儿女亲家徐达。此人还是我的老乡，打天下立有汗马功劳。他写给徐达的对联是：

破虏平蛮，功贯古今人第一，

出将入相，才兼文武世无双。

遵照皇上的圣旨，南京城里几乎家家门上贴上对联，一派喜气洋洋的节日气氛。一天，朱元璋带了几个侍从、保镖，上街微服私访，也看看热闹。他走到一家杀猪的人家门口，见门上没贴对联，一问，这个杀猪的说，写对联的纸都买好了，因自己是文盲，不会写，又忙着给大家杀猪过年，准备等杀完猪后，再请人帮忙写。

朱元璋正在兴头上，说：不必请人写了，我给你写。随手提笔写下：

双手劈开生死路，

一刀割断是非根。

朱元璋是位心细的皇上，第二天他派人去查看杀猪的人家是否把他写的对联贴在门上。去的人一看门上没贴，追问杀猪的。此人说，你们走后，有人悄悄告诉我，给我写对联的人是当今皇上。我怕有人偷走，贴在家里供奉，不信请进屋看。

去执行查看任务的人回宫后，将实情向皇上禀报。朱元璋非常高兴，传旨："赐银二百两。"

这个杀猪的真是走运！

谁是相声界第一个吃螃蟹的人？

万事开头难。记得鲁迅先生说过这么个故事：螃蟹长得很难看，张牙舞爪，横行霸道，但蟹肉很细嫩且富有营养。然而，第一个敢吃螃蟹的人不简单，那是勇敢的人。

好多人，包括毛主席和周总理在内，都爱听相声。一说到相声，现在的人们就以为相声界的祖师爷是侯宝林、马三立，或者小蘑菇等。其实，相声界鼻祖式的人物、坐头把交椅者是北京人张三禄。

张三禄先生本来是说八角鼓的。但是他脾气怪，难与人合群，受圈内人排挤，于是他便另立门户，自称他说的这个新玩意儿叫相声。这个相声创始于清朝道光年间。张先生流传下来的代表作有《贼鬼夺刀》《九头案》等。从文字记载来看，他的单口相声以说、学、逗、唱的形式，当场抓哏，见景生情，随机应变，幽默风趣，很受听众欢迎。因此，说张三禄是“第一个说相声的人”，他名副其实，当之无愧。

还有一位名叫朱绍文的人。朱先生原从事京剧行当，演丑角未唱红，遂改说相声。他表演时，常说这样两句话当开场白：“满腹文章穷不怕，五车书史落地贫。”由此得了个艺名叫“穷不怕”。朱先生以张三禄为师，又联合艺名叫醋溺膏、韩麻子、盆秃子、田瘸子、丑孙子、鼻嗡子、常傻子的人，活跃在北京天桥一带，人称“天桥八大怪”，很受观众喜爱。所以，也有人认为朱绍文是相声界的开山鼻祖。

还有一种说法比较邪乎了。有人说：西汉时期的东方朔是相声界第一个吃螃蟹的人。人家还举了这么一个例子：有一次东方朔和汉武帝聊天，武帝指着一棵树问东方朔，贤臣，你说这棵树叫什么名字？东方朔也不知道，随口就说，回皇上，这棵树叫“善哉”！过了几年，汉武帝同样指着这棵树问东方朔，此树叫什么名字？他却说叫“瞿所”。这下气坏了汉武帝，认为东方朔有欺君之罪。而东方朔灵机一动回皇上，马小时称为驹，长大后就称为马；鸡小时称为雏，长大后称为鸡；牛小的时候称为犊，长大后称为牛。这棵树亦是这样，过去叫“善哉”，如今就叫“瞿所”。汉武帝听后转怒为喜。因此后人就说：东方朔才是相声界的第一人。

这只能算作笑话。

说张三禄先生和朱绍文先生是相声界的鼻祖，或者说是相声界第一个吃螃蟹的人，比较靠谱，我相信。

谁是我国各剧种的领头羊？

昨天我写了篇《谁是相声界第一个吃螃蟹的人？》，颇受亲们欢迎，一不做二不休，今天我再写篇《谁是我国各剧种的领头羊？》。

据统计，我国有300多种地方戏，在这么多剧种之中，京剧是公认的大哥大，处于领头羊的位置。这个位置是不可撼动的。任何剧种不管在当地多么有名，与京剧相比，都不得不俯首称臣。

北京人爱说一句话：“一口京腔，两句二黄，三餐佳馔，四季衣裳”。这里说的“两句二黄”指什么？就是指会唱几句京戏，因为京戏的主要唱腔就是“二黄”与“西皮”。

京剧有如此高的地位，不是自封的，是慢慢形成的。它也是从地方晋升到中央的。

乾隆五十五年（1790年），早就在安徽流行的徽班剧团来京演出，取得了巨大成功。起先来的是三庆班，接着四喜、和春、春台戏班也相继来京演出，这就是“四大徽班”进京的来历。所以，我们北京人说京剧时，不可贪天之功为己功，千万不能忘本，要牢记京剧的老祖宗在安徽。

有朋友可能会问：徽班戏怎么改称京剧了？这要归功于清朝光绪二年（1876年）刊登在《申报》上的一篇文章及其相应的宣传。当时就把原本的徽班戏正式称为“京剧”。从此以后就一传十，十传百，百传千，千传万，正式叫开了。

京剧成为国粹，并不像有些人说的那样，是因为哪位皇帝或太后喜欢并加以提倡而来的。这个原因不能说没有，但是主要的还在于其内因。它剧目丰富，唱腔优美，剧团多，受观众欢迎的名角多，演出故事多，并且善于吸收北京词汇和其他地方戏的优点充实自己。这些内因是它成为国粹、领头羊的最根本的条件。

模范皇后马秀英

在中国历史上，先后有400多位女人阴差阳错地当上皇后。先秦6位；汉27位；三国7位；晋9位；十六国21位；南北朝50位；隋3位；唐22位；五代十国17位；宋26位；辽11位；金3位；西夏9位；元17位；明27位；清27位。

常言道，龙椅只有一把，后冠也只有一顶。能坐在龙椅上的人不容易；能戴上后冠的人也很厉害。

当过皇后的人更是千差万别，有的默默无闻，有的流芳千古，有的遗臭万年，也有人竟摇身一变，由后台走向前台，由皇后变成皇帝。十个手指头还不一般齐，这么多皇后能站在一条线上吗？

在《聊天》一书中，我谈皇帝的文章不少，最近准备从这几百位皇后中，抽出几位，向亲们“广而告之”。听说广告费很贵，我这里发扬雷锋精神，全是无私奉献。

今天，我向朋友们介绍模范皇后马秀英。

有的朋友可能感到很怪，马秀英？这是现代人的名字呀，我认识的人中，就有叫马秀英的女士。过去的皇后还有叫马秀英的？我说，有，而且还不是一般的皇后，她是大名鼎鼎的明朝开国皇帝朱元璋的皇后。

朱元璋家境贫寒，出家当过和尚。后来从事推翻元朝的斗争，投奔到郭子兴的部下，当了一名冲锋陷阵的士兵。由于他智勇双全，得到义军元帅郭子兴的重用。郭子兴有位姓马的好友，他的姓郑的老婆给他生了个聪明的女儿，起名马秀英。老马生性豪爽，后惹下人命官司，避祸逃走之前，把马秀英托孤给生死之交郭子兴。郭元帅夫妇对马秀英十分喜爱，收为义女，如同己出。真是女大十八变，这马秀英不仅越长越水灵，而且善解人意，知书达理，举止从容大方。郭子兴夫妇下定决心要给她找个好男人。

郭子兴的义军，发展壮大势如破竹，各路领兵打仗的头领中不乏人物。一次郭子兴元帅宴请各路头领，让夫人带着女儿马秀英躲在幕后看，确定哪位是意中人。谁知马秀英一眼就看上了朱元璋。一来二去，郭子兴就把马秀英许配给朱元璋。这一下朱元璋身价翻倍，变成了郭元帅的女婿，很快升为副帅。不久，郭子兴因病去世，朱元璋由副帅变为正帅。

长话短说，后来朱元璋成了明朝的开国皇帝，马秀英就顺理成章地成为皇后。

为什么马秀英是公认的模范皇后呢？这从以下几个方面就可以得到证明：

一是，她是贤妻良母的典范，是母仪天下的佼佼者。在朱元璋打天下的过程中，她紧随其左右，出过不少好主意。她给朱家生了5个儿子。她统管宫中事务，维护家庭的和睦。她对孩子管教甚严，让他们从小就过简朴的生活。当了皇后之后，她对朱元璋的饮食起居仍一直牵挂在心，为其操劳。

二是，朱元璋脾气火暴，动不动就杀人。而马秀英性格温柔，往往成了朱元璋的“灭火器”。例如杭州知府徐一夔，在朱元璋生日时上书贺寿，文内有“光天之下，天生圣人，为世作则”之词。朱元璋一听这词，误认为是骂他呢。他想，光天之下，这是骂我头顶光光，是和尚；天生圣人，这是说我天生是个僧人；当世作则，这明明是骂我是贼。一怒之下，朱元璋就把杭州知府杀了。马皇后知道后，就告诉朱元璋，你把人家杀错了，她耐心地把这几句向他讲解，并告诉他要提高文化水平。在这些方面，朱元璋对马秀英佩服得五体投地。

三是，在关键时刻为皇上把关。朱元璋决定扩建南京，因国库不支，便下令有钱人捐钱。有个叫沈万三的人，家里钱很多，就出巨资捐献。开始朱元璋很高兴，而这个沈万三却提出再拿出一部分金钱奖励军队。朱元璋想：军队可是我打天下守江山的本钱，由我一人统率，他人绝对不能插手，你沈万三竟敢向我天子的军队伸手，用心何在？于是下令逮捕沈万三。马秀英得知此事后，对朱元璋说："沈万三献金只是名目不对，你何必生这么大气呢？"朱元璋说："百姓比国家还高，是不祥之兆。"马皇后说："刑法是诛不法之徒，而不是诛不祥之兆。他没犯法，皇上杀他，于法不合。"朱元璋认为皇后言之有理，就把沈万三免于死罪。

洪武十五年八月，马皇后生了重病，临死前对朱元璋说："愿陛下求贤纳谏，慎终如始，子孙宜贤，臣民得所！"又对子女们说："生长富贵之中，当知蚕桑耕作之不易，当为天地惜物，且为生民惜福！"交代完之后，模范皇后马秀英与世长辞。

朱元璋为了永远怀念马秀英，再未新立皇后。

一位智勇双全的皇后

朱元璋家出了不少好媳妇。前篇短文我写了马秀英皇后，受到亲们一致好评。今天我再讲讲朱元璋第四个儿子朱棣的媳妇徐氏，这个女人也很不寻常。

跟着朱元璋南征北战建立明朝的有几员大将，徐达就是其中的一位。徐达有个女儿，从小聪明过人，记忆力、理解力、想象力都出类拔萃，人见人爱。朱元璋最喜欢四子朱棣，就想让徐达的这个比朱棣小两岁的女儿当自己的儿媳妇。一天皇帝正式向徐达提出此事，徐达感激涕零，满口答应。这门亲事，就这么定了。

朱棣被封为燕王，驻守燕京（今北京）。洪武九年（1376 年），17 岁的朱棣与 15 岁的徐氏成婚，徐氏被册封为燕王妃。

我在《聊天》一书中说过，朱元璋本想立朱棣为皇太子，但由于他不是马皇后所生，按照立嫡立长的规矩，立了长子朱标为太子。朱标死后，又立了孙子为皇太孙。朱元璋驾崩后，就由这位孙子当了皇帝，朱棣等人哪能心服。后来，朱棣以"清君侧"之名，行夺权之实。在这场斗争中徐氏为丈夫出谋划策，朱棣率兵奔袭大宁（今内蒙古宁城县西）之际，朝廷派李景隆大将率领 50 万大军包围北平城，以图灭掉朱棣。在这种十分危急的情况下，徐氏与儿子朱高炽沉着应对，坚守城池，徐氏亲自上城楼，率领众多妇女参战，坚守城门不失。朱棣率部返回后，内外夹击，将李景隆的军队打得落花流水，溃不成军。在此役中充分显示出徐氏的沉着、机智和勇敢。这个女人真的不寻常，胆敢在50万大军面前舞枪弄棒。

之后，朱棣打到南京，当上皇帝。徐氏被册封为皇后。这时徐氏又给朱棣出了不少好主意。例如，她对皇上说："南北之间，连年战争，百姓饱受战争之苦。现在你当了皇帝，应体恤民情，使百姓休养生息。"在朱棣诛杀前朝大臣之际，徐皇后又说："当代朝廷中的一些贤才，不少是高皇帝所留下的，望陛下选拔任用时，不要有新旧之分，应一视同仁。诛杀时也应手下留情。"她还对皇上说："国家之治乱与百姓能否安居乐业，关键在各地方长官是否贤达。古往今来，贤德之君对那些才能出众的人，都不应论资任用，而应破格提拔。"皇后的许多意见，都被皇上采纳。出现了"为治之道，宽猛适中；礼乐刑政，施有其序"的局面。

徐皇后还把皇上几位亲信的妻子召到一起，热情款待，并告诉她们："作为妻子，不要以为给男人准备好衣食就万事大吉了，最重要的是，要使他们无后顾之忧，事事要为他们多分担一些，以使他们一心一意，精忠报国。"在徐皇后的精心料理下，宫廷内外，井井有条。

徐皇后不但是贤妻，而且是良母。她对孩子因人施教。她还为子女亲自编著了教材，如《内训》二十篇。该书把德性当首篇，接下来是修身、谨言、慎行等篇，她主张对自己的子女应"本之以慈爱，临之以严格。慈爱不至于姑息，严格不至于伤恩"。徐皇后还派人广泛收集古人佳言善行警句，出了一本《劝善书》。明成祖朱棣看后非常高兴，将此书颁行天下。

这位皇后，真是太了不起了。

徐皇后死后，朱棣追赠徐氏谥号为"仁孝文皇后"，并立志不再立皇后，以示对她的永远怀念。

杨继盛与"便宜坊"

杨继盛？就是你在《聊天》一书中和他聊过天的、明朝那位敢于无情揭露严嵩十大罪状的杨继盛？不错，正是此人。杨继盛冒死进谏后，嘉靖皇帝不仅根本听不进去，而且处处护着严嵩，这使杨继盛十分苦闷。一天，他走到菜市口米市胡同，忽然闻到一股香味，他顺着香味走进一家饭店，点了烤鸭与几样小菜，喝起闷酒来。

正在杨继盛忘掉不快，津津有味地享用美食时，有顾客认出他来，悄悄告诉了老板。老板非常高兴，便走上前去更加热情地招待。杨继盛酒足饭饱之后，提笔书写了“便宜坊”三个大字，意即：便利百姓，宜室宜家。有人把“便宜坊”中的“便宜”误读作“pián yi”，这是不对的。不是价钱便宜，而是“便利宜食”。

“便宜坊”于明永乐十四年（1416年）开店，至今有600多年的历史。它的烤鸭是“焖炉”，而不是“挂炉”，具有皮酥肉嫩，口味鲜美，食而不腻等特色，可谓京城烤鸭的鼻祖。

王致和无意中实现了臭与香的统一

你爱吃臭豆腐吗？爱吃。我也爱吃。不过，开始我并不爱吃，因为我闻不了那种臭味。后来，竟吃上瘾了，吃馒头，特别是吃窝头时，抹上点臭豆腐，香极了。

据传说，清朝康熙年间，有位名叫王致和的青年人，从安徽来京赶考。他不幸落第，感到无颜回家见江东父老，就留在京城，一边打工，一边准备来年再考。

王致和在北京期间，一边复习功课，一边以卖豆腐为生。一年夏季，有一次他做的豆腐没卖完，扔掉可惜，他就把这些剩豆腐切成小块，放在一个小缸里腌上，留给自己慢慢吃。因为忙碌，王致和竟忘了这缸豆腐，直到秋天才想起来，打开缸盖一看，豆腐由白变灰，臭气扑鼻，已经变成臭豆腐了。奇怪的是，他尝了尝，感觉很香。给朋友们吃，也受到一致称赞。王致和是个脑瓜很聪明的人，他顺坡下驴，由卖豆腐改行做起了臭豆腐。生意越做越大，影响越来越广，连慈禧太后都爱吃这一口了。王致和的臭豆腐成了北京一绝，连有些外国贵宾来华访问，都要品尝一番。

在这篇短文中，老夫想说的是，别小看这个臭豆腐，从哲学的角度看，在它身上巧妙地实现了臭与香的辩证统一。任何事物无不充满着矛盾，没有矛盾就没有世界。有上就有下，有高就有低，有左就有右，有阳就有阴，有香就有臭。有些矛盾很难实现对立的统一。然而，臭豆腐实现了对立的统一。从嗅觉上，它很臭；但从味觉上，它却很香。所以我说，千万不要小瞧臭豆腐，恰恰在这个臭豆腐上，臭与香真正统一起来了，把两极合为一极，从而达到不朽。臭豆腐的胜利，是辩证法的胜利。臭豆腐的强大生命力，正在这里。

宣传赞扬臭豆腐的文章可能不少，但从哲学的角度分析的，恐怕不多。

我喜欢张载的“四为句”

我国北宋时期有一位大哲学家，他的名字叫张载，生于1020年，逝世于1077年，虽然只活了57岁，却给世人留下了极为丰富的文化遗产。他那四句带“为”字的话，尤其闻名于世，被一代代思想家、政治家所崇敬和反复引用。

张载的四句话是：为天地立心，为生民立命，为往圣继绝学，为万世开太平。

别看张载的这四句话只有22个字，它却包含了哲学与社会中的许多大问题。它涉及天，涉及地，涉及民，涉及命，涉及学习方向与态度，涉及社会秩序。

我们把这“四为句”拆开来分析，是否可以这么理解：

为天地立心。天也好，地也罢，不管它有多么博大，它都是一种客观存在的物质，它是没有意识的，也就是说它是没有心的，而人是有意识有心的。因此我们要为天地立心，充分发挥人的思维能力，从而认识天地世界，掌握物质世界的客观发展规律。

为生民立命。天地之间，人是第一因素，人民群众是社会的主体，人命关天。因此要把民众的生命放在首位，为民众选择正确的命运方向，树立生命真正的价值观，确保民众的生命安全。

为往圣继绝学。这里说的“圣”是指历史上的圣人，这里说的“绝学”是指中断了的学术传统。当时人们认为古代学术从孟子之后，就像断了线的风筝一样，因此要把这些绝了根的学术思想再继承下来，并在继承中发展。强调不能忘记过去，用现在的话说就是，忘记过去意味着背叛。

为万世开太平。我国从周公起，其政治理想就是建立“太平”“大同”的世界。而且希望这个太平世界不是一时的，而是代代相传，连绵不断。张载在这里提出的“为万世开太平”，就是要把这种太平盛世，百代千代万代地传承下去。

当然，张载的这“四为句”，包含着许多理想化的成分。天地人之间的矛盾，不是“立心”就能化解的；在剥削制度下，没有为民立命，只有草菅人命；圣人的学说，合理的内核要继承，糟粕也应抛弃；在如此复杂的国内国际矛盾中，有些人只能生活在一个动荡不安的世界之中，为万世开太平，充其量就是个“理想国”。

尽管这么说，但我还是很欣赏张载提出的这四句话，毕竟他为人类指出了一个发展的方向，为当权者执政提出了很高的要求，为所有的人提出了努力的目标。

拿破仑的狡猾

许多人都说拿破仑曾说过：“中国是一只睡狮，一旦它醒来，整个世界都会为之颤抖。”然而，也有人说拿破仑压根儿没说过此话。还有人说拿破仑一世没说过，说这句话的是拿破仑三世。

在写《聊天》一书时，我专门问过拿破仑，你到底说没说过这句话？

他说，我一生说的话太多了，不可能记住自己说过的每一句话，但这句话好像是我说的。因为我把中国比作雄狮，与我的名字有缘。你知道吧，拿破仑的含义就是“林中之狮”。狮和虎都是林中之王。在全世界能称为狮与虎的国家不多，它必须具备这样几个条件：一是国土面积大；二是人口众多；三是文明时间长。这些条件中国都具备。中国的邻国日本也是个很强大的国家，但充其量只能是只狐狸，或者是只狼。它绝对成不了雄狮，它做梦都想成为雄狮，但它的主客观条件摆在那里，它就是块当狐狸和狼的料。所以，我说中国是雄狮，没说日本是雄狮，我是经过深思熟虑的，绝对不是把这句话作为廉价商品打九折随便赠送的。

但是，拿破仑这位杰出的军事家兼政治家，毕竟是足智多谋的，是很狡猾的。在这段话前后，他还有话。现在我就把他的原话奉献给大家。

拿破仑的原话是：“从今天来看，狮子睡觉了，苍蝇都敢落在它的脸上叫几声。中国是一只睡狮，一旦它醒来，整个世界都会为之颤抖……它在沉睡着，谢谢上帝，让它睡下去吧！”从这段话来看，拿破仑并不希望中国这只睡狮醒来，他请上帝保佑：让它一直睡下去吧，永远睡不醒。

因为我知道他的原话，所以我在与拿破仑聊天时，专门问他：你认为我们中国这只雄狮醒来没有？

拿破仑毫不犹豫地说，已经醒了几十年了，不过由于沉睡的时间太长了，难免违背自然与社会发展规律，受到客观规律的惩罚。但是，只要善于总结经验教训，一旦走上轨道，整个国家必然为之一振。我对这只雄师仍充满信心，我绝不收回我说过的话。（见《聊天》一书第 16 页）

不知为什么，虽然感到拿破仑有点狡猾，但我仍很崇敬他。

美国新老总统掐起来了

以往在人们的印象中，美国每四年换一次总统，连选连任者可以干八年。为了进入白宫，登上总统宝座，两大党派的竞选对手互相掐，一旦一个人胜出，另一个人就服输，退出竞选。共和党候选人也好，民主党候选人也好，只要在最后竞争中落选，立即宣布承认失败，并向对手表示祝贺。新任总统一上台，对老总统表示尊敬，即使老总统有什么问题，因为已经退下去了，也再不说什么。而老总统对新总统，不管是否同党派，不管政见是否一致，极少品头论足，而是遵行沉默是金，显出君子之风。

但是，现在的情况发生了很大变化。新总统特朗普与老总统奥巴马互相掐起来了。

事情的起因是：2017 年 3 月 3 日，特朗普在网上发表了一个声明，声称前总统奥巴马曾下令窃听他的电话，他是类似于“水门事件”的受害者，要求调查奥巴马的这一犯罪行为。而奥巴马的发言人立即反击：此乃无稽之谈。奥巴马本人也表示，特朗普的说法是“完全错误的”。新老总统之间史无前例地互掐了，战鼓擂擂，使美国的形象受到极大毁坏。

现在根据特朗普的要求，美国国会已成立了调查组。不管调查结果如何，舆论普遍认为：这是很严重的事情，总统把事情搞得更糟糕了，总统有麻烦了。

有位叫舒默的资深议员说：调查结果出来，不管有没有这回事，对总统特朗普都不利。如果没有窃听，说明总统散布错误言论，有失总统身份。如果窃听是真的，对特朗普总统更加糟糕，因为这意味着联邦法官可能有理由认为，特朗普或其手下违反了法律与外国特工进行接触。

特朗普总统的这条消息一发出，弄得自己里外不是人。

美国为此引发震动。加拿大舆论说：美国这场公共信任危机，将在全世界各国引发震动。

美国新老总统互掐的热闹戏，已经紧锣密鼓地开场。全世界的人，都在静观。会看的看门道，不会看的看热闹。

乾隆皇帝这一手真高明

如果说王刚先生在剧坛上是演和珅的专业户，那么纪连海先生就是讲坛上讲和珅的专业户。一天吾儿渊洁告诉我，纪先生向他传授，喝完一瓶茅台酒后，用脚把瓶盖处踹开，还可倒出半两酒。我不信，渊洁当着我的面连踹我喝过的几个空瓶，真的倒出了大半杯酒来。我信了，纪先生不仅是讲坛上的高手，还是酒坛上的高手。

前几天我去中国民主法制出版社，刘海涛社长赠给我几本他们出版社出版的书，其中有一本纪连海先生著的《历史上的和珅》，我对其中的一节产生了兴趣：

在清朝皇帝有个“千叟宴”。什么是“千叟宴”呢？“千”，是虚数，“叟”就是老头，“宴”是宴会的意思。连起来说，就是皇帝不定期地要在皇宫里举行“千叟宴”，邀请全国几千名 70 岁以上的“离休老干部”来赴宴，与皇帝同吃同饮同乐。

为什么要搞这么宏大的“千叟宴”？纪先生说，皇帝的用意有三：一来，向全国表明，皇帝都这么尊重老人、老干部，你们也要发扬尊老敬老的传统美德；二来，可以展示皇帝的功德得到全国人民的认可；三来，还可以表明在皇帝执政的这几十年中，四海升平，百姓得以长寿，人活七十古来稀，一个宴会就请上千个 70 岁以上的老人参加，这难道不是人均寿命提高的最好证明吗？

在乾隆帝要把大位传给儿子之际，他决定再次举办“千叟宴”。前几次办得不太理想，主要是举办的时间在冬天，那时北京没暖气，室外室内都很冷，菜端上来就凉了，不少老头吃了闹肚子。这一次由和珅当总负责人，他挖空心思地想办法一定要把这次“千叟宴”办得热火朝天，让乾隆帝喜欢，让受到邀请的 5000 个老头高兴。

“千叟宴”定于正月初四举行，和珅调来 1500 多个火锅，举行火锅宴。地点安排在皇极殿。这么多火锅一下子端上来，整个大殿红红火火，温度上升，吃得乾隆帝和5000个老干部头上冒汗，心里舒坦。而且从此之后，全国各地都兴起吃火锅了。

纪连海先生说："千叟宴"真是一举三得呀！我想再加一得：在全国各地普及了吃火锅，实为一举四得。

诸葛亮的家风

诸葛亮与孙悟空，那可是家喻户晓的人物。他们最大的不同是，前者真有其人，后者是个虚拟人物。

诸葛亮在世时，没有照相机，没有手机，没有摄像机，因此他究竟长什么模样，谁也不知道。从古人书上描写的情况看，小伙子长得很漂亮，很潇洒，用今天的话说，绝对是帅哥。五官端正，眉清目秀，一米七八以上的大个子，不胖不瘦，加上满腹经纶，才貌双全，人见人爱。

就是这么一个人，却和一个长相很丑，颜值很低的名叫黄硕的女子结为夫妻。街坊四邻亲朋好友都难以理解，无不为诸葛亮感到遗憾。

然而，就是这个长相很丑的老婆，诸葛亮却很爱她。因为人不可貌相，海水不可斗量，这个女人实在不寻常。她不仅里里外外一把手，而且对诸葛亮照顾有加，相待如宾。

诸葛亮的妻子黄硕，还是位发明家，据传她还协助诸葛亮发明了"木牛流马"，解决了千军万马的粮草运送问题，发明出"连弩"，使兵卒手中有了非常棒的武器。她还与丈夫一起发明出"卧龙丹"和"行军散"，使诸葛亮七擒孟获时，在少数民族地区避免了瘴气的侵害。

你去过成都武侯祠吗？那里边有副对联。上联：能攻心则反侧自消，自古知兵非好战；下联：不审势即宽严皆误，后来治蜀要深思。诸葛亮的军功章有他的丑妻的一半。

诸葛亮对妻子十分专一。刘备有第一夫人、第二夫人，胡子都白了，还娶了孙权的妹妹。曹操更是个风流人物，经常寻花问柳。但是，你挖地三尺也找不出诸葛亮有绯闻的记录。

更重要的是，诸葛亮的这位丑妻，还给他生了几个儿子，个个都有出息。

诸葛亮夫妇教子很严，家风非常棒。我曾抄录过诸葛亮在54岁时写给8岁的儿子诸葛瞻的只有86个字的一封信："夫君子之行，静以修身，俭以养德。非淡泊无以明志，非宁静无以致远。夫学，须静也；才，须学也。非学无以广才，非志无以成学。淫慢则不能励精，险躁则不能冶性。年与时驰，意与日去，遂成枯落，多不接世，悲守穷庐，将复何及！"

读了诸葛亮的训儿信和刘禹锡的《陋室铭》，我真佩服，他们才是写微博的高手！

由于诸葛亮的家风甚好，对子女教育严且得法，所以他的儿子们虽是官二代，但个个都很有出息，没给父亲脸上抹黑。后来诸葛瞻奉命镇守绵竹时，邓艾兵临城下，他不受威胁引诱和诸葛尚一起壮烈牺牲。诸葛亮的第三个儿子是诸葛怀，晋统一天下后，朝廷要为其加官晋爵，他则说，我在成都有桑树八百株，薄田十五顷，不愁吃穿，已经知足了，他谢绝了高官厚禄，彰显诸葛亮家的圣洁光辉。不像刘备的那个扶不起的阿斗，乐不思蜀。

诸葛亮的智谋，家风，教育后代的方法，都值得我们学习呀！

和孙女的一席谈话

实事求是地说，我的儿孙不缺才能，就缺文凭。我的孙女郑亚飞在我家诸多没文凭的人群中冲了出来，硬是给自己创造了另一个天地，她今年报考美国6所名牌大学，被同时录取，从而填补了我家的一项空白。这一骄人的成绩，着实令我们老两口欣喜若狂。为了奖励，今天我们特意单独宴请了亚飞。

在吃饭中间，我对亚飞说，这第一杯酒我要感谢你为郑家刷新了一项新的纪录，使爷爷奶奶底气更足，更加扬眉吐气。我一饮而尽。亚飞以水代酒，也一饮而尽。她说，这点成绩不足挂齿，希望爷爷奶奶保持健康，能听到我传来的更多好消息。

酒过三巡之后，我说，亚飞，从现在起，我要给你清零。过去的成绩已经过去，从今以后从零开始，现在只是万里长征走了第一步，以后的路更长，像攀登高山，越往上爬越艰难。亚飞马上说，我完全同意爷爷给我清零，我一定轻装上阵，从零开始奋斗！

最后，我说进入大学后，要一边学习理论，一边实践，把学习的过程变成寻找方法的过程，变成不断创新的过程。根据我一生的体会，学习之法全在一个“活”字。死读书没出路。亚飞说，这一点我已有体会，大家说我是“学霸”，其实学习方法不活的人，是“霸”不起来的。要想“霸”起来，必须“活”起来。

这顿饭吃得很痛快，我和孙女的一席谈话，也非常令人开心。

信鸽颂

我的二儿子郑毅洁被人们誉为“信鸽大王”。不知为什么他从小就视鸽子如朋友，如生命。我看拗不过他，就顺坡下驴给他买了一对羽毛雪白的鸽子。在我的纵容下，他一发而不可收，除参军那几年与鸽子中断关系外，其他时间一直与鸽子为伴。他转业后被分配到国务院原外贸部工作，借出国工作的机会与国外鸽友交朋友，并引进人家的优良品种，和本地鸽子杂交，又培育出适合在国内比赛的闪电信鸽，他的鸽舍简直成了“鸽子的联合国”。

我家老二养鸽子 50 多年了，最近我仔细观察了一番，全国有上百万人喜欢鸽子，并参加了信鸽协会，这到底为什么？

首先鸽子的羽毛非常漂亮，观赏价值极高。它不像乌鸦一般黑，也不像麻雀那么单调。鸽子有白色，灰色，黑色，花色等，而且它的线条极美，看鸽子质量好坏，往往先看眼睛，再摸肌肉。看优良的鸽子，如同看十分喜欢的明星，看不够！

鸽子的性情温和，它不像鹿那样通过决斗称王称霸，也不像鹰那样凶猛。鸽子之间虽也争食，但基本上和平相处，互不伤害，过着一夫一妻制的生活。智利诗人聂鲁达把鸽子誉为和平鸽，真是实至名归。

更为可贵的是，鸽子的脑子里有个特殊装置，使它能在千里之外归巢。在历史上，它曾经担负过送信、送情报的任务，在和平时期它参加信鸽比赛，争夺名次。

任何被爱之物，都有被爱之理由。我的二儿子郑毅洁如此喜爱鸽子，总有其道理。我这篇《信鸽颂》也是给他的一份大礼！

第六章

名人风采

雷科巴的故事

你是位球迷吗？我虽距离球迷的级别还差那么一截，但也是一位足球爱好者。全世界踢足球的人不多，而喜欢它的人数不胜数。千万不要认为足球仅仅是男人的运动，女球迷也遍布地球各个角落。

喜欢足球的人都喜欢球星、崇拜球星，对他们的情况如数家珍。从今天起，我想给大家讲几位球星的故事，希望我讲的这些故事，能使你喜欢。今天我就从雷科巴讲起。

有人肯定会问：足坛有那么多球星，老爷子你为什么先逮住雷科巴？我之所以先讲雷科巴的故事，有两点特殊的原因。

一是这位出生于1976年的乌拉圭球星，不知为什么长相酷似中国人。据说在他的身上找不到一星半点中国血统，可是上帝给了他一张中国面孔。正是由于这张面孔，雷科巴很早就获得了一个“中国男孩”的绰号。在南美洲的大牌球星中，长相像中国人者，仅雷科巴一人。

二是雷科巴有传奇经历，有独到绝活，尤其是他的左脚上的功夫，简直神奇得不得了。

以上两条就是老夫决定先讲他的故事的缘由，在形式逻辑中也叫充足理由律吧。

雷科巴从小就显示出是块踢足球的好料，通常叫足球天才。他在乌拉圭足坛有了名气后，被球探那鹰一般的眼睛锁定，于1997年以21岁的年龄转会到意大利的国际米兰，同他一起转会来国际米兰的还有被称为“外星人”的罗纳尔多。由于国际米兰球星云集，雷科巴上场的机会不多，他常常坐在替补队员坐的那张板凳上。千载难逢的机会终于到来了：1997年8月31日，意大利足球甲级联赛第一轮，国际米兰在其主场迎战布雷西亚队。这个球队非常难缠，久攻不下，主教练在第80分钟才派雷科巴上场。神奇的一幕上演了，雷科巴在5分钟内竟连进两球，从而帮助国际米兰啃下了这块硬骨头，全场轰动，震惊四座。这两粒进球使雷科巴不仅一举成名，而且还抢了罗纳尔多的风头。当时媒体这样写道：“8万球迷来到体育场本想一睹罗纳尔多的风采，但他们却无不为雷科巴的黄金左脚所折服。”

另一次在国际米兰与桑普多利亚的对阵中，雷科巴又在5分钟内完成了一次巧妙的助攻和一记左脚远程怒射，把球送进了对方的球门，实现了神奇的逆转。多次出色的神奇表现，使雷科巴成为远近闻名的大球星。

后来雷科巴叶落归根返回乌拉圭参加比赛。在这段时期内，他竟用他那名扬四海、像安上巡航导弹装置的左脚，在罚角球时5次直接把球像拐着弯一样地送进球门。如果把他在国际米兰罚角球直接得分的纪录加在一起，雷科巴的左脚共创造了6个角球直接得分的纪录，这一纪录被载入足球史册，他也成为创造这一纪录的风云人物。

从雷科巴的足球生涯中，我们得到的最大启示是：一个人要能在某一领域或某个项目上立住脚，就必须掌握一门与众不同的绝活。你什么特长也没有，要想干出像样的成绩，太难了。你必须有一招绝活。雷科巴的出名，就在于他的左脚的踢球技术，而且好像还是“挂钩”的左脚，6次能在罚角球时直接破门得分。另一点启示是：我们的教育千万不要把孩子的棱角磨平、削掉。只有每个人都保持个性、特长，我们的工作和生活才会有声有色，才会丰富多彩，我们的创新才有可能。千人一面，万人一腔，就糟了！

内马尔的故事

2014年在巴西举行的世界杯，阁下看了吧？好不容易迎来的足球盛宴，还能不看？不管有多么大的时差，我也要看。好，东道主巴西队与哥伦比亚队那场四分之一决赛，肯定给你留下难忘的印象。老爷子，我猜出下边你要说什么了，是不是要说哥伦比亚队的祖尼加把巴西队队长、领军人物内马尔撞伤的那件事？

不错，真被你猜对了。很明显祖尼加是冲着人而不是球去的，他用膝盖向内马尔的背部猛烈撞去，当时就把内马尔撞倒了，内马尔痛苦不堪，被担架抬出球场，送进了医院。

但是，从这一事件发生后，我对内马尔的印象更深了，对他的爱更加深厚了，不知为什么我特别喜欢这位身体并不强壮，而脚底下活儿很细的球星。

有“乌鸦嘴”称号的球王贝利曾说过：能够代表巴西足球的只有两个人，一个是我，另一个是罗纳尔多。

但是，罗纳尔多退役后，下一个领军人物是谁呢？贝利没说。然而内马尔横空出世，上帝把他推到巴西足球领军人物的位置上，成为新的偶像。

内马尔从小就是个足球神童，大名鼎鼎的贝克汉姆很早就看好他，有内马尔9岁时贝克汉姆与他的合影为证。后来内马尔一步一个脚印地健康成长。在巴西出名后，转会到西甲巴萨队，他高兴地说："能和梅西在一起踢球，正是我的梦想。"

内马尔21岁来到巴萨队之后，头脑十分聪明的他，在梅西面前，甘愿当绿叶，绝不与梅西争高低。因为他有自知之明，无论名气和实力，自己都在梅西之下。他甘当配角，从不抢戏，从不抢功，首个他参加的赛季，竟有11次无私的助攻，从而赢得了全队的无限信任，尤其是老大哥梅西的信任。这样在巴萨"梅内"组合很快形成，成为一把战无不胜攻无不克的"尖刀"。内马尔的好运来了，2016年6月6日在柏林奥林匹克球场筑起了巴塞罗那队的圣殿，这次比赛"梅内"组合发挥了巨大作用。虽然整个比赛过程梅西仍是全队的灵魂，但最后攻入一球，奠定江山的人却是内马尔。

从内马尔的为人处世中我们得到的最大启示是：任何时候都要摆对自己的位置。虽有一山不容二虎之说，但要首先弄清自己是不是虎。如果在梅西这只虎面前，自己还有距离，那就放低身段，把自己摆在豹或狼的位置上，绝对不盲目地不知高低地与虎争斗，形成两败俱伤的局面。内马尔善于积蓄自己的力量，善于等待，终于变成了足坛的一只猛虎，令世人崇拜。

古利特的故事

最近足坛几位球星的故事，引起我对足球运动的思考：这是一项什么运动呢？是解放了双脚而给手戴上"手铐"的运动。除守门员可以用手之外，其他所有上场的人只能动脚不能动手，不要说故意动手，无意动手也不行。在禁区之内，如果用手触球，罚点球没商量。

大概因为平时人们动手动惯了，手不仅做了许多好事，而且许多坏事也来自于手，为了惩罚它，这项运动给它戴上一副"手铐"，把它限制得死死的，身体的其他部位都允许碰球，唯独手不准碰，谁碰罚谁。平时人们爱动手动脚，在这项运动中，偏偏只准动脚不准动手。

许多极聪明的运动员，就在规矩之内做文章，你不是不准动手吗？我动头行不行？规则说了，动头行。

古利特这位荷兰籍的足球明星，除了在脚上大做文章外，还在头上大做文章。一般足球运动员剃光头或留短发者居多，古利特偏偏反其道而行之，留了个“狮子头”，长发披肩。在足球场上别的运动员都是短发的情况下，他却长发飘飘，把几万观众的目光全吸引到他的身上，真是如虎添“狮子头”，大放异彩，被人誉为“辫帅”。

古利特除了长发这个与众不同的特点外，另一个特点就是他在球场上是“一专多能”的能手。一般足球运动员在场上的位置是固定的，踢前锋的踢不了后卫，踢中锋的也不善踢前锋，而古利特这块金子不管把他放在球场上什么位置都能发光。他担任过清道夫，担任过古典后腰，担任过攻击中锋，担任过边锋和影锋。正如媒体形容的那样：“他的任意球一箭穿心，一条龙斩将杀敌，远射雷霆万钧，头球鱼跃中顶”，有人甚至说，古利特一个人在场上如同 11 个人在踢球，假如 11 个古利特与 11 个马拉多纳比赛，赢方准是古利特，在不少人的心目中，古利特比“球王”马拉多纳还要完美。

古利特足球生涯最辉煌的时期是在意大利 AC 米兰度过的，他曾经帮助 AC 米兰队从马拉多纳所在的那不勒斯队手中夺来意甲冠军。当时连马拉多纳也痛苦地说：“古利特埋葬了我们整个赛季的努力。”

1988 年的欧洲杯是荷兰“三剑客”大放异彩的欧洲杯。在决赛的关键时刻，正是古利特用他那“狮子头”神奇地一顶，为荷兰敲开了欧洲杯夺冠之门。从而让荷兰人第一次尝到欧洲杯的味道。

从古利特的足球生涯中，我们得到的最大启示是：要与众不同，要会包装自己，你们不是剃光头或留寸头吗？我偏要留长发，我要用我的长发吸引全场的目光，好像只要我古利特在场，别人就不存在一样。还有一点启示，那就是要一专多能，当全面手，不，当全面脚。主教练无论把我放在什么位置上我都发光，我在这个位置上还可兼顾其他位置，给队友以支援，关键时候拉兄弟一把。这样的球员，到哪个队踢球哪个队欢迎，哪个队心里踏实。有人就说过：只要古利特在场，还没开踢，我就感到已经是 1∶0 了！

贝隆的故事

在阿根廷有两个贝隆，一位是老贝隆，另一位是小贝隆。他俩是什么关系，是重名吗？他俩的关系就像美国老布什与小布什的关系一样，是父与子的血缘关系。

老贝隆在阿根廷这个足球强国，由于踢得一脚好球，被公认为是“中前场的幽灵”和“老巫师”。他踢球的最大特点是：在场上活动范围大，跑位飘忽不定，哪里有危险，他就出现在哪里。他既是“及时雨”又是“灭火队长”。

老贝隆的另一个重大贡献是，他生了个比他更有名气的儿子小贝隆。强大的遗传基因使小贝隆酷似父亲。小贝隆拥有铁塔一般的强壮身体，大个子，高鼻梁，鹰一般的眼睛，浑身有跑不完的劲。真是青出于蓝而胜于蓝，这个小贝隆在足坛的成就大大超过老贝隆，成为国际足坛上的一代天骄，被人们誉为“小巫师”。

不承认先天的遗传，是历史虚无主义；不承认后天的努力，是形而上学。二者巧妙结合，才是成才的条件。

小贝隆从小就看父亲踢球，他血管里流着父母的血，加上天天看老爸在球场上奔跑，内外因素很快结合在一起，使小贝隆成为天才的足球少年。不久又成为阿根廷足坛上的风云人物。

贝隆之所以成为贝隆，还要感谢他转会到意大利桑普多利亚后，遇到了瑞典著名教练埃里克森。贝隆一直把埃里克森视为恩师，看作再生父母，而埃里克森则像发现了金子那样地发掘贝隆。他在贝隆身上花费了大量心血，使贝隆获得了脱胎换骨的改造，埃里克森一手调教出了一个具有领袖气质的贝隆。埃里克森甚至抛出过这样的豪言壮语：“只要给我一个贝隆，我就能给你一个意甲冠军。”

后来，埃里克森转会到拉齐奥执教。贝隆跟随恩师来到拉齐奥。埃里克森以贝隆为核心打造了一套行云流水般的进攻战术，这套战术取得立竿见影的效果，在 1999 年至 2000 年赛季，以贝隆为轴心的拉齐奥队如愿以偿地夺得意甲冠军。

人的一生有高潮也有低潮。贝隆转会到英国曼联和切尔西的那几年，也不知道是水土不服，还是别的什么原因，未能发挥出实力，一度被人认为是个水货。他后来又转回意大利，才由“水货”变成“真货”，重新大放异彩。

从贝隆的足球生涯中，我们得到的最大的启示是：父亲的含义是榜样。真是种瓜得瓜种豆得豆。老贝隆不仅生了儿子，而且以身作则，影响了自己孩子的一生，他是一位合格的父亲。在人生的成长道路上，能否遇到伯乐，能否碰见恩师，也很重要。埃里克森就成为贝隆脱胎换骨的恩师，成为他的再生父母。事实一再表明，有不少人不是没有才能，而是怀才不遇。有句话叫："是金子总会发光"，但是一直埋在地下，它怎样发光？总要有淘金之人。大凡成功人士，在关键时刻，都有贤人相助。此外，天时、地利、人和这几条，都很重要。同样是那个贝隆，在意大利就很有实力，而在英国却变成"水货"。由此可见，苗子虽好，还要有适合成长的土壤。

穆勒的故事

在德国足坛，有好几个球星都叫穆勒，老爷子你今天要讲哪位穆勒的故事？

你问的对，确实有好几位穆勒，例如盖德·穆勒、迪特·穆勒、安迪·穆勒和托马斯·穆勒，前边的三个穆勒我都不讲，今天专讲最后的这位托马斯·穆勒。

老爷子肯定特别喜欢这个穆勒。真让你说对了，我不仅喜欢他的球技、球风，而且喜欢他与众不同的开心果精神。

足球运动员一般给人的印象是彪悍、凶猛、粗野、脾气火暴，常常与裁判发生争执，与对方球员动手动脚，甚至冲对方脸上吐口水，假摔躺到地上打滚，被红牌罚下，停赛，罚款。这些劣迹在托马斯·穆勒身上你找不到。他在场上场下，都是乐观、幽默、与人为善的人，特别是在足球场上，他常面带微笑，似乎他上的不是足球场，而是杂技、音乐舞台。他不与其他队员争吵，进球后爱高兴地来个后空翻，有时还高兴地跑上看台和球迷一起跳舞，引得全场激动，兴奋的欢呼声一浪高过一浪。

托马斯·穆勒在场外也是表里如一。他遵纪守法，严格按队规办事，他到了哪里，都会引起笑声一片，他从不与教练和队友无端地闹矛盾，不当麻烦的制造者。更加难能可贵的是他与青梅竹马的女友结婚，有一个非常幸福的家庭，小两口互敬互爱，令人羡慕。穆勒是个名副其实的模范生。

穆勒与新闻界的关系也十分密切，在体育记者中，他有许多好友，接受记者采访时，他从不耍大牌，能说的他说，不便说的，他也有办法使记者不失望，往往用玩笑支吾过去，弄得这些爱挑刺的记者无刺可挑。于是媒体对他的报道总是充满赞美之词，负面新闻极少。

当然，足球运动员的天职是踢球，要说起球技穆勒更是出类拔萃。

足球的魅力之一，是进球少和进球的突然性。如果足球每场下来进几百个球，估计观众就会跑掉一半，它的最可贵之处，就是踢了半天，费了九牛二虎之力，跑出一身臭汗，只进了一个球、两个球、三个球，甚至 0∶0 交了白卷。而穆勒最大的特点，就是他是进球专业户，不知为什么，只要他上场，不进球的情况不常见。越是关键的比赛他进球越多。例如在 2010 年的南非世界杯上，他进了 5 个球，超过了当时同样 20 岁的梅西和 20 岁的 C 罗，荣获“金靴奖”。

到穆勒 26 岁时，他已经拿过世界杯、欧洲冠军杯、赛季三冠王和五次联赛冠军。穆勒的几位著名教练对穆勒的评价是：穆勒上场不进球是不寻常的，进球才是正常的；他总不按常规出牌，他是球场上的异类；如果要说穆勒有什么技术特点，那就只有一个，就是进球；穆勒总能一次就抓住机会，他不需要第二次机会；穆勒是“人生大赢家”。

从穆勒的足球生涯与为人处世中，我们得到的启示是：乐观的精神，开心果的性格使他总是生活在友善之中，他不仅自己快乐，而且也能给别人带去快乐。在足球场上虽然争斗十分激烈，但也不一定非要杀气腾腾吹胡子瞪眼，甚至粗野骂人，侮辱对手，穆勒的乐观精神并不妨碍他在场上的凶猛争斗，他是德国战车上的一员过五关斩六将的勇士。每当看世界杯时，我都有这样的印象：巴西球员脚下功夫细腻，小巧玲珑，而德国球员人高马大，来势汹汹。球队的队员没有强壮的身体，出类拔萃的球技，是无立足之地的。穆勒把他的父母给他的那颗极其聪明的头脑与强壮灵活的身体演变为进球。而穆勒谦虚乐观的开心果精神，又使他赢得队友，教练和媒体人的偏爱。美满幸福的家庭，又使他的大后方十分稳固，不会腹背受敌，不会有后顾之忧。我非常喜欢穆勒，阁下喜欢吗？

鲁尼的故事

在前边我讲了乌拉圭球星雷科巴的故事，讲了巴西球星内马尔的故事，讲了荷兰球星古利特的故事，讲了阿根廷球星贝隆的故事，讲了德国球星穆勒的故事，接下来我要讲足球强国英国的一位球星的故事。

英国大牌球星很多，我只能选一位。选来选去，最后我选定了鲁尼。

鲁尼少年成才，一脚成名。那是2002年的10月19日，在埃弗顿与阿森纳的比赛中，只见一位不到17岁的年轻球员，在离球门30米之处，一脚远射，攻破对方城池，从而创造了有英超以来进球人最年轻的历史纪录。

这个年轻人不是别人，正是鲁尼。

如果仅此一脚还属偶然，紧接着到了2011年2月12日，在曼联的老特拉福德球场上，他又上演了一个史无前例的“倒挂金钩”，破门得分。这个“倒挂金钩”好生了得，被权威人士誉为“在这个老球场见过的最精彩的一脚”，官方则定为“英超历史上的最佳进球”。这个历史的创造者，仍是年轻人鲁尼。

后来鲁尼转会曼联。在初战中他上演“帽子戏法”，帮助球队以6：2大胜费内巴切队。不过，这时的问题也就来了，与鲁尼同龄的C罗也到了曼联，好处是这两个年轻人锋芒正露，被誉为曼联的“双子星”，但是，“双子星”之间的矛盾渐渐爆发了。到了2006年的世界杯，鲁尼代表英格兰出战，而C罗代表葡萄牙出战，在英葡大战中，鲁尼撞倒了葡萄牙的卡瓦略。此时此刻，只见C罗怒发冲冠，大喊大叫，百般给裁判施压，硬是把俱乐部队友鲁尼用红牌罚下。此举惹怒了英国球迷，人家恨死了这个C罗，认定他没脸再回曼联踢球了。

谁知世界杯后，C罗又回到曼联。鲁尼显出了大度，在一次比赛中鲁尼全力助攻，C罗攻入一球。此后“双子星”联手，使曼联夺得一系列胜利。

但是，在成就与荣誉方面，鲁尼总是超不过C罗，他一直扮演着配角与绿叶的角色。C罗成为欧洲金球奖得主和世界足球先生了，鲁尼仍与此无缘。只是后来C罗转会去了西班牙皇家马德里，鲁尼才坐上了曼联的头把交椅。

我想，鲁尼心里一定会说周瑜说过的那句话：既生瑜，何生亮。只是在这里应改为：既生“尼”，何生“罗”！

作为一位足球运动员，现在鲁尼已经老了，他有时虽然还在场上拼命奔波，但已经是夕阳无限好，只是近黄昏了。他挂靴的时日快到了。我们从鲁尼身上得到的启示是：一个人的发展，既离不开别人的帮助，又受到别人的制约。一旦这种制约形成，会压得你喘不过气来。真正有实力的人会冲破这个制约，把压在自己身上的这口大锅搬开，从而露出自己的一片天来。如果你没有这个实力和运气，你只好甘当绿叶，否则，你会和周瑜一样，面对诸葛亮气得口吐鲜血而亡。

维埃里的故事

如果说英国是足球的摇篮，那么意大利就是足球发展的沃土。好多足球明星都从全球各地来到意大利，在这块足球福地度过了自己踢球生涯的最好年华。意大利本土也产生了许多足球高人，维埃里就是他们中间的一位杰出代表。

说起维埃里，这位球星长相端正，身体强壮，性格开朗，踢得一脚好球，很有人缘，令球迷喜欢。

他的家庭与贝隆极为相似，其父也从事足球事业，维埃里 3 岁时就随父去了澳大利亚。他从小看到的就是老爸和一帮年轻人踢球，他也喜欢上了这项运动。12 年后父亲让他回到祖国，并告诉他回去后要加入亚平宁队，只有这个队才有利于他的发展。

他按照父亲的吩咐，只身回到意大利，也加入了亚平宁队。但是，维埃里不在一棵树上吊死，他一年换一个球队，几乎是打一枪换一个地方。都灵、比萨、拉文纳、威尼斯、亚特兰大、尤文图斯，以及西班牙的球队，都留下了维埃里的脚印。

在尤文图斯，他与齐达内、皮耶罗、博克西奇等大牌球星为伍，只有 23 岁的他，在这些大腕面前一点也不怯场，第一次上场就破门成功。在一个赛季他一人独进 14 球，成为队内的头号射手。维埃里与齐达内的私交很好，每次只要踢进了球，他就抱着齐达内狂笑，如果必进的球被他踢飞了，他也会像个孩子一样，钻到齐达内怀里哭泣。

最令维埃里大出风头的一次是尤文图斯对阵 AC 米兰，他带球如入无人之境，势如破竹般地攻入一球，使尤文图斯最后以 6∶1 大胜 AC 米兰。这是维埃里给人留下的难忘印象。

1998 年，西班牙马德里竞技队以 1650 万美金，把维埃里收入麾下。须知，这个数目是当时引进球员最高的价码。

在西班牙大地上，维埃里的奔跑和进球惊动了球迷。在西甲联赛中，他 24 次出场，打进 24 球，还有一个出色的“帽子戏法”，一场之内脚踢头顶竟连进 4 球。在另一场比赛中，他还在紧贴底线的零度角吊射破门成功。这又是一个令人久久难以忘怀的经典场景。

维埃里的表现被意大利国家队主帅老马尔蒂尼看在眼里，在1998年法兰西之夏，马主帅把维埃里招进国家队，并力排众议，把他放在主力中锋的位置上。维埃里也没有令马主帅失望，首场比赛就助力球队赢了智利队。只是四分之一决赛时，意大利队在点球大战中输给了法国队。据当时的媒体形容，维里埃又一次抱着齐达内哭得像个孩子一样。

之后维埃里加入了拉齐奥队，从而也停止了他打一枪换一个地方的做法。

从维埃里的足球生涯中，我们更加深刻地体会到“树挪死，人挪活”的道理。存在决定意识。人要经常改变自己的存在环境。在一个地方待得太久了，容易满足现状，容易坐井观天，容易小家子气，容易闭关自守，容易关起门来自己给自己作揖，不知道天外有天，人外有人。过去把人捆在一个单位，不管你喜欢不喜欢，适合不适合，一捆就是一辈子。改革开放后，允许跳槽，这为个人的发展提供了广阔的天地。海阔凭鱼跃，天高任鸟飞。当然，有人一生坚守一个单位也很好。在现在的条件下，还可以通过旅游等其他方式开阔自己的眼界。我主张年轻人多去一些地方，不要把自己的活动范围限制得太窄小了。虽然我至今连国门都没出过，但那不是优点，恰恰是我的遗憾。

法布雷加斯的故事

在前边，我讲了乌拉圭、巴西、荷兰、阿根廷、德国、英国、意大利的几位球星的故事，如果再不讲西班牙的球星，球迷可能会不满了。

因为西班牙这个国家虽然不大，但有三样东西极其有名：一是在历史上它曾拥有众多殖民地，像东帝汶、印度尼西亚、菲律宾、莫桑比克、苏丹、阿曼、巴西、墨西哥、中美洲、西印度洋群岛、秘鲁、智利、阿根廷、乌拉圭、巴拉圭、玻利维亚等都曾是西班牙的殖民地；另外在欧洲它也有殖民地，在名义上或事实上，米兰、奥地利、匈牙利、比利时、荷兰、威尼斯、斯洛文尼亚、克罗地亚、瑞士、捷克等国家和地区的全部或部分领土也曾是西班牙的殖民地。二是它的斗牛很厉害，斗牛士手执红布，与牛决斗，斗得精彩激烈。三是它的足球运动好生了得，西甲赛场的吸引力，常常压过英超、意甲、德甲，许多大牌球星如梅西、

C罗、内马尔等，都在西班牙踢球，而且它本土也出了不少大球星。今天我要讲的这位法布雷加斯，就是其中之一。

我之所以要选中法布雷加斯，是因为这位球星争议很大。用我们现在的话说，他的正能量与负能量几乎成正比。法布雷加斯的球踢得相当棒，可以说是足球天才，他在16岁时就被著名教练温格看中。温格像发现千里马一样把法布雷加斯签到自己的球队。小小年纪的法布雷加斯没让温格失望，他与梅西和皮克在一起踢球，表现可圈可点。

后来他去英国的阿森纳发展，成为阿森纳队历史上最年轻的进球者。之后他成为阿森纳队的绝对核心，教练以他为中心组成了一个井井有条的进攻体系，在英超2006至2007赛季他以19岁的年纪就获得了“欧洲金童”的光荣称号。又过了3年，法布雷加斯进一步巩固了在阿森纳的地位，成为真正意义上的第一中场。

虽然他在阿森纳的8年中取得骄人的战绩，也赢得了球迷的爱戴，但遗憾的是他所在的队总是与欧冠无缘。后来，他离开阿森纳回到西班牙的巴塞罗那队踢球。这时，英国那些不好惹的球迷，大骂法布雷加斯是叛徒。

在西班牙他不仅在巴萨逐渐找到自己的位置，而且在南非世界杯上发挥极其出色，千万别忘了，为伊涅斯塔助攻破门，从而使西班牙夺冠的那粒金球，正是法布雷加斯贡献的。

2014年，法布雷加斯再次离开西班牙，又去了英国。不过他没回阿森纳队，而是去了切尔西队。这一下又惹恼了阿森纳球迷，大骂法布雷加斯是叛徒。

在切尔西，法布雷加斯的表现真的不错，他不仅成为助攻王，而且还帮助切尔西夺得英超冠军。但是主教练穆里尼奥被逼下课，法布雷加斯又被指为是逼主教练下课的“内鬼”。因为泼到法布雷加斯头上的脏水太多了，最后下课的穆里尼奥不得不站出来为法布雷加斯洗冤。

在写这篇文章时，我一边写一边想：一个人，不管是处于什么地位，来到这个世界上后，要想让100%的人一边倒地说你好，那是白日做梦。因为人们的立场不同，看问题的角度不同，认识问题的水平不同，对同一对象，必然得出不同的结论。有80%的人说你好，得分就相当高了，有60%以上的人认可，那也相当不错了，有40%左右的人赞成，也还凑合。能使所有人都说好的人，是不存在的，更确切地说，还没生、也永远生不出来。

特雷泽盖的故事

法国不仅是欧洲足球强国，而且是世界足球强国。欧冠和世界杯的大奖杯都去过他们家。

我记得当1872年《资本论》被译成法文在法国出版的时候，马克思说过这样的话："法国人总是急于追求结论，渴望知道一般原则和他们直接关心的问题的联系。因此我很担心，他们会因为一开始就不能继续读下去而气馁。这是一种不利，对此我没有别的办法，只有事先向追求真理的读者指出这一点，并提醒他们。在科学上没有平坦的大道，只有不畏劳苦沿着陡峭山路攀登的人，才有希望到达光辉的顶点。"我在想：没有耐心的法国人，读《资本论》这部巨著不利，然而踢足球倒符合他们的胃口。他们多么希望在90分钟内，干脆利索地结束战斗。

在法国这块土壤上，曾涌现出许多大牌足球明星，特雷泽盖就是其中之一。

在足球场上什么是硬道理？进攻是硬道理，防守是硬道理，把进攻与防守巧妙地结合起来的中场调度是硬道理。而在这些硬道理中的硬道理，是将球踢进对方的大门，否则，一切统统是空谈。特雷泽盖在球场上大部分时间处在中锋的重要位置上。1997年，他在一个赛季参加了41场比赛，有24粒进球，从而引起球迷的高度注意，逐渐成为一位禁区杀手和中场核心。

使特雷泽盖光芒四射的还是1998年的世界杯和2000年的欧洲杯。在1998年世界杯上他踢进了对法国夺冠至关紧要的一粒球。在2000年欧洲杯上，特雷泽盖又来了个进球的"必杀技"。这两粒进球非同小可，帮助法国队捧起了世界杯和欧洲杯。

在特雷泽盖足球生涯巅峰时，他转会到意大利尤文图斯队，在这里一踢就是10年。在2001年至2002年赛季又是特雷泽盖一粒进球，使尤文图斯夺得这届联赛冠军。这个特雷泽盖很厉害，他进球不比别人多，但每次进球都进到点上，往往成为一球定胜负的关键球。有的人进了好多球，但有量无质；有的人进球不多，但每一个进球都决定命运，具有很高的含金量。特雷泽盖就属于高质量进球的绝妙杀手，他常常一球定乾坤。

在尤文图斯球迷的心中，法国转会来的球星中普拉蒂尼排第一。而特雷泽盖迅速追上，2005 年在同德国拜仁慕尼黑的欧冠小组赛中，特雷泽盖又连进两球，以 2∶1 战胜对方，从而也把他在尤文图斯的进球数累积到 106 个，超过了普拉蒂尼的 104 个。

人的发展有高峰就有低谷，永远处在高峰的人是没有的。有句话说得很好，也很有哲理：再年轻的人也有老的时候；再健康的人也有病的时候；职务再高的人也有退休的时候；再长寿的人也有离世的时候。作为球员，其价值是由他的使用价值决定的。一旦你年纪大了，跑不动了，进不了球了，使用价值下降了，也就没人要你了，你必须自动退出足坛。特雷泽盖走的也是这条路，他最后回到法国的一个乙级队踢了不长时间，便悄悄地远离了广大球迷的视线。

郑智的故事

在咱们中国有个说法，同一个姓氏的人 500 年前是一家。我常胡思乱想，我们姓郑的人对国家贡献最大的有谁？郑成功没的说，为捍卫咱的宝岛台湾立了大功。郑和下西洋也载入史册，不过郑和是位太监，听说他本不姓郑，他的郑姓是皇上赐予的。郑板桥没的说，算是一位对国家有贡献的人。新中国成立后，在体育界篮球健将郑海霞名扬四海，在足坛姓郑的人，就数郑智了。

喜欢郑智的球迷不少。但也有人说，他脾气暴躁，骂过裁判，吐过口水，被停赛过，罚过款。这都是板上钉钉的事实，不可原谅，更不能为其开脱。但是，咱们客观地想一想，马拉多纳、齐达内、梅西、C 罗等，有的被停赛被罚款，有的官司缠身，但都没有影响他们是伟大球星的事实。不仅是体育界，咱们去文艺界看看，凡是大作家，许多人都个性极强。普希金进行过决斗，托尔斯泰曾离家出走，死在一个小火车站上，海明威举枪饮弹自杀。在我国历史上不少大作家都是个性很强，脾气很怪的人，这不需要我一一列举，大家一想就知道。

我说这些不是为郑智的劣迹开脱，我是说，对一个球星不能求全责备，有人可能不喜欢郑智，但是喜欢他的球迷也相当多，我就是其中的一个。

郑智从小就显露出是块踢足球的料。他在辽宁时，整天与足球形影不离，恨不得睡觉都抱着足球。但他怎么踢也没踢出名堂。他的转折点是加入青奥队后，遇见了教练朱广沪。朱广沪对我国足球最伟大的贡献之一，就是发现了郑智，培养了郑智，改变了郑智的命运。说朱广沪先生是发现郑智这匹千里马的伯乐，耐心调教他的恩师，把郑智由踢后卫改为中场的关键人物，在生活上给郑智无微不至的关怀（甚至规定每天要吃 6 根香蕉）和包容的再生父母，那是一点儿也不过分。

当然，师傅领进门，修行在个人。后来的发展就要靠郑智自己了。算起来，郑智的足球生涯经历了五个阶段：效力于深圳健力宝队，效力于山东鲁能队，效力于英国查尔顿队，效力于广州恒大队，以及成为国家队的队长。在深圳健力宝队他成为助攻王，并成为中国最年轻的（22 岁）足球先生。转会山东鲁能，他成为绝对主力，帮助鲁能多次荣获中超联赛冠军。2005 年亚冠联赛上，在鲁能以 2∶7 负于伊蒂哈德队后，郑智因骂裁判、向裁判吐口水而被亚足联重罚停止任何国际比赛 6 个月，罚款 4500 美元，鲁能也罚了他 7 万元人民币。

在郑智走向低谷的最困难时期，英超力排众议，以 200 万英镑引进郑智到英国查尔顿队。真是山重水复疑无路，柳暗花明又一村。郑智在国外大放异彩了。在两年多的时间内，郑智出场 70 次，前后共打进 11 个球，他在英超、联赛杯、足总杯的比赛中均有收获，从而成为第一位在英格兰三项比赛中都有进球的中国籍球员。郑智入围了由英国《442》杂志组织评选的英联赛“50 佳球员”，并参加了颁奖典礼。郑智与董方卓二人，还荣幸地于 2008 年 1 月 14 日在唐宁街 10 号英国首相官邸，受到时任英国首相布朗先生的亲切接见。

从鲁冠球的名字说起

我们中国人给孩子起名字，一般都是选最好的字往上堆。但是能达到这几个字期望值的人却不是很多。最近去世的一个人，我认为他达到了，这个人就是中国第一代民营企业家鲁冠球。

鲁冠球 24 岁时还是农村的打铁匠，顺应改革开放的潮流，用了 48 年时间，硬是打造出一家年营业收入超千亿元、利润过百亿元的万向企业集团。该集团的主导产品不仅在国内市场占有率高达 65%，而且该集团在美国、英国、德国等 10 个国家拥有 30 家下属公司，海外员工超万人。鲁冠球，鲁冠球，他真的“冠”

了全球。

鲁总的成功不是偶然的。我分析，他有几个成功的绝招：一是勤。他每天早上5点10分准时起床，6点50准时到公司上班，18点45分回家吃饭；二是他实。用他自己的话说："一天做一件实事、一月做一件新事、一年做一件大事、一生做一件有意义的事"，一步一个脚印地往前走；三是锲而不舍。人们常说："不要把鸡蛋放在一个篮子里。"而鲁冠球却说："我要把鸡蛋放在一个篮子里，然后死死抓住这个篮子"；四是诚信为本。他提出"抓质量求生存，靠信誉闯天下"的口号，骗人一时侥幸可以得逞，永远骗人是走不远的；五是常有危机感。许多人公认，鲁冠球有一种如影随形的危机感以及刻苦谦卑的学习态度，还有灵敏过人的商业嗅觉。

有以上五条，鲁冠球，他能不"冠"全球吗！

牢记乔老爷子的三句话

在我国词坛的几位巨匠中，黄沾先生走了，阎肃老师走了，庄奴老先生走了，只有乔羽老先生健在。在2017年元旦，我除了向乔老爷子祝贺新年快乐之外，更希望乔老爷子挺住，咱们不跟他们走，咱在轿子里多坐些年，沿着一条大河，到处游山玩水，看遍祖国的大好风光。

昨晚我又看了一遍《不醉不说》这本好书。乔老爷子说的这三句话，我牢记心上："不为时尚所惑，不为积习所蔽，不为浮名所累"。我认为这三句话，就是乔老爷子的真实写照。

乔老爷子曾写过几句歌词：

沧海桑田，
白云苍狗，
历史是一个古怪的老头，
他要留下的谁也无法赶走，
他要送走的谁也无法挽留。

这几句歌词的确令人回味，令人深思。愿乔老爷子长寿再长寿，您的那几首永恒的歌曲，将永驻人心，谁也无法取代。

潘基文说了两句良心话

联合国设一位行政长官，叫秘书长。你知道当过秘书长的人都是谁吗？有人说：不全知道。那我告诉大家。第一任是赖伊（挪威人）；第二任叫哈马舍尔德（瑞典人）；第三任是吴丹（缅甸人）；第四任是瓦尔德海姆（奥地利人）；第五任叫德奎利亚尔（秘鲁人）；第六任是加利（埃及人）；第七任是安南（加纳人）；第八任是潘基文（韩国人）。有人可能问：怎么没咱中国人？成立联合国时有规定，常任理事国的人不能担任秘书长，因为咱是常任理事国，所以咱的人不能担任此职务。

潘秘书长任期到了，他把秘书长的职务交到继任者古特雷斯（葡萄牙人）的手上。在交接前，潘基文有两句讲话值得我们注意。一句是他说出了他任联合国秘书长期间的座右铭：我要将这个“最不可能的工作”变成一个“可能的使命”；另一句话是：当今世界的动荡并非来自民众，而是源自领导人。我认为在卸任之际，他把自己在这个职位上最深刻的体会说出来了。

在交班时，潘基文秘书长终于说出了最有良心的话。

第七章 畅所欲言

防异类更要防人类

近期发生过两件事，惊动了国人，甚至惊动了世界。一件是北京八达岭野生动物园的老虎咬死咬伤人事件，另一件是宁波野生动物园老虎咬死人事件。在相隔不长的时间里，发生在一北一南的这两件事，着实令人谈虎色变，异类对人类的伤害，需要引起我们的高度警惕。事件发生后，相关部门更加细化对老虎的管理措施，加高动物园的围墙，现在即使有人会飞檐走壁，也难爬进动物园的老虎散养区。至于老虎伤人的官司，网上的评论更是热闹非凡。

这种现象的出现，倒使老夫产生了一个联想：

老虎也太不够意思了，我们“请”你住在高级“别墅”，天天喂你几十斤牛羊肉，有时还喂你活鸡，还配备了保健大夫专门负责你的健康，你过着不劳而获养尊处优的“虎王”生活，却不仅不知恩图报，还伤我人类，成何体统？

但是，我又进一步想，伤害人类最厉害的，是以老虎为首的这些异类呢，还是人类自己？

我在前几年，看过一张死于战争人数的图表。按死亡人数多寡，位列前10名的是：第二次世界大战，死亡6000万人；蒙古出征亚欧大陆，死亡5300万人；太平天国运动，死亡4500万人；我国三国时期的战争，死亡3800万人；欧洲殖民战争，死亡3400万人；穆斯林入侵印度，死亡2600万人；明清政府更替，死亡2500万人；安史之乱，死亡2200万人；第一次世界大战，死亡2000万人；同治回变，死亡1300万人。请大家注意：在这前10名中，与我国有关的就占了5个。你没有想到吧，太平天国运动竟坐上了第三把交椅。

人类进入文明时期，老虎究竟吃了多少人？我没看到相关统计，但人吃人的数字却出来了，在这儿我引用的仅仅是前10名，后边的战争死亡人数也有很多。直到现在伊拉克、利比亚、阿富汗、叙利亚还在打仗，每时每刻都在死人，其中包括天真可爱的孩子和在母腹中的婴儿。

我国明末清初有一位名叫黄宗羲的大学者，曾一针见血地指出：从秦朝以来，表面上是将军杀人，是士卒杀人，是官吏杀人，其实是皇帝杀人。君德最后演变为无德，他们可以任意掠夺天下人的骨髓，离散天下人的子女，以供自己荒淫享乐。这时的君主便成为天下最大的祸害，最大的罪人。杀人的根源就在这里。

遗憾的是，人类有些成员并不接受教训，直到现在世界上喊打喊杀喊得最凶的还是某几个头目，核武器的按钮在他们手心里。假如把世界上库存的核武器拿出来使用一小部分，人类将上演一次自己否定自己的总演习，从而自己敲响自己的丧钟。

因此，老夫想呐喊一声：防异类更要防人类！

防小偷更要防大盗

小偷与大盗历朝历代都有。大盗实际上是放大了的小偷。一个朝代被小偷搞垮的几乎没有，被大盗搞垮者比比皆是。

小偷多指不劳而获之人。不劳而获之人很多，有的并不偷。小偷以一种独特的手段达到不劳而获的目的。小偷可恶，如过街的老鼠人人喊打。但有的小偷也很可爱，《水浒传》中的时迁就是他们的代表。

小偷历来是被人瞧不起的。现在家家户户门上安装的防盗门，阳台上装的护栏，都是为了防小偷的。郑渊洁在长篇小说《白客》中曾描写了兄弟二人从事安装防护栏的工作，有个小区的住户都不接他们的活儿，他们想了一个办法，由弟弟当小偷偷了一户人家，第二天这个小区的住户争先恐后地安装了护栏。从此兄弟二人生意兴隆。这是智慧型小偷。

不管怎么说，小偷是可恶的，是要防的。但是老夫认为，防小偷更要防大盗。大盗就是贪官。他们的行为在性质上与小偷没多少区别，只不过他们是监守自盗，他们盗窃了成千上百万元，甚至上亿元。这种大盗窃取的人民财产，轻轻松松就超过全国小偷作案的总和，而且也会影响国家的命运。

为了防大盗，国家已经制定了不少措施，使当官的不敢腐，不能腐，不想腐。在诸多提法中，我最欣赏“要把权力关进制度的笼子里”这句金玉良言。

这个笼子必须是铁的，最好是不锈钢的；这个笼子是真正关贪官的，而不是关好人的；这个笼子锁上的钥匙是真正由人民来掌握的，而不是由少数人来掌握的。

防外侵更要防内患

对一个国家来说，危机来自两个方面，一是外部侵略；二是内部患乱。历史的经验告诉人们，外侵要防，而内部患乱更要防。

在《论语》中，孔子首次提出了“祸起萧墙”这个命题。什么是萧墙？所谓萧墙，就是指宫室内当门的那堵小墙，也叫照壁。意思是说祸乱发生在家里。

外侵必须防。拿我国来说，自从鸦片战争之后，我国开始沦为外国的殖民地和半殖民地，受尽了凌辱与盘剥。这种历史悲剧，再也不能重演。过去我们一穷二白时，外部势力亡我之心不死。现在我们变强大了，有些国家感到我们威胁到他们的地位，更加想尽一切办法遏制我们，对我国形成包围圈。这些我们都要时刻保持警惕，有备无患，要采取一切措施，保卫祖国不被外来势力侵犯。我们千万不要被一时美好的言辞和超规格的接待所陶醉，而应牢记那句“只有永恒的利益，没有永恒的友谊”的至理名言，时刻保持清醒的头脑。

但是历史的经验一再验证了“祸起萧墙”这条颠扑不破的真理。历朝历代的垮台，都是内因决定的。外因只是条件，内因才是根据。灭六国者，非秦也，乃六国也；灭秦者，乃秦自己，非天下也。以此类推，正如蒋介石自己说的，我们不是被共产党打败的，是被国民党自己打败的。苏联刚刚建立时，有 14 个帝国主义国家联合起来，妄图将其扼杀在摇篮之内，然而，它没有被消灭。希特勒大兵几乎打到莫斯科城下，苏维埃政府我自岿然不动。而后来它内部腐败了，失去了广大人民群众的支持，外部势力没费一枪一弹，它自己就分崩离析了，从而自己否定了自己。历史一再证明的这条规律，难道还用多费笔墨吗？

为了避免走“祸起萧墙”的老路，我们首先要把主要精力用在处理好国内的事情上。我们要下决心筑好三条防线：一是道德防线；二是法律防线；三是制度防线。重点解决容易引发内患的导火索：这就是存在于党的干部中的腐败问题；存在于社会的分配不公而造成的两极分化；引起广大群众不满的工作作风问题。

说一千道一万，只要把我们国内的事情处理好了，老百姓安居乐业了，人民群众的满意度大大提高了，我们就会立于不败之地。

因此，防外侵更要防内患。

防先贤更要防活人

在漫长的历史发展的长河中，我国又出了数不清的思想家，仅姓氏后边带受人尊敬的“子”字的人，就有一大堆。我能记住的就有：孔子、孟子、墨子、荀子、老子、庄子、列子、韩非子、告子、鬼谷子、孙子、晏子、管子、惠子等人。还有“十大圣人”：文圣孔子、史圣司马迁、医圣张仲景、武圣关羽、草圣张旭、书圣王羲之、画圣吴道子、酒圣杜康、茶圣陆羽、诗圣杜甫。

这些有大学问的圣人，一人一把号，各吹各的调。如孔子着重鼓吹为人之道；老子着重鼓吹处世之道；庄子着重鼓吹养性之道；孟子着重鼓吹君臣之道；荀子着重鼓吹学习之道；孙子着重鼓吹韬略之道；管子着重鼓吹教练之道；韩非子着重鼓吹统驭之道；鬼谷子着重鼓吹权谋之道。这些都蕴藏在《史记》《资治通鉴》等著作之中。用一分为二的观点看，它们既是我们的宝贵财富，也是我们的沉重包袱。为了学习这些人留下的著作，多少人被压得喘不过气来。条条框框太多，思想难以解放，造成许多墨守成规的书呆子在老祖宗面前不敢越雷池半步。

但是，他们毕竟都是故去之人，他们的著作再也不会增一个字，也不会少一个字。白纸黑字统统放在那里，学不学是我们的自由。只要我们善于从他们的著作中跳出来，加以批判地继承就成。我们再也不必特意为这些已经故去多年的人设防。

但是，对一些活人，我们却要擦亮眼睛，提高警惕，严加防备。人类社会发展到今天，学术骗子成堆，各种生意骗子多如牛毛。这些人无实事求是之意，有哗众取宠之心。他们以各种好听的言辞，把自己的假冒伪劣学说，假冒伪劣产品，进行包装，利用现代科学提供的一切先进手段，自吹自擂，像吹泡泡糖那样地向人们兜售。使多少好心的人不断上当受骗。有的人被他们骗得晕头转向，有的人被他们骗得倾家荡产，有的人被他们骗得命丧黄泉，有的人被他们骗得走上犯罪道路。

为了严防活人中的各种骗子，我们就要提高自己的识别能力，进行独立思考，多问几个为什么，千万不可人云亦云。还要善于运用“去伪存真，去粗取精，由此及彼，由表及里”这个锐利的思想武器，戳穿各种骗子金玉其外、败絮其中的本质，让其暴露在光天化日之下。

防政客更要防商人

政客与政治家不同。政治家一般是指那些具有崇高理想、政治远见、伟大抱负、政治才干，对国家对民族有过或正在做重大贡献的人。而政客则是一些政治活动的专业户，为了他的阶级或政治集团的利益，可以不惜采取一切手段，搞政治投机和玩弄政治权术。由于在社会发展的历史上，出现了一些翻手为云，覆手为雨，为了达到某种目的，可以厚颜无耻，不择手段的两面派、阴谋家、野心家，于是在古希腊时期，这部分人就被称为政客。

和政客打交道，一定要多长几个心眼，特别需要擦亮眼睛。他们常常朝三暮四；他们会设许多圈套，让你往里钻；他们善于甜言蜜语，给对方“戴高帽”；他们喜欢用特殊的鱼饵钓大鱼；他们善于在高喊“和平”的同时，耀武扬威地动家伙，破坏国际秩序，侵略别的国家，从而达到本阶级本集团的目的。对政客这号人，必须防。

但是，政客多数是受过专门训练的，其中不少人是由非常著名的高等学府培养出来的。他们能言善辩，也把“信义”挂在嘴边而反对无赖。他们一般懂得政治的游戏规则，也会按规矩出牌，对于共同制定的条例条约，以及双方达成的某种承诺，在一定的情况下他们也会遵守。从这个意义上说，与政客打交道也不太难。

可是与商人，更确切地说，与通过当了无良商人而掌了大权的人打交道，那就难上加难了。

把无良商人（资本家）看得最透的人，是花了毕生精力写成《资本论》的马克思。马克思不仅是伟大的无产阶级革命家，而且是位伟大的学者，他的学术成就连资本主义国家都承认，当年英国皇家学院还给他的《资本论》颁过奖。每当资本主义国家发生经济危机时，就有人想起《资本论》。然而，当老夫看到有些连《资本论》都没摸过的人，就口出狂言，不知天高地厚地往马克思的头上泼污水时，那句“蚍蜉撼大树，可笑不自量”的诗句，就会浮现在我的心头。我十分鄙视这种人。

托·约·登宁说："一旦有适当的利润，资本就大胆起来，如果有百分之十的利润，它就保证到处被使用；有百分之二十的利润，它就活跃起来；有百分之五十的利润，它就铤而走险；为了百分之一百的利润，它就敢践踏一切人间法律；有了百分之三百的利润，它就敢犯任何罪行甚至冒绞首的危险。"

固然政客不好对付，资本家更不好对付。资本家一旦掌握了国家大权，那就更难对付。常言道：江山易改，本性难移。资本家一旦从事政治，他的信条仍是赚钱，恨不得把全世界的钱都赚到他的手里。他不会相信孔夫子"己所不欲，勿施于人"这句话，他会反其道而行之，己所不欲，专施于人。

我们常用"智商"一词来衡量一个人的聪明程度。我认为资本家都是商智很高的人，他们不仅有一般人的智商，而且还有进行资本运作的智慧。这种人往往能够作出高人一等的决策；拥有冒险精神；善于对资本进行灵活支配；他们有过人的精力，应付繁忙的商务活动；也能忍受沉重的竞争压力；他们会利用自己广泛的人脉资源，选择各种机会来争取获取最大利润。

所以老夫只好说：防政客更要防无良商人呀！

防富病更要防穷病

世人公认我国改革开放之后，发生了翻天覆地的变化。国民经济生产总值竟然一跃，排到超级大国美国之后，中国成为世界第二大经济体了。

举个例子：我记得十分清楚，在1958年之前，别说谁见过电视机了，恐怕听都没听说过。1958年3月17日由天津无线电厂生产出我国第一台"北京牌"黑白电视机后，从报纸上人们才知道原来世界上还有这玩意儿。又过了12年，该厂好不容易才生产出一台"北京牌"彩电，但是产量极少，许多人可望而不可即，由于囊中羞涩，想买也买不起。现在别说黑白电视早进了历史博物馆，各种型号的大彩电几乎家家都有，遥控器一按，几百个台的节目伸长了脖子盼你挑选。别说彩电了，我国小汽车已有上亿辆进入普通家庭。我听到一个农村的小伙子说，如果家里没汽车，过年时都不好意思去给老丈人拜年。至于手机的拥有量竟超过10亿部，几乎人手一部。手机不仅可以通话、发短信、照相，连购物、存款都能用手机解决。

人民的生活水平从各方面看，都有很大提高。

什么事情都是一分为二的。生活水平的提高使胖子增多了，又派生出“三高”病，不少人血糖高、血脂高、血压高。于是不少人，特别是专家提出：要防富贵病。

老夫认为，富贵病要防，更要防贫穷病。

说真的，我国的国民生产总值是排在了世界亚军的位置上，但是，那是按乘法算的。若用除法一算，我国13亿人口一平均，我们简直是头发提豆腐——提不起来。我手头有个资料，2018年全世界人均收入排前10名的依次是：卢森堡、瑞士、挪威、卡塔尔、美国、新加坡、冰岛、丹麦、爱尔兰、澳大利亚。

我们不能关起门来自己给自己作揖。若按人均国民收入来看，我们一下子跌到百名之后。我国不怕乘法，就怕用除法。一乘，我们上到山顶了，一除，我们掉到谷底了。

更不能忽视的是，我们的生产总值中有不少是靠浪费资源、破坏环境、违背规律获取的，给可持续发展造成了严重后果。我们是“虚胖”，有许多泡沫还未捅破。我们如履薄冰，担惊受怕，像走钢丝一样，就怕掉了下来。

我们时刻不可忘记：我国还有很多人没完全解决温饱问题；有很多人处于低水平温饱状态；城镇还有很多人纯收入处于最低生活保障线以下。

防阳谋更要防阴谋

世界上的事物，都是成双成对的。正如有天就有地，有东就有西，有上就有下，有公就有母一样，有阴谋就有阳谋。

什么是阴谋？所谓阴谋，一般是指暗中策划的计谋，它无迹可寻，见缝插针，突如其来，等你发现，已经晚矣！什么是阳谋？所谓阳谋，一般是指精心考虑，因势而动，随机而发的计谋，使用阳谋的人会公开说明自己的意图和战略策略，甚至每步棋怎么走，都公开告诉对方，以影响对方士气和判断，长自己的志气，灭敌人的威风。

关于阴谋与阳谋的不同特点，鬼谷子就说了12个字：“阴谋不可外泄，阳谋不可内藏”。我国古人说话写文章都是言简意赅，一语道破实质，一口就能吃到包子馅。你看孔子的《论语》只有10000多个字；老子的《道德经》才5000多个字；

孙子兵法也就几千个字。这些先哲金口玉言，多一个字，人家也舍不得说。

搞阴谋的人需要智慧，但不一定需要大智慧，有时要点小聪明就成。而搞阳谋的人，没大智慧支撑就很难。例如诸葛亮的《出师表》就是搞阳谋的代表作，他把自己的论点，以及战略战术和盘托出，同时也告诉自己的对手。

搞阳谋的人也不是不搞阴谋，往往是阳谋与阴谋交替使用。诸葛亮的草船借箭、火烧战船，就是暗中策划，事先不能告诉敌人。

对于一个国家、一个政党，甚至个人来说，不怕阳谋，就怕阴谋。因为搞阴谋诡计的人，他们并不公开亮牌，而是暗箱操作。他们躲在阴沟里，结党营私，策划于密室，表面说漂亮话、奉承话，吹得你晕乎乎，暗地里却在寻找时机，准备突如其来地在背后捅刀。阳谋很好识别，甚至不用费劲，就可识别，而阴谋却需要高超的识别能力，才能及时戳穿其本质。

所以，无论在国际国内，对手的阳谋要防，阴谋更要防。因为明枪易躲，暗箭难防，不防要吃大亏。

在癌症面前千万不能解除精神武装

只要一提癌，人们如同谈虎色变，好像癌与死亡画等号。一定要从这个误区中跳出来，否则，在癌症面前，首先解除了精神武装，等着你的就是“秋风扫落叶，兵败如山倒”了。

我有一个战友，被误诊为患了胃癌。我去医院看他时，他躺在病床上唉声叹气，拉着我的手说，老伙计，我的日子不多了，战争年代与我在一个战壕里的许多战友早牺牲了，我能活到今天已经是幸存者了……我离开他的病房时，他有气无力地说，我就不下地送你了。过了几天，他再次复查，请专家会诊，定为胃溃疡，排除了癌症。医生将结果告诉他后，这位老兄从床上一跃而起，马上办出院手续，回家时电梯都不坐，从楼道里蹦着就下楼了。这是精神。

我还有一位叫王彰明的战友，于 57 岁时被确诊为肺癌。医生与儿女都劝他做手术，他坚决不做。从此以后他不吃药、不打针、更不输液，而且不参加一年一次的体检，整天除看书写字外，就是蹬个三轮车去钓鱼、放风筝、玩空竹。老两口与医院签了合同，死后遗体无偿捐献。结果老王活到 95 岁。他的事迹我在我写的《人生十论》一书中专门讲过。这也是精神。

我还有一位好友，比我大3岁，13年前被确诊为血癌。他对疾病从战略上藐视，从战术上重视，认真服药，坚持锻炼，现在快90岁了，记忆力比我还好，古诗词能背几十首，张口就来。这还是精神。

近日，从董卿主持的央视《朗读者》节目中，我看到许渊冲老教授，他都近100岁高龄了，数年前患了直肠癌，大夫下的“判决书”是“有期徒刑”7年，而他用一个“狂”字与癌搏斗，在“服刑”期间，他又翻译了那么多杰作。我看到有朋友赠给他一首诗：

九十六岁白头翁，北大神人许渊冲。

每夜熬来三四点，十年癌症影无踪。

当然，说到底，人都要死的。但患病后，首先不要从精神上解除武装，被吓死。只要有许渊冲老先生那种“狂”劲，加上增强锻炼，科学治疗，一切疾病都不在话下。

对付厉害老婆的哲学

据说男人怕老婆，似乎成为一种很普遍的现象。说男的都怕老婆，有点武断。但强势的女性逐渐增多，男性怕老婆的趋势在不断上升。

这个问题由来已久。在历史上，有不少著名的文学家、哲学家、政治家、军事家，都留下了怕老婆的记录。我在《聊天》一书中，曾提到过美国伟大的总统林肯和俄罗斯大文豪托尔斯泰，他们那么赫赫有名，受世人尊敬，却对自己的老婆束手无策。大哲学家康德大概看透了这一点，一生独身。有人问他为什么一生不结婚时，他巧妙地用一句话来回答：当我需要老婆的时候，我养不起她；当我能养得起她时，我却不需要了。

古今中外贤妻良母非常多。既然还存在着一些厉害老婆，存在决定意识，存在决定对策，总得想出对付厉害老婆的办法。

古希腊大哲学家苏格拉底，不仅学识渊博，而且五官端正，用今天的话说，那是人见人爱的大帅哥。但是，苏格拉底却和一个颜值不高，心胸极为狭窄，脾气暴躁，动不动就大发雷霆的女人结为夫妻。他的朋友与弟子都难以理解。

天长日久，他的一位好友就以好奇的口吻问苏格拉底：“老兄呀，我们想经常来你家和你聊天，但是你的老婆似乎不待见我们，她看我们的那种眼神，那种态度，说话的那个语调，实在令人害怕！老兄，天底下女人多的是，你为什么娶了这么厉害的女人？”

苏格拉底不慌不忙地回答：“老弟，你肯定懂得擅长马术的人，总是挑选烈马骑。骑惯了烈马，再骑其他的马就不在话下。我如果能忍受这么厉害的女人，整天和她生活在一起，恐怕普天下就再没有与我相处不好的人了。”

这个回答多么富有哲学道理，多么巧妙，多么精彩！

更大的考验还在后头。有一次，苏格拉底正在给他的弟子们讲课，争论哲学问题。他的老婆气势汹汹地破门而入，指着苏格拉底的鼻子说，你们吵什么，吵什么？当着众多学生的面，把苏格拉底臭骂了一通。过了片刻，她提了一桶水进来，照着苏格拉底泼去，简直把他泼成了落汤鸡。

学生们以为，这回老师不会放过她，非要狠狠地教训她一顿。出乎意料的是，苏格拉底抖了抖身上的水，笑着说，我早就料到，打雷之后，必定会下雨的。然后他接着讲课，继续辩论。

这就是对付厉害老婆的哲学。

拼爹与拼儿

在社会上流行着一个拼爹与拼儿的说法。确切地说，应是拼老与拼小。因为拼的不光是爹与儿，在好多情况下，还拼爷爷与孙子，甚至拼爷爷的爷爷，拼孙子的孙子。

这里用的这个“拼”字，我理解其含义是“比”或“卖”。

我时不时地听到一种说法：“有人拼爹，郑老爷子拼儿子，这才是真正的成功。”听到此话，我的心里当然很高兴，但也引起我对拼爹与拼儿的思考。我把思考的结果，告诉大家：

第一，有爹拼爹，有儿拼儿。只要有能拼的资本，不妨都拿出来拼一拼。比如此次美国竞选总统，希拉里拼她的丈夫克林顿，只要选她当总统，就可以买一送一，带回个善于搞经济的老总统。而特朗普拼儿女，他的儿女不仅颜值高，而且都很优秀，连外孙女都会说中国话。再往前推，美国有位很了不起的老太太，记者形容她脸上的皱纹深得可以埋下土豆，就是这位叫芭芭拉的老太太，嫁了个总统（老布什），又生了个总统（小布什）。她既拼老公又拼儿。

第二，拼儿优于拼爹。因为拼爹纯粹是吃老本，而拼儿意味着创新和创收。在历史上，有好多皇帝无所作为，就是因为他爹是皇帝，他也世袭为皇帝。这些皇帝不折不扣的是拼爹，凭爹坐龙椅，凭爹吃御膳。但也有些皇帝不一样，如汉武帝的功绩比他曾祖父刘邦还宏伟；李世民比他爹李渊强百倍；清朝乾隆皇帝的功绩，也超过了他的前辈。如果大家都拼爹，这个社会就难以向前发展了；如果大家都拼儿，社会就会一代更比一代强地蓬勃向前发展。

第三，拼爹拼儿都不如拼自己。说到底，爹与儿都属于客观因素，有的爹与儿能拼，有的爹与儿还不能拼。再能拼的爹，也有离世的时候，再有本事的儿女，也有不孝顺的。说一千道一万，不靠天不靠地，还得自力更生拼自己。把自己的身体练得棒棒的；把自己的学问搞得扎扎实实的；把自己的工作干得有声有色；把法制观念树立得牢牢的，任何时候，在任何情况下，自己绝对不碰法律红线。总之，活一天拼一天，拼得有滋有味，尽量不给社会和子女添麻烦。所以，我认为拼自己最保险。

朋友，拼吧，在拼的比赛中，使出“洪荒之力”，拼命向前！

要苦练反应能力

在社交场合的交谈中，我常常感到应变能力不足，说话不够机智，不够幽默，过后总有懊悔之感。心想：人家问的那句话，我若是这么回答就好了，我怎么就那么笨，反应就那么迟钝。如果再来一遍，我肯定不会那么说，我要是这么说，该多么精彩。但世界上没有后悔药，后悔晚矣。

反应能力，靠两方面获得，一是先天遗传；二是后天锻炼。

你不能不承认，有的人生下来，脑子就好使，非常精明。在同样一个问题面前，咱还没反应过来，人家的脑子早就转了好多圈，对答如流，而且严丝合缝。这就是通常说的天分。过分强调天分，会有唯心主义嫌疑；不承认天分，也违背唯物主义精神。

但是，光有天分是不行的，还需要后天锻炼。要学习，要经风雨，要见世面，要设想各种复杂的场面，把自己放进去。例如看记者会，当记者提出一个很刁钻的问题时，我们就要想，要是我们被提问，该怎么回答。

还要多读书，特别是多读传记作品，向全世界的名人学机智，学幽默，学应变能力。例如有人问亚里士多德："你与平庸之人有何不同?"他脱口而出："他们活着是为了吃饭，而我吃饭是为了活着。"有人问庞西特拉图："真理在哪里?"他马上说："真理无处不在。"有人问海明威："哪一种写作方式最好?"他说："从左到右!"有一次歌德在公园散步，走在只能走一个人的小道上。冤家路窄，恰恰对面走过来的人是他很不喜欢的一个评论家。该评论家说："我从来不给蠢货让路!"歌德马上说："我恰恰相反!"说完，他笑着退到路边。这就回敬了他：你才是蠢货。

这就是高超的应变与反应能力。

交个底

最近一个时期，我的粉丝数增加迅猛。这要归功于由董卿主持的《朗读者》助我的一臂之力。录制节目时，我自豪地向董卿说，我有 36 万粉丝，引得她都笑了。《朗读者》第二期未播出前，我的粉丝已突破 40 万大关，而播出后一下子涨了 5 万多。说明通过《朗读者》，许多朋友认识了我。

我的老资格粉丝，这些年与我不离不弃，始终陪伴我。他们熟悉我的起居习惯、写东西的特点，而新关注我的粉丝，有些人把我以前写的微博翻出来看，不少朋友提出：老爷子，你这几百篇短文是怎样写出来的？今天，我为了欢迎新朋友，不忘老朋友，给大家交个底。

这个底从三个方面来交：

第一个底，捕捉目标。要敏锐地寻找你要写的东西。我们每天看到许多，听到许多，但我只从中选一件，而且这一件是我最感兴趣的，也是我可以驾驭的。例如，特朗普担任美国总统后，国际国内相当多的人都感到这位总统极不靠谱。而他首次在国会发表演说后，美国媒体说，特朗普终于有了总统的模样。我就抓住这句话，写了篇短文《论样儿》，从而告诉人们，无论你扮演什么角色，都得有个样儿。父母和儿女，上级和下级，老师和学生，都得有个样儿。这里边能引起人思考的问题很多。做什么都没个样子，社会关系就会乱套。

第二个底，反复思考。样儿虽然重要，但样子的实质是什么？我经过反复思考，得出：样子是内在本质的外在表现形式。这就进一步告诉人们，必须提高内在的修养，一个没有教养的人，他可以装出个样子，比如，没学问的人，硬装出有学问的样子；没领导水平的人，硬装出很有水平的样子；老师自己行为不正，硬装出个正人君子的样子，人们一看，就是装的，装腔作势，很不自然。装一时可以，但不长远。样子要靠内在的修养，包括学识，包括待人接物，重在练内功。只要内功练好了，样子自然就出来了。

第三个底，语言表达。思考清楚上面说的表与里的关系之后，下一步要落到文字上，就要尽量用明白简练的语言，将其表达出来，不然你的思考结果无人知道。下笔写时，语言尽量准确，并要生动幽默。为此我还用了我国京剧四大名旦：梅兰芳的“样”，程砚秋的“唱”，尚小云的“棒”，荀慧生的“浪”作为佐证，进一步说明，他们的这些特点，都是其内在功夫的外在表现，别人是装不出来的。这样语言就生动了。

总之，要多看，多想，多写。对有些年轻朋友，我要特别强调一下多写。有许多人手很懒，看微博连个评论都懒得写。必须多写，写多了，自然就熟了，熟能生巧。如同游泳，不下水实践，你看再多关于游泳的书，也学不会游泳。我常常为我的一些粉丝写的评论和成语而拍案叫绝。我这个老人，已经看到你们的进步，我从心底里感到十分高兴。我渴望在我的粉丝中出人才，出成果。

忏悔与伟大

忏悔，这是一个宗教用语，与我们今天常说的自我批评、自我剖析、自我反省，意思差不多。

我们常听到一句话：人无完人。为什么没完人？除了主观对客观的认识常常出现错误之外，还有一个根本性的原因，这就是人具有从娘胎里带来的难以克服的弱点。恩格斯在《反杜林论》中，一语道破了人性中的这个致命弱点。他说：“人来源于动物这一事实已经决定人永远不能完全摆脱兽性。所以问题永远只能在于摆脱得多些或少些，在于兽性或人性的程度上的差异。”

恩格斯这个著名论断中，有几点应特别引起人类成员的注意：一是，由于人是猿类进化来的，因此，他“永远不能完全摆脱兽性”；二是，经过社会教育与自我修养，兽性是可以减少的，人性是可以上升的；三是，人与人之间是有差异的，这个差异的标志就是人性多些，还是兽性多些。

人身上的兽性虽然难于根除，但兽性可以减少，人性可以增加。在一个人身上，若人性的比例大大超过兽性的比例，这个人基本上就可以称之为人了。如果兽性超过人性，那就成为衣冠禽兽。二者的分水岭，就在于此。

为了增多人性的成分，降低兽性的比例，人类采取了许多办法来提高人的素质。因文字限制，别的办法我暂时避而不谈，单说忏悔。忏悔，是摆脱兽性增加人性的一个很重要的手段。而把忏悔提高到空前高度者，当属卢梭。

卢梭在 50 岁后写过一部自传，名叫《忏悔录》。他当时说，我现在要做一项既无先例，将来也不会有人效仿的艰巨工作。我要把一个人的真面目赤裸裸地揭露在世人面前，这个人就是我。他又说，不管末日审判的号角什么时候吹响，我都敢拿这本书走到至高无上的审判者面前，果敢地大声说：“请看！这就是我所做过的，这就是我所想过的。我当时就是那样的人，不论善和恶，我都同样坦率地写出来。我既没有隐瞒丝毫坏事，也没增加任何好事。”

果真如卢梭所说，他在《忏悔录》一书中，把自己的善与恶和盘托出。后人看到他谈到恶的部分，简直令人脸红，不敢相信这就是伟大的卢梭。所以，有人说：卢梭的《忏悔录》告诉世人，我们眼中的伟人，其实是“伪人”，他们把一切丑陋都隐藏在“伟大”这个面具之下。

然而，卢梭的忏悔，并没有使其失去光环，反而使其光环更加耀眼；并没有使人感到他是小人，反而使其形象更加高大；并没有使人感到他很卑鄙，反而使人感到他人品更加高尚。一句话，他的忏悔，赢得世人满堂喝彩。

历史的经验告诉人们，忏悔、自我批评、揭露自己所犯的错误，是增多人性，减少兽性的最好良药。我在一本书上曾看过这么一段话：“犯了罪而满怀羞愧的人，他所有的罪孽都会被宽恕。一次心灵的自责，胜过许多鞭笞。即使是一个恶贯满盈的人，临终忏悔了，上帝也会宽恕他。”在这里我把“上帝”理解为人民。

由此可见，一个人，一个民族，一个政党，一个国家，只有学会忏悔，拥有忏悔之勇，才能像恩格斯所指出的那样，把人类从兽性中逐步解脱出来。

生得糊涂，死得明白

在我国台湾有两位大作家，一位是男作家李敖，另一位是女作家琼瑶。83岁的李敖自报脑子里长了个瘤子，除接受治疗外，他抓紧时间出版80卷的《李敖全集》。79岁的琼瑶，在并没听说是否身患大病的情况下，突然在自己的社交平台，公布了她给儿子和儿媳的信，对自己的后事进行了安排。

琼瑶先生的安排分两个阶段：

第一个阶段：在得了不治之症后，她告诉孩子，如果让她变成“求生不得，求死不能的卧床老人，才是大不孝”，怎么办呢？琼瑶先生提出了这样几点要求：不动大手术，让我死得快最重要；不把我送到加护病房；不搞“鼻胃管”；不插各种管子；不搞急救措施、气切、电击；万一我失智，帮我尊严死，或送到瑞士“安乐死”。

第二个阶段：死后不要用任何宗教方式来悼念；尽速火化成灰，采取花葬方式，让我归于尘土；不发讣告，不公祭，不开追悼会；不做七，不烧纸，不设灵堂，不出殡；不要在乎外界评论。

琼瑶先生声称，她是无神论者。她看透了一个大问题：生是偶然，死是必然。因此，她“生时愿如火花，死时愿如雪花”。

琼瑶先生给儿子儿媳的这封信，读后令人感动，令人深思。将与她的作品一样不朽！

写到这里，不由得使我联想起鲁迅先生当年对后事的交代：

（一）不得因为丧事，收受任何人的一分钱——但老朋友的不在此列。

（二）赶快收殓，埋掉，拉倒。

（三）不要做任何关于纪念的事情。

（四）忘记我，管自己的生活——倘不，那就是糊涂虫。

（五）孩子长大，倘无才能，可寻点小事过活，万不可去做空头文学家或美术家。

（六）别人应许给你的事物，不可当真。

（七）损着别人的牙眼，却反对报复，主张宽恕的人，万勿和他接近。

最后鲁迅说：让他们怨恨去，我也一个都不宽恕。

这就是伟人的品格。

爱国与砸外国货

每个公民都应无限热爱自己的祖国。不爱国，甚至背叛自己的祖国的人，统统为人所不齿。

爱国是一个公民应该具备的道德品质，也是中华民族的优良传统。岳飞的母亲给他背上刺四个大字，让他“尽忠报国”；文天祥在生死关头喊出“留取丹心照汗青”；范仲淹提出“先天下之忧而忧，后天下之乐而乐”；顾炎武喊出“天下兴亡，匹夫有责”；林则徐曾说“苟利国家生死以，岂因祸福避趋之”。这些爱国名言，世世代代被传承，在爱国者心中扎根。

但是，也有一些人，打着爱国的旗号，却干着损国的名堂。每当国际上发生某些事件的时候，就有一些人砸外国制造的汽车，烧毁与抵制外国商品。表面上看是砸人家，实际上是砸自己；表面上是给人家脸上抹黑，实际抹黑的恰恰是自己。这种不理智的行为，只能算是一场疯狂的闹剧，看似热闹，看似多么爱国，最后只是搬起石头砸自己的脚。

有人可能会提出质疑，抗日战争时期我们全民抵制过日货，不错，有这回事。但千万不可忘记：此一时也，彼一时也，一切以时间地点条件为转移。现在经济已经走向全球化，已经到了“你中有我，我中有你”的时代。在这种情况下，你抵制外国货，不仅是抵制全球化带来的大蛋糕，而且在你所抵制的标着外国牌子的商品中，好多是在我国生产，由我们中国人勤劳的双手所制造的产品。你砸的是我们自己的饭碗。

对有些外国在华企业在关键时刻损害我国的核心利益，既赚中国的钱，又损害中国的行为，我国政府自会提出交涉，发出警告，在经济上加以必要的制裁。我们作为公民，也可以不买他们的商品，不去他国旅游，这都是个人的消费自由与权利。然而，我们不应以合理的理由，去实施那种不合理的超出法律允许的范围的行为。不能授人以柄，从而把本来合理的理由，也变成不合理的了。

特别应该引起警惕的是，有的媒体或自媒体，捕风捉影，并未经过核实就报道说某个地方发生了砸国外制造的汽车的事件，唯恐天下不乱。我们千万不可上当。即使有这样的事件发生，那也是个别疯狂愚蠢的行为，并不代表我国人民理性爱国的主流。

没有思想、没有法律意识、没有文明、没有道德的所谓的爱国行动，只能是浅薄的、盲目的、可怕的野蛮行动，并且会产生难以想象的恶果。因此，我们不能用爱国主义蒙蔽了自己的眼睛。

我们一定要坚定不移地高举爱国旗帜。

我们一定要以大国风范理性爱国。

我们还要提高警惕，严防有人把所谓的爱国引向排外的歪路上去。

认清人生的不同阶段

人从出生到离开这个世界，到底经过哪些阶段，怎么形容？我看到的版本不少。例如有的按春、夏、秋、冬四个季节来形容人的一生；有的按涓涓小溪、宽阔的大河、波浪滚滚的长江、一望无际的大海来形容人的一生。孔子则从人的岁数上来概括：三十而立，四十而不惑，五十知天命，六十而耳顺，七十从心所欲，不逾矩。孔子从人的三十岁开始说，到七十岁打住。大概古时候的人，成熟慢，活到三十岁，才能自立，活到七十岁，就该去见阎王爷了，正所谓人活七十古来稀！

在《塔木德》中，把人的一生分得很细，而且用不同的动物来形容，更有意思的是只说男的，不说女的。不知是因为成书时男女不平等呢，还是认为男人在家庭和社会中居于主要地位呢？

《塔木德》认为，人生下来后，一岁之前，被父母放在小床上，全家人抱他吻他，围着他转，宛如国王。如同前些年我们说的，独生子女个个像小皇帝。

长到两三岁时，满地爬滚，往桌子底下钻，在泥土沙子上拱来拱去，这时人像头小猪。

长到十岁时，人活蹦乱跳，天真无忧，简直像只快乐的小羊羔。

一晃十八岁了，人的身体魁梧奇伟，为了找到另一半，打扮得像匹骏马，希望人人都欣赏自己的帅气，而且力大无比。

成婚之后，人就由马变成驴了。背负起家庭的重担，低头卖力地缓步前行。

到了中年，人又由驴变成狗了。为了养家糊口，不得不摇尾巴，取得主子的欢喜，乞求人家开恩，多给发点红包。

光阴似箭，人不知不觉老了，这时又由狗变成猴，弯腰驼背，形同猢狲，行为举止活像个老小孩，耳聋眼花，鼻涕口水流个不止，再也没人理会。

以上就是《塔木德》中描绘的人的一生：人由国王变成猪，再变成小羊羔，再变成骏马，再变成驴，再变成狗，再变成猢狲。

是这样吗？如果书中的形容有点道理，你现在正处在哪个阶段？

追寻智者

我国有句古语："近朱者赤，近墨者黑"。孟母为什么三迁其居，就是因为这位伟大的母亲，深深地懂得这个颠扑不破的真理。孟子的家开始住在一个离一块坟地较近的地方，村子里有个孩子王，整天领着一帮孩子去坟地上玩耍，还装神弄鬼。孟母一看不好，人家的孩子我管不了，但我的孩子若与这帮孩子在一起厮混，长大后肯定没出息。三十六计走为上，她带着儿子把家搬到一个集市上。没料到，隔壁不远是户杀猪的人家。小孟子对猪临死前的惨叫声和开膛破肚的样子，又产生了兴趣，一有空就去看杀猪。孟母一看不行，还得搬家。第三次她把家搬在一所学堂边，这里风声雨声读书声，声声入耳。小孟子在这种环境中长大，为他后来成为"亚圣"创造了客观环境。

在《塔木德》中，人家犹太人也主张人要与智者相伴、相近、同行。

首先，你要弄清谁是智者。"向所有人学习的人"就是智者，包括向对手学习。我在参加《开门大吉》节目时，说过一句话：要向全世界的名人"借脑子"。就是这个意思。只有善于学习的人才能成为智者。世界上没有生而知之的人，只有学而知之的人。

我们要寻找智者，和智者交朋友，拜智者为师。学习其态度，学习其毅力，学习其方法。也要结合自己的情况灵活地学，创新地学，师傅领进门，修行在个人。

在与智者相处时，应该处于什么状态？《塔木德》传授了几手：一是，聪明的人不在比自己更聪明的人面前乱讲话，大概就是我们通常说的，不要班门弄斧吧；二是，不要打断别人说话，这是不礼貌的表现；三是，不要匆匆忙忙地回答问题；四是，回答问题要简明扼要，切中要害；五是，回答不出来时，就毫不犹豫地说不知道，知之为知之，不知为不知；六是，敢于正视真理，随时修正错误。只有抱这种态度，你才能与智者长期相处。

《塔木德》最后说："和智者同行，必得智慧；和愚者为伍，必将毁灭。"有子女的父母们，要帮助孩子寻找智者，千万不要忽视你们的孩子整天同什么人在一起。

令人厌恶的人

有的人，不仅仪表堂堂，而且内秀，很有素养，他们的一举一动，言谈话语，幽默风趣，像磁铁一样，能把人吸引过去，令人佩服得五体投地。这种人，人见人爱，甚至心甘情愿地拜倒在他的旗下。

在《塔木德》一书中，刻画了一种令人厌恶的人：

这种人，徒有其表，自以为自己了不起，高人一等，值得别人称颂。他认为自己的坐、站、走路、说话、做事，都应与别人不同，要有特殊的气魄。他只愿意和有身份的人说话。他的行动、姿态、穿着，都装腔作势，仿佛他的肉是由铅做的，骨头是石头做的。他要得到他人尊敬，为了得到他人尊敬，便要引起普遍的畏惧，人人都应在他面前发抖。像这样的人，普通人怎么敢和他说话，向他提出问题？他的腔调使打算接近他的人退了回去。他用傲慢的回答压制人们，他一天到晚都绷着脸。

该书给这种人画的像，似乎历朝历代都有，甚至在我们的周围就有。

紧接着，《塔木德》指出，世界上有四种人：

第一种人说："我的是我的，你的是你的。"这种人最普通；

第二种人说："我的是你的，你的是我的。"这种人最愚蠢；

第三种人说："我的是你的，你的也是你的。"这种人是圣贤；

第四种人说："我的是我的，你的也是我的。"这种人是坏人。

识人确实不容易，特别是活人。要不怎么会有人说，我不怕死人怕活人呢？

让我们和喜欢的人相处，尽量远离那些令人厌恶的人。

老师与学生

昨晚在新浪网上看到一个视频：某地一个教室里火药味十足，一位女老师打了一名女生一记响亮的耳光，更加出人意料的是，这名女生以牙还牙地打了老师一记更加响亮的耳光。这两个耳光，把我的心都打碎了，我大吃一惊，我们一些学校师生之间的矛盾，怎么激化到如此尖锐的程度？千百年来形成的尊师重道和爱生如子的光荣传统一扫而光，这还是学校吗？这简直是拳击场！

多年来，我们听到和看到的，都是老师对学生要充满爱，没有爱的教育是死亡的教育，不能培养爱的教育是失败的教育。爱人者人恒爱之，敬人者人恒敬之。爱是教育的生命线，老师要用一颗爱心去构筑师生之间的桥梁。老师视学生胜似自己的子女，是自己生命与事业的延续。如果老师还未结婚，你班里的学生就如同你的子女，如果你有了子女，你就成了许多子女的父母，你的爱必须铺撒在每个学生的身上，你有爱他们的义务。老师要善于和学生交朋友，给他们多一些鼓励，多一点平等，多一点理解，用“相互理解”这把金钥匙打开学生的心扉，使学生在第一时间乐意把心里话告诉老师，愿意从老师那里得到慰藉和支援，从而避免一些学生为一些事钻牛角尖，走向极端。

《塔木德》一书中说：教师是学生生活中地位最高的人，甚至比父母更高。不仅学生向老师学习，老师也从学生身上学到很多东西，哪怕是学生思想的点点火花，也能使老师的思想更加敏锐。老师对他的学生要了如指掌，例如，有一种学生学得快也忘得快，他得失相抵；有一种学生，学得吃力忘得慢，他失得相抵；有一种学生学得快却忘得慢，他极聪明；有的学生学得慢却忘得快，这种学生最为不幸，也最需要帮助。而且老师对学生要一视同仁，不应厚此薄彼。

如果你是这样的老师，你桃李满天下，当你退休后，就等着收看从四方发来的短信、视频，收听打来的电话吧。假如你生病住院，恰好碰上你当年的学生是大夫，就放心地让他给你治疗吧。当你七八十岁生日时，就等着接受当年学生送来的鲜花吧！

学生与老师

人类这种动物与其他动物的一个最大不同，在于其他动物永远生活在自然界，而人不仅生活在自然界，还生活在人类社会。人类社会的分工很细，例如有一部分人专门从事教育人的工作，也就是我们通常所说的老师。

对于人的成长来说，父母居于冠军的位置，因为是父母把我们带到这个世界上来的。刚来到这个世界，我们很弱小，是父母哺育我们，呵护我们，使弱不禁风的我们渐渐长大。成长到一定时间，我们就要学习和接受各种知识，这个时候又出了一个冠军，那就是老师。由这个冠军像接力赛跑一样，从幼儿园到小学到中学再到大学，一棒一棒地接下去，直到达到辉煌的顶点。所以我认为，在人成长的道路上，父母与老师是并列冠军的，要不然关汉卿也不会响亮地喊出："一日为师，终身为父。"

孔夫子虽然屡受批判，但口碑依旧不错。孔子的最大成就，不是他的官衔，而是他老师的身份。他有三千弟子，在三千弟子中又出了七十二贤人，更重要的是，他还留下了他的教育理念，这就是《论语》。许多人可能没注意，孔子给我们留下的第一句话是什么？就是："学而时习之，不亦说乎"。一开始，他老人家就以教育家的身份教导人们，学习必须温故而知新，不复习学到的知识，不仅不会牢记，而且不会深化，不会举一反三，不会创新。过去，我们上学时，先给孔夫子画像磕头，再给老师磕头。因为孔子是老师的老师。

昨天我在《老师与学生》一文中侧重阐述了老师应该如何对待自己的学生，因为在老师与学生这对矛盾体中，老师居于矛盾的主要方面。今天我要侧重说说学生应如何对待老师。

在老夫看来，学生对待老师，就是如下几个大字：尊师，崇师，超师，报师。

所谓尊师，就是要像尊敬自己的父母那样尊敬老师。因为老师担负着传道，授业，解惑的神圣职责。我们接触到的道理，最初是由老师给我们传授的，我们的专业技术，是由老师教给我们的，我们不懂的疑问，是由老师帮我们解开的。对这样的人，我们怎么能不尊敬呢？尊敬老师就是尊敬知识，尊重文化，归根到底也是尊重自己。

所谓崇师，就是对自己的老师，不仅要尊敬，而且打心眼里要崇拜。我已经80多岁了，许多人的名字我都忘了，但我的几位老师的名字，我至今牢记。小时候，对他们的一举一动，我都崇拜，我还学过他们的穿着，走路的姿势，讲课的语调，甚至咳嗽的声音。我对我的老师很崇拜，对我的师娘也崇拜。师娘给我一个窝头吃，我终生难忘。我当兵后，回家探亲，虽然来去匆匆，但总要带点礼物去拜访我的老师和师娘。他们一直是我最崇拜的人，这种态度一直没有动摇。

所谓超师，就是想一切办法，费九牛二虎之力，也要超过自己的老师，从而做到青出于蓝而胜于蓝。常言道，师傅领进门，修行在个人。尊重老师，崇拜老师的目的，是超过自己的老师，来个后来居上，来个飞跃，来个突破，来个超越。由模仿到形成自己的风格，这就是一种超越。老师最大的成就是什么？最大的骄傲又是什么？不是培养出一帮应声虫，一群亦步亦趋的人，而是培养出超越自己的人。在老师的学生中，超越自己的人越多，这位老师越有底气，越自豪，越有精气神。

所谓报师，就是要知恩报恩，不能当白眼狼。据说，有些人一旦神气之后，忘乎所以，连教过自己的老师都忘得一干二净，在公众场合见了面也装作不认识，竟敢在自己的老师面前摆架子。他们在教师节连个短信都不给老师发，更别说登门拜访了。我认为凡是不孝敬父母者，统统是不孝之子，凡不回报自己老师者，都令人不齿。当然，最大的回报不在于物质，而在于精神，在于干出最出色的业绩，让老师脸上无限风光。

当然，我对老师的这几个字的看法，是对那些辛勤奋斗在教育战线的老师的看法，而不包括那些毁坏老师这一光荣称号的少数败类。

谁最有资格享受“杏花村”？

在我国唐朝的诗人中，有四位诗人两两被人们称为“大李杜”和“小李杜”。所谓“大李杜”，指的是李白和杜甫；所谓“小李杜”是指李商隐与杜牧。在我的这篇短文中，我不说“大李杜”，只说“小李杜”中杜牧的那首《清明》诗。

杜牧生于公元803年，卒于公元852年，只活了49岁。但他在短短的一生中，却写了相当多的好诗。其中以《清明》为题的诗，不仅名扬天下，而且还使现代人对簿公堂。

这首诗说："清明时节雨纷纷，路上行人欲断魂。借问酒家何处有？牧童遥指杏花村。"这首诗之所以引起麻烦，不光是诗写得太棒了，更重要的是，杜牧他老人家在诗中谈到了酒，谈到了杏花村。

在中国，地名叫杏花村的，可不是一家。安徽有，贵州有，山西也有。听说为了争夺杏花村的所有权，前些年贵州一家酒厂与山西汾阳杏花村的汾酒厂，还打过官司。

这件事引起专家们的注意，他们想弄清楚，杜牧在这首诗中所说的杏花村，究竟是哪个杏花村？

首先，经过考证，杜牧写此诗的时间，大约是公元 844 年 9 月，写作地点在安徽池州，他当时转任池州刺史。这一点《四库全书·杏花村志》中都有记载："杜牧为池州阳守，清明时出游，诗有'借问酒家何处有？牧童遥指杏花村'。"《池州府志》上也有记载："杏花村，在池州城西里许。"杜牧"借问"句就指这里。可是，山西汾阳人也说，杏花村是指我们汾酒厂的产地杏花村。这就像现在的皮皮鲁一样，都在争，商家都想以皮皮鲁之名注册商标。

经过专家反复考证，我国取名为杏花村的地方确实不少，但杜牧在这首诗中所说的杏花村，并不一定指哪个具体地名，多半是泛指杏花盛开的地方，如在其他唐诗中就有："薄烟杨柳路，微雨杏花村""雨干杨柳渡，山热杏花村""晚风杨柳社，寒食杏花村"，诗人在这里描写杏花盛开之景色，并不一定是指某个具体地名。

鄙人认为，伟大的诗人杜牧已去世 1000 余年，他的作品早失去了著作权，进入公共领域，他在诗中写的杏花村，更是谁都可以使用了。因而为此打官司，争谁享有杏花村之资格，已毫无意义。要争，就争酒的质量。

我在山西工作时，至少以普通酒客的身份，去过三次杏花村汾酒厂。汾酒的质量不用说，有一年全国评酒，它竟然位居十大名酒之首。在汾酒的包装盒上，书写着杜牧的这首《清明》诗。我的感觉是，山西杏花村的汾酒，配杜牧的这首诗，当之无愧，实至名归。尽管杜牧可能没喝过汾酒，然而在我的心目中，他指的就是杏花村汾酒。

我写此文，为了规避嫌疑，需要声明，此乃老夫的真心写照，没一丝一毫广告意图。我以 80 多岁的人格保证：我没有收过杏花村汾酒厂一瓶赠酒，更没收过他们支付的一分广告费。我只是发自内心地表白而已。

我看成功

成功，这是人们多么向往的目标。给成功下定义和探索成功方法的文章多如牛毛。但是，看过之后，总是使人摸不着头脑。今天，我想用最简单明白的语言，表明我对成功的观点。

从生理学的角度来看，凡是来到这个世界上的人，都是在母腹中战胜了众多对手脱颖而出的，因此每个出生的人都是成功者，但每个人都要死亡，从这个意义上说，又都是失败者。

成功都是相对的，没有绝对的成功。成功中包含着失败，失败反而意味着成功。失败往往是成功之母，成功往往暗藏着失败。

成功是分阶段的。没有一劳永逸的成功，只有阶段性的成功。无数阶段性的成功构成一个总的成功。半途而废的成功很多，整个过程的成功少之又少。

成功不会从天而降。要依靠先天条件，要依靠后天努力，要依靠客观机遇，我赞成“谋事在人，成事在天”这句名言。

成功是分等级的，就像一座金字塔，塔底很大，这种成功的人最多，再往上就少了，能到达塔尖的人，少之又少，就是那些寥若晨星的佼佼者。

我们每个人都是成功者。我们每个人都是失败者。我们每个人时而成功，时而失败。我们永远不会有绝对意义上的成功。我们永远在走向成功的道路上。

“两不一支持”

儿童节前夕，我写了《同子女相处的几个小窍门》一文，没想到有16万朋友阅读，并受到一边倒的好评。大家要求我多写这方面的文章，我不好意思谢绝，就趁热打铁，再来一篇。

上文提到，孩子不是自己来咱家的，是咱把人家“请”来的。须知，“请”

来的这个人，既是亲人，也是冤家；既能传宗接代，也能毁了你一家；既能给你光宗耀祖，也能使你名声扫地。究竟他长大后是个什么样的人，既靠家庭教育，也靠社会培养，而在某种程度上，家庭教育占有很重要的分量。

孩子既然是我们自己生的，咱就要相信孩子。相信孩子，就是相信自己；怀疑孩子，就是怀疑自己。把孩子放在一个被怀疑的位置上，实质上就是把孩子放在对立面上。基于这个根本认识，我对自己的孩子首先是信任，其次是帮助。因此，在孩子身上，有两件事情坚决不能做，一是偷看孩子的日记或其他孩子不愿让大人看的东西；二是跟踪监视孩子的行动。如果孩子发觉他们的生身父母在暗地里监视自己，那父母在孩子心目中的形象，一下子就矮了一大截。

那么，孩子的情况怎么掌握？我们要靠很自然地观察，要靠与孩子交朋友，使其遇到问题时愿意在第一时间向自己的父母倾诉，而不是躲着父母。孩子对咱们已经无秘密了，你何必疑神疑鬼？有人可能会说，我的孩子什么都不愿告诉我，有事情总瞒着我们。我说，如果孩子能在父母那里得到理解和宽容，甚至支持，而不是训斥和毒打，孩子有什么理由不向生身父母倾诉呢？吾儿郑渊洁儿时爱写东西，写完后自己锁着，我们从不开他的抽屉，钥匙全交给他。他参军时，把写的东西打成包交给我们，至今我们也没偷看过。只要咱信任孩子，孩子就没理由不信任父母。

在信任以及“两不”的前提下，家长要全力支持孩子的正确行动。例如，我的孙子郑亚旗18岁后被他父亲“断粮”，为了自力更生，他去超市扛鸡蛋，用炒股赚来的一点钱盖摄影棚，自己去非洲拍摄野生动物，潜到印度洋、太平洋海底与鲨鱼共舞，拍海底世界。对孙子的这些冒险行动，我在心里是十分担心的，也是不赞成的，但我们都没劝阻，而是大力给予支持，使孙子无后顾之忧，勇往直前。我的另一个孙子郑大旗，喜好赛摩托车，前不久在北京成立了“狂人赛车中心”，并自任董事长兼选手。对孙子这个极其危险的行动，我虽然在心中也打鼓，但是我作为爷爷，以80多岁的高龄，亲自去北京工体参加了“狂人赛车中心”成立大会，并在会上宣读了我写的《男子汉宣言》。我的体会是，在节骨眼上，对自己的亲骨肉一定要大力支持，做他们的坚强后盾，而不是指手画脚，或者袖手旁观，更不能成为对立面。

以上就是老夫的“两不一支持”的基本观点。

四维之重要

最近，我在读梁劲泰先生著的《大道官德》一书。在这本书中，有一段管子对四维的描述，我读后很受启发。

什么是四维？所谓四维，就是礼、义、廉、耻。管子认为，“礼义廉耻”是维护国家稳定的四个根本法则。礼，是指一个人不能超越本分；义，是指一个人不能妄自进取；廉，是指一个人不能隐蔽丑恶；耻，是指一个人不能屈从于坏人。

而且管子认为，这四维，如果缺了一个，国家就会倾斜，缺了两个，国家就很危险，缺了三个，国家就会颠覆，四维都没了，国家就灭亡了。倾斜了还可以扶正，危险了还可以挽救，颠覆了还可以重新站起来，而一旦灭亡了，就不能再生了。

虽然后人对“礼义廉耻”的解释有所不同，但我认为管子于公元前就提出的这一思想，对如今社会的文明建设还是有着不可忽视的现实意义。我们现在看到的许多丑恶的社会现象，无不和这四维相悖。如果这四维全消失了，国家真的就要灭亡了。

果实之累

在我家的院子里，有几株果树，经过长期观察，我发现在结果期间，必须摘果，为果树减轻负担，这样才能保证其他果子结得丰满。以此为启发，我写了短文《减负》，希望为我们的学生减轻负担。

转眼之间，我院子里的两棵杏树上的杏子全熟了。杏儿的成熟与西红柿和黄瓜不同，它的成熟似乎没有梯次，要么酸得不能吃，要么一下子就黄了。有些果实争先恐后地往下掉，如果碰上刮风下雨，一夜之间就掉一地。

每当这时我就发愁了，上百斤杏儿，怎么打发？自己吃，分给儿孙们吃，再给亲朋好友送，还消灭不完。为了多保存几天，延长食用时间，我们又熬了一部分杏儿酱，放在冰箱。

有的朋友可能会说，老爷子你怎么不送人？我也想过，要不我提上一兜子杏儿，站在马路旁边逢人就给几个尝尝。可是我又想，现在人们的警惕性如此之高，一个不认识的老头白给杏儿吃，这葫芦里卖的是什么药，谁敢吃？说不定还掏出手机打110。

这件事使我联想到，有些人没出名之前千方百计地想出名，而且要出大名，一旦成名之后又为名所累，连上街买菜都要戴上口罩和墨镜，多热的天也戴顶帽子，怕被人认出。我听许多名人说过，真不如当个普通人自在。

这就是果实之累呀。你说是不是？

你知道你为什么姓李吗？

我在短文《咱的姓从哪里来》中说，“赵钱孙李”那可是排在《百家姓》最前面的四大姓。在我国姓李的人相当多，在我相识的朋友中，姓李的也不少。但是，李姓的由来你未必知道。如果不知道，老夫告诉你。

相传，在尧帝时期，有位叫皋陶的人在尧帝手下当理官，专门负责狱讼推断之事。他工作勤奋，一丝不苟，秉公执法，不徇私情，很受尧帝喜爱。那个时候的人时兴以官职为姓，所以皋陶就改姓“理”了。

可是商朝末年出了个纣王，这个纣王是个大腐败分子，整日花天酒地，不理朝政。理陶的后代理徽，那时也是位正直的大官，就向纣王谏言，要他改恶从善。纣王是个有名的暴君，他不仅听不进去，还认为理徽犯上作乱，判其死罪。

理徽的夫人怕牵连到后代，于是连忙领着唯一的儿子理贞逃出京城，隐姓埋名，四处流浪。有一天，骄阳似火，娘儿俩又饥又渴，为了躲避追捕，就走进一片树林，坐在树下喘气。他们抬头看见树上结满一种叫木子的果实，但不知道这种果子有没有毒，能不能食用。这时娘儿俩饥渴得实在难忍，儿子说：“娘啊，儿子上树摘一些下来，我先尝，若有毒，免了娘的危险，就算儿子尽了孝心；若没毒，咱俩就有救了，饱吃一顿，可以解除饥渴，就保住了性命。”

说时迟，那时快，理贞从小就爱和孩子们爬树掏鸟窝，是爬树的高手，“噌噌噌”就爬上去了，摘下一个木子，自己先吃。真好吃啊，又香又甜。他等了一会儿，没事，他连着吃了好多，还是没事。理贞在树上喊："娘，咱们得救了！"于是摘下好多木子让娘吃。娘儿俩饱食一顿不说，还带了许多木子，以便逃跑的路上充饥解渴。

过了不久，周武王推翻了商纣王。理贞母子得知这一特大喜讯，结束了流亡生活，回到京城。周武王任命理贞继承其祖辈之官职，仍当理官。

木子加到一起为李，理贞为了让子孙后代永远不忘他家的这段苦难史，牢记木子救了他娘儿俩性命之恩，遂将自己的姓由"理"改为"李"。

这就是传说中的李姓的来源。

我怎样被"逼"上讲台

从某种程度上说，人是要被逼的。有句话叫"逼上梁山"。其实，很多事情都是逼的，别说革命了，包括吃饭、喝酒、服药、打针、开刀，以及读书写字，好多是形势所迫，逼得你不干不行。今天我就向大家讲讲，我是怎样被逼上讲台的。

在我 20 岁出头的时候，领导发现我爱看书，在学习理论的讨论会上发言很有一套，就调我去当哲学教员。当时，我们石家庄高级步校是培养营团干部的，就凭我这点水平，在平时的讨论会上瞎侃几句好像还行，真要登上讲台给学员正式授课，那可不是闹着玩的。我真想打退堂鼓。但那时领导的决定就是命令，只能服从，不准讨价还价。我就这样被"逼"到教员岗位上。

名义上当了教员是一回事，然而真正登上讲台，能否把课讲好，成为一名优秀的教员，那又是另一码事。我这个人从小就养成一个脾气，凡事不干则已，要干就把它干好，争上游的思想比较突出。我打心眼里看不起那种"不骑马不骑牛，骑上个毛驴当中游"的人。如果说这是锋芒毕露，是个人英雄主义，我坦诚地说，还真有点。我想，已经要登台讲课了，你的锋芒还不露，何时露？不该露的时候你露，不妥；该露的时候你还藏着掖着，那岂不贻误战机！当教员的过程就是暴露自己学问的过程。我要把劲全使出来，通过自己的传授，使学员吸收知识。

但是，说实话，自从接下这个差事后，我就感到压力太大。因为按照教学计划，自己要写授课提纲，按现在的说法，你自己要写剧本，还要当导演，还要自己上台去讲，也就是去当演员，名副其实的是集编剧、导演、演员于一身，而且是主角，没有配角。这确实很难。难也得上，因为破釜沉舟已无退路。

在写讲课提纲阶段，我把要讲的内容自己首先弄懂，以其昏昏，是无法使人昭昭的；再者，我要提出问题，分析问题，最后归结问题；还有，理论往往是枯燥的，但生活之树常青，我要收集一些生活故事，用这些精彩生动的故事，去阐述理论观点。就好比理论观点是块肉，我要用许多佐料把它做得非常好吃，让学员在听故事中，把这些理论观点吞下去，变为他们身上的营养。例如讲到《资本论》《反杜林论》《国家与革命》时，我都穿插了不少作者写作时的故事。写好授课提纲后，我拿着讲稿去高粱地里试讲，关上门对着镜子试讲，试讲时的表情与手势，都要反复演练，最后争取脱稿，因为听课人最烦教员照本宣科。

我实话告诉亲们，我就是这么苦心备课的，当我头一次讲课时，我的头变得很大，台下学员的表情，我一点也看不清楚，在讲授三节课的过程中，我完全处于蒙的状态。最后我都不知道我是怎么走下讲台，怎么走出教室的。

当然，实践出真知，生活锻炼人。随着我不断走上讲台，我便逐渐从“必然王国”向“自由王国”走去。一年下来，我讲得已经很好了，最后学员为我请了功。

我当哲学教员这几年的经历，使我受益终生，我写出来也可能会对大家有点帮助。

第八章

思绪万千

我写微博的“三有”方针

我从80岁开始写微博，至今也有7年多的历史了。在这7年中，我一共发了3万多条微博，大多数是原创。粉丝由无到有，由少到多，至今已有近70万。通过写微博，我还正式出版了两本书，一本题为《郑老爷子大观园与郑渊洁家书》；另一本叫《聊天》。

经常有人问我写微博的体会，我回顾了一下我写微博所走过的道路，概括起来就是坚持“三有”方针：有主心骨，有真货色，有平等心。

先说有主心骨。不上网不知道，一上网吓一跳。网上人太多了，又互不相识，网络上各种立场，各种观点都有。在这么复杂的情况下，你若没有自己的主心骨，人云亦云，黑白不分，那你就要倒大霉。情况复杂很正常，也不可怕。可怕的是咱缺乏识别能力，盲目地跟着人家跑。怎样才能有主心骨？我认为最根本的是要有自己的立场和信仰。咱不能与同自己立场和信仰不同的人为伍。如果一时拿不准主意，咱可以“沉默是金”，我不表态就是了。我们不必在不清楚事实的情况下，被人家牵着鼻子走？当然对看准了的事，我们就应该旗帜鲜明地表明态度，绝不隐藏自己的观点。做一个没有主心骨随风倒的人，在生活中，在网上，都被人看不起。

再说有真货色。前几年有人说，老爷子你的微博之所以火，是因为沾了你儿子郑渊洁的光。这点确实不假，我是沾过儿子的光，而且现在仍在沾。比如，我的一条微博，他要转发一下，就有几十万人看，他若不转发，看的人只有几万。但是我心里清楚，沾光只是一时的，光靠沾光是长久不了的。咱要想维持下去，并扩大阵地，那还得靠真货色。这些年，我基本上只干了一件事，就是把多年来积累的老底拿出来，向年轻朋友传播知识，传播方法，传播怎样做人，传播如何培育子女。我写对人对事的看法，也是为了传播立场、观点和方法。许多网友说，郑老爷子这里有“干货”，在这里能学到东西。这也是网友对我的认可和鼓励。我每写一条微博都要思考好长时间，我最怕误人子弟。

最后说有平等心。我现在虽无职无权，但也是个参加革命70年的离休干部，加上这把年纪，正应了那句话：没功劳也有苦劳，没苦劳也有疲劳。摆点老资格，或以长者的身份出现，还是有点资本的。但我不能这么做。历史一再证明，越摆架子的人越没人买账。我必须把身段放低。我常想，人们过去写篇稿子，投多少次稿，也不一定能被采纳一次，就是刊登出来，也没多少人看。而现在我写一篇发一篇，集写作、编辑、校对、排版、印刷、发行于一体，而且发出去后，就有几十万人阅读和转发，这是多大的自由。我也清楚，来我微博的有常客，有过路客，有人看到我与他的观点相同，就把我捧上天，凡有不合意之处，就“拍砖”。这些我都不在乎，我都以平等心与之相处。有时我还故意要点“坏”，逗他们玩。他们能与我交流，这排解了我多大的老年孤独啊，我又多了多少晚辈整天亲切地叫我郑爷爷呀！有许多人和我建立起感情，每天不看我的文章，就觉得缺点什么。在这么多粉丝面前，我怎能不以平等心与他们相处，有什么必要摆老资格呢?

我的这“三有”方针，支撑我写微博写了 7 年多。我相信在它的支撑下，我还能写下去。我愿和我的几十万粉丝朋友携起手来向前走。

我难道在腐败的道路上向下滑?

过年前后儿孙们为了让我高兴，个个投我所好，给我买好酒。我深知干什么都要先创造一个理论，使行为合法化。我的理论是，年纪大的人喝酒要“倒计时”，先喝上等酒，再喝中等酒，最后喝次酒。因为自己的时间不多了。

在这个放之四海而皆准的理论指导下，我最近一直过着“腐败分子”以前过的那种生活，天天喝好酒。正月十五聚餐时，我把我的这个想法说给我的孙子亚旗。他却说，爷爷您首先要弄清一个前提，您喝的这酒是公款消费还是私款消费？如是公款，那是腐败行为，在“八项规定”管辖之列，必须禁喝。若是私款，您喝什么都在合法范围之内，您就放心喝吧，这不叫腐败，您喝的这上等好酒，是为国家扩大内需、增加税收做贡献。

听孙子这么一说，我开心极了。于是我向我的儿孙们正式宣布：希望我的晚辈们，按“供给侧”的理论，把我的好酒供给“常态化”。引起一阵热烈鼓掌。

时不我待，酒不待人，此时不喝何时喝!

在他面前我惭愧，我汗颜

由董卿主持的央视新节目《朗读者》，于昨晚首播了。看了这期节目之后，我失眠了。我是个沾枕头就能睡着的人，我之所以睡不着，是因为在我国翻译界的泰斗、老教授许渊冲先生面前，我反省，我惭愧，我汗颜。他老人家似乎向我猛击一掌：你差得远呢，你比我小整整10岁，有什么可自豪的？

事情还得从头说起。去年年底，吾儿渊洁对我说，老爸，央视新开了一档节目，叫《朗读者》，导演想让咱俩参加录制，您去不去？这时，我马上想起朱时茂和陈佩斯演的那个小品，我问，我是主角还是配角？渊洁说，《开门大吉》那期节目您已当过主角，这期我是主角。我说，配角不好当，我要考虑。渊洁说，您和我妈不都是董卿的粉丝吗，去了后，我不仅让您与董卿合影，还让您和董卿拥抱。我眼睛马上一亮。我想，我与央视的李修平、海霞、李梓萌、欧阳夏丹、康辉、张宏民、郭志坚、鲁健等，都合过影，还没与其中哪一位拥抱过，若能和号称“央视一姐”的董卿拥抱一下，当配角我也去。那天录制节目时，渊洁向我许的愿，还真的实现了。这有我所发在微博上的照片为证。

《朗读者》首播，我认为大获成功。现在娱乐节目太多了，有文化内涵的，看了后让人长知识、长志气、长精神、长想象力、长正能量的节目太少了。在昨天这期节目中，我被许渊冲老先生感动得一塌糊涂，在他面前我真的倾倒了，真的五体投地了。平时经常有人表扬我，你都80多岁了，每天还写微博，还有几十万粉丝，还著书立说，全国少有。我听到这些夸奖，心里美滋滋的，还真有点忘乎所以。而许老先生已近百岁，数年前患直肠癌，大夫说他最多能再活7年，而他以大无畏的乐观精神，继续从事翻译工作，他已经荣获“北极光”杰出文学翻译奖，成为首位获此殊荣的亚洲翻译家。他已经是近百岁的老人了，完全可以吃老本享清福了，而他还要把30多卷的《莎士比亚全集》翻译成中文。这是多么大的雄心壮志呀！许老的一个习惯与我相同，我们都感到年岁太大了，白天的时间不够用了，要向夜晚“偷”时间。在这方面，我们两个老头都是向夜晚“偷”时间的老“小偷”。

看《朗读者》后，我彻夜难眠，对天长叹：真是天外有天，人外有人啊！正如许老说的，生命的意义并不在于你过了多少日子，而在于你记住了多少日子。要使你过的每一天都值得记忆。

祝《朗读者》节目大获成功！

老年朋友们快从骗局中突围

不少朋友希望我写篇短文，劝告一些老年朋友，切勿上各种骗局的当。如果你已经上当，被人家设下的圈套套住，你赶快从中突围出来，否则后果不堪设想。

各种圈套为什么不向年轻人撒，专门撒向老年人，特别是年纪偏大的人？我分析不外乎以下几种原因：

一是，这部分人群有固定收入。就是平常说的那句话："只要还有一口气，月月都有人民币"。老人们离退休金、养老金每月都领，加上这部分人从小养成省吃俭用的习惯，多多少少都有些积蓄，所以骗子就盯上他们的钱包。你若没钱，人家才不搭理你。

二是，这部分人保命思想较重，都希望健康长寿。好不容易把孩子拉扯大了，他们"单飞"了，省钱了，又遇上现在丰衣足食的好日子，都希望多活几年。骗子早就把这种心理摸得一清二楚：你不是想多活些日子吗，我这里有各种保健品，吃了让你长命百岁；我这里还有用高科技研制出来的枕头、床单、被子，甚至有几万元的床，只要使用这些东西，保准你吃得好睡得香，越活越有劲，越活越年轻。

三是，这部分人爱占小便宜。骗子组织各种保健养生讲座，请的都是所谓名家，听众可以免费入场，甚至可以被车接车送。讲座结束后卖东西，部分老年人的虚荣心又强，拉不下面子，于是买了一堆根本无用的东西。还有的骗子以免费量血压、测血糖、做心电图、药物洗脚等当诱饵，最终达到让老年人掏钱买东西的目的。就像放长线钓大鱼一样，只要你咬住鱼饵，等着你的就是被钓住，变成桌上餐。

四是，这部分人比较孤独，爱凑热闹，爱参加各种活动。而周围一些搞传销的不法分子，经常打电话来传播各种信息，拉着老人们参加各种活动。而有些老人又不乐意在家待着，只要有活动，召之即去，去之准买，买之不用。上一次当，又不长记性，下次有活动照样去。就这样周而复始，循环往复，以至无穷。

五是，这部分人胆小，脑子又不会急转弯。骗子用银行或公安机关的名义打个电话，谎称他们的存款或别的什么贵重物品有了危险。接到这样的电话，一些老人首先吓得浑身哆嗦，也不多想，就往人家设的圈套里钻。在这方面上当受骗的老人非常多。

怎样从骗局中突围？其实在这方面没什么高深的学问，就是做到：不信，不贪，不钻。牢牢记住这几句话：天上不会掉馅儿饼；天下没有免费的午餐；占小便宜吃大亏；死要面子活受罪。如果发现进了圈套，赶快告诉孩子并向有关部门揭发举报，当机立断，千万不可越陷越深。在这方面，我有一次切身体会。一天中午，我的电话响了，我一听是位不熟悉的女士的声音，语气十分亲热。她自报是某私立医院的，专治老年人前列腺方面的疾病，她问我的前列腺是否肥大，我一开始没反应过来，就告诉她上年纪的人前列腺大多肥大。她马上说，这个要引起重视，不然就会尿急尿频尿不净，有的还可能癌变，他们这里有专家不用手术，就可以根治这种病。后来，我反应过来了，我想，她怎么知道我的电话？她怎么知道我是老年人？我马上说，我不治，并放下电话。过了几天，她又连着打来几次电话，我一听是她的声音，马上挂电话。过了些天她又来电话了。我说，我的前列腺没了。她问，怎么没了？我说，割了。从此，她再没来过电话。

我是 80 多岁的老年人，我告诉老年人们，要提高警惕呀！人家设套，千万不要往里钻，如已钻进，赶快突围。否则，越陷越深。

《朗读者》不仅是一档新节目，更是需要提倡的社会风气

央视由董卿主持的《朗读者》首播后，我写了一篇感想，竟有 66 万多位朋友阅读。这不能说明我的文章写得好，而是说明这档节目顺民心，得民意，接地气。

今天晚上看了《朗读者》第二期之后，吾儿渊洁对我的赞扬，我受之有愧。我朗读的水平有限，山西话与河北话夹杂，与人家濮存昕的朗读水平相比，那简直不在一个档次。可是竟有不少朋友打来电话，说我朗读得有气势，连我孙女也说，我爷爷朗读得真棒！其实，在我家除我之外，其余人都说普通话。只有我不改顽固的乡音。我已经这把年纪了，想改也难了，只好当个“死不悔改”的人吧。

看了第二期《朗读者》后，我不想从微观上评价某个人的表现，而想从宏观上对《朗读者》这档节目发表点意见。

央视的节目应多样化，百花齐放。但它应有红花与绿叶之别。红花就是主打节目，就是正能量，就是方向。热热闹闹，说说唱唱的娱乐节目要有，但是大型文化情感类节目要占主导地位。电视台通过这种类型的节目，能把观众们引导到阅读中去，从而提高我们国民的文化素质。

阅读有两种，一种是默读，另一种是朗读，也就是读出声来。《朗读者》这档节目的起名、邀请的嘉宾、朗读内容的选择，使我不由得联想到无锡东林书院那副有名的对联：

风声雨声读书声声声入耳；

家事国事天下事事事关心。

不能不承认，这些年读书之声太少了，我们急需阅读，急需向全世界的名人“借脑子”，急需朗读者。如果全民上下形成一股浓厚的朗读风气，那么在经济雄厚的基础上，我国人民的文化素质也会随之提高。

以上就是我对央视董卿主持的《朗读者》这一新节目的总体看法。

看《朗读者》第三期有感

看了《朗读者》第三期之后，我进行了思考和分析。得出的结论是：这一节目如同飞机正在跑道上起飞，它在加油，它在爬高，与《朗读者》前两期内容相比，第三期同样精彩，穿透人心。

上期的主题是陪伴，这期的主题是选择。不论是著名作家麦加选择了与儿子重归于好，还是从耶鲁大学毕业的高才生秦玥飞选择了回国当村官；不论是美国人理查德把一生献给他热爱的汉字研究与推广事业，还是郭小平这位红丝带学校校长感人肺腑的事迹；抑或是著名演员、导演徐静蕾那声泪俱下地献给奶奶的朗读，都使我们看到他们选择了艰辛，选择了高尚，选择了正能量，选择了辉煌，从而在观众中产生了共鸣，引起了感动。

正如主持人董卿说的：“不同的选择产生不同的结局，金木水火土，酸甜苦辣咸，生命的不同味道，来自不同的选择。”

我一向认为，选择从来不是单方面的，而是双方面的。你选择别人，别人也在选择你。选择是你的权利，被选择意味着一种义务。一旦你选择或被选择，你就要全身心地投入其中，通过自己的辛勤劳动，干出一番惊天地泣鬼神的事业来，为自己的选择与被选择付出一切。选择是艰难的，为选择而牺牲更加艰难。世界上所有成功人士的经历都证明，只有选择适合自己的事情，并为自己的选择奋斗不息，才能攀登到光辉的顶点。

《朗读者》提出选择这个主题，非常重要。作为个人要量体裁衣，要不失时机地做好选择，社会也要为大家创造更多的选择与机会。

我的一点忏悔和道歉

我是一个很笨的人，不会打字，也不会使用电脑上的好多功能，就会用孙子给我买的手写板写微博发微博。现在使用的这台电脑，是用我参加《开门大吉》时挣的那 15000 元（交税 3000 元）购置的，上网手续与交费都是孩子代办的。

前天突然断了网，急得我团团转，我倒不是担心有人把我的网封了，主要考虑，我长达 7 个小时在网上不露面，我的几十万粉丝可能怀疑郑老爷子病了。而且我还想，我当哲学教员时，最多也就有几百位学员，如果我办本刊物或小报，也不会有多少人看，而我的自媒体竟有几十万读者，我的一切言行，都得对得起我的追随者。因此，我不能给他们断“粮”。这是做人起码的责任心。

后来我的孩子终于弄清断网原因是数年前刚办理联通宽带时，由于不是整月开始，有 29 元的欠费，但联通几年来从未告知过我，历年续费时也没有向我提及有 29 元欠费之事。而且在我们补交 29 元后，又过了几小时网络还未解冻。在互联网已经渗透到每个人生活的方方面面的时代，断网相当于断命啊！

我对这种做法着实比较愤怒，觉得联通这么大的企业是否有点小家子气，也不先礼后兵？在这种恼怒的情绪下，我说了一句粗话。

现在，我忏悔，我道歉！一个 80 多岁，参加革命 70 年，已四世同堂的人，说了粗话，有失身份，充分说明我身上还有兽性，还需要进一步加强自我修养。今后不管在任何情况下，我都文明用语，给后辈做好榜样。

请接受我发自内心的道歉！我说了，我就拯救了自己的灵魂。

看《朗读者》的几点感想

看了四期节目，并和吾儿渊洁一起亲自参加了第二期节目的录制后，央视的《朗读者》节目，给我留下如下几点深刻印象：

（一）在轻松愉快，抑或沉痛落泪之中，不卑不亢，潜移默化地向观众输送正能量，引导人们脱离低级趣味，从而把注意力放在终身受益的阅读上；

（二）整个团队在“三位一体”的集中构思的统筹之下，形成一股红花与绿叶相配合的团队力量，避免了多头领导的尴尬局面；

（三）整个节目由两大板块组成：故事与朗读。故事为背景，支撑朗读，反过来朗读又为故事增添色彩，两大板块交相辉映；

（四）节目不设评委，不与任何利益挂钩，没有任何打打闹闹的场面。整个节目进行的过程，完全是以主持人与朗读者为主体；

（五）主持人不做作，以极其自然的态度与朗读者和现场观众互动交流，既是朗读者又是聆听者，成为整个节目的灵魂；

（六）对朗读者的选择和每期内容的搭配十分到位，导演、摄像、剪辑等工作人员，都花费了许多心血，付出了辛勤的劳动和智慧。节目正式播出后，观众感到这档节目有欢笑有热泪，有名人也有所谓名不见经传的草根。从而使节目不仅不单调，而且还可以发现人才。如从耶鲁大学毕业的那位已当了6年村官的年轻人，以及他的从清华大学、人民大学、复旦大学毕业后致力于农村扶贫脱贫工作的战友们，都是提拔干部的好苗子。

望《朗读者》始终不改初心，不变味，越办越精彩。

联想万岁！

吾儿郑渊洁从事童话创作30余年，致力于保护孩子的想象力。他说，知识如同水，想象力好比船。船离开水不行，水离了船也不能到达彼岸。缺乏想象力的人，很难有发明创新。被扼杀了想象力的民族，就会变成一个死气沉沉毫无希望的民族。

想象力往往以好奇心和善于联想为表现形式。在这篇短文中，我专门谈谈联想。

什么是联想？联想就是人的眼睛在看到一个事物后，反映到大脑里，它能从这件事物蹦到另一件事物上，甚至蹦到许多事物上，也就是我们常说的举一反三，触类旁通，浮想联翩，天马行空。

这么说可能你感到有点空洞，丈二和尚摸不着头脑。好吧，今天我就以我的一位联想力非常奇特的朋友为例，看人家是怎么联想的。

有一次，我们看到一只母鸡下蛋后在叫唤。他说，光埋头苦干是不行的，还得学会自我包装、自我宣传、制造舆论，得让主人知道我下蛋了，别视而不见，该犒劳就犒劳，不然谁还傻乎乎地下蛋。

我们看见一只公鸡，它并不会下蛋，也仰起脖子大叫。他说，这只公鸡纯粹是空喊。但你别看它空喊，人家抬头挺胸的样子，也能装腔作势，借以唬人。况且没公鸡，母鸡下的蛋，也孵不出小鸡来，无法延续后代。

我家里曾有只鹩哥，会说20句左右的汉语，还会说几句外语。他说，看来要想生活得好，或者要想升官发财，还得学会说人话，最好还会说多国语言。啥都说不出来的人，没人待见。

有一天，我们去逛动物园，在熊猫馆看到国宝熊猫嬉戏，两只黑眼圈十分可爱。他脱口而出，看来有黑眼圈的人，并不都是加班熬夜造成的。有些人是学熊猫，故意化妆的。

我们又看见长颈鹿。他说，看来只有站得高才能看得远，才能吃到新鲜树叶，才能够到别人够不到的东西。

走着走着又看见海龟。他说，一个人要能屈能伸。为了自己的安全，有时把脖子缩回去，也大有好处，这也是一种策略。同时，不要毛手毛脚，张牙舞爪，学会过不慌不忙的生活，才能万寿无疆。

我们走到孔雀馆，正好有许多年轻姑娘围着看，孔雀来劲了，不停地开屏。我的好友长出了一口气说，看来人靠衣裳马靠鞍呀！不管哪朝哪代，也不管国内国外，都是以貌取人，出门在外，一点不讲究穿戴也不行，人还得有几身好行头。

有一次我们散步时，看见墙角里有个很大的蜘蛛网。他说，这蜘蛛网如同关系网，有关系网，一人倒霉，一窝子遭殃；没关系网，若有个事没人帮忙。另外还有一层意思，对敌人要一网打尽，对人民要网开一面。捕鱼，要做到该撒网时不失时机地撒开，该收网时当机立断地收回。

走着走着，两只老鼠从我们脚边蹿过。他说，当老鼠这辈子算倒了大霉。偷吃点东西，却整天在“老鼠过街，人人喊打”的口号声中担惊受怕地过日子，它们这个群体，也太不容易了。

孔子曰：三人行，必有我师焉。其实，老师无处不在。只要学会联想，善于向别人学习，丰富自己的想象力，你就可以触景生情，把客观世界的一切事物当成自己的老师。这样，你的脑子就活了，你就有取之不尽，用之不竭的创新资源。

朋友，开启你的联想吧！

照镜子

不知你对犹太民族怎么看？虽然每个民族都不完美，有优点，也有缺点。然而，我对犹太民族充满敬意。这个民族在世界范围内，人口并不多，但他们聪明智慧，勤劳勇敢，注重阅读，善于创新，百折不挠，生命力强，生生不息。他们中出过许多伟大而不朽的人物，马克思与爱因斯坦就是其中非常杰出的代表。

许多人喜欢看《圣经》，据说此书是全世界发行量最大的著作之一。而《圣经》就出自犹太人之手。除《圣经》外，还有一部名为《塔木德》的书，这部书仅次于《圣经》，被誉为“犹太民族5000年文明的智慧基因库”，是揭开犹太人超凡智慧之谜的一把金钥匙。从今天起，我想将《塔木德》这部书中某些有趣的内容，通过我的随笔短文，介绍给我的粉丝朋友们。希望能引起你们的兴趣与共鸣。

每个人都有自己的性情，我们通常叫性格。该书认为人的性情不外乎四种类型：

第一种类型：容易被激怒也容易平息的人，这种人他的所得被他的所失抵消了；

第二种类型：很难被激怒，但被激怒后很难平息的人，这种人所失被其所得抵消了；

第三种类型：很难被激怒，被激怒后很易平息的人，这种人是圣人；

第四种类型：很容易被激怒，而被激怒后很难平息的人，这种人是恶人。

为了加强我们的修养，提高我们的品质，请你们用《塔木德》列出的这四种类型，照照镜子，看看自己属于哪种类型？

有人可能会说，老爷子你也要把自己摆进去，理论联系实际，不要手电筒只照别人不照自己，你属于哪种类型？

我经过反复照镜子，发现我似乎是个很难被激怒的人，一旦被激怒，就会发点脾气，有时候，特别是几杯酒下肚后，情绪失控，甚至会暴跳如雷。但过一会儿我像什么事也没发生一样，该吃就吃，该喝还喝，该说还说，该笑还笑，该读还读，该写还写。因此，我的所得被我的所失抵消。第一种类型很像我。

朋友，我也来个“以其人之道，还治其人之身”，请阁下照一照，你属于哪种类型？

人是大自然的一分子

按照《塔木德》的说法，上帝无处不在，上帝无所不知，上帝无所不能。我说，既然无所不在的上帝谁也看不见，那么上帝究竟在哪里？结论是：上帝就在我们的心中。

该书进而说，上帝按他创造的世界的模样创造了人。根据这本书提供的线索，我想吸收其合理的内容，把它变化一下，我说：人是大自然的一分子，在人的身上，有许多与大自然的现象极其相似的地方。

大自然中有森林，人身上也有森林，这就是人的头发；

大自然中有峡谷，人身上也有峡谷，这就是人的耳朵；

大自然中有风，人身上也有风，这就是人的呼吸；

大自然中有太阳，人身上也有太阳，这就是人的前额；

大自然中有咸水，人身上也有咸水，这就是人的眼泪；

大自然中有屏障，人身上也有屏障，这就是人的嘴唇；

大自然中有高塔，人身上也有高塔，这就是人的脖子；

大自然中有桅杆，人身上也有桅杆，这就是人的手臂；

大自然中有坑洼，人身上也有坑洼，这就是人的肚脐；

大自然中有流水，人身上也有流水，这就是人的血液；

大自然中有树木，人身上也有树木，这就是人的骨头；

大自然中有山丘，人身上也有山丘，这就是人的臀部；

大自然中有快马，人身上也有快马，这就是人的双腿。

人是大自然中的一分子，是大自然的儿子，如同我们是父母的儿子一样。所以他的基因与模样，极像自己的父母。

人应该怎样吃与喝？

千万不要小看吃与喝。如果一个人不能吃不能喝了，其生命也就画上句号了。

许多人都感到马克思主义很难懂。但是按照恩格斯的说法，马克思发现人类社会发展的规律，其实是这样一个简单的事实："人们首先必须吃、喝、住、穿，然后才能从事政治、科学、艺术、宗教等等。所以，直接的物质的生活资料的生产，因而一个民族或一个时代的一定的经济发展阶段，便构成为基础；人们的国家制度，法的观点，艺术以至宗教观念，就是从这个基础上发展起来的。因而，也必须由这个基础来解释，而不是像过去那样做得相反。"这段文字，实乃马克思发现人类社会发展规律的切入点和真谛。同时，也使我们领悟到吃、喝、住、穿对人的极端重要性。

《塔木德》在吃与喝的问题上，把喝放在首位。它认为对一个人来说，吃饭固然重要，然而喝水更加重要。"让食物漂在水上的人不会患消化不良。人应该喝多少水呢？吃一块面包，喝一杯水。如果只吃不喝，他吃的饭就是血，并且是导致消化不良的开端。"我看到不少人主张每个人一天应喝 6—8 杯水。孩子送到幼儿园后为什么总生病？我认为无外乎三个原因：第一，不给孩子喝水；第二，午睡不盖被子；第三，交叉感染。为什么感冒后医生总是告诉患者多喝水？因为水还可以把病毒从大小便中排出，大量出汗后，只有大量补充水，才能防止虚脱。

那么怎么吃呢？《塔木德》主张，多吃蔬菜，少吃主食，特别是要多吃蒜和枣。"大蒜有几种好处：它舒身暖体，使面部有光泽，增加精液，杀死绦虫。"原来蒜的好处这么多。我就爱吃蒜，所以 80 多岁了，面部仍有光泽，红光满面。看来蒜的作用功不可没。我这么一写，蒜的价钱更要往上蹿了。再贵也得吃。吃枣好处更大。"水果中最有营养的是枣，它既可以增加身体热量，又可以理顺大便，增强体质，并且不伤心脏，早午晚食用好处多多。”郑渊洁曾写过一篇名叫《红枣女孩》的童话，在他的微博上发表后，有上百万人阅读与转发，陕西佳县的枣从此闻名全国，销量大增。

《塔木德》认为，“萝卜和鱼极利于健康，鸡蛋是最有营养的食品，尤其是煮鸡蛋。”

有许多年轻人不吃早饭，这大错特错。《塔木德》里说：“吃早餐可以使愚者聪明，可以使人在诉讼中获胜，有助于学习和传授经文，使言论受人重视，使人保持学问。”还说吃早饭的人还可以减少妒忌，增加爱心。60个运动员一起赛跑，谁吃了早饭谁领先。我明白了，有些人之所以数学总算不对，作文总写不好，可能就是因为不吃早饭。

饭不可吃得太饱。《塔木德》里说：“一个有良好教养的人少食而足，因此当他上床睡觉时不会感到气短。食有节的人睡得安稳，他能黎明而起，精力充沛。而失眠，消化不良，腹痛的人大都是贪食者。”人应该在感到饥饿的时候，在腹中空空、口内生津的时候再进食。

朋友，你爱喝水吗？你吃早餐吗？爱吃蒜吗？爱吃枣吗？能节食吗？

吃喝之中大有学问也！

自 问

一个人生活在世界上，最可悲的是盲从，对周围所发生的事情，不独立思考，不多问几个为什么，人云亦云，亦步亦趋，毫无主见。由于种种原因，有些独立思考的成果，你不一定能马上公开表达出来，其表现形式往往是沉默。沉默也比随声附和好。因为沉默也是金。

《塔木德》认为，一个人不仅对客观世界要多问几个为什么，而且要重视自问：

你是否诚实地工作了？

你是否腾出时间用于学习了？

你是否努力地自救了？

你是否探讨智慧的哲理了？

你是否深入探求事物的本质了？

它提的这几个问题，看似简单，其实都涉及一些根本问题。第一个问题，它关系到人对社会的奉献和应有的付出；第二个问题，关系到人一生的求索和自我修养；第三个问题，关系到自我救护和生命安全；第四个问题，关系到观察客观事物的全面性和不断增加智慧；第五个问题，关系到透过现象由表及里地挖掘事物的本质。

我们不仅提倡他问，而且提倡自问。我们应该每天向自己提几个问题，哪怕是小问题。例如，我饭前洗手了吗？我大声喧哗了吗？我随地吐痰了吗？我要小心眼了吗？我对朋友说话要态度了吗？我给家里老人发短信了吗？这些小问题都可以自问。养成自问的习惯，进而自问某些大问题。

总之，我们要善于在他问与自问中，不断升华自己，完善自己。

人生三条忠告

在《圣经》与《塔木德》中，有许多神话、童话和寓言故事。它们通过这些故事，告诉人们必须遵循的规矩和原则。正由于采取了这种形式，它们不受国界、时代、制度的限制，从而不朽，并拥有一代接一代的读者。

今天，老夫向大家介绍的《人生三条忠告》，就是《塔木德》中的一个童话，请大家看看，人家说这么严肃的问题，却是采用童话的形式告诉你的。

有位猎人，捕捉到一只会说 70 种语言的鸟。好家伙，我养的那只鹩哥会说 20 句汉语，其中只有两句外语，这就已经很了不起了。据说恩格斯会 20 种语言，而这只鸟，就会 70 种语言，这不是童话是什么？

这只会说 70 种语言的鸟对猎人说，老兄，你放了我吧，你只要把我放了，我告诉你人生的三条忠告，你将受益终生。

猎人说，我发誓，你只要告诉我这三条忠告，我一定放了你。

鸟儿说，第一条忠告是，做事后不要懊悔；第二条忠告是，如果有人告诉你一件事，你认为根本是不可能的就别相信；第三条忠告是，当你爬不上去时，就别费力去爬。

鸟儿说，我说完了，你该兑现诺言，放我了吧！猎人真不含糊，就放了这只鸟。

这只鸟获得自由后，飞到一棵又粗又高的树上，然后向猎人大声喊道，你真愚蠢，你不知道我嘴里有颗价值连城的珍珠，正是这颗珍珠，使我这么聪明，会说这么多人话。

这个猎人一听，懊悔死了，心想，我怎么把它放了呢？于是他爬树，想再把这只鸟捉到。当他爬到一半的时候，掉下来把两条腿全摔断了，躺在地上疼得直叫唤。

这时鸟儿嘲笑他说，你这个大笨蛋，我告诉你的三条忠告，你全忘得一干二净。第一条，我就告诉你一旦做了事，就别懊悔，而你放了我，马上懊悔了。我在第二条中告诉你，你认为不可能的事，千万别相信，你却轻信了我嘴里有价值连城的珍珠，我这么小的嘴里怎么会放得下珍珠呢？第三条，我告诉你爬不上去时，就别费劲去爬，而你却爬这棵又粗又高的大树，怎么样，把两条腿摔断了吧！

最后鸟儿说了这样一句话后，飞走了。它说，对聪明的人来说，一次教训比蠢人受一百次鞭挞还深刻。

让我们牢记童话对我们的告诫，远离愚蠢，做个聪明人吧！

天下万物有定时

在日常生活中，人们经常看表或看手机，看看现在是什么时间，根据时间决定自己的行动，如吃饭、上学、上课、上班、开会、休息等。时间若乱了，整个社会就乱了套。改革开放之后，喊得最响亮的一个口号是：时间就是生命，时间就是金钱！

那么，什么是时间？通常的说法是，时间是不依赖于其他任何事物而独立存在的、无休无止的均匀流失的客体；时间是一条有起点、有单位、有指向、无始无终的直线。

牛顿主张“绝对时间”。而爱因斯坦的相对论则认为，时间不能脱离宇宙及其事件的观察者而存在，时间是宇宙与其他观察者之间联系的一个方面。处于相对匀速运动的不同观察者，一般对同一事件总会测出不同的时间。

《圣经》认为，凡事皆有定期，天下万物都有定时：

生有时，死有时。

栽种有时，拔出所栽种的也有时。

杀戮有时，医治有时。

拆毁有时，建造有时。

哭有时，笑有时。

哀恸有时，跳舞有时。

抛掷石头有时，堆聚石头有时。

怀抱有时，不怀抱有时。

寻找有时，失落有时。

保守有时，舍弃有时。

撕裂有时，缝补有时。

静默有时，言语有时。

喜爱有时，恨恶有时。

争战有时，和好有时。

让我们爱惜时间吧，时间与空间都是客观事物存在的一种形式。从某种意义上说，谁的本事大，谁的学问深，谁的知识多，就看他会不会抓紧时间，利用时间，掌控时间。

我在读马克思的巨著《资本论》时，特别注意他说的商品的价值是由包含在商品内的社会必要劳动量来决定的。这个"量"一般是指生产这个商品所花费的时间。因此，我们要想提高自身的价值，也要合理地投入时间。有许多朋友感到奇怪，郑老爷子为什么每天总起得这样早，别人还在梦中，你就开始干活了？我之所以常年早起，说穿了，就是与生命抢时间。

年轻朋友们，抓紧时间学习与工作吧，把十分宝贵的时间用在正经地方。牢记：少壮不努力，老大徒伤悲；机不可失，时不再来。

狮王的悲惨世界

人的一生，从哲学的角度来看，基本上是由绝对与相对、必然与偶然组成的。就拿生老病死来说，那是绝对的必然的，至于什么时候生老病死，却是相对偶然的。再单独来说死亡，是夭折还是长寿，是病死还是意外而死，更是五花八门，带有极大的偶然性。

一般人的死，如一只蚂蚁或一只小鸟之死，无声无息；而一只狮王之死，则惊天动地，因为它是林中之王，它手里掌握着极大的权力。尽管如此，当狮王奄奄一息之时，也面临着一个十分悲惨的世界。

成书于2至6世纪的《塔木德》中，向世人讲了这么一个寓言（童话）故事：

从前，有一个狮王，年迈体弱，患多种疾病，它非常痛苦，自己也不清楚是会活下去呢，还是很快就会死去。

狮王病重的消息传出去后，远在天涯海角的所有动物，包括非常惧怕狮子的家禽，都远道而来看望狮王。当然，它们来的动机各有不同。有的是出于关怀爱护来看望；有的是幸灾乐祸地看望；有的则是通过看望，想探听消息，弄清谁是接替狮王的新的统治者，以便投奔新的靠山；有的则是希望狮王早咽气，以便接替它的统治大权。

狮王的病情迅速恶化，以前那种不可一世的威严，一点也没有了。这时，一头公牛来到它跟前用角抵伤它，试一试狮王是否还有力气反抗，连一头小牛都来用蹄子踩它，狐狸用牙咬狮王的耳朵，母羊用屁股碰狮王的胡子，公鸡也来啄狮王的眼睛……

这时，狮王的灵魂又返回它的躯体，它身体虽不能动了，但恢复了知觉，当它看到它原来的追随者和敌人的种种表演时，终于说道："唉，当我的亲信也看不起我时，当我的权力和荣誉不再为我所有时，往日的奴仆都在我的头上称王称霸了。以前口口声声爱戴我的人，摇身一变也成为我的敌人了。"

《塔木德》讲完这个故事后，画龙点睛地说了这么一段话："当一个人具有财富和荣誉时，他的朋友都尊崇他。但当灾难降临到他身上时，当他失去权力和丧失地位时，这些爱戴过他的人就会离开他。"

人家在一千多年前，就把话讲得这么清楚了，鄙人再无一句话可说了。

朋友呀，朋友

前些年，有位圆脸，长得很憨厚，胖乎乎的歌手，以他那沙哑的声音，总唱一首名叫《朋友》的歌，这首歌几乎成了他的看家本领和标志，极受欢迎，不唱，下不了台。遗憾的是，最后他却栽到朋友手里。

《塔木德》中，讲了这么一个故事：

有两个好朋友因战争而分开，分别生活在两个敌对的国家。他们互相太想念对方了，一次，其中一个人来看他的朋友。因是从敌对国家来，他被当成间谍关了起来，并被判了死刑。

在万般无奈的情况下，这个人向国王请求恩典。他说："陛下，请给我一个月的时间，放我回国把家中成员好好安排一下，一个月后，我准回来服刑。"国王说："我怎么能相信你会回来，你用什么来担保？"这人说："我的朋友就是我的担保，假如我不回来，他会替我去死。"国王把他的这个朋友召来，他的朋友竟向国王保证："如果我的朋友不回来，我情愿替朋友而死。"因为他对自己朋友的人品太了解了。

国王也想试一试朋友是否可靠，便恩准了他的请求，放他回国。

一个月的最后一天到了，然而这个人还没回来。他的朋友正要替他受死刑，在刀快要砍下去的一瞬间，这个人回来了。两个朋友紧紧拥抱在一起，一个要替他死，一个坚决不答应，还是执意自己去死。

这一幕感动了国王，原来世界上真有真朋友，他决定赦免他们两人。国王说："你们两个朋友之间的友谊竟是如此伟大，我愿意作为第三个成员与你们在一起。"从那天起，他们两个人成了国王的朋友。

讲完这个朋友的故事后，《塔木德》告诫大家，有些所谓的朋友，并不是这样，他们不仅不会为朋友而死，相反，在关键时刻会成为出卖朋友的第一个人。因此，当你交一个朋友时，先考察考察他，不要急于信任他。因为"有些朋友，当事情对他有利时，他是忠诚的，但是有了困难他就抛弃你""还有的朋友吃着你的，但在困难时哪儿也找不到他；当你如日中天时，他会是你的心腹，跟你的仆人们都打得火热；但如果你败落了，他就掉过头来反对你，再也不会来见你。因此，对敌人你要保持距离，对朋友也要留点神。"

古今中外，似乎都如此。在我国古代有"门庭若市"和"门可罗雀"的故事；在当代有阿庆嫂的那句唱词：人一走，茶就凉。

人生活在社会之中，是需要朋友的。没有朋友的人生，是不圆满的人生。但要多交几个真正的朋友，远离假朋友。

至于谁是真朋友，谁是假朋友，就靠你的识别判断了。

您碰到过难缠的人吗?

在一个单位，一个社区，有时会有一个或几个难缠的人。这种难缠的人虽不多，但其影响不可小视。他们的存在，一个单位的气氛被搅得很不舒服，与这些人相处，就如同整天与雾霾相处一样，呼吸极不顺畅，憋闷得慌。

有人给这种人画了个像：你是树，我是藤，我绕你；你是油，我是灯，我耗你；你是饼，我是锅，我烙你；你是茶，我是水，我泡你；你是地，我是草，我荒你；你是房，我是水，我淹你；你是钱，我是手，我花你；你是人，我是绳，我捆你。

也有人站出来发出警世之言：做人别太装，早晚要受伤；做人别太滑，迟早要挨砸；做人别太坏，迟早被人踹；做人别揭短，迟早被人铲；做人别太奸，都有一片天；做人别贪财，钞票把你埋；做人别怕苦，早晚会幸福；做人别太傻，早晚被人耍；做人别滥情，爱一个就行。

朋友，您碰到过难缠的人吗?

剖析“远香近臭”说

昨天我写了篇随笔，谈婆媳关系，有近 20 万人看过，并给予了几乎一边倒的好评。有些朋友给我出题目了，要求我谈谈“远香近臭”的问题。

什么是“远香近臭”呢? 说的是老两口在计划生育前，生了好几个孩子，有的孩子守在老人身边尽孝，无微不至地照顾父母，反而落不下好，被横挑鼻子竖挑眼。而那几个在外地工作或不在一起生活的孩子，几个星期，甚至一两年回来一次，反而受欢迎得不行，老两口见到后，眉开眼笑，逢人就夸：我们家老二回来了，给我带来好多好多好吃的，买了好几件我喜欢的衣服，真是大孝子呀！于是就有了这个“远香近臭”的说法，类似于“外来的和尚会念经”。

要依我看，在正常情况下，多子女父母对自己所有的孩子，从心眼儿里都是一视同仁的，都是十指连心的，手心手背都是肉。他们是不会存在厚此薄彼的心理的。为什么我强调在“正常情况下”？因为世界之大，无奇不有，既有普遍性，也有特殊性。这些特殊性咱抛开不说，就从普遍性的角度，我发表几点看法：

所谓“远香近臭”只是一个表面现象。整天在家尽孝的孩子，老人心里对他们的辛劳，肯定是哑巴吃饺子——心中有数。对他们身上的毛病，也能容得下，不然也住不到一起。由于整天生活在一起，在生活习惯上，在言语上，总会发生矛盾，如果再遇到个爱唠叨的老人，那就更会使人感到近者反而“臭”了。那些平常不在身边的子女，父母思念之情不断，好不容易盼星星盼月亮地将其盼回来了，孩子大包小包提回来不少外地特产，老人乐开了怀，热乎劲还没凉的时候，他们又远走高飞了。看到这种场面，整天在家辛劳的孩子心里直发凉，于是产生了“远香近臭”的概念。其实，这只是一时的一种表面现象，它代替不了十指连心的本质。

整天和老人生活在一起的晚辈，也要掌握老人的生活规律和喜好，学会两代、三代人在一起相处的艺术。我有一位战友，他们老两口总是夸自己的儿媳妇好。我说，比闺女这个小棉袄还好？他们说，我儿媳妇比闺女强一百倍。我说，请举例说明。老太太说，我儿媳妇下班回来后，进门先说声妈爸我回来了，放下东西就系上围裙炒菜。她回来前我把菜就洗好了，饭也蒸上了，她一掌勺，我们全家就开饭了。她知道公公爱喝两口酒，就把酒放在老爷子跟前。吃完饭后，还跟儿子抢着洗碗。有一天儿媳妇早回来一会儿，手里提着好几盒好吃的菜，还有一个蛋糕，摆了一桌子。我问，这是干啥？儿媳说，妈，今天是您生日，带孙子把您累得都忘了自己的生日了，我记得，事先我没说，给您一个惊喜！我遇上这样的儿媳妇，是上辈子修的福呀！

我始终认为长辈是矛盾的主要方面。做老人的一定要一碗水端平，一定要顾及自己一言而出所造成的后果。对所有的孩子都应以表扬为主，绝不可在老大那里说老二老三不好，在老二老三那里又说老大的不是。说句难听的话，这是挑动儿子斗儿子，挑动儿子与儿媳妇打架，挑动媳妇之间、媳妇与小姑之间不和。须知家家有本难念的经，清官难断家务事，当长辈的，要学会装糊涂，要学会睁一只眼闭一只眼，要学会左耳朵进右耳朵出，要学会宰相肚子里能撑船，要学会避风头，风头一过平安无事。千万不能小心眼，记小仇，针尖对麦芒，以牙还牙。要在孩子中培养“带头羊”，只要老大孝敬，作出好榜样，其他几个小的就会跟着老大一起孝敬老人。总之，一家之长，要有个一家之长的样子。自己“领导”

水平很低，又不以身作则，还想让全家人孝敬你，当太上皇，难！

不知我对“远香近臭”说剖析得是否靠谱？

两个伪命题引起的思考

在相当长的一段时期内，有两个伪命题一直争论不休：一个是先有鸡，还是先有蛋？另一个是，母亲和妻子同时掉进水里，你先救谁？

头一个问题属于生物知识的范畴；后一个属于精神道德的范畴。

关于这两个问题，众说纷纭。我看到的，就有许多。

有人说，当然是先有鸡，没有鸡哪来的蛋？有人却说，当然是先有蛋，没有蛋，鸡从哪儿来？表述方式多种多样，五花八门，归纳起来，其实就这两种。

依我看，自从有了地球之后，由于在地球这个星球上，有水有空气有森林，有一切适宜无机物与有机物生长的条件，其中包括生物生长的条件，因此经过亿万年的发展变化，就产生了亿万种生物，在这些生物中，就包括各种动物，如猴，老虎，鸟，牛，马，鸡……

正如有了老虎之后，就有公母之分，经过交配，就会生小老虎一样，有了鸡后，就有公鸡和母鸡，经过交配之后，下的蛋就可孵出小鸡。也就是说，先有鸡后有蛋。就像先有公母老虎，后有小老虎一样，只不过生育繁殖的方式不同罢了，老虎直接生小虎，而鸡生下的不是小鸡而是蛋，然后在一定的温度下变成鸡。

乌龟也是下龟蛋，埋到沙子里变成小乌龟，那么大的恐龙也是从恐龙蛋中孵化出来的。但没人提出先有乌龟蛋，还是先有乌龟；先有恐龙蛋，还是先有恐龙；因为若这样提问题很难引起争论。恐龙早已灭绝，乌龟也不多见，而鸡在农村几乎家家都有，家庭成员几乎经常吃鸡。所以，先有鸡还是先有蛋的问题，容易产生共鸣，引发人们的争论。

说到母亲与妻子同时掉到水里，先救谁的问题，这是给男子汉出的一个难题。对此，我看到许多版本。有的说，我先救老妈；也有的说，我先救老婆；有的说我水性棒，我把老妈和老婆同时救出来。我还看到几种戏说，因为它是伪命题，只能戏说。

周幽王说，当年我为了逗褒姒一笑，连江山都可以不要。老婆在我心中至高无上，我当然先救老婆；孟子说，我老妈年轻守寡，为了让我不近墨者黑，在没搬家公司的情况下，三次搬家。如果不搬三次家，我能成孟夫子吗？况且妈淹死了，再也不会有亲妈，老婆淹死，还可再娶一个，我当然先救我妈；曹操说了，我的信条是宁叫我负天下人，不叫天下人负我。老妈老婆我都不救；庄子说，生又何欢，死又何哀，这都是应该敲锣打鼓庆贺的事，还救什么；和珅说，我就爱财，老妈老婆我都不救，我只心痛她们穿的衣裳和头上的金钗首饰太值钱了；孙悟空最轻松，他说，我是从石头缝里蹦出来的，我没有妈，我是和尚也没有老婆。对我来说老妈老婆同时落水的问题不存在，我根本不用回答这个伪命题。

写到此，我倒认为派生出一个问题：利益决定立场，立场决定态度。站在什么立场上，必然说什么话，办什么事。其实，老妈与老婆同时落水，先救谁的问题，归根结底，是考验人们的立场。

歪嘴和尚念十条经

都说外来的和尚会念经。我土生土长，就是个土和尚，充其量就是个歪嘴和尚。

这些年，不少朋友感觉，我没上过什么学，又这把年纪了，每天怎么像变戏法似的，写出来的文章一篇又一篇？大家要我回答，盛情难却。只是我没写作方面的高深理论，只谈点切身体会，虽是歪嘴和尚，也念十条经吧。

经之一，对写文章要产生浓厚兴趣。兴趣乃成功之母。东坡肘子好吃，你若看到就腻，根本不会下筷子。要树立一种思想，写得一手好文章大有用处。不仅能准确地表达自己的所思所想，而且写好了还能生财。

经之二，边读边写。阅读的过程就是写的过程。像学游泳一样，你看的游泳方面的书再多，你站在岸上不往水里跳，不扑腾，不呛几口水，永远是旱鸭子。要善于在边读边写中学会写作。写多了自然也就会了。

经之三，不要企图一口吃成胖子。谁也不是生而知之，生而会写。要善于从点滴开始练。经常发个短信，写几句评论，也是一种练习的方法。别小瞧这几十个字，只要你常写，用心写，由量变到质变，日积月累，说不定能鼓捣出一篇好文章来。这就是千里之行始于足下。

经之四，学点哲学，学点历史，学点形式逻辑。没有哲理的文章，既无说服力又无生命力。没有历史典故的文章，缺乏说服力。违背形式逻辑的文章，东一榔头西一棒槌，杂乱无章。

经之五，想象力一定要丰富。能在写的过程中举一反三，触类旁通，时而上天，时而入地，天马行空，行云流水。这样，你就会有写不完的话，说不完的事，不至于提起笔来没的写。最好的写作状况，是脑子兴奋得不能自已。

经之六，坚决与八股文章划清界限。要写得明明白白，别人一看就懂，千万不要搬一些别人看不懂的词句硬往文章里塞，故弄玄虚，显摆自己有大学问。

经之七，从模仿中跳出来。像临帖一样，开始要进行模仿，照葫芦画瓢。但要及时从这个初级阶段跳出来，逐渐形成自己的风格。要有点叛逆精神，别人这么写，我偏要那么写；别人吃东坡肘子挑瘦肉，我就吃肥的；别人画瓢，我就画勺。

经之八，在语言上下点功夫。背点成语，背点金句，背点群众语言，记点典故，这些东西在脑子里装多了，到写的时候，它们就争先恐后地蹦了出来。打仗时枪里没子弹不成，写文章，脑子里没有经过训练，怎能下笔千言、出口成章？

经之九，要幽默。即使写很严肃的文章，讲很庄重的话，也可以幽默一些，说点笑话，适当地来点自嘲和自贬。千万不要装腔作势，借以吓人、压人、骗人。现在的人非常精明，你板着面孔像牛魔王那样地吓人，谁也不会吃这一套。

经之十，反复修改，精益求精。衣服怕改，文章不怕改。把多余的句子，把错别字认真改掉，换上更适合的字。文章写成后通篇审读几遍，想一想这篇东西能否立得住脚，读者可能会有什么反响，不要像老夫一样，几乎每篇文章发出去，错字、别字一大堆，自己弄不干净，还让别人帮助修改。

我这个歪嘴老和尚念的十条经，到此为止，我用斋去了，你们慢慢去品。

歪嘴和尚再念六条读书经

在我国有句话流传甚广：上头的经是好的，让下面的歪嘴和尚念坏了。我自告奋勇地当了一次歪嘴和尚，念了十条写作经。大家都说没念坏。我由此受到鼓舞，索性一歪到底，以歪嘴和尚的身份再念六条读书经。

有人可能会说，读书如同念经，读书本身难道还有经？我说，读书是求学问，读书方法就是学问的学问。读书方法对，事半功倍；读书方法若不对，耗时多，效果少，不仅无益，甚至有害。

你们要说了，既然方法这么重要，请把你一生之中积累的读书经念给我们，我们不嫌你嘴歪。我们发现有些人嘴正，念出的经却是歪的。而有些人是嘴歪，读出的经一点不歪。究竟怎么读书，请你开念吧！

我清了清嗓子，喝了口水，以抑扬顿挫的腔调，念了六条读书方法的经文。

第一条经文：借书不如买书。借人家的书如同借人家的衣服，所有权不在自己手里，既怕给人家弄脏，又怕丢了，还得到期必还。如果咱把喜欢的书买下，它就入了咱的户口，变成咱家的成员。从此所有权支配权统统归咱们。咱摇身一变成了这本书的主人。有人可能会说买书很贵，我感觉买书最便宜，一本500多页的厚书才几十块，看一次球赛却要几百块甚至上千块，能买几十本书。

第二条经文：新书到手之后先相面。要看它的目录。看目录时，着重解决两个问题，一是看这本书包括哪些内容，因为书中有哪些要点，一般都挂在书的目录上；二是大致了解其结构，了解全书有几个大问题，大问题中又分多少小问题，就像观察一个陌生人一样，上下左右都打量一番，从而有个大体的了解。

第三条经文：进行侦察。开始我不一定从头到尾一页一页挨着看，我可能从书的中间跳进去读十几页，试探一下其内容、语言、故事能否像磁铁一样地吸引我。如果我喜欢得不行，我就对它采取优惠待遇，假若怎么也不能引起我的兴趣，它只好坐冷凳，弄不好还可能坐到卖破烂的车里，去破烂收购处化为纸浆。

第四条经文：有的书可以随便一翻，有的书则要深钻。对自己的孩子要一碗水端平，对书必须厚此薄彼。有的书，特别是与自己的研究、业务有密切关系的书，自己特别喜爱的作家的书，要一辈子都不离身，走到哪带到哪，有空就翻几页，不下几十遍地看，自然就品出味道来了。把一本书吃透比把一百本书只看了一遍还强百倍，就怕一瓶子不满，半瓶子晃荡。

第五条经文：要在书上留下自己的记号。我的体会是用红蓝铅笔做标记。金句下边画红道，不懂的地方画蓝道，特别有感而发之处，写眉批。自己看过的书如同经过开发的荒地。我还有一个体会，凡是我标记过的书如同老朋友，没标记过的，好像从来没见过的陌生人一样。

第六条经文：从书里跳出来。读书钻进去固然重要，但是从书中跳出来更加重要。读书是为了运用。要把书中的营养融化在自己的脑海中和血液里，变成自己的语言，将其写出来，讲出来，成为认识与改造世界的最锐利的武器。没出息的人才是为读书而读书，读得四体不勤，五谷不分，连个衣服也不会洗，被窝儿也不会铺，活像一个书呆子。如果到了这种程度，读书就失去了其本来的意义。

我念的这六条关于怎样读书的经文，对你有启发吗？

歪嘴和尚再念经

老夫以歪嘴和尚的身份，念了两次经。出乎我意料的是，受到大家普遍的、热烈的、一致的好评。大家一鼓励，我来劲了，上瘾了，一不做二不休，干脆以歪嘴和尚的角色，再念几次经，从而把我积累的一些小经验、小常识、小窍门，一股脑地，以竹筒倒豆子的方式告诉大家！

第一次我念了十条经，第二次我念了六条经，今天我专门念念动与静辩证关系的经。

我们常常看到有不少人家里挂着四个字：宁静致远。大家大概注意到了，最近热播的电视剧《人民的名义》中，在老丁的办公室里也挂着这四个大字。诸葛亮一生就崇尚：淡泊以明志，宁静以致远。宁静致远实质上谈的是静与动的关系。

一个人静下来很不容易。过去的人和各种现代化的工具那么少，生活节奏那么慢，静下来都那么难，在现代化社会，人挨人，人挤人，学习与工作的节奏如此快，要静下来，更是难上加难。静下来之所以不易，我分析主要有如下原因：

首先，人是动物。动物的特性在于动，不动其生命就停止了。从娘胎里出来之后，孩子的小手小脚丫就会动。爱动不仅是孩子的本性，而且几乎伴随人的一生。

其次，树欲静而风不止。你想静下来，扎扎实实读几本书，专心致志地思考几个问题，但是客观环境不允许，如果再发生地震、洪灾、战争，本来你所处的小环境就乱，大环境再一乱，你更静不下来。

最后，外静内不静。你看到大家都坐在办公室和教室里，鸦雀无声，表面上看起来非常安静，但他们的心里翻江倒海，思绪之快，驷马难追，时而上天，时而入地，身体坐在那里一动不动，然而其内心一点也不静。

静下来虽难，但是你还得想办法静下来。若想干成一件事，特别是一件大事，不静下来还真的不成。在炮火连天的战场，高明的指挥员也要指挥若定，自己一点儿也不能乱。

那么，怎样才能做到静？

我的体会有三：一是加强自身修养，宠辱不惊，喜怒不形于色。别人都惊慌失措了，你表现得似乎啥事也没发生一样，自己的手脚先不乱；二是学会乱中取静。有意识地去闹市看书，在人多的地方写文章，在杂乱无章的环境中思考问题。人这种高级动物的适应力极强。要有不受诱惑，不受干扰，任凭风浪起，稳坐钓鱼台的本事；三是尽量为自己寻找或创造一个安静的环境。比如家里，图书馆，公园，寺庙。求得安静的大环境自己无能为力，安静的小环境自己还是可以创造的。

因为“宁静致远”这四个字的着重点在“静”字上，所以我也着重谈了静。但是静与动是一对矛盾，静与动必须结合。宁静的目的是致远，致远，必须动。因此，所谓静，都是相对的。绝对静止了，人的生命也就停止了。

最为理想的境界是：静得泰然，动得适度。

老和尚献图

我以歪嘴和尚的角色，念了三次经。我不想歪了，想正过来，以老和尚的身份再念几次经。从今以后，我念的这些经文，大家不要看一下就束之高阁，希望多看几遍，“吃”进脑子里去，最好有意识地用起来。

不知大家还记得否，杨子荣打进威虎山，是靠伪装成胡彪，怀揣崔旅长的那张联络图作为见面礼，取得座山雕的信任的。可见图相当重要。今天我这个老和尚，也给大家献张图。什么图？不是联络图，而是认识客观事物的路线图。

这个图的第一站的名字叫：观察。

观察什么？观察自然，观察社会，观察人，观察一切需要观察的事物。为了观察得准确，需要借助三个“望远镜”：第一个望远镜上标着“矛盾”二字，它告诉我们观察问题时要发现矛盾，抓住了矛盾，就有了突破口，因为一切事物无不处于矛盾之中，没有矛盾就没有世界。第二个望远镜上写着“发展”二字。它告诉我们要发展地看问题。因为一切事物都处于发展变化之中，这种发展总是由量变到质变，不断向前运行。第三个望远镜上标着“否定”二字，它告诉我们事物发展总是采取否定之否定、螺旋式上升的形式。

第二站的名字叫：分析。

在分析问题阶段，要借助“显微镜”。通过现象看本质，通过个别看一般，通过过去看现在，通过现在看未来。在这一站，有四个“红灯”要切忌：一忌笼统，要具体问题具体分析；二忌主观，不可先入为主；三忌片面，不可抓住一点，不及其余；四忌粗暴，不可攻击谩骂，不摆事实讲道理。

第三站的名字叫：综合。

在分析阶段的认识往往还是一个个山药蛋，要把山药蛋穿到一起，就离不开综合。这一站需要借助“过滤机”。通过它去粗取精，去伪存真，由此及彼，由表及里，从而找出客观事物之间的联系与平衡点。

第四站的名字叫：判断。

在这一站我们要借助“锤子”。经过观察、分析和综合，通过比较，我们要作出正确的判断，敢于拍板，一锤定音。在这一站，最怕举棋不定，优柔寡断，前怕狼，后怕虎。这时，正是考验一个人水平与魄力的时刻。往往胜败在此一举。

第五站的名字叫：表达。

这一站，我们要借助“织布机”。就是将观察、分析、综合、判断的结果，用口头或文字“织成布”，也就是形成文字，形成决定，形成计划，形成方案，形成公式。这是出成果的阶段，这是由感性上升为理性的阶段。

第六站的名字叫：实践。

在这一站可借助“播种机”和“收割机”。就是像播种机播种一样，把我们形成的文字，播入实践，指导实践。然后又用收割机收获成长出来的果实，从而检验我们的认识是否准确。通过反复实践，反复检验，不断修正我们的认识，达到改造主客观世界的目的。

根据我多年的体会，这几站是互相联系的，不是截然分开的。往往是你中有我，我中有你，犬牙交错，齐头并进。在观察阶段要敏锐；在分析阶段要仔细；在综合阶段要全面；在判断阶段要准确；在表达阶段要有趣；在实践阶段要刻苦。

今天，老和尚的经文就念到这里，你若拿上我献的这张认识客观事物的路线图，在生活与工作中不厌其烦地运用，我保证你会把自己的智商提高几倍。不信，你试试。

当节目主持人什么最难?

这几天我一直在想，当节目主持人，尤其是当大牌节目的主持人什么最难?考虑来考虑去，我最后的结论是：见好就收，最难。

央视由董卿兼任制片人与主持人的《朗读者》节目，在全国引起那么大的波澜和反响，但却悄悄地来，又悄悄地收了。就像一桌盛宴，当人们没吃腻还想吃的时候，它却收摊了。

因为我和吾儿渊洁参加了这档节目的录制，所以我有点儿发言权。我对这次录制过程“过了下电影”：

一天，渊洁说《朗读者》节目导演组来电话，邀请我们俩参加这档节目的录制。我当时的感觉就像听到一位不认识的人的名字一样，马上好奇地问：什么《朗读者》？渊洁说，是央视制作的新节目，由董卿主持。我们父子俩有时也常开玩笑，我又问，这次参加录制我是主角还是配角？儿子说，老爸，《开门大吉》那次你已当过主角了，这次我是主角。我说，配角不好当。但是，能参加董卿主持的节目，不仅我高兴，渊洁妈妈也挺高兴，因为她是董卿的崇拜者。

这时，渊洁灵机一动，他说，听说董卿主持节目时，几乎不与男士拥抱，这次去，我想办法让您实现与董卿的拥抱。常言道，不打无准备之仗，更不打无胜利把握的仗，渊洁就这件事情分析了可能性：第一，这个要求由我代您提出，既不唐突，董卿又不好驳我的面子；第二，最重要的是您本身的条件优越，因为您已是近90岁的人了，董卿肯定把您当成长辈；第三，再来个双保险，您是代表我妈拥抱她的。那天，我和董卿姑娘实现拥抱后，在回家的路上，渊洁说，今天您和董卿拥抱得很顺利很自然很亲切，就是抱得时间长了些，抱得太紧，接着他给我上课：老爸，和女士拥抱就是虚虚地意思一下就行了。我瞪了儿子一眼，你怎么早不说?

我们参加录制的那期节目，播出后朋友们说创造了三个纪录，一是62岁的儿子与86岁的父亲一同登台的纪录；二是父子共同朗读儿子的作品《父与子》的纪录；三是父亲与主持人热情拥抱的纪录。

节目播出后，许多朋友还问我对董卿的印象，我就告诉他们，这个孩子功底很深，我能感觉出来她读的书不少，在这方面谁也骗不了我，没读过书的人，想装是装不出来的，一接触，我就能感觉出她是个知识型主持人。像《朗读者》这类节目的主持，非她莫属，没有金刚钻揽不了这瓷器活，把这么多有知识的人请来，没两把刷子，是驾驭不了的。而她只要往那里一站，就自带光芒。

一般来说，一档节目不温不火的多，把一档节目主持火了，是很难的。一旦火了，放下更难。然而，董卿主持的《朗读者》正在火的时候，刹车了。她太聪明了。她懂得辩证法，她知道一切事物无不走向自己的反面。她选择在人们的视觉还不疲劳时，在人们还不厌烦时，毅然离开，至少离开一段时间，让观众有回味的余地，也让自己有总结充电的机会，为更上一个台阶做充分准备。下一步更不易，因为观众的期望值更高了。

让我们为董卿主持的《朗读者》见好就收而叫好！

同子女相处的几个小窍门

每个人都有一亩三分地。作为一个成年人，特别是结婚后的成年人，这一亩三分地怎么经营，里边有窍门。因为在你的一亩三分地里，情况错综复杂，上有老，下有小，有的还有兄弟姐妹，亲朋好友，哪个关系处理不好，不是刮风就是下雨，不是涝就是旱。如果再碰上冰雹或地震，那就会天塌地陷。

今天，本文单说说与子女相处的几个窍门，是我从实际生活中体会出来的，家家情况不同，仅供大家参考。

从骨子里而不是从表面上与孩子平等相处。现在不是很强调人权吗，人权的最基本的要求就是生而平等。咱们平心静气地想想，正如在《朗读者》中我们朗读的郑渊洁那篇作品《父与子》中所说，是孩子自愿来咱家吗？是咱把人家“请”来的。既然“请”来了，就是咱们的缘分，一辈子碰到一起不容易，不论他是什么样，咱都要爱人家。父母高子女一等的思想，随便打骂孩子的行为，都有悖父母这个神圣的称号。孩子不懂事，干的一些事确实令人生气，这时不是不想动手教训，不是不想臭骂一顿，但是，再一想，咱没有这个权力，打骂孩子更是无能的表现。有句话叫“图穷匕见”，动手打孩子了，说明咱“图穷”了。我认识到这一点，所以，从来没打骂过孩子，连重话都没说过。有人说，这是护犊子，我说，犊子生下来就是让咱护的，不仅人护，所有的动物天生都会护犊子。

不打骂孩子，与其平等相处，并不是溺爱。犯了错，干了坏事，我不武斗，搞文斗。我不动拳头，我动笔杆子。我让你给我写检查。这个检查必须认真写，不能应付，而且要越写越好，芝麻开花节节高。实际上这个惩罚比打骂还厉害，还有效。打骂只伤皮肉，写检查就会触及灵魂。还有一个意想不到的副产品，通过写检查，还能提高写作水平，碰上了，说不定还能写出个作家来。

我还总结出一句话：父亲的含义是榜样。要孩子做到的，自己就要先做到，做出样子来给孩子看。你要求孩子从小好好学习，那你就当着孩子的面看书写字；你要求孩子不吸烟，你就把烟戒掉；你要求孩子守规矩，你就处处遵纪守法；你要求孩子将来孝顺自己，你现在就当着孩子的面好好孝敬自己的父母。因为孩子的模仿能力最强。大人的一举一动一言一行，他们都会学习。

还有一点也十分重要，那就是当父母的责任，一方面是呵护孩子，使其健康成长，另一方面就是发掘孩子的潜能与特长，须知即使是一个妈生的孩子，性格爱好也不会完全一样。因此要顺势培养，千万不能逆着来。一定要让他们各得其所，各司其长。例如，我的长子郑渊洁从小对阅读和文字有浓厚兴趣，我就常领他去书店，给他买各种书看，节日、生日的礼物多半也是书，他从小就把书编上号，放到自己的小书架上。而我的二儿子郑毅洁从小喜欢动物，尤其喜欢鸽子，他 8 岁时，我就给他买了一对雪白色的鸽子，他放在床底下，阳台上，甚至抱进自己的蚊帐中养。我种瓜得瓜，种豆得豆，大家都知道，在我的一亩三分地上，收获了一个“童话大王”，一个“信鸽大王”。后来，我还真有点后怕，如果我逆着来，这两个“大王”就毁在他们的亲生父亲手里了。

在家里也要开玩笑，把气氛搞活跃点、轻松点。例如，我发现孩子很想手头有点钱，大人买的冰棍似乎不如自己买的好吃。想要钱可以，但要通过自己的劳动挣。我年轻时有时腿疼，我对孩子们提出：给我捶捶腿，每捶 10 分钟，可以给你们 5 分钱，每给我洗一次脚，我给你们 1 角钱，洗干净后闻一闻，加 5 分钱。渊洁与毅洁抢着干。那时 3 分钱就能买一根冰棍。有时，我不想洗脚，哥儿俩催着我洗。各有收益，何乐而不为。

还有许多小窍门，今天就到此为止。若还想听，且听下回分解。

吹鼓手们让人瞧不起

在《大道官德》一书中，介绍了我国明末清初的思想家黄宗羲的一个重要观点。黄宗羲认为，正是那些只会歌功颂德的“小儒”扰乱了天下。这些吹鼓手唯唯诺诺地强调愚忠，强调君臣之间如同天与地的关系一样不能改变。他们实际上是无视千千万万老百姓的生命价值，将众生看得与老鼠没什么两样。

黄宗羲说，天地这样博大，难道会抛弃千千万万百姓，只偏爱君主一家一姓吗？正是在这些“小儒”（吹鼓手）的误导下，君主越来越自大，肆无忌惮地享用天下的财富。

黄宗羲还认为臣德如果出了问题，不能做到以民为本，也会危及政权。并且他把这个弊端归纳为五个方面：一是官吏倚仗权力，欺负民众；二是官员之间的关系盘根错节，牢不可破，官官相护；三是官员只从自己的利益出发去制定管理条款；四是官吏的素质很差，近乎无赖；五是买官卖官，任人唯私。这些弊端，吹鼓手们不去揭露批判，还一个劲地歌功颂德，令人不齿。

据说，吹鼓手在全世界各个国家都有。由于我国封建社会时期较长，吹鼓手更多、更甚。封建统治者需要他们。这些人也靠这一招吃饭并升官发财。虽然人民群众瞧不起这些人，但他们过得也有滋有味，得意扬扬，不可一世。

人类社会的心电图

凡动物都有心脏。人这种高级动物更不例外。人的死亡往往说明人的心脏停止了跳动。

但人的心脏在体内是怎样跳动的，它跳动得是否正常，在人类发展的相当长的一段时期内，人们对这些状况并不知情。1842 年法国的一位科学家首先发现了心脏的电活动；1872 年又一位科学家记录到心脏搏动的电信号；1885 年荷兰的一位生理学家首次从体表记录到心电波形；1910 年又有一位科学家在以往的基础上发明出弦线电流计，从此开创了体表心电图的记录历史。前后经过100余年的发展，人类终于有了今天这样一种不仅记录清晰、抗干扰能力强，而且携带方便，并且具有自动分析诊断功能的心电图仪器。

做过心电图的人都知道，人的正常的心脏跳动反映到心电图上是曲线，这是一种有规律的曲线，它起伏不平，时高时低。一旦平了，人就死亡了。

由此我联想到人类社会的发展，我称之为“人类社会的心电图”，它也是曲线，时而高，时而低，却不可能是平的。有风调雨顺，也有各种灾害；有和平，也有战争；有向前发展，也有向后倒退；有健康，也有疾病……一旦平了（也不可能平），人类社会的发展也就停止了，其生命也就结束了。

认识到这一点，大有好处。至少在遭受挫折时，我们会有充分的思想准备，不会惊慌失措。在《史记》中也有这样的话：“天下无害灾，虽有圣人，无所施其才；上下和同，虽有贤者，无所立功。”

遇到曲折，考验人；遇到困难，锻炼人。时势造英雄，挫败之前显本色，患难识朋友。因为“人类社会的心电图”不是直的，而是呈曲线形的。前途是光明的，而道路是曲折的。光明的前途，总是与曲折的道路紧紧连在一起。

观察经济形势的一把钥匙

我国实行改革开放后，人还是那些人，地还是那些地，天还是那片天，海还是那片海，但是经济却飞速发展，一穷二白的面貌大大改观，我国一跃成为世界第二大经济体。在国际上我们的声音谁也不敢置若罔闻了。

但是，究竟怎么看一个国家的经济形势，众说纷纭。近日我读了李哲夫先生的一篇文章，恍然大悟。李先生的文章着重介绍外国两位作家写的一本书。然而这个介绍却使我们获得一把观察经济形势的钥匙。

怎样准确评估一个国家的经济实力？在这个问题上，常常会产生一些错误，主要是过分看重经济增长率，而忽视国内生产总值与人均国内生产总值。为此作者提供了一个计算一国经济实力的公式：经济实力＝国内生产总值 × 增长率的平均根。

依据这个公式，作者推算出2010年美国和中国的经济实力情况：如果美国为 100% 的话，则中国为 40%。尽管中国已经成为世界第二大经济体，但与人家美国相比，国力差距不是一星半点，差距还很大。

作者按照这个公式，还展望了 2030 年的情况，设想美国经济增长率为 1.8%，中国为 5.3%。届时，美国的经济实力仍为 100%，中国也只能到 77%。这时中国国内的生产总值已经超过美国三分之一，成为名副其实的世界第一大经济体。然而，若论国力咱们仍与美国差一大截。过去不是常说一句话吗，我们不怕乘法，一乘我们就上去了，甚至超过美国；但用 13 亿人口一除，我们就往下掉，甚至掉到 100 位之后。

作者还有一个重要观点，就是有些经济落后的国家，在追赶性的发展阶段，起初发展得很快，但追到一定时候，后劲不足了，必然缓慢下来。这如同跑步，开始跑得速度很快，超过万米之后，就开始喘气儿了，速度必然降下来。

我们中国也不会例外。作者认为经济的增长靠三大支柱：一是规模；二是投资；三是创新。一旦到了最后爬坡阶段，要想突破领先国家的上限，已无别的捷径可走，只有在创新上超越才行。到了这一步就更难了，它需要不断地进行体制机制改革，以更大地调动人的积极性，把科技这个第一生产力充分发挥出来。在人才集聚方面，我们不仅比不上现在的美国，而且我们的拔尖人才还一个劲地往美国跑，海归派只是极少数。

我读了李哲夫先生的这篇文章后，像吃了一副清心剂。在庆贺我们伟大成就的同时，我们的脑子一定要保持清醒，任何时候也不能骄傲。我国即使成为世界第一大经济体，若论国力，论人民的生活水平，和人家美国相比还相距甚远。

华为公司为什么那么神？

吾儿郑渊洁向我推荐了有关华为发展过程的书，名曰《华为系列故事》，其中有《厚积薄发》《在枪林弹雨中成长》等故事。中国人是“吃”故事的，我这个老中国人更爱“吃”故事，于是我就“吃”了起来。一边“吃”一边品，你知道我品出了什么？我品出复员军人任正非先生于 1987 年只集资了 21000 元人民币，创办了一个名叫华为的公司，自任总裁，经过 30 年的发展，公司就由几人、几十人，增至现在的近 20 万人，分公司遍布全球五大洲，2015 年总资产就达到

513 亿多美元，约合人民币 3721 亿余元。这确实是个奇迹。

华为究竟神在哪里？读了这些书后，我有点清楚了，通过这么多由华为员工书写的故事，我的感性认识逐渐上升为理性认识。我想用我的语言风格，将这个答案表述出来。

华为神就神在有位好的领头人，也可叫公司的“总司令”。从面相上看，老任憨厚得像位老农；从远见上来看，他绝对是位战略家；从意志上看，他坚如钢铁；从智慧上来衡量，他绝对不次于高级智囊团的成员；从作风上来评论，他处事低调不张扬；从领导艺术上看，他放得开手，善于发挥集体的力量。每到关键时刻，任正非都是华为的主心骨与定海神针。有他在，几十万人心里就踏实。

华为神还神在会摸石头过河。“摸着石头过河”这句极为朴素的话，反映了人们认识客观世界的过程，是认识论的重要公式。但客观存在的这些石头在河里，我们要到达彼岸，就要摸着这些石头过河。但有人会摸，有人不会摸，越摸水越深，摸不好还可能被水淹死。我从这些故事中发现，华为人很会摸着石头过河。他们从浅水往深水摸，从国内一直摸到国外，在摸石头的过程中，一边摸一边学会游泳，接着造船，当石头摸不着时，他们已经可以离开石头，自己在水中畅游，甚至坐上自己建造的大船，向大海游去了。这就是：“死”摸石头过河者，亡；“活”摸石头过河者，昌。

华为神还神在其旗下集合了许多顶尖人才。虽有“不管白猫黑猫，逮住老鼠就是好猫”的格言，但人们都知道，猫有两个弱点：一是懒，不勤快，吃饱了就睡，有“懒猫”的不良外号；二是它不如狗那么忠于主人，有“狗不嫌家穷，儿不嫌母丑”的话，而没有形容猫忠诚的语言，似乎谁给它吃的它就跟谁走。按老任的话说，华为没有院士，但人才很多。都是实干家，都是出成果的人才。华为的财富怎么来的？不是从天上掉下来的，也不是从地下长出来的，是用员工的智慧换来的。华为的成功，正是“物质变精神，精神变物质”哲学原理的一次伟大实践。

华为神还神在它永远走在创新路上。他们清楚在科技发展日新月异的形势下，不创新，只有死路一条。真是一步赶不上，步步赶不上。不创新，在竞争的大浪中，你只有被淘汰，从而出局。我很赞成田涛先生说的：“创新与变革是华为持续成长与强大的两大利器。”要创新必须不断变革，而变革的目的还是为了创新。华为成立至今有过多少次思想创新，科技创新，产品创新，恐怕任总也难数得出来。但可以毫不夸大地说，华为每时每刻都走在创新路上。创新就是它的生命。它的资产是通过创新取得的，它能获得全世界认可，还是通过创新实现的。

华为神还神在它拥有一大批一不怕苦二不怕累的员工。我从许多员工亲笔写的在国外、特别是在一些贫困国家创业的经历中得知，他们缺过水断过粮，他们被成群结队的蚊虫咬过，他们患过疟疾，他们曾遭遇过绑架，他们十几个人挤在一个只有八九平方米房子的地上休息，他们长期远离祖国难与家人团聚……这其中有做饭的厨师，有开车的司机，也有许多专业人才。故事生动具体，十分感人。我在想，我们不仅要看到华为现在的辉煌，更要看到他们在创业过程中那种一不怕苦二不怕累的顽强精神。

这就是老大对华为为什么神所给出的答案。

水

你肯定听过“一条大河波浪宽”这句歌词，但是一些年轻的朋友，未必看过《上甘岭》这部电影，这首久唱不衰的歌，就是《上甘岭》这部电影的插曲，是由出生于我们山西的著名歌唱家郭兰英大姐唱红的。有人可能感到奇怪，你写水，怎么说到《上甘岭》去了？阁下不知，当年守卫上甘岭的英雄们，最缺的是什么？是水。为了下山背水，好多战士献出了宝贵的生命。

为什么水这么重要？因为水是生命之源。前些天我引用过古希腊大哲学家泰勒斯的观点，他就认为“万物皆出自水”。他这里说的是哲学命题，因为现在我们不是讨论哲学问题，咱可以暂放一边。然而作为水来说，在世界上几乎再没有别的东西的重要性能与它相提并论。拿人体来说，实际上人体中60%—80%为水。血浓于水而来自水，血就是以水为基础的。根据全世界科学家的研究结论，人在17天之内不吃饭还能维持生命，但是连续48小时不喝水，将会呜呼哀哉。

古代与现代科学家的研究成果都表明，饮用水对人体太重要了。我国古代科学家认为：天是一，地是二，水生于天，谷成于地，水谷之中，水滋阳，谷滋阴，因而水比谷物还重要。我国有部名著叫《管子》，书中有这样的话：“水者，地之血气，如筋脉之通流者也”。李时珍则说：“水者坎之象，上则为雨露霜雪，下则为海河泉井”，他老人家进一步分析，水这种东西“其外动而性静，其质柔而气刚”，他还把水分为“天水”与“地水”，认为对人来说，喝“天水”比喝“地水”好，在“地水”中喝江湖的顺流水最佳。

研究还表明，人体缺 2% 的水时，人就感到口渴。人咀嚼食物时需要水，消化食物时需要水，胃液、胆液、胰液、肠液等都是水。人吸收营养时也离不开体液、血液，生育时需要生殖液、羊水，大便、小便、出汗、流泪、呕吐等都离不了水。一言以蔽之：人若离了水，食物难以下咽，营养不能吸收，血液不会流通，体内废物不能排泄，体温不能控制，生育无法进行。离了水人就活不成。

然而，我国水的形势却大大不妙。曾有资料表明：在我国的 600 多个城市中，目前就有 400 多个城市供水不足，其中已严重缺水的城市竟有 110 多个，缺水总量达 60 亿立方米。我国北方尤其缺水，甚至素有“中华水塔”之称的青海省，约有 2000 多处河流和湖泊干涸。天津、河北、山西、内蒙古、甘肃、青海、宁夏、新疆等省与自治区、直辖市的水资源量，还不足以维持全境生态系统的需要。更为严重的是，目前我国河流湖泊有 75% 被污染。我国的专家与外国专家均发出警告：再过 20 年中国将难找到可饮用的水资源。由于中国城市地区和工业地区对水量的需求迅速增大，中国将长期处于缺水状况。我们的母亲河黄河过去 10 年年年断流，仅 1997 年就断流了 226 天，这就是说，我们的“母亲”都没水喝了。根据卫星拍摄的照片，我国众多湖泊已经干涸，一些河流也在消失。从资料上看，目前有些十分重要的城市和地区水资源的状况，甚至连某些干旱的阿拉伯国家都不如。说不定有那么一天，水会比油贵。

我写此文章的用意十分清楚：

我们太需要水了，

我们太缺水了，

我们太需要爱护水资源了，

我们太应该节水了。

牛

不知为什么，近期“牛”这个字，一直在我的脑海中挥之不去。按说在牲畜中牛并不如马起眼，有“千里马”之称，怎么就没有“千里牛”呢？

然而，谈起事情来，特别是谈起国家和人来，我们只听到说“真牛”，没有人说“真马”。最明显的是股市，凡“牛市”就代表好；凡碰上“熊市”，那就“熊”

得一塌糊涂，倾家荡产、跳楼自杀的股民都有。

写到这里，我联想到唐朝的诗人崔融写的那首《咏宝剑》，其中有这么两句："匣气冲牛斗，山形转辘轳"。宋朝的大英雄岳飞在《题青泥市萧寺壁》一诗中，也有两句："雄气堂堂贯斗牛，誓将真节报君仇"。他们两位的诗中都有"斗牛"或"牛斗"。这里的"斗牛"或"牛斗"，是指牵牛星与北斗星，合到一起是指天空，也就是无限大的意思。

在我们的汉语中，谈起"牛"字来，词儿很多，如牛气冲天，牛气十足，牛刀小试，牛人，牛脾气，真牛，甚至还有"老牛一声吼，地球也要抖三抖"的豪言壮语。

我还在想，既然"牛"这么重要，每个人都要通过自己的刻苦奋斗，让自己"牛"起来。只有自己"牛"起来，有了真才实学，找工作，甚至找对象，才会畅通无阻，成了"篮球"式的人物，使人们抢来抢去，而不会变成"足球"与"排球"式的人物，让人家踢来踢去和推来推去。个人只有"牛"起来，才会成为抢手货。

作为一个国家，更要"牛"起来。有些国家虽小，但在一招上"牛"，也行。如瑞士的银行，瑞典的诺贝尔奖，沙特的石油，南非的黄金……

我们中国在历史上也曾"牛"过。后来由于种种原因"牛"不起来了，长期处于忍气吞声任人宰割的状态。新中国的成立，使我们站起来了；改革开放又使我们相对富起来了；经过几十年的努力，我们已迈入新时代，又经过30多年的奋斗，我们努力把我国建设得更加强大。现在我们已经有些"牛"起来了，等我们进入世界强国行列之后，我们就会更加"牛"起来。

写到这里，我真的从心眼里喜欢"牛"了。

晨 思

核武器并不可怕，可怕就可怕在被掌握到疯子手里；

造谣并不可怕，可怕就可怕在有人轻信谣言并胡乱传谣；

有真本事吹点牛并不可怕，可怕就可怕在并无真本事还胡吹海吹；

钱少并不可怕，可怕就可怕在花钱毫无计划；

写文章并不可怕，可怕就可怕在故弄玄虚借以唬人；

孩子顽皮并不可怕，可怕就可怕在走上邪路不能自拔；

喝酒并不可怕，可怕就可怕在酗酒和酒后驾车；

跳广场舞并不可怕，可怕就可怕在搅得四邻不安。

夜 想

你想自由吗？你就遵守法律！

你想平等吗？你就平视权威！

你想幸福吗？你就淡泊名利！

你想健康吗？你就迈开双腿！

你想博学吗？你就钻进书本！

你想工资高吗？你就勤勤恳恳！

你想受人尊敬吗？你就先尊敬他人！

做人五大知

昨晚做了一个梦，朦胧之中，好像是上帝托梦给我，一个人来到这个世界上，起码有五个东西必须知道：

知道天高地厚，

知道天外有天，

知道学无止境，

知道自己的实力，

知道谦虚做人。

上帝说，只要你具备这“五大知”，你就不会去忽悠别人，也不会被别人忽悠；你就会谦虚谨慎，保持清醒；你就会平平安安，不会大祸临头；你就会勤奋努力，劳有所获。

睡醒之后，我觉得这是个好梦，便赶快记录在案，当自己的座右铭，用它经常给自己敲敲警钟。

受人们青睐的十种人

在生活中，我们经常能听到某某人很受大家青睐。什么是青睐？青，在这里是黑的意思，睐，是看的意思。青睐就是用黑色的眼珠看人，把黑眼珠放在中间，而不是翻白眼，以表示对此人很喜欢，很尊敬。

那么，人们都青睐和不青睐什么样的人？情况大概如此：

青睐老实巴交的人，而不青睐油头滑脑的人；

青睐一步一个脚印向前迈的人，而不青睐这山看到那山高的人；

青睐心地善良的人，而不青睐处处给别人挖坑的人；

青睐见到好书就欣喜的人，而不青睐见书就皱眉头的人；

青睐该出手时就出手的人，而不青睐优柔寡断举棋不定的人；

青睐善于牵牛鼻子的人，而不青睐眉毛胡子一把抓的人；

青睐遇事有主心骨的人，而不青睐畏首畏尾，毫无主见的人；

青睐足智多谋的人，而不青睐既无战略也无策略的人；

青睐有人买账的人，而不青睐老王卖瓜的人；

青睐体壮如牛的人，而不青睐弱不禁风的人。

阁下，请对照一下，您有几条受人青睐？希望您成为受人青睐的人！

老而讲究

我记得大人说小孩子，尤其是说女孩子时，总爱说其臭美！其实人老了，也爱臭美。明明都七老八十的人了，还穿得花里胡哨的。别说穿戴了，光自我称谓，就有不少。例如：

我爱称自己为老夫。有人觉得奇怪，你不就叫郑洪升吗，自称老郑就行了吧，非要文绉绉地叫自己老夫。其实，这并不是我臭美，《礼记》里就说年龄超过 70

岁的男子为老夫。因此，老夫是 70 岁以上男子的自我谦称。

还有一种称谓叫：老朽。这也是一种自谦之意。意思是说，我已年迈，衰老陈腐，耳聋眼花，所以称自己为无用之人。

还有一种称谓叫：老身。这一般是过去有一定地位的人对自己的谦称。意指我过去有身份，现在没身份了，就剩下个老身了。

还有种称谓叫：老苍。这是说，我就是个白发老人，容貌已经苍老了！满脸皱纹，不中看了。

还有一种称谓叫：老骥。骥一般指好马，甚至千里马。曹操有诗云："老骥伏枥，志在千里"，意思是说，别看我已经是匹老马了，伏在马棚里，但我的志向还想跑千里呀！表明人老心不老。

还有个称谓叫：花甲。据记载古代历法以 60 年为一个循环，一个循环为一甲子。花甲就是对 60 岁以上人的雅称了。

还有个称谓叫：古稀。人活七十古来稀。这是对 70 岁以上老人的称谓。

还有个称谓叫：耄耋（mào dié）。这是对八九十岁以上的人的称谓，也是高寿之意，熬到这步不容易。我就有资格称耄耋翁了，但我不愿意这么叫自己，这个"耄"字既不好看，又难念，所以我愿自称老夫。

还有个称谓叫：期颐。颐者，是供养之意。指百岁以上的老人，饮食起居难以自理了，期待有人供养。我还要再活十几年，才够期颐的水平。

你们看，人老了，还弄出这么多称谓，"老小孩"比"小小孩"臭美多了！

长寿的"秘方"究竟在哪里？

由于我国人民的生活水平芝麻开花节节高，人的寿命也随之增长了。人活七十古来稀的提法，几乎成为历史。现在不仅 80 岁的老人很常见，而且百岁老人日渐增多。最近看到一则报道，浙江省有百岁老人 2307 位，安徽省更多，百岁老人突破 5000 大关。虽然孔夫子有"老而不死是为贼"的古训，但人们还是乐意当这个"贼"，孝顺的子女们也愿意在自己的家里赡养这种"贼"，并以有这样的"贼"为福，为乐，为荣。

现在的问题来了，这些百岁老人长寿的"秘方"究竟是什么？专家们经过考察研究，给出了16个字的答案：心胸有量、动静有度、饮食有节、起居有常。咱们再往下思考，其实，关键又在“量、度、节、常”这四个字上。再往深层次思考，其实，关键的关键又在一个“度”字上。说白了，就是干什么都要掌握好度。

度是什么？度就是分寸，就是火候，就是节点。无论干什么事，包括养生在内，你对度的把握失当，就要出问题。拿吃饭来说，你不能暴饮暴食，吃个八成饱，就要放下筷子；拿运动来说，根据你的年龄与体力，也要掌握分寸，不能没完没了地动；再拿睡眠来说，你也不能睡个不停或长期缺觉。所有这一切，统统是对度的掌握。

我们看一个领导者的水平高低，往往看他办事情能否做到有理、有利、有节，既不能毫无原则，也不能得理不饶人。我们养生的秘诀，也在于一切饮食住行都要有度，都要有分寸。因为由量变到质变的节点就在这个度上。

几十年前，李达先生说过这么一段话：“在一定的界限之内，事物的质是不因量的不同而发生变化的。但是，一旦超过这个界限，事物的质就要发生根本变化。每种金属都有自己的熔点，每种气体都有自己的凝点，每种液体都有自己的冰点和沸点，每座建筑物都有自己的最高负荷量，每种生物个体都有一定的寿命界限等，在所有这些‘关节点’上，量的变化都要引起质的变化。”他告诉我们掌握度的极端重要性。

由此可见，长寿的“秘方”，说一千道一万，其实就要在这个“度”字上做好文章。只要你生活的各方面都适度，百岁老人们就会伸出友谊之手，拉兄弟一把，把你拉向他们的队伍之中，以扩充他们的阵营！

为文人说句公道话

台湾文坛有两位重量级人物，一位是余光中，于2017年12月以89岁高龄仙逝；另一位是李敖，享年83岁，之前脑子内长了个“怪物”，他被闹得有口不能说话，有手不能写字，吃饭都鼻塞。

这两位先生的大作我都拜读过，其观点我不说，仅论文笔与口才，鄙人都很喜欢。但是，这两位本是好友，由于政见不同，分道扬镳。李敖先生性子直，凡遇不顺之事不喜之人，他就批评。而且他不含沙射影，不旁敲侧击，不指桑骂槐，不吞吞吐吐。他总是指名道姓，批得人家狗血淋头。例如，他抨击余光中时，连多少年前余光中爷爷去世后，蒋介石与汪精卫等人送花圈、念悼词之事，以及余光中有过的那些反共言论，都挖出来了。据说被李敖骂过的人多达3000余位，余光中只是其中之一。

在李敖连珠炮般的痛击面前，余光中保持高度沉默，守口如瓶，一言不发，毫不回击。有人感到奇怪，就问余光中怎么不回应李敖的痛骂？余光中说：“我不回答，表示我的人生可以没有他；他不停止骂，表示他的人生不能没有我。”听到此言，李敖则说：“什么鬼逻辑！你骂一个人无耻，他不回答就能证明他有耻吗？不回答只能证明他无耻属实，和人生中谁不能没有谁毫不相干，他的厚颜，益证其无耻耳。”李敖如此激将，余光中仍稳坐钓鱼台，还是一言不发。

在我国古时有“文人相轻”一语。在此，我要为文人说句公道话。不知为什么，人这种动物，从骨子里就有一种相轻的因素。政界的人不相轻？军界的人不相轻？商界的人不相轻？体育界的人不相轻？要不然“鸡犬之声相闻，民到老死不相往来”这话怎么几千年前就出在老子笔下？一个人的一生，从心眼里真正能看得起的人究竟有几个？凡看得起一个人还有一个前提条件，你必须也看得起我。你一旦触犯了我，我必然会还以颜色。余光中不回击李敖，实际上也是一种颜色，是没有颜色的颜色，从某种程度上比回击还厉害。

那么，为什么在历史上留下了“文人相轻”这句话？别的人也相轻，但怎么没有留下相轻的话呢？

我琢磨的结果大概是：别的人相轻，大多口头说说而已，而文人相轻大多见诸文字，而且他们在论战中非常讲究艺术，骂人不带脏字，又留下许多非常有价值的文字，甚至对某种学说的形成与发展，都起了重要的作用，白纸黑字摆在那里，世代相传。不像其他人，相轻的话说了一大堆，但随着空气都飘走了。所以，“文人相轻”铁证如山，其他人再相轻，既无分量，也没留证据。

是金子总会发光

如果我没记错的话，再过一段时间，央视的《开门大吉》节目就要迎来它的5周岁生日。同样的“饭”，人们在5年之内连着“吃”了几百顿而不腻，而且越“吃”越香，收视率越来越高。这其中有诸多因素，然而，在我看来，每期参加攻关的选手物色得好，是其中重要原因之一。参加的选手有多少名气倒不是最重要的，关键在于他的故事是否生动，他的形象是否吸引人，他在台上的表现以及与主持人的互动是否自然与合拍。

之前选手李城的表现就大放异彩，深深地吸引了我。这位出生在湖南的小伙子，从小就表现出绘画的天赋，他立志一定要考中央美术学院，但是屡次失败。他毫不灰心丧气，为了进入美院的殿堂，他先在美院门口当了保安，一边守护这座殿堂，一边继续练习绘画。到 28 岁时，他终于以全国第 6 名的成绩考入中央美术学院，成为这个学院的一位高才生。他参加《开门大吉》时，连中央美术学院的院长都来为其捧场。

看到这里，使我想起那句名言：“是金子总会发光”。李城是块金子，他虽然埋在地下许多年，但他是金子，总会发出光来。这也应了李白那句诗：“天生我材必有用，千金散尽还复来”。外国还有一位名人也说过类似的话：“只要你是一枚天鹅蛋，就算是生在养鸡场，也没有什么关系。”

但是，我们也不能忽略“是金子总会发光”的下一句话：“发光的不一定是金子”。是呀，有不少人也在发光，他们发出的是贪婪之光，是醉驾之光，是吸毒之光，是玩物丧志之光……偏偏不是金子发出的那种光。

炉火纯青赞

最近，我为了集中精力经营我的微博，挖空心思地为我的几十万粉丝准备“吃”的，几乎与电视节目“断交”。昨天晚上因为央视的《我要上春晚》节目太精彩了，老伴直喊：“老头子，关掉你的电脑，来看一眼电视好不好！”我只好遵命。

我去看时，正值几位北京杂技团的姑娘表演抖空竹，只见她们把这种一般人都会玩几下子的空竹，时而抛上天，时而落下地；时而互相传，时而单独戏，花样之多，令人眼花缭乱，目不暇接。看到这里，我的一篇文章的内容应运而生，我要写一篇赞炉火纯青的小文。

什么是炉火纯青？据说道士炼丹，等到炉子里出现了纯青的火焰时，火候正好，从而达到纯熟完美的境界，就炼成好丹了。后来有位文人写了一部名叫《孽海花》的书，写到第25回时，他写了这么一句话："到了现在；可已到了炉火纯青的气候；正是兄弟们各显身手的时期。"从此炉火纯青这句话就成了形容一个人功夫到家、达到成熟阶段的形容词。出神入化，登峰造极，挥洒自如，得心应手，滚瓜烂熟等意思与之相近的词也应运而生。

别看炉火纯青只四个字，但它的境界太高了，能达到这个境界者凤毛麟角，因为它要靠比常人多付出千百倍的劳动才能达到。一般人往往吃不了这般苦，下不了这决心，要么望而却步，要么半途而废，于是只能处在"一瓶子不满半瓶子晃荡"的状态。都知道《红楼梦》是经典名著，殊不知那是曹雪芹在穷困潦倒之中，字字血声声泪写出来的。别说伟大著作，杰出发明，玩得那么精彩的空竹了，就连我这小小的微博能赢得几十万粉丝也是我拖着年迈之躯半夜三更爬起来写出来的。连看电视我都想着写微博。

我们的社会中达到炉火纯青的人太少了，"一瓶子不满半瓶子晃荡"的人太多了，甚至有些人连"半瓶子"水都没有，是个"空瓶子"，装的全是被污染了的空气。悲哀呀，悲哀！这样的人，往往还是那些哭穷、喊收入太低、对社会牢骚满腹之人。

朋友，特别是年轻的朋友们，老爷子奉劝大家，赶快选准一个适合自己兴趣和才智的门类，经过苦练，达到炉火纯青的境界，少玩物丧志吧！

这就是昨晚我看了半个多小时电视后联想出来的一篇短文，供大家参考。

吃喝个人说了算

现在有个现象似乎非常奇特，我们在许多方面保持高度一致，而在吃喝方面却众说纷纭、百花齐放。

只要翻开各种报纸杂志，打开宣传养生的电视节目，关于吃什么好喝什么好，什么不能吃什么不能喝的内容铺天盖地，比比皆是。更为奇怪的是，它们往往是针锋相对的，是水火不相容的。昨天说肉不能吃，要吃素，明天又说肉的营养绝对不能少；昨天说肥肉不能吃，明天又说肥肉是长寿肉；昨天说鸡蛋黄不能吃，今天又说胆固醇高点对健康有益；今天说酒绝对不是好东西，明天又说少量饮酒绝对有益；昨天说盐吃多了会引起高血压，今天又说吃盐没事，坏就坏在它里边的钠。到处都是这也不敢吃那也不敢吃，好像到处都有地雷，到处都有毒。

最近，又有专家说了，酒的害处大无边，喝酒（不是酗酒）是引起癌症的帮凶，不仅白酒，红酒和啤酒也在帮凶之列。而有些专家学者经过长期研究考察，却得出一个最权威的结论：长寿与吃什么喝什么，以及抽烟和运动都没什么关系，它只与人际关系有关，说白了，就是与人的心情有关。

在这些五花八门甚至对立的说法面前，我的态度是可以听，可以参考，但绝对不能与其保持一致，在思想上与行动上都不能与其保持一致。吃什么喝什么，根据个人的爱好和条件，要自己说了算，要把吃喝的过程变成享受的过程，变成愉快的过程，而不是担惊受怕的过程。

我今年 87 岁了，一直信奉谢觉哉老人说的那句话：根据条件，想吃什么就吃什么，能吃多少就吃多少。想吃什么，说明你身体需要这种营养，能吃多少就吃多少，这是对摄入量的把握。我一辈子没抽过烟，但在几十年之内我每天喝几两酒，吃几两肉，蔬菜水果不断。在饮食方面，我行我素，各种专家的说辞对我毫无影响。因为实践是检验真理的唯一标准，目前我的年龄和身体状况已经证明我的饮食习惯是合理的，是非常适合我的，我为什么非要否定自己，而按照外来的和尚念的经去做呢？

前不久看到一篇报道，四川有位 90 多岁的老太太每天喝一斤当地产的白酒，陕西有位 103 岁的老汉每天喝半斤白酒，怎么他们没患癌症，反而那么高寿呢？可见什么事也不能说绝对了，要因人而异。

最后我给大家讲个真实的故事：过去有位记者去采访一位百岁老寿星，问他长寿的经验，老人说，我一辈子既不抽烟也不喝酒。记者忽然听到隔壁房间里有人又哭又闹，问这是怎么回事，老人说，是我哥哥喝醉酒发酒疯，他常常这样，别理他。记者想，这稿子没法写了，这位喝酒的比不喝酒的活得还长！

写了这么多，我的目的无非是告诉我的读者们，各种饮食的忠告可以参考，但吃喝的大权一定要牢牢地掌握在自己手里，必须自己说了算，千万不要被杂七杂八的饮食“高见”搅乱了自己的吃兴。

遐　想

新年伊始，老夫马不停蹄，一鼓作气，写出了世上什么最疯狂、最厉害、最风流、最高尚、最难得、最可怕、最难忘、最无奈、最无耻、最珍贵，大家的称赞，使我受到极大鼓舞。

为了给大家换换口味，我转型来了个“供给侧改革”，写了《吃喝个人说了算》的随笔。发表后，又引起大家的浓厚兴趣，好评如潮。在这种情况下，不少人产生了一个错觉，似乎老夫无所不能，写什么都行。于是有些朋友得寸进尺，顺坡下驴，希望我把这类文章也写成一个小系列，如《婚姻个人说了算》《读书个人说了算》《花钱个人说了算》《旅游个人说了算》《发言个人说了算》《作业个人说了算》《运动个人说了算》《去哪儿个人说了算》。

开始，老夫也来劲了，心想：我要把这些文章写出来，岂不又创造了一个小小的奇迹？但是一下笔，却感到这些文章真的无法写。诸如：

现在社会上还存在那么多逼婚、骗婚、想结婚结不了、想离婚又离不成的情况，婚姻个人能说了算吗？

我想读的书不让读，我不想读的书却硬让我读，我个人能说了算吗？

我想去旅游的地方不允许去，有的去了还把护照收了，个人尊严受到极大伤害，想看的地方不让看，不想看的地方导游领着你满世界转，不想买的东西非让买，个人能说了算吗？

会上发言早就形成一定的套路，你能畅所欲言，想说什么就说什么吗？

作业更是个人说了不算，做什么做多少，完全按人家布置的办；

什么运动，怎么运动也不完全由个人说了算，跳个广场舞也矛盾重重；

你想去哪儿能去哪儿吗？父母，老婆或丈夫管，个人根本说了不算；

花钱个人更说了不算，老婆把财权紧紧握到手中，花钱事前要请示，事后要报告，卡得极紧，审计极严；

就连我已发表的受到大家一致好评的那篇《吃喝个人说了算》的随笔，也经不起推敲。你在食堂吃饭，你的经济条件又有限，或者即使你经济条件很好，吃什么喝什么你个人能完全说了算吗？实际上是人家说了算，你只有被动服从的义务，没有个人说了算的权力。

老夫思来想去，这一组“个人说了算”的文章，不能写，也无法写，写了也白写。其实，马克思早就说过，人是社会关系的总和。每个人都受各种关系的制约，也受各种条件的局限，因此，从本质上讲，就不可能个人说了算。

既然压根儿就不可能个人说了算，你写它干什么？

爹妈宣言

我正在阅读吾儿郑渊洁新出版的演讲集。我还从来没有见过他在不同的场合，面对着不同的对象，从各个不同的角度，如此充满激情，充满崇敬地歌颂自己的父母。我们的言行在他前进的道路上，成为推力，而没有成为阻力。此时此刻，我想代表为人父为人母的人，发表如下宣言：

人最宝贵的是自己的生命。比自己生命还要宝贵的是自己亲生的儿女。因为自己的生命只有一次，而儿女却肩负着延续生命的重任。当你回首与儿女相处的日日夜夜时，你不会因为打骂过他们而悔恨，也不会因为自己言行的不当、没有为儿女作出好的榜样而愧疚。在孩子眼里，你就是他们最好的偶像，在父母心目中，你生出了值得自己骄傲的人。这样，当孩子做出成绩的时候，父母会为这些成就而感到无比自豪，当儿女走向领奖台的时候，首先想到的是自己的生身父母。让我们两代人，互不愧疚，永远相亲相爱，直到永远。

关于“死活读不下去《红楼梦》”之我见

看到《人民日报》刊登的周宪先生写的一篇文章，题为《为什么“死活读不下去〈红楼梦〉”》，我感到此文写得很好，好就好在有调查、有分析、有建议。周先生认为，现在的人们为什么死活读不下去《红楼梦》呢？主要是我们正面临人类历史上的一个前所未有的新文化动态，现在的“媒介文化”“信息时代”“高科技社会”“后工业社会”“消费文化”等，使人们的阅读习惯改变了，人们的阅读进入“快、短、浅、泛、碎”阶段，像《红楼梦》这样的长篇巨著，人们很难坐下来专注地读下去了。这个分析无疑是对的。

老夫要补充的是，像《红楼梦》这样前无古人后无来者，写了贾、史、王、薛四大家族，写了几百个人物的鸿篇巨制，从它问世之后真正阅读过的人就不多，与其他几部长篇小说比起来，甚至可以说少之又少。《红楼梦》在民间虽有流传，然而也只是在极小的范围之内，基本上在所谓“红学家”中，再扩大范围，也只在极少数知识分子之中。以我的亲身经历为例，我于 1956 年 2 月 15 日在石家庄市中山路新华书店买了一套精装的两卷本的《红楼梦》，那时可没有电视、手机，社会也不浮躁，但我把这套书搬回家后，硬着头皮分十几次，才勉勉强强通读了一遍，许多读不懂的地方都跳过去了。20 世纪 60 年代初我调到北京的中国人民解放军总政治部工作，我的书架上四大名著全齐了，儿时的郑渊洁爱读书，我就让他在家读书。《三国演义》《水浒传》《西游记》他都读完了，他要求读《红楼梦》，我将此书藏起来，明确告诉他，这书你现在读不懂，长大了再读。

我记得 1987 年版的《红楼梦》电视剧公映时，一位红学家就说，在咱们国家读过这本书的并不多。看电视时，许多人连剧中人物的关系都弄不清楚，只是看热闹。当然这个电视剧的一大功劳，就是对《红楼梦》这部名著的普及做了贡献。后来，郑渊洁为了在儿童中普及我国古典文学，还把四大名著改写为少儿版，也尽了自己的微薄之力。

我写这段话的目的，无非是想说：实事求是地客观分析，死活读不下去《红楼梦》的现象早已有之，不能全赖信息时代或社会浮躁。

以上观点如有不妥，望指正。

五大传说不可轻信

在世界上有些传说是真的，有些传说是假的。因为传的人多了，假的似乎也渐渐变成真的了。人家都这么传，我也跟着传，于是形成一股巨大的洪流，不可阻挡。后来我想，有些传说究竟是不是真的？出于好奇，当然也出于去伪存真的精神，我就找了一些资料来看。现在看来，至少有五大传说，是不能轻信的。

第一个传说，怀孕的妇女家不能养猫。猫和狗都是人们喜爱的宠物。狗能看门护院，还能逗人解闷；猫除了可爱得像小老虎，还能逮耗子。我国改革开放的总设计师邓小平同志爱说“不管黑猫白猫，逮住耗子就是好猫”。狗就不能逮耗子，狗逮耗子就是多管闲事，超出职权范围。然而，人们总说怀孕后，家里不能养猫，因为猫身上有一种弓形虫，对肚里的婴儿不好。关于弓形虫，牛羊等动物身上都有，而且比猫身上多好多倍。猫身上一生只感染一次弓形虫。只要养得卫生，也不是每只猫必生这种虫。据医书记载，绝大多数感染过弓形虫的人，一辈子都没养过猫。至于怀孕后家中养不养猫，是个人自由，但猫身上背的这个黑锅，应给人家去掉。

第二个传说，牛顿是看到苹果从树上掉下来，从而产生灵感，发现了万有引力定律。牛顿生前，没人亲自听牛顿本人讲过这个故事；牛顿去世后，人们翻遍他遗留下来的大量手稿，也没发现这个故事的任何文字记载。那么这个故事是怎么来的？原来是伏尔泰编的。人们问伏尔泰，你编这个故事的根据是什么？伏尔泰说，我是听牛顿的一个侄女说的。当然，这是个非常有意义的好故事。当故事听，从中受到启示，也没问题。但牛顿的万有引力学说，是否是这么来的，至今查无实据。

第三个传说，瓦特看见水壶里的水烧开后产生的水蒸气把壶盖顶起来，获得了一个灵感，于是发明了蒸汽机。这个灵感非常伟大，也教导人们，在日常生活中，要善于从最普通的事物中捕捉灵感，由此作为思想火花，进行伟大的发明创造与创新。但是有一个铁的事实是，在瓦特之前就有了蒸汽机，瓦特的功劳是在已有的技术基础上进行了改进，使相关技术提高了一步。

第四个传说，燕窝鱼翅营养极其丰富。记得将近20年前，吾儿渊洁领我和他母亲去北京国贸用餐，他给他母亲买了一小碗燕窝汤，竟花了100多元。端上来后，我开玩笑地说，这不是泔水汤嘛，这么贵？我尝了一小口，什么味儿也没有。两三口就喝下去百十块。其实，所谓鱼翅就是鲨鱼的鳍，所谓燕窝就是海鸟的口水加一些半消化的小鱼小虾。

第五个传说，在月球上能看见我国的万里长城。这是不可能的。在月球上看万里长城，如同在百米开外看一根头发丝。万里长城是宏伟的，早已列入世界文化遗产，也有“不到长城非好汉”的名句。但是真理跨过一步就等于谬误。这个传说，我们千万不可轻信。

我写这篇文章的目的，不是就事论事，而是告诉人们一种方法，凡事都要寻根刨底，多问几个为什么。

重果更要重因

在哲学诸范畴中，有一个范畴叫原因与结果。一个现象的产生，总是由先于它的另一个现象所引起，先于它的现象就是原因，后边这个现象就是结果。

原因与结果存在着必然联系。没有原因的结果和没有结果的原因都是不存在的。同时，原因与结果是有区别的。原因不能与结果画等号，原因就是原因，结果就是结果，既不能倒因为果，也不能倒果为因。

很长时期以来，我有个不太成熟的感觉，每发生一件事之后，我们似乎把主要精力放在查结果上，而查清了结果后，对产生这个结果的原因往往分析得不够。因此，类似的事件一个接一个发生。

这次山东聊城对于于欢伤害人命案的处理，我希望在弄清结果的同时，更要弄清产生这一血案的原因，例如高利贷，黑社会组织的复活，老赖的出现，法制观念的淡薄，舆论导向中是否存在问题等。只有把产生这一血案的原因搞清楚了，并从中吸取教训，采取相应的有力措施，从源头解决问题，才能杜绝或减少类似事件的发生。否则，还会按下葫芦浮起瓢，一波未平一波又起。

我希望对于聊城发生的这起血案，既要查清结果，更要查清产生它的原因，不能仅仅处罚几个人就完事。只有查清原因，我们才能从血案中真正地吸取血的教训。

我的这个建议不一定对，仅供参考。

自我衡量

我写微博的历史有好多年了。这是由我的两个孙子大旗和亚旗给我置办了电脑与手写板，赶我这个老鸭子上架的。孙子主要是怕我年老孤独寂寞，给爷爷找点事干，以消磨时间。没想到老爷子一发而不可收，竟写了几万条，得到 60 多万粉丝大军。

最近我从儿孙那里反馈的信息中得知，很多人都夸我写得好，而且其中很多人的名字都如雷贯耳，着实让我大为吃惊，这些人“潜伏”得很深，只看我写的文章，从不留言，躲在后边悄无声息地关怀着我。

不是提倡衡量吗？我自我衡量了一下：我没有任何骄傲的理由，我不就是个年近90离老糊涂不远的老人嘛；我不就是个无职无权的离休干部嘛；我不就是个无一张文凭，连拼音打字都不会，只能用手写板写微博的半文盲半科盲嘛。经过衡量，我虽不自卑，但我的头脑冷静了许多，牢记吾儿渊洁在《大灰狼罗克》一书中说的：“一年只有一个春季一个夏季，而一年却有两个冬季！每年始于冬，终于冬。为什么？上帝为什么不选择夏季作为一年的开始和结束？春季、夏季和秋季都太闹、浮躁，只有冬季冷静、沉稳和深刻。由此可见，冷是生命的真谛。冷中大有学问，冷中大有哲理。生命应该冷，不要热。新年从冷开始，经历温暖、炎热和清凉后，回归冷而结束。生命倘若能始终保持冷的状态，将无往而不胜。作为个人，热的结果必然是身败名裂。作为企业，热的结果肯定是破产倒闭或被肢解。作为国家，热的结果必将是走向穷途末路。”

在听到各种赞扬之后，我衡量再三，一定要保持冷静，不要忘记自己姓甚名谁，不要忘记自己的水平和能力。什么时候也别忘记：天外有天，人外有人！

酒后答粉丝问

中午我多喝了一两酒，头有点晕乎，有些粉丝“趁火打劫”，想从老爷子嘴里套点东西。我本要去午睡，有些粉丝像记者那么难缠，挡住我的去路，不回答问题午睡没门。我只好说，只回答5个问题，答完概不奉陪。

问：你都80多岁了，有两个儿子，一个“童话大王”在地上跑，一个“信鸽大王”在天上飞，你和老伴都是离休老干部，不愁吃，不愁住，好好颐养天年就成了，何必辛辛苦苦写微博？

答：只是为了争口气。现代科技难道是你们年轻人的专利品，我们这些80多岁的老人就靠边站？我偏要说不，我敢说不，我不能不说不。小子们，你们错误地估计了形势，我们这些老家伙也要参与其中，而且要搞出名堂，弄出点响声，让大家看看，我们不比你们这些帅哥靓女差。我就是咽不下这口气，我要与你们年轻人比高低。

问：你写了3万多条微博，你不厌其烦、整天翻来覆去表达的中心思想到底是什么？

答：万变不离其宗。我其实主要是告诉我年轻的粉丝，应把主要精力用在寻找分析和解决问题的方法上来。方法分为两种，一种是大方法，即思想方法，另一种是小方法，即解决具体问题的窍门。学习的敌人是死记硬背，学习的出路是灵活运用。找到了方法一通百通。死记硬背会使学习进入死胡同儿。

问：你对你的近70万粉丝怎么看？

答：总体来看，我的粉丝的素质是相当高的，大多是有学问、求上进、追求高级趣味的人，地痞流氓，追求低级趣味的人，来我微博的不多。我在我的粉丝身上学到很多东西。例如我每天发的几条成语，我的粉丝都能以此写出一首诗来，而且里边上品极多，出本书都够水平。可是我只会出题，不会连句。要让我连，还不知连成什么。

问：你这么大岁数了，每天还能写点东西，我们都感到奇怪，这是为什么？

答：首先我赶上了好时代。几十年前我也不会想到能过现在的生活。我们手里拿的是智能手机，住的是楼房，吃的是大米白面，肉与蛋，应有尽有。过去理想的生活已经实现。在这种生活状况下，如果不有所作为对得起谁呢？所以，我要利用剩下不多的时间，把肚子里存的一点货倒出来，留给晚辈，说不定多少有点用处。否则也怪可惜的。这就是我拼命写点东西的动机。这个动机一点也不高尚，只是本能而已！

临时粉丝招待会到此为止。酒后之言，切勿外传。

有个绝招能保证老年人不再上当受骗

事实一再证明，老年群体已经沦为上当受骗的重灾区。人家为什么瞄准我们这些老年人？首先要找内因，这主要是由于我们自身的弱点造成的。都知道，打仗先选择对方最薄弱的环节下手。还有一句最通俗的话：苍蝇不叮无缝之蛋。我们的“蛋”有缝了，出现了可袭之处，人家不骗你，骗谁呀！

那么，我们的“蛋”在什么地方裂缝了？无非是这么几个方面：都想长寿，所谓“只要还有一口气，每月都有人民币”；二是节俭惯了，一般都想占点小便宜；三是心地善良，看到送货上门的如此热情，就认为都是好人；四是不懂现代科技，人家天花乱坠地一阵胡侃，便信以为真；五是孤独，很愿意人家车接车送的、成群结队的、去一个地方听各种健康讲座，其实讲课是假，卖东西才是真；最后，也是最最重要的，老年人一般都是离退休人员，有固定收入，银行里都有点老底。说一千道一万，人家瞄准的是你的钱，你若分文没有，他们才不会对你产生一丝一毫的兴趣。

我是个不管钱也不管买东西的人，但也上过几次当。前几年，看到报刊上登广告，宣传一种非常神奇的枕头。枕上这种枕头，失眠的，睡不醒；脑子笨的，能变聪明；记忆力衰退的，从此再不会忘事情。我这个人比较重视保护脑袋，虽然这种枕头标价每个 460 元，我还是通过电话买了一个。枕了一段时间，什么奇迹也没发生，我把枕头剪开一看，里面也就是一块海绵，中间放了个说不清有什么用的小玩意儿。我一气之下扔了，还是枕我的荞麦皮枕头。最近，发生的更换热水器上当受骗的事，大家都知道了。本来只值 900 元的东西，让人家多骗走 2000 块。

有句老话叫：吃一堑，长一智。而我们这些老年人“堑”是吃了，而“智”长不了。因为人家老变换花样，就像小品一样，这次卖拐，下次卖轮椅了。于是老年人成了常年上当受骗的对象，成了取之不尽用之不竭的聚宝盆。

那么，难道就没办法了，就让永远上不完当受不完骗的局面一直存在下去？不，前几天我儿子教给我一招，这招真灵。我发扬风格，把这招加以公开，不信你试一试，保准使你不再上当受骗。

我儿子说，干什么都要抓主要矛盾。在防止上当受骗的过程中，主要矛盾是什么？是捂紧自己的钱袋。你可以尽情享受上当受骗的过程。平常不是没人和你聊天吗，你就使劲和这些上门推销产品的人聊，在聊的过程中，你千万别忘了捂紧钱袋，只要钱不被骗走，上当受骗就不会变成现实，你就会平安无事。因此，凡有人向你兜售 10 块钱以上的产品时，你就要提高警惕，就要打电话与儿女商量。你有千条计，我有老主意，我虽不差钱，但我不掏钱。真正弄清了卖的东西既是我非常需要的，又是货真价实的，我掏钱不迟。

昨天，我们大院又来了好几个兜售保健品的人。说得极其神，腰腿疼的，吃了他的产品，就会慢慢止疼；吃不下饭的，服用了他的产品，胃口就会大开；睡不着觉的，服用后会让你睡得香甜；甚至性功能衰退者，服用后还能焕发青春……事先我把我的这一招传授给我的一些老友，大家听他们讲时听得津津有味，到要掏钱时，转身就走。结果无一人上当受骗。

老伙计，不信，你也试一试。

梦中的老牛

昨晚后半夜，我梦见一头老牛拉着一车沉甸甸的书报杂志，在一个陡坡上使出九牛二虎之力向上攀登。一个小伙子，嫌老牛拉得不好，用鞭子一个劲地抽它。但它一声不吭，毫不反抗，两眼泪汪汪地继续拉着，拉着。这时王勃看不下去了，说了一句公道话："老当益壮，宁移白首之心；穷且益坚，不坠青云之志。对老牛多些宽容吧！"

白发无情

存在决定意识。老人与少年这两种人，想的东西不一样，梦的东西也不一样。20 岁之前，特别是 15 岁之前，人们老嫌日子过得慢，希望快快长大成人。而在 40 岁，尤其 50 岁之后，又嫌日子过得太快，总希望"马儿呀，你慢些走，慢些走"，退休的年龄越来越近，但是还没干够。

至于寿命，说真的，四五十岁时，就奢望来个人活七十古来稀，再往上，不敢想。一晃 70 岁过了，再一晃 80 岁也过了，再一晃，离 90 岁也就差三四年了。所以，从 70 岁之后，我就喜欢收集古诗词中关于对老年人的描写，觉得身在其中，有亲近感。

王维说："壮心与身退，老病随年侵"；高适说："一卧东山三十春，岂知书剑老风尘"；杜甫说："途穷那免哭，身老不禁愁"；李端说："往来黄叶路，交结白头翁"；卢纶说："岁去人头白，秋来树叶黄。搔头向黄叶，与尔共悲伤"；杜牧说："公道世间唯白发，贵人头上不曾饶"；杜牧还说："青春留不住，白发自然生"。我找了好长时间，没找到李白写的关于白发的诗句，大概他的名字中就有白字，加上他是位浪漫主义诗人，对白发这种老暮的代表词不感兴趣。苏东坡写白发的诗句似乎也不太多，不过他在《水调歌头》中有句“早生华发”，我估摸着苏翁没准也是位少白头！

昨晚的梦，一直围绕着这些诗句来回翻腾。醒来后，我忽然醒悟：老年人应多读有朝气的诗句，整日整夜与这些白发打交道，岂能不成白头翁？

思来想去还是杜牧厉害，看得透：“公道世间唯白发，贵人头上不曾饶”。从电视上看到比尔·盖茨先生的头发也白了不少，白发无情呀，公道呀，即使对富人也一点面子不讲，一个劲地往上爬，以铁的事实证明自己的公道。

危机感

每个人，不管是普通人抑或有多么大学问的人，在有幸福感的同时，都要有危机感。有些时候只有被逼到绝路上，人才能恍然大悟，才能看透一切，才能来个飞跃，才能升华。

杨慎如果不被流放到云南艰苦地区长达数十年，能写出《临江仙》吗？曹雪芹如果不落魄到有时连粥也喝不上，能字字血声声泪地写出《红梦楼》吗？司马迁在《报任安书》一文中，有一句很有哲理的话：“盖文王拘而演《周易》；仲尼厄而作《春秋》；屈原放逐，乃赋《离骚》；左丘失明，厥有《国语》；孙子膑脚，《兵法》修列；不韦迁蜀，世传《吕览》；韩非囚秦，《说难》《孤愤》；《诗》三百篇，大抵圣贤发愤之所为作也。”

昨晚我的梦一直萦绕着一种危机感。目前，我们国内各种矛盾不少，有主要矛盾，还有许多次要矛盾，各行各业也都有自身的矛盾；每个家庭也有自己的一本难念之经；每个人也不会万事如意，一顺百顺。在国际上我们面临的矛盾更是层出不穷。有时真是危机四伏，如履薄冰。其实，在这些危机面前，我们不必惊慌失措，应看到这正是锻炼我们的意志与提高智慧的时候。

危与机总是连在一起的。危险之中有机会，危机之中考验人，危机之中出大作品，危机之中出大人物。人是否有本事，就看你能否把危险转化为机会。

重视平衡

昨晚老夫又做了一个梦，梦见克劳塞维茨说的那句名言：“战争无非是政治通过另一种手段的继续。”政治也好，政策也罢，其关键是搞好平衡。只要维持相对平衡，一般太平无事。平衡一旦被打破，麻烦就来了。地区平衡被打破，必然发生局部战争。全世界平衡被打破，就可能出现世界大战。战争的根源虽然存在于经济之中，但挑起战争的是疯子式的魔鬼人物。因此，全世界人民都要特别警惕疯子式的魔鬼人物。

是非成败转头空

中午我喝了二两革命小酒，痛痛快快地睡了个午觉。不知为什么睁开眼睛后，杨慎的那首《临江仙·滚滚长江东逝水》涌上我的心头：“滚滚长江东逝水，浪花淘尽英雄。是非成败转头空。青山依旧在，几度夕阳红。白发渔樵江渚上，惯看秋月春风。一壶浊酒喜相逢。古今多少事，都付笑谈中。”我按照这首词的思路，联系全世界的一些名人的事迹，感觉到：“是非成败”都如同过眼烟云，不必耿耿于怀。

成语连诗

随着我的粉丝数量的增多，我就考虑如何提高大家的参与度，不光是被动地看与写评论，希望大家也能充分利用我的微博平台，进行个人创作，留下自己的作品。

但是，用什么方式把大家聚到一起呢？经过多方考量，最后我选择了“成语连诗”这种形式。成语是语言经过长期锤炼而形成的固定短语，多以四个字为一组，它来源于群众口语、历史故事、古典文学；它具有寓意深刻，形象生动，易懂好记等特点，可以说它是语言中的精华。于是在一年多前，我就在每天早晨发三个成语，接下来由我的粉丝把这三个成语连成一首诗。起初，参与的人不多，后来，阵营逐渐扩大，不少高手也加入进来，这个活动在我的微博上逐渐形成一道亮丽的风景线。

最近，我反复想，我每天发三个成语，往少算也有十个人连成十首诗，这样一年下来也有几千首诗了，应该承认其中好诗不少，有几十首令人拍案叫绝。但坦率地说，多数质量不高。我为了鼓励粉丝也转发了。然而，转发并不等于这首诗的水平就高。所以，如何提高大家的连诗水平，就成了我最近思考的一个中心问题。

昨晚有人给我托梦来了：你的粉丝中有些朋友连诗的最大毛病是没有遵循宋朝诗论家严羽提出的作诗“四忌”。哪“四忌”呢？就是作诗时“语忌直，意忌浅，脉忌露，味忌短”。就是说，用语不要太直白，含义不可太浅薄，脉络不能太暴露，意味不能太短浅。

这个梦，使老夫恍然大悟，请大家连诗时，不妨以这“四忌”为教导，多试一试，可能会连出更多好诗。

日有所思，夜有所梦

老夫是山西人，昨天翻看了《晋书》。真是日有所思，夜有所梦，我晚上竟梦见晋朝陆机先生说的那句话：“身危由于势过，而不知去势以求安；祸积起于宠盛，而不知辞宠以招福。”刚才我查了下《辞海》，“势过”的意思是权力太大了；“宠盛”的含义是得宠过甚。

不过，知道其道理容易，真正落实到行动却困难。锋芒毕露、盛气凌人、好为人师，还是人们常见的缺点。

第九章

与你情书

情书缘起

亲们：

我这个人有个老毛病，就是爱胡思乱想。常常没边没沿地想，上天入地地想，左右开弓地想，从里到外地想。例如，我常常躺在床上，坐在写字台前，或在野外散步时思考，我的这几十万粉丝都是干什么的？多大岁数？是男是女？结婚了没有，是否已为人父母？是正在给宝宝喂奶，还是在洗尿布？住在哪里？在东，在西，在南，在北，在国内，还是在海外？身体状况如何，是体壮如牛，还是年老多病？儿女是孝子，还是逆子？家里那本经好念吗？我想着想着，就对这些不沾亲带故的人，莫名其妙地牵挂起来。你们说，我这不是胡思乱想是什么？

我孙子郑亚旗由于工作关系，现在社交接触面挺广，还和一些有头有脸的人打交道。他经常告诉我，爷爷，我碰到的人们在一起，谈得最多的一个内容，就是夸您的微博写得好。我说，你小子别骗我，光拣好听的让我听。亚旗很认真地说，真的不是骗您。我说，你举出几个人的名字来，他一口气说出好多位。这都是些耳熟能详、如雷贯耳的名字呀！我终于信了。

我这个人爱写信。年轻时爱给未来的孩子他妈写情书。有了孩子后，爱给孩子写信，比如给长子写信，还出版了一本《郑渊洁家书》。既然我们的“老人龙门阵”成员，走的走，病的病，组不成阵了，怎么办？天无绝人之路。从今日起，我另辟蹊径，改给我的几十万粉丝大军写“情书”了。

记得唐朝有位大才子王勃说过：

老当益壮，宁移白首之心？

穷且益坚，不坠青云之志。

我虽然老了，但我奋发向上的精神还没丧失。我愿意在有生之年，为大家做一点儿奉献！此信就算个开场白吧。

祝大家万事如意，幸福愉快！

情　绪

亲们：

人是有情绪的，情绪有许多种。但我们的老祖先十分聪慧，把它归结为四个字：喜，怒，哀，乐。

咱们闭上眼睛想一想，情绪就是花样再多，也难跑出这四个字。

我们家已经有个胖小子了，还想要个“小棉袄”，我的孙媳妇就执行“按需分配”原则，真给我们家“分配”来一件“小棉袄”。全家人喜出望外。

我邻居家有个不讲理的儿子，整天和我们家过不去。一天晚上他竟然打碎了我家阳台上的玻璃。这回我儿子气不打一处来，一气之下，以其人之道还治其人之身，在他家的门上砍了两刀。这叫不叫怒？

我有一位老战友，儿女事业有成，收入丰厚，家庭生活十分幸福。在一次长假期间，一家三口开着奔驰轿车，去南方旅游。恰遇天气不佳，在高速公路上车辆发生了重大交通事故，车毁人亡。这么美满的一个小家庭，就这样瞬间在地球上消失了。这叫不叫哀？

我的一个亲戚家的女孩，平时也看不出她用功，她从来不死记硬背，假期还出去打工，帮助家中增加收入。可是由于学习方法正确，她在高考中考了高分，一鸣惊人，来采访的记者络绎不绝，连县长和县委书记都亲临祝贺。你说这是不是乐？

情绪是外在的东西，它是要表达的。喜怒哀乐，都要表达出来。当然，你也可以偷偷喜，偷偷乐。但是，怒与哀你若不让其发作出来，那是要出大事的。轻者气出病来，重者形成一定的气候，它会影响社会的安定团结。

根据古人总结的经验，喜怒哀乐，特别是怒，宜放而不宜堵。老祖先的原话是：防民之口，甚于防川。言论宜疏不宜堵。在《宋史》中，还有一句至理名言：“贤路当广而不当狭，言路当开而不当塞。”

最后，老爷子我希望你们多一些喜和乐，少一些怒和哀。把自己家的日子过得越来越红火！

家　风

亲们：

我相信大家都知道“家风”这个词，并且知道家风对一个家庭生存与发展的极端重要性。今天，我想在这封信中，和大家聊一聊家风问题。

在日常生活中我们似乎有个错觉，一说起家风，就想到好家风。其实，家家都有家风。可以说，无家没风，问题是家风是正风还是邪风。有些家庭风气很正，或者正风压倒邪风。而有的家庭邪风压倒正风。这两股风无时无刻不在反复较量，不是正风压倒邪风，就是邪风压倒正风。当正风压倒邪风时，这个家庭就兴旺发达，蒸蒸日上；当邪风压倒正风时，这个家庭就风雨飘摇，甚至破产。

还有，家风既然已经形成，它就不是一股，是由好几股风气在互相作用。例如：尊老爱幼之风，遵纪守法之风，勤俭持家之风，礼貌待人之风，平等协商之风，读书上进之风，助人为乐之风，锻炼身体之风，讲究卫生之风。把这些风气合在一起，就综合成一股正气之风。

既然是风，当然有风源。这些风是从哪儿来的？有的靠祖辈遗传，有的靠社会培养，当然，最重要的是靠人人争气，严格要求自己，从小事做起。任何时候也不能忽视小事，因为大事都是由小事构成的。

大家都承认曾国藩的家风好，相传十代，没有一个败家子。他有八条家训：读书以训诂为本；作诗文以声调为本；事亲以得欢心为本；养生以戒恼怒为本；立身以不妄语为本；居家以不晏起为本；居官以不要钱为本；行军以不扰民为本。而在他的家规中，首先要求全家人都不准睡懒觉。一切好的家风从小事做起：诚实，从不说假话做起；勤奋，从不睡懒觉做起；戒骄，从不讥笑别人做起；戒奢，从不坐轿子做起。

浙江浦江有个郑氏家族，这个郑氏家族在宋、元、明三朝，十五世都是同居共食，300余年不分家。家风很棒。这个郑家先后有173人当官，最大的官是礼部尚书，而无一贪官。明朝开国皇帝朱元璋亲赐其“江南第一家”的称号。

所以，决定一个人成败和幸福与否的往往是他的精气神；一个家族能不能兴旺发达，往往是看其家风正不正。

今天到此搁笔，祝亲们家家有个好家风！

精气神的重要性

亲们：

昨天老夫和大家谈了家风问题，强调了要从小事做起，比如像曾国藩说的那样，从不睡懒觉做起。今天，我想与你们谈一谈人的精气神的重要性。因为一个家族能否兴旺发达往往看其家风正不正；而决定一个人成败和幸福与否的往往是其精气神。

人是要有点精神的。一个整天愁眉苦脸，干什么都提不起精神的人，绝对不会生活得愉快，更不可能干出一番事业来。精气神属于一个人外在的精神面貌。观察一个人，结交一个人，任用一个人，首先要看这个人的精神面貌。由精神面貌这个感性认识出发，进而去了解其本质。一个萎靡不振的人，是没人喜欢的，也不会得到重用。

大凡有精气神的人，都能克服万难，忍受常人难以忍受的困难。他们能把物质变精神，把精神变物质。在这种循环往复中，表现出一种不可战胜的气概来。

大凡有精气神的人，总有一股子乐观的情绪。今晨散步时，我看到一面墙上写了这样一首顺口溜，非常好，我马上掏出笔和纸将其抄下来，现转发给我的朋友们：

早睡早起多锻炼，走也舒坦，跑也舒坦。
膳食调好日三餐，素也香甜，荤也香甜。
常与朋友聊聊天，古也谈谈，今也谈谈。
琴棋书画我都学，早也乐观，晚也乐观。
有害嗜好不沾边，烟也不抽，酒也不贪。
定期查体上医院，儿也心安，女也心安。
别把烦恼留心间，朝也安然，晚也安然。
广游名川和大山，远也走走，近也转转。
金钱地位不留恋，利也不恋，名也不贪。
公益活动多奉献，老也喜欢，少也喜欢。

每个人如果都能按这个去做，那是一种什么样的精气神？

当然，按照自然法则，每个人总会有失去精气神的那一天。但我们要尽量把自己的精气神保持得长一点，不要让它轻易跑了，免得变成老气横秋的人。

最后，请记住一句名言："你无法掌舵先天优势，但可以领航后天努力。"请通过自己的不懈努力，让自己的精气神久驻。

人的礼仪

亲们：

老夫已给你们写了4封"情书"，不知大家是否喜欢？我使出浑身解数，尽力写得清楚明白并接地气。从评论中可以看出朋友们很爱看，这给了我不小的动力，那我就不慌不忙地写下去，绝对不会使你们失望。

今天，我要谈谈人的礼仪。有人说，人是会笑的动物；有人说，人是会哭的动物；有人说，人是有思想会创造的动物。这些都没错。但人还是有礼仪的动物。

礼仪代表着文明，代表着素质，代表着人与人交往的纽带和桥梁。一个处处讲礼仪的人与一个处处粗鲁、野蛮的人，他们的生活质量和取得的成就，绝对不会是一样的。

礼仪无处不在，无时不在。古时候的礼仪包罗万象，有的到了非常烦琐的程度。我今天就谈谈对我们最有用的几种礼仪：

常言道，人靠衣，马靠鞍。人的穿着要得体，要清洁整齐，要适合自己的年龄，要注意在什么场合穿什么衣服，要给人庄重、漂亮的感觉，千万不要穿奇装异服，使人感到妖里妖气。

外国人见面流行拥抱，中国人见面爱握手。握手也有讲究，握手要尊重对方，不能敷衍了事。握手时要看着对方的眼睛，不能将头歪到一边。与男士握手可以用力摇晃，与女士握手轻轻一碰即可，不可揪住不放。特别是现在性骚扰的案例太多，若沾上这个边，跳到黄河难洗清。当然，对真的性骚扰之徒，另当别论。

几个人在一起交谈，不能总是自己滔滔不绝，搞一言堂，不容别人说话。更不要以教训人的口气说话，好像真理全在自己手中。打断别人说话，也是不礼貌的行为。一定要记得：不在于说得多，而在于能否说到点子上；不在于引用古诗词多，而在于引用是否到位；不在于说得花哨，而在于是否有的放矢；不在于高谈阔论，而在于有没有人听。更要记住：言多有失，祸从口出，当你说得太多的时候，闭嘴的那一天就快要到了。

要牢记亲人，特别是父母和自己爱人、孩子的生日。在这一天应有必要的表示。自己的生日是“母难日”，如果情况允许，最好和妈妈一起过，这天爸爸也可搭个顺风车，喝几杯生日酒。长辈的正寿，更要办得热热闹闹，办成生命的加油站，让长辈们长寿长寿再长寿。

在公共场合行为举止要文明，不说脏话，不张口骂人，如对别人有冒犯，多说“对不起，请原谅”。不随地吐痰。不对着别人打哈欠，如非打哈欠不行，最好用手或书本、手机遮住口，不要让别人看见狮子大张口，连几颗牙甚至有几颗牙补过，都看得一清二楚。遛狗一定要拴狗链，狗的粪便一定要随手清理，注意公共环境卫生，千万不要认为别人没看见，天在瞧，人在看，举手之劳，何必留下骂名。

朋友聚会一定要守时，如因故迟到必须道歉。在一起不开过分庸俗的玩笑。不揭别人的短处、伤疤，不打听别人的隐私。吃饭时不对着饭菜咳嗽，唾沫星子满桌飞。不在菜里用筷子乱翻。客人还没吃完，主人不要离桌。喝酒要控制量，不互相劝酒、灌酒，免得由乐转悲，酿成大祸。不可发酒疯，又哭又闹，胡言乱语，弄得大家不欢而散。

今天我就想到这么多，直言相告，望亲们践行，做一位讲礼仪，有素质的文明人！

功过难定

亲们：

咱们中国有句老话：“盖棺论定”。现在提倡火葬，基本上没棺了，用骨灰盒代替，应改为“进盒论定”。

就说“盖棺论定”吧，有的人盖棺能定论，有的人盖了棺也难定论。特别是大人物和各种大名人。如果我没记错的话，孔子死于公元前479年，距今已经2000多年了，但他老人家的功过，历朝历代难以论定。秦始皇“焚书坑儒”，活埋的那几百个儒生，实际上是孔子学说的继承者。如果孔子当时活着，这个坑里一定有孔子。到了汉武帝时期罢黜百家，独尊儒术，孔子的日子才好过了一些。但是后来，孔子的地位时而上时而下，真是十五个吊桶打水——七上八下。然而，孔子的学说有其合理内核，生命力极强。随着改革开放的步伐，孔子也办了“护照”和“签证”，大摇大摆走出国门，在全球不少国家建立了孔子学院，事业十分红火。

行动的重要性

亲们：

在前边我写的每封信都有一个主题，今天你们猜猜我会写什么主题呢？

猜不着。

那我告诉大家吧，我今天写行动，或者更确切地说，写行动的重要性。

造成人与人成就差异的因素有很多，其中一个最重要的因素就在行动。言必行，行必果。成事在天，谋事在人。这个谋不光是谋划，而且包括行动。谋划也是行动。

一个人要想事业有成，不是靠耍嘴皮子，主要靠行动。有人可能会说，说相声的，唱戏的还不是靠耍嘴皮子？我说，他们耍嘴皮子就是他们的行动。

陆游有句名言：纸上得来终觉浅，绝知此事要躬行。你看，陆老说的还不是一般的行，而是躬行。

对于一个人来说，最大的危险就是饱食终日而不行动。想得太多，而行动太少，这正是一个人不能成功的原因所在。你必须立即行动起来，否则你永远没有开始。梦想如果不用行动变为现实，你一辈子都在做所谓的“美梦”。

千万不要当语言的巨人，行动的矮子。千万不能把牛皮吹上天，而根本见不到实际行动。这样的话，理想始终停留在挂在墙上的标语口号中。

我们要永远牢记：健康的身体是在锻炼的行动中保持的；知识是在求知的行动中积累的；游泳是在下水的行动中学会的；营养是在吃饭的行动中获取的；爱情是在点滴行动中维系的；金钱是在实际行动中获取的。没有行动就没有一切。

但行动有两种，一种是正义的行动，另一种是非正义的行动。小偷小摸，贪污腐败，一切违法乱纪的行为，也是行动，但那种行动是为人不齿的。

朋友们，为了自己的事业与幸福赶快行动起来吧。非正义的行动终将受到惩罚。

认真的重要性

亲们：

我在昨天的信中，和大家谈了行动的重要性。我们的口号应该是：行动，行动，再行动！通过正义的行动，实现我们的人生梦想。否则，我们永远生活在梦中。

但是，行动除正义与非正义之分外，还有认真与不认真之别，其效果大不一样。老子说过："天下难事，必作于易；天下大事，必作于细。"细是什么？就是认真。我们常说，一丝不苟，精益求精。怎样才能达到这个要求？也是靠认真。韩愈说"业精于勤而荒于嬉"，什么是嬉？就是指不认真。还有一句名言："小事成就大事，细节成就完美。"意思是说在每个细节上也不可粗心大意，因为细节决定成败。一次导弹发射失败，调查的结果是某个关键小零件没有装好。所以斯坦尼斯拉夫斯基说过："没有顽强的细心的劳动，即使是有才华的人也会变成绣花枕头似的无用的玩物。"因此，我们提倡事必躬亲，亲自去看，亲自去问，亲自去做。不认真的人，连做饭都可能把酱油当成醋，把碱面当成盐使用。

朋友，让我们认认真真做事，堂堂正正做人，每件事都能认真对待。

坚持的精神

亲们：

昨天我忙着校对《龙门阵》书稿，加上微博粉丝超过 60 万，儿子渊洁奖给我一部手机，使我这个老小孩有点得意，到处拍北京的天空与建筑，所以没给大家写信，请谅解。

在前边几封信中，我和大家谈了人的喜怒哀乐，谈了家风，谈了精气神，谈了礼仪，谈了孔子学院，谈了行动，谈了认真。今天，我打算和大家谈谈坚持。

这个问题太重要了。因为行动容易，坚持难。

我们经常能看到古人的教诲:“冰冻三尺非一日之寒，滴水石穿非一日之功”。这冰冻三尺与水滴石穿，靠的是什么？靠坚持。因此，坚持，能给失败者以振奋，能给孤独者以安慰，能给奋斗者以鼓舞。只要你手里拥有“坚持”这把钥匙，你就能开启成功的大门。人们往往不是看到成功的希望才去坚持，而是坚持到底才看到希望。世上大凡能成就大事的人，毫无例外地都具有超乎寻常的坚持到底的顽强精神。所以孟子说:“故天将降大任于是人也，必先苦其心志，劳其筋骨，饿其体肤，空乏其身，行拂乱其所为，所以动心忍性，曾益其所不能。”孟夫子在这里说的“忍性”是什么？我认为主要是指坚持的精神。

过去我们还看到有人用几句诗词形容一个人坚持学习的精神:“昨夜西风凋碧树。独上高楼，望尽天涯路”“衣带渐宽终不悔，为伊消得人憔悴”；“众人寻他千百度，蓦然回首，那人却在，灯火阑珊处”。他在干什么呢？腰带都宽了，人瘦了，但他仍在楼上的灯下，坚持读书和写字。

由此可见，成功没有秘诀。如果有秘诀，那就是坚持不懈。许多情况下，胜利的取得就在于再坚持一下。一项科学试验，99 次都失败了，再坚持一下可能就成功了，而不坚持，前功尽弃。做好事亦同理，做一件好事并不难，难的是坚持一辈子做好事不做坏事。

有人可能会问，老爷子你的坚持精神如何？我不敢吹牛说我的坚持精神已到了完美的境界，但在几个方面我坚持下来了：一是我离休后 30 多年来，坚持每天中午喝二两革命小酒不动摇；二是我几十年如一日坚持读书写字，向全世界的名人“借脑子”；三是我坚持天天四点钟起床，坚持散步；四是自从我 80 岁开微博以来，就坚持天天写、天天发，已发 3 万多条微博，而且大部分是原创；五是一年多来我天天坚持发几条成语，由我的粉丝连成诗，其中有不少朋友坚持天天连诗，其中好诗真不少，弄好了，将来选其优者，说不定哪家出版社看上了，能为大家出本书。

至于我大儿子郑渊洁一人坚持撰写《童话大王》月刊 30 多年；我家二儿子郑毅洁坚持 40 多年养信鸽……这些众所周知的坚持精神，就不用我多说了。

亲们，如果你善于行动，如果在行动中你又很认真，如果你的这种认真态度又能坚持下去，成功之门不为你开还能为谁开呢？

冒险精神

亲们：

一个人要干成一件事，不行动不行，行动不认真也不成，认真一两下子不坚持到底更不成。

老夫今天主要和大家谈谈，人还要有点冒险精神。四平八稳，按部就班，左顾右盼，前怕狼后怕虎，关键时刻没个冲劲、猛劲，没有一股子豁出去的冒险劲，绝对干不成事，尤其干不成大事。

在这里我们说的冒险精神并不是简单地指敢于做别人不敢做的事，说别人不敢说的话，玩别人不敢玩的东西。我们说的冒险精神是探索未知世界的那种勇气；是一种勇往直前的冲劲；是一种不服输坚持到底的勇猛；是一种为了事业视死如归的精神。

没有冒险精神，能成为第一个吃螃蟹的人？没有冒险精神，能学会游泳？没有冒险精神，能爬上珠穆朗玛峰？没有冒险精神，红军能完成长征？

常言道：天外有天，人外有人。在人类激烈的竞争中，大凡成功者往往都有一种大无畏的冒险精神，贪图安逸、贪生怕死、惜力的人，大多干不成事，更别说干成大事了。成功只留给那些勇于变革，勇于冒险的人。要想获得他人得不到的结果，就必须付出比他人高百倍的冒险精神。追求万无一失，意味着止步不前。在许多情况下不敢承担风险的人是最没有出息的人。说到底，其实人的整个生命就是一次冒险。所以法国大文豪雨果说："所谓活着的人，就是不断挑战的人，就是不断攀登命运险峰的人。"

在现实生活中，无论是工作、学习、科研，都会遇到不少险滩，只有勇于渡过这些险滩的人，才能到达胜利的彼岸。在对孩子、特别是对男孩子的教育中，我历来主张少一点中庸之道，多一点冒险精神。我的孙子郑亚旗不到20岁时，没有家人陪伴，独自去非洲拍摄野生动物，后来又先后潜到印度洋与太平洋拍摄海底动植物，与鲨鱼为伍，并出版了一部自己的摄影集。他去冒险时，我们虽很担心，但无一人阻挡。我的另一个孙子郑大旗在北京成立了一个"狂人赛车中心"，他既是董事长又是赛车手。赛起摩托车来，真令人害怕。但是我们家不仅没人反对，在赛车中心成立的大会上，老夫还亲临现场，朗读了我写的《男子汉宣言》。

当然，我们提倡冒险精神，绝非提倡冒险主义。不顾客观情况，一味搞冒险主义的人，多数要失败。至于那些酒后冒险驾车，那些冒着生命危险去从事贪污、偷盗、强奸等犯罪活动的人，更是违背了冒险精神。

论攀比

亲们：

我在北京居住了几十年，深感北京的秋天比春天还要好。每年立秋之后虽还有“秋老虎”一说，但毕竟秋天的“老虎”往下坡走了，气候渐渐告别了闷热，开始秋高气爽了。这时人们会感到十分舒服，正是学习、工作的大好季节，我给大家写信也倍感喜悦。

在今天的信中，我想与亲们探讨：攀比。

什么叫攀比？攀比一般是指不顾自己的具体情况，盲目地与条件比自己好的人相比。人的许多烦恼都是因为攀比而来的。假如不去攀比，本来可以生活得很好，但是人们又往往爱去攀比，一比就想攀，攀又攀不上去，结果引来苦恼。因此就派生出一句话：人比人，气死人。

在现实生活中，不比是不行的。正确的比可以产生奋进的动力。但不要攀比。在生活上要多与过去比，绝对不比什么官势，更不比什么财势。

有些人为什么爱进行攀比，一个很重要的原因是没有活出自我。

在西方有位名叫伯里克利的大政治家，他说过这么一段话：“我们爱好美丽的东西，但是没有因此而至于奢侈；我们爱好智慧，但是没有因此而至于柔弱；我们把财富当成可以适当利用的东西，而没有把它当成可以夸耀的东西。至于贫穷，谁也不必以承认自己的贫穷为耻；真正的耻辱是不择手段以避免贫穷。”看了这段话可以消除人们 80% 以上的攀比行为。

我在参加央视《开门大吉》节目时，引用过我的经过长征、1955 年被授予少将军衔的老首长李布德教导我的三句话：要知足常乐；要量力而行；要见好就收。把这三句话用到这里就是，应知足常乐，不必与他人去攀比；比也可以，但攀的时候要量力而行；攀得差不多，上不去了，就来个见好就收，千万不要死皮赖脸地往上攀，结果只能是爬得越高，摔得越重。

今天就此搁笔。希望大家知足常乐，量力而行，见好就收！

论自控

亲们：

我们人的身上有许多功能，但是有两种功能特别重要。你知道是哪两种吗？

有的朋友说，我真说不准。不要紧，我告诉你。

人身上的这两种功能，一是释放功能；二是自控功能。例如人的生理需求，知识的储存，思想的表达，工作水平，语言的交流，这些必须释放出来，不释放出来，不仅对社会的发展不利，而且会把人憋死。但是由于我们是人，释放必须与自控相结合。所以在这封信中，我主要想与亲们谈谈自控的极端重要性。

释放与自控是一对矛盾，是对立的统一。它们既相互配合，又相互制约，缺一不可。例如，开汽车不仅要踩油门，还要踩刹车。像导弹如此复杂的高技术武器，也有很强的控制系统，若失去控制，还不知道会发射到什么地方。连最简单的自行车还配有刹车装置，何况人呢！

凡精神正常的人都应有自控能力。人若办了不应该办的事，说了不应该说的话，后果是要自负的，是要吃不了兜着走的。有人可能会说，这不是限制自由吗？否。自由从来是相对的，世界上压根儿没有绝对的自由。胡作非为，胡说八道，在哪个社会也不行。

我们在生活中常听到一句话："病从口入，祸从口出"。为什么病从口入？为什么祸从口出？就是不善于自控。前天吾儿渊洁跟我说了一句很精彩的话："白酒如同粮食的果汁，喝了酒，就要相应地减少粮食的摄入量。"把白酒比作粮食的"果汁"，使我恍然大悟，我的将军肚之所以下不去，就是喝白酒后，没减粮食，也就是在粮食上没有自控。

在一个人自控能力还不强的情况下，自控应与他控相结合。例如，对于一个孩子，大人要严格培养和管教，使其逐渐加强自控能力。在社会上讲究礼仪，也是对自控能力的一种培养。在一个单位执行各种规章制度，遵守组织纪律，也是对自控能力的一种加强，对无自控能力之人的一种约束。朋友之间的相互劝告与正能量输送，也是对自控能力的一种补充。

朋友，把我们应该释放的尽量释放出来，把我们应有的自控能力不断加强，从而做一个有益于社会的人，做一个脱离了低级趣味的人，做一个健健康康的人。

关于“得理饶人”

亲们：

你是信奉早起的鸟儿有虫子吃，还是信奉早起的虫子被鸟吃呢？我活了80多岁了，不知为什么一直信奉早起的鸟有虫子吃。我还信奉另一句话：笨鸟先飞。别看我没有文凭，现在又这么老了，但我靠早起弥补了我的许多不足，可能你还在睡梦之中，我把许多事已经干完了。

今天我给大家的“情书”谈点什么呢？我思来想去，想谈谈得理饶人的问题。因为在人的一生中，你是得理饶人呢，还是得理不饶人？这是做人的过程中经常会碰到的一个大问题。处理好了，对自己有天大的好处；若处理不好，也会带来大祸。

在谈得理饶人时，我认为首先要弄清楚什么是理。根据我的分析，我觉得这里所说的理，包含着两层意思：一是真理；二是具体问题的是与非。如果实践证明真理在你手里，拥有真理的人一般对反对过自己的人会采取得理饶人的态度，否则，真理未必在他手里。而在具体问题的是与非上，好多人往往得理不饶人，非要分个高低。

古人云：“杀人不过头点地，能饶人处且饶人。”得理饶人，不仅是一种美德，还是一种智慧。在一定的情况下，原谅他人的过错，会显示出自己的容人之量，展现自己的人格魅力，让人们愿意接近自己，并一起合作共事。无数事实都证明，给人一条退路，放别人一马，可以打破僵局，也会受到别人发自内心的尊敬，为日后的相见和合作创造良好的氛围。

人和人相处，总会有某些磕磕绊绊。上下级之间会有不快，同事之间会有矛盾，同学之间会有摩擦，有些时候不一定非要分出胜负与对错，得理不饶人，不给他人留点面子，不给别人一个台阶下，往往会把事情弄糟。

得饶人处且饶人，也是为自己留有余地，因为每个人都不可能永远正确，真理不可能永远在你的手里，你也有犯错误的时候。要允许人家犯错误，允许人家改正错误，允许人家改正错误有个过程。

我曾经看过的一篇文章中说：人不讲理，是一个缺点；人硬讲理，更是一个盲点。理直气“和”远比理直气“壮”更能说服人和改变人。不善于得理饶人的人，往往会人为地树敌，并失去人心。

在雅加达举行的亚运会上，我国一位女游泳选手与韩国的一位女选手在赛前训练中发生争吵和小的肢体冲突。虽然事出有因，但我国运动员当场向对方道歉。接着我国游泳队领队又领着该运动员两次去找韩国运动员道歉。在这种情况下，对方仍拒绝接受道歉，并向亚奥理事会进行投诉，要求处罚我国这位运动员。韩国的行为连日本网民都看不下去了，对这种得理不饶人的行为表示鄙视和气愤。可见公道自在人心。

亲们，老夫希望大家都做一个得理饶人的人，坚决不做那种让人看不起的得理不饶人的人。何况有的人并没有理，而是在那里无理搅三分。

学会掌控时间

亲们：

昨天有位网名叫“范 251”的朋友问我：“老爷子可以写一篇关于管理时间的情书吗？”我答应这位粉丝的要求，今天就写一篇我关于掌控时间的肤浅感受，不妥之处欢迎亲们斧正。

辩证唯物论认为，物质的运动是在空间与时间中进行的。空间与时间是物质运动存在的形式。空间是无限的，时间是无始无终的。这是就整个物质世界而言。然而对我们每个人来说，你占有的空间是有限的，你的时间有始有终。这样，就派生出一个问题：作为个人来讲如何掌控好自己的时间？

前些年有个很流行的提法：时间就是生命！时间就是金钱！这个提法从强调时间的重要性来说没有什么问题，但若仔细推敲并不确切。因为时间只记录生命，它并不会给你生命；时间只给你提供获得金钱的机会，并不会直接给你金钱。它是否给你生命，是否给你金钱，还要看你的主观能动性发挥得如何，看你善不善于利用时间给自己提供的机会。

世界上最公平的是什么？莫过于时间。不管男女老幼，不管你腰缠万贯还是一贫如洗，不管你官职大小，时间一视同仁：每天 24 小时，不厚此薄彼，绝对一碗水端平。

世界流逝最快的是什么？也是时间。古人云：逝者如斯夫，不舍昼夜；时间易逝难留；圣人不贵尺之璧而重寸之阴；寸金难买寸光阴。再有天大本事的人，也留不住时间。世界上只有时间走一秒就失去一秒，这一秒今生今世不回头，时间绝对不走回头路。

世界上最有本领的是什么人？是那些会利用时间的人。他们会把这 24 小时合理分配。用多少时间睡眠，用多少时间吃饭，用多少时间锻炼身体，用多少时间会客，他们把这些事情都安排好后，再将剩下的时间好好利用起来，集中精力去从事体力劳动和脑力劳动，从而充实生命，从而创造财富，从而物质变精神，精神变物质。

在如何掌控好时间方面，除了坚持到底的毅力之外，几乎没有什么太多的窍门。鲁迅先生说过，哪里有天才，我是把别人喝咖啡的时间都用在写作上了。他老人家还说过，时间就像海绵里的水，只要挤总还是有的。他告诉我们，对于时间，要善于挤，要善于化零为整，要善于打擦边球。只有这样，时间老人才会帮助你，为你提供服务。

回顾我这大半辈子，浪费掉的时间太多了，还做了不少无效劳动。这么大年纪了，我国的《史记》《资治通鉴》都没通读过；唐诗宋诗，更是一知半解；在经济方面完全是一窍不通；对世界的了解更是少之又少。许多人说，自己是一瓶子不满半瓶子晃荡，而我连半瓶子也不够，充其量就是一小瓶底，想晃也晃荡不起来。只能落个“少壮不努力，老大徒悲伤”的遗憾！

我现在拼命地补课，想抢回点已经失去的时间。明知晚矣，但还不死心。这些年，我的时间是怎么利用的，我不说，我的粉丝们都知道。希望大家不要向我学习，你们要紧紧抓住自己的时间不放，在各条战线，做出自己无愧于时代的成绩来！

最后，我希望大家记住：

世界上最公平的是时间；最无情的是时间；最宝贵的是时间；最有权威的是时间；最爱流逝的也是时间。在有限的时间之内，尽量延长自己的生命；在权威的时间面前，尽量争取当主人，而不要沦为奴仆。

如何利用时间

亲们：

时间过得真快，别说驷马难追，就是导弹也追不上呀！一晃，我给亲们写的“情书”都14封了。我有个老经验，要善于回头看。我今早把我写的这14封“情书”从头到尾“巡视”了一遍，虽然大家评价不低，但我“巡视”出一个大问题。什么问题呢？“书”多而“情”少。在有些问题上，还有居高临下教训人的口吻，还有点“唯我独正”，好像真理全在自己手中的感觉，行文上有些死板，缺乏与网友情感之间的交流。再这么写下去，就会把读者写跑了。既然是“情书”，就应以“情”为主，和大家交心，再严肃的事，也应该带着“情”表达出来。这才是“情书”。

既然我“巡视”出来了问题，从这封信开始，我立即改，把它真正写成“情书”。

昨天我谈了时间的重要性。有朋友希望我结合自身体会，谈谈如何利用时间。那我就把我结婚和有了孩子后，如何从“海绵”里挤时间的经历，向大家如实交代。

过去有部名叫《李双双》的电影，男一号喜旺与女一号双双是一对恩爱夫妻，因对待事物的立场不同，两口子常闹矛盾。有时气得喜旺卷起铺盖就离家出走。这时电影里有一段话：天上下雨地下流，小两口打架不记仇；白天吃的是一锅饭，晚上睡的一个枕头。喜旺就把铺盖搬回来了。有句话说，两口子好得“相敬如宾”。我从来不大相信这句话。如果两口子相处得像宾客一样那么客气，那还是两口子吗？那还能过日子吗？

我22岁结婚，23岁有了郑渊洁。在没结婚之前，我读书写字的时间特别多。可以说，我的时间由我垄断。结婚后垄断被打破，我的时间只剩下二分之一；有了孩子后，我的时间又变成三分之一。这时考验我的时候到了：我是放弃读书写字，过庸庸无为的生活，还是争取做到照顾小家庭与学习两不误？在此关键时刻，我选择了后者。我把孩子作为我强大的动力。我意识到我的地位已经发生质变，由“为人子”一跃变成“为人父”。我必须要挤出一切时间，用知识武装自己，我不能当一个被自己的孩子瞧不起的人。

不知为什么我的长子从出生后，不仅爱哭，而且哭声很大，更麻烦的是晚上不爱睡觉。抱上就睡，一放下便哭。当时，我们三口人的住房只有九平方米。周围都是邻居。夜深人静，若一个孩子哭，那会搅得谁也睡不好。怎么办？我和孩子妈商量，我们俩轮流抱，我抱前半夜，孩子妈抱后半夜。这时，我发明了一种“抱子读书法”。《资本论》这部巨著，就是我抱着郑渊洁读完的。这部书是我于1953年8月17日在石家庄市中山路新华书店买的，但一直没时间看。1955年郑渊洁出生后，机会降临了，我抱着儿子把这部巨著啃下来了。请亲们评一评，我结婚和有了孩子后，是浪费了时间，还是通过抓时间，化零为整，赢得了许多时间？说句实话，我没上过什么正规大学，我的知识功底，文字功底，分析问题的功底，逻辑功底，都是在我结婚和有了孩子后打下的。

大概是因为我敬爱时间老人，把它看得比金子还珍贵，所以时间老人也没亏待我，它给了我知识，给了我力量。

不知这封“情书”大家喜欢吗？

如何阅读一本书

亲们：

昨天我带着感情，和大家聊了乱中取静、从小块时间中求大块时间的亲身体会，受到亲们的欢迎。我这个人就怕人家“戴高帽”，这一戴，我有点忘乎所以，趁热打铁再写封信谈谈怎么拥有书和看书的具体方法与步骤，或许对大家多多少少有点帮助。

我觉得在与书接触的过程中，咱们要扮演这样几种角色：

大首长。进入书店（或图书馆）后，你要像位大首长坐上检阅车阅兵一样，把所有书都浏览一遍，所有古今中外的名著都是受阅的对象。你甚至可以在心中发出呼喊：你们在这里等得辛苦了！书们齐声回答：愿为“上帝”（读者即上帝）服务，甘愿接受“上帝”检阅。

大老板。通过检阅，咱们选中了自己要买的书，不管是为研究服务，还是出于某项工作的需要，抑或是为了猎取故事，这时，到了“出血”的时候了。你应以大老板的身份掏钱购物，从而把书由公变私，使自己成为书的主人。

侦察员。把书买回来后，咱们先当一名机智的侦察兵，从每本书的目录上获取情报：这本书作者的情况；书的大体结构；分多少章，多少节，有多少万字。为了进一步掌握情况，我先突破一点，从书的开头或中间或最后的章节中，先抓个“俘虏”出来，读上几页，从作者的文笔，立论观点是否正确，使用材料是否新颖，用词是否幽默等方面，决定我对它的待遇，好的列为必读书、重点书，放在案头，给予优惠政策。不好的，活该坐冷板凳，好长时间我也不会搭理它。

钻探工。对于自己特别感兴趣的经典之作，不论古今著作，看一遍绝对是不够的。对这样的著作，要像钻探工一样，一钻到底，反复钻，往深里钻，多问几个为什么，他为什么这样写而不那样写？我能否从中挑出点毛病，另立炉灶？在人家的精彩语言下方，我要画上红蓝标记，在有感可发之处，我要写点眉批。这个阶段才是下苦功夫的阶段，钻得越深，收获越大。读书不标记是个天大的缺点，如同没看过一样，画上标记留下自己的印记，书才成了你的伴侣。

航天员。钻进去是为了跳出来，否则就变成书呆子了。有些人舍得买书，看的也不少，近视度数不断攀升，腰不断与刘罗锅逼近，但学问却离刘罗锅越来越远。为什么？就是钻进去后跳不出来。因此，我们要像航天员一样，飞到上空，飞到地球之外，站在宇宙的高度看世界。只有这样，我们读书的目的才能达到。只有这时，你才有可能达到“站得高看得远”的境界。

评论员。我买了许多书，也读了不少，这时，最重要的是形成自己的世界观、方法论，有一套自己观察、分析、解决问题的方法，这样你对各种自然与社会现象，就有了本钱和资格当评论员，从而畅谈自己的看法，写出自己的文章。写得多了，熟能生巧，说不定写着写着由量变到质变，你也就成为某个方面的专家了。不信，你试试。坚持下去，总有成果。

在这封信中，我把读书人扮演的角色比喻为：大首长，大老板，侦察员，钻探工，航天员，评论员，大家觉得形象与确切吗？我静候各位的评论。

好记性不如烂笔头

亲们：

您的嘴懒吗？不懒。不仅对好吃的饭狼吞虎咽，而且零食不断；您的脚懒吗？也不懒，从来坐不住，就喜欢走走逛逛；那么您的手懒不懒？这个嘛，真不好意思说，我读书、听课从来不爱动手做笔记，现在手连字都不会写了，写出来的字歪歪扭扭，别人都不认识我写的是什么。

那好，在今天的“情书”中，老夫给大家讲两个故事。

第一个故事：在延安时期，有“五老”，这就是董必武、林伯渠、徐特立、谢觉哉、吴玉章。在这五老中，徐特立老人有个读书方法。他说：买书不如借书；借书不如抄书；全抄不如摘抄。为什么买书不如借书呢？当时书少，钱更少，买本书不容易，同时买的书是自己的，什么时候看都可以，而借的书有时间限制，必须抓紧看，到期归还。为什么借书不如抄书呢？常言道：好记性不如烂笔头。眼过千遍不如手写一遍。为什么全抄不如摘抄呢？全抄不费脑子，抄下来就是了，而摘抄就要用脑子在书中寻找重点，只抄精华。据说，徐老抄过《联共（布）党史简明教程》，这是一本很厚的书，那得花多少时间呀！但他老人家抄下来了。

第二个故事，是苏东坡抄书的故事。苏东坡，具有多么聪慧的大脑，是公认的几百年才出一个的奇人。就是这么一位被称为旷世天才的人，却主张抄书。例如，苏东坡三抄《汉书》被传为佳话。有一天，苏东坡正在集中精力抄《汉书》时，有位好友来访。他出来迎接晚了，道歉说，因我的功课还未做完，所以出来迟了，请原谅。客人奇怪地问，先生是名扬四海的大名人，怎么还做功课？苏东坡说，我在抄《汉书》。客人更加吃惊地说，凭先生如此过人的才智，开卷一看便可永生难忘，怎么还抄书呢？苏东坡说，不瞒您说，我抄《汉书》已经有三遍了。抄第一遍时，我每段抄三个字，就能记住整段；抄第二遍时，每段抄两个字，就能记住整段；抄第三遍时，我只抄一个字，就可记住整段了。

苏东坡的这位朋友有点疑惑。苏东坡去里屋把他的抄本拿出来请朋友看。这位朋友想考一考他，便从《汉书》中选出几个段落让苏东坡背诵，苏东坡竟全部一字不差地背出。这位朋友佩服得五体投地。

苏东坡一生留下《苏东坡全集》100余卷，写诗200余首，写词300余篇，被世人誉为“其豪放如李白，其深沉似杜甫，其劲拔像韩愈，其风骨如柳宗元，其流畅近白居易”，连与他政治观点不同的王安石都说，像苏东坡这样的奇才，不知几百年才能出一个。

像苏东坡这样的大家，他的成功固然有许多因素，但从他抄《汉书》的事例中，我们不能不钦佩他下的苦功，不能不认识到做读书笔记与听课笔记的极端重要性。

有些朋友奇怪，老爷子这么大岁数了，几年来用手写板竟一个字一个字地写了几万条微博，还出版了五本书，这是为什么？我坦诚地告诉大家，这与我从年轻时期就爱做笔记有关。我写了几十本读书笔记，抄了上万张资料卡片。现在我还保存着我让郑渊洁12岁时帮我抄录的《人民日报》的卡片。

我常常想：比苏东坡脑子聪明的人肯定不少，但下的功夫比苏东坡多的人，恐怕寥寥无几。要像现在这样，总玩手机，连个字都不会或懒得写了，我们手的功能，久而久之会不会像当初的尾巴那样也退化掉？

老夫恳切希望朋友们拿起笔来，动手多写，熟能生巧，写多了，你就能成为一个行家，即使不成行家，把文笔写顺溜，把字写好看，也是应该的吧！

有句话请亲们必须记住：手要勤做笔记，不要太相信自己的记忆力！

“奶嘴乐”的故事

亲们：

今天，又一个双休日来临了。现在，大概你们还在酣睡之中，老夫向各位提一个可能使你们意想不到的问题：你们的嘴上叼过“奶嘴乐”吗？

有人回答，我吃妈妈的奶长大，从未叼过奶嘴；有人说，我小时候妈妈的奶不够吃，配着喝过一部分牛奶，我叼过奶嘴；有人说，我小时候特爱哭，只要哭，大人就往我嘴里塞个“奶嘴乐”，我立马就不哭了。

我告诉你们，我之所以要提这个幼稚的问题，是因为有个“奶嘴乐”的故事传得沸沸扬扬。你如果不知道是怎么回事，现在我就告诉你。

话说前几年德国《图片报》的两名记者，一位名叫马丁，另一位名叫舒曼，两人合写了一本书，题曰《全球化陷阱》。就在这本书中，他们说：若干年前，针对全球化发展的趋势，在美国旧金山的费尔蒙特大酒店召开了一个有500多名世界顶尖人物参加的秘密会议。会议只准三个记者到会，而马丁与舒曼，就是其中两位。

在会议中，大部分人都谈到全球化给人类带来的消极影响。与会者一致担忧全球化将导致“20：80社会”的到来。什么是“20：80社会”呢？就是全球化实现后，将会有20%的富人，有80%的穷人。这80%的穷人肯定不满，一定会起来攻击那20%的富人，从而引起社会大动荡。这种情况如果出现，该怎么办？

正在大家发愁时，有位出生于波兰，后加入了美国籍，被誉为大战略家的人开出一个方子：为了使那 80% 的人不造反，给他们每人嘴里塞个“奶嘴乐”，让他们沉迷于网络游戏与各种刺激的节目之中，整天不思考，没有作为，无心读书，不干事业，不求上进，乐于追星，以此忘掉英雄人物，忘掉科学家、文学家、社会学家、教育家，忘掉祖国的文化，一句话，忘掉自己在现实生活中落魄的境地。这就是“奶嘴乐”方案。

遗憾的是，我国人口众多，人家的这个“奶嘴乐”计谋，让许多年轻人中了圈套。你看，现在不少小青年都拿着手机，热衷于网络游戏，传播各种明星的趣闻，传播各种谣言和小道消息，寻求刺激，沉醉其中，难以自拔。

我不相信这个故事是真的。更不相信在美国旧金山召开过这么个会议。然而，这个故事却给我们敲响了警钟。我们必须赶快拔掉我们嘴里的“奶嘴乐”，如果有的话。我们要只争朝夕地奋进。如果再不清醒，沉迷于“奶嘴乐”之中，我们真有可能跌入全球化的陷阱了。

亲们，让我们当机立断拔掉“奶嘴乐”，换成“奋进乐”“读书乐”“研究乐”“创新乐”。须知：“奶嘴乐”，它会“乐”死人！

识人难

亲们：

你知道世上什么最难吗？是上天，还是入地？是爬山，还是入海？李白认为：蜀道难，难于上青天。

我认为，这些固然难，但还不是最难。那么，最难的是什么？是识人。

人为什么难识？是由这么几个因素构成的：

一是人会伪装。其他动物想吃谁就赤裸裸地吃，而人在吃你之前还会表现得十分善良，他甚至在表面歌颂你的时候，却在心里恨死你，在帮助你的时候，就准备收拾你。

二是人总是为了个人利益出尔反尔，反复无常。为什么会出现“成也萧何，败也萧何”？那是根据刘邦夺天下与坐天下的利益而定的。夺天下时需要韩信，打下天下后感到韩信构成对天下的威胁，不除掉你除谁？

三是人的嫉妒之心甚强。往往是能共患难，不能共富贵。加之人心不足蛇吞象，一旦你超过了我，我就想尽一切办法把你除掉。为了除掉对手，可以制造出一些好听的理论。

虽然识人难，但你是生活在人群之中的，天天与人打交道，再难还得识。不会识别人，不仅当领导难，当一个普通人，也难。据说，拿破仑有句话："只要看看这个国家的地图，就能明白它的外交政策。"埃及前总统纳赛尔只要听说哪个国家发生政变，他就要情报部门赶快弄来政变领导人的各种照片反复端详，从相貌上判断可否与此人合作。也有许多人是通过相面，判断对方的善与恶，面善的即是好人，与之共事，面恶的即是坏人，就要躲得远远的，退避三舍。如同戏剧中的脸谱，红脸的是忠臣，白脸的是奸臣，花脸的准奸诈。

要我说，识人还得靠长期相处，一时半会儿真的难下结论。所谓路遥知马力，日久见人心。这是人类在识人上提炼出来的至理名言。

要我说，通过事情识人最可靠。不要别人说此人怎么样，你就轻信，就人云亦云，而要用事实说话。如果人家办的事是对的，谁说什么我也不信。

要我说，识别人还有一个最简单的方法，就是看当你倒霉时，这个人是什么态度。人一旦倒霉，便门可罗雀。这才是识别人的最好时机。

有句话叫：知人善任。我再添一句：知人善处。只有对这个人知根知底，你才能根据他的情况，决定任命他担负什么职务。只有你深知他的品行，你才能决定与其相处的深浅。

最后，还有句话也不能忘记：害人之心不可有，防人之心不可无。因为你生活在人这个高级动物群里，不能不防！

怎样和年轻人做朋友？

亲们：

我知道在我的粉丝中，年轻人占了三分之二，其中高中生与大学生相当多。平常在生活中我与年轻人没代沟，交流没有障碍，他们也愿意向我倾吐心声。例如，昨天有位网名叫"香江水水"的女青年给我留言："郑老爷子写的微博，确实是题材天天换花样，不知不觉中就看上瘾了，还真受益了。别看他都这把年纪了，与我们年轻人交流起来真的没代沟。"我从心眼儿里喜欢年轻人，我感到和他们在一起，或在网上交流，我也年轻了许多岁，因为我从他们身上沾了不少朝气，从而驱除了我的不少暮气。我也是从青年时期过来的，我知道他们喜欢什么，需要什么。因此，一颗跳动了 80 多年的老心和几十万颗跳动了没多少年的年轻的心，是会连在一起的。

我之所以与年轻人没什么代沟，讨他们喜欢，赢得他们信任，主要是在这八个方面下功夫：

做开明老人。时代变了，老皇历没用了。过去我们有我们的活法，现在年轻人有年轻人的活法。老年人要与时俱进，不能这也看不惯，那也看着不顺眼。如果那样，清朝的人看到咱们后来的男人都剪掉辫子，女人都放开脚，不是也看不惯嘛！

做时尚老人。你们年轻人跳交谊舞、霹雳舞，我们也跳广场舞；你们穿红的绿的衣服，我们也穿几件花衣服；你们去旅游，我们也满世界转悠；你们“帅呆了”“酷毙了”“小鲜肉”不离口，我的微博中时不时也来几句，以表示咱们有共同语言。

做慈祥老人。不摆老资格，不以长辈自居，不倚老卖老，好像我是家长，我过的桥比你们走的路都多，不要这样，要当个慈眉善目的老人。说话和气，不要盛气凌人，不要动不动就吹胡子瞪眼，不要老是想当年，总以教训别人的口气说话。

当奉献老人。年纪虽大了，但要发热也要发光。要把多年积累的知识，经验，库存，都无私地拿出来，使青年人借鉴，少走弯路。特别是要多传授观察问题与解决问题的方法。传授什么都没有传授方法重要。

当知足老人。对社会知足，对儿女知足，对朋友知足，对所处环境知足，对现在的生活知足。不要总感到社会、儿女、周围的人都欠自己的。只有感到人家都不欠你，你心里才会乐呵呵。不然你总感到不平衡，气不打一处来。

当勤奋老人。只要身体不到了自个儿不能自理的地步，就不要别人伺候，争取桌子自己擦，地板自己拖，衣服自个儿洗，书自己看，字儿自己写，走路腰板挺直，似一阵风，绝不老态龙钟。方成老先生说的那句话我十分赞成：要忙得没时间生病。

当幽默老人。要多看点小品，听点相声，整天自己笑哈哈，并从心里偷着乐。和青年相处，要善于逗着他们玩，说点笑话以及奇闻趣事，故意写一两个错别字，引诱他们写评论，从而拉近与年轻人的距离，使他们“上当受骗”，认为你这个老人和蔼可亲，然后，你再把严肃的道理偷偷灌输进去。

当榜样老人。我主张让青年人做到的，自己必须先做到。我要求子孙们读书写字，我必须天天读，天天写；我要求家人不睡懒觉，我自己每天坚持四点钟起床；我要求家人不吸烟，我必须一支烟也不抽；我希望家人不当麻烦的制造者，我先遵纪守法。这样你说话才有力量。

以上就是我基本上能做到与青年人没什么代沟的八点原因。

我有自知之明，我已经是棵枯树了。我不过是力争在这棵枯树上，再开几朵好看的花！让我的这只老手与你们的小鲜肉之手，紧紧相握！

地理趣谈

亲们：

昨天晚上在睡梦之中，地理老人把我狠狠地批评了一顿：小郑，你在我们地理老人与历史老人之间，一碗水没端平。你谈历史多，还出了一本书叫《聊天》，而对我们地理老人避而不谈，让我们坐冷板凳。你若再不让我们地理老人登场，我给你们来个大地震，让你们吃不了兜着走！

吓得我出了一身冷汗。现在就让地理老人上场表演，不然，我就要闯大祸了。

你知道我们人类居住的这个地球有多大吗？我告诉你，地球的总面积约为5.1亿平方千米。其中约29%是陆地，其余约71%是海洋。

这么点陆地上有多少国家和地区呢？

有224个国家和地区，其中国家为193个，地区31个。

它们是怎么分布的呢？

亚洲有48个，欧洲有44个，非洲有59个，大洋洲有24个，北美洲有36个，南美洲有13个。

世界上人口最多的国家，那还用说，当然是中国。人口极少的有这么几个国家：列支敦士登有5万人，摩纳哥有3万人，圣马力诺有2万多人。还有一个名叫比尔泰维勒的国家，只有两人。这个国家坐落在苏丹与埃及的中间。

请问：咱们中国人口是冠军，经济排名第几？

若按经济总收入，美国是老大，我们是老二，稳居亚军的位置。但是咱们中国人口太多，我国要按人均收入排名，在2010年只排在127位。对这一点我们

顾客比作上帝的话，我的粉丝们就是上帝。这些上帝中各色人都有。有的和颜悦色，吃着顺口就赞扬；有的声色俱厉，不合口味时就批评；有许多则是沉默寡言，金口不开，潜水很深，吃了我做的“饭”五六年了，至今一句话不说。我只管埋头做“饭”，想尽一切办法，挖空心思地变换花样，使我的上帝们吃着不腻。大家可能感觉到了，写“情书”以来，我天马行空，上天入地地调整“菜谱”，就怕我的顾客跑掉，就担心我的股市由“牛市”变成“熊市”。

奔着这个精神，从今天开始，老夫要向大家介绍一些特别有意思的神话。以此展示我们祖先的想象力。

2016年巴西里约奥运会上，我国有位女游泳运动员，在记者采访她时，说了句：我已尽了洪荒之力。从此成为网红。确实是，天地玄黄，宇宙洪荒。在自然科学还很不发达的时候，人们对我们人类的起源之谜，只能用各种美妙的神话来给出回答。例如，在我国就有个女娲补天的神话：

自从盘古开天地后，地上万物生长，飞禽走兽，样样俱全，唯独没有人。一天，有位名叫女娲的神，到大地上来巡视，她看到大地上青山绿水，鲜花飞鸟，什么都有，却没有一个像自己一样的生物，甚感孤独无聊。于是她从地上抓起一把泥土，按照自己的模样，捏了个泥娃娃。谁知这个泥娃娃一放在地上，立刻就活了，只见他笑着跳着，拉着女娲的手，一个劲地叫妈妈。一天女娲带着孩子来到一座山上，忽然看见一只兔子从草丛里跳出来，孩子非常喜欢这只兔子，便把兔子抱在自己怀里。突然兔子挣脱向山下跑去，孩子也跟着兔子跑了。

女娲难忍失去孩子的寂寞。她想：既然黄泥能捏人，我何不再多捏一些孩子出来，让大地到处都是人。就这样女娲捏出许多泥娃娃，捏一个活一个，散布在大地的各个角落，过着幸福的生活。

然而好景不长。有一年有个名叫共工的水神与名叫祝融的火神打起仗来。结果共工被打败。他为了不让祝融安宁，就把头向不周山一顶，把不周山顶倒了。这个不周山非同小可，它是撑天的柱子。它一倒把天砸了个大窟窿。这一下天河里的水就从这个洞里往下灌，把大地万物淹了，把不少孩子淹死了，只有跑到山上去的孩子活了下来。

女娲为了救自己的孩子，决定用石头补天。她从各地找来高12丈，24丈见方的五色石头共306501块，把这些大石头堆在大荒山无稽崖下，用熊熊烈火烧了九天九夜，终于把天补上了。从此，女娲的孩子们生活在幸福之中。

女娲也幸福地笑了！

不知大家对老夫做的这顿“神话饭”，满意吗？

罗马创世神话

亲们：

昨天，我在信中和大家分享了女娲补天的神话。虽然这个神话耳熟能详，但是换个角度讲，仍有新鲜感。有的朋友说，爷爷你干脆趁热打铁，把盘古开天地、夸父逐日、嫦娥奔月、精卫填海等神话，也都说一说，以起到温故而知新的效果。而我的想法却不同。我想：不要光说中国的神话，我把罗马神话，印度神话，北欧神话，也都挑几个讲一讲。什么事情就怕比较。比如天神怎样造人，我们除了知道中国的神话外，还要看看在外国的神话中，人家是怎么编的故事。

今天，我就介绍一下在罗马神话中，天神是怎样创造人类的。

相传天公朱庇特，也就是宙斯，是奥林匹斯山之王、世界之主。他坐镇太空，指挥着天兵天将，使宇宙中的万物，都听他的指挥。他满面春风时，天空就风调雨顺，他发怒时，就会电闪雷鸣。因此，朱庇特被誉为雷电之神、震天之神、云雨之神，威力大无边。

人类就是朱庇特创造的。

朱庇特创造人类和女娲大不相同。女娲是用泥土捏小人，捏一个活一个。而朱庇特则是分五个阶段才将人类最终创造和固定下来。

第一阶段他用黄金造人。这代人创造出来后，过着自由自在的幸福生活。勤劳勇敢，互敬互爱，丰衣足食，遵纪守法。命运之神决定让这代人从地球上消失，由人变成仁慈的人类保护神。他们愉快地走向死亡，由人转变为神。

第二阶段他又用白银造人。这代人特别懒惰，特别幼稚，特别爱玩，好像永远是个孩子，长不大。等到他们从童年进入壮年后，还是肆无忌惮地放荡，违法乱纪，不成体统。天公对他们的行为非常不满，决定发洪水将他们消灭。考虑到他们还没坏到不能再坏的份儿上，就让他们留下生命，但只能作为魔鬼在地球上流浪。

第三阶段天公用青铜创造了人。这代人残忍粗暴，非常好战。不仅对其他动物残忍，人与人之间也毫无感情。好像他们不是人，就是一堆堆青铜。天公对这代无情之人，毫无兴趣和耐心，最后将他们都打入地狱。

第四阶段天公又创造出第四代人。这代人起初过着美好的生活，男耕女织，遵纪守法，互敬互爱，深受天公的喜爱。但是后来他们也陷入了互相残杀的战争中，使天公大为失望。朱庇特又不忍心让他们从地球上消灭，最后决定把他们送到很远很远的极乐岛上生活，不能再当大地的主人。

第五阶段天公朱庇特又用黑铁创造人。这代人更糟，六亲不认，兄弟姐妹之间互相残杀。儿子欺负父亲，父亲不疼爱亲骨肉；老人没人赡养，流落荒野；有权的人胡作非为，欺压平民；正直的人得不到重用，巧言令色之人，却飞黄腾达；人们整天算计的就是怎样把对方整垮。就是这么一代人，却留了下来。

从罗马的这个神话故事中，我们看出，天公造人是多么艰难，人类是带着原罪来到这个世界上来的。创造人类不易，不断改造和完善人类更加不易。

同样是人类的诞生，各国都有自己不同的版本。这都是科学还不发达时期的一种说法，要不能叫神话？

不知为什么，我今天凌晨三点就睡醒了，外边太黑，出去散步尚早，干脆把给粉丝的信写出来，一天轻松。

祝大家早安！

印度创世神话

亲们：

最近一个时期，我马不停蹄，写了不少东西，吾儿渊洁担心我累着，接我们老两口到北京前门一带散心，吃点北京特色的小吃，玩得很开心。逸是为了劳，我还是按老规矩写起来！每天不写点，好像没魂似的。

在向大家介绍神话时，我先说了我国的女娲补天，接着谈了罗马神话中的天公朱庇特用五个阶段创造人类，今天咱们接着聊在印度神话中，是怎样描述开天辟地的。

话说，宇宙刚形成的时候，什么都没有，随着时间的增长，渐渐有了一望无际的大海。再后来，不知经过几万亿年，又有了火。在火的燃烧之下，水里出现了一个金黄色的大蛋。又不知经过几万亿年，这个大蛋终于破壳，从蛋里出来一个能创造万物的神，他的名字叫梵天。

梵天好厉害，他把这个大蛋分成两半，一半变成天，另一半变成地，紧接着他又把水陆分开，这样宇宙就初步形成了。

但是梵天观望四周，没有别的生物，就只有他自己，显得十分孤单。他下定决心要为自己创造后代。

梵天利用神力，很快就生出六个儿子。他只身一人，怎样生育呢？这难不倒梵天。他用自己的心灵，生出大儿子摩里质；又用眼睛生出二儿子阿底利；用嘴巴生出三儿子安吉罗；用右耳生出四儿子补罗私底耶；用左耳生出五儿子补罗柯；用他的鼻孔生出六儿子克罗图。梵天的这六个儿子非同一般，都成了伟大的造物主。

梵天的孙子成群。大儿子生的儿子创造出天神、妖魔、人类、禽兽等物种。二儿子生的儿子是正义之神，三儿子生的儿子成为家族的鼻祖……之后，梵天又用右脚生出第七个儿子达刹，用左脚生出一个女儿叫毗里妮。又让他俩近亲结婚，婚后生出 50 个女儿，分别与各种神成婚。这样，人类就诞生了。

北欧创世神话

亲们：

不知大家注意到了没有，所有的神话，不管是咱们中国的，还是罗马的，印度的，都有几个共同的特点：开始宇宙一片黑暗，上下左右不分，地球上也没有生物，后来从石头缝里、从蛋壳里，蹦出来一个神，这个神，就成为造物主。有的造物主用泥土，有的造物主用自己的肢体或各个器官创造了世界万物，同时也创造了人。而人产生之后，为了成为世界的主宰，相互斗争，最后的胜者，就成为世界的统治者。

我发现所有神话，基本上是这个套路。

不信，老夫再给大家说一个北欧的神话故事，请看是否是这个套路。

创世之际，宇宙有两个区域，一个区域热，另一个区域冷。冷热区域之间有个又深又长的大裂缝。后来冷与热相遇，水蒸气便产生了。随着水蒸气的产生，就产生了一位名叫伊米尔的巨神，还产生了给伊米尔喂奶的一头大奶牛。伊米尔吸着奶牛的奶，生活非常幸福。一天他喝饱了奶躺在一个地方酣睡，汗水从他的左臂滴下，变成了一男一女，接着还从伊米尔的脚下生出了一个有六个脑袋的畸形巨神。

后来母牛用舌头舔盐块时，又舔出来一个名叫布利的神。一山不容二虎，布利家族与伊米尔激战。最后，布利虽被伊米尔击败，但他的孙子为爷爷报了仇，杀死了伊米尔。

这个孙子名叫奥丁，他用长矛刺死了伊米尔，伊米尔鲜血直流，流成一片血海。奥丁用伊米尔的躯体创造世界，用伊米尔的肉创造了大地，用他的血创造了大海，用他的骨骼创造山脉，用他的毛发创造森林，后来伊米尔的尸体腐烂了，长出无数的蛆虫，人就是由这些蛆虫变成的。

人类为什么有那么多毛病？原来都是因为人是由伊米尔躯体上生出的蛆虫变成的。

这也有点太恶心，太离奇了吧？

今天，咱们就说到这里，要想知道更多的内容，且听下回分解。

爱神维纳斯

亲们：

最近，不少朋友感到奇怪，老爷子你已是奔90岁的人了，为什么还红光满面，腰板笔直，走起路来一阵风，还能天天写微博，并获得60多万粉丝？我昨天就把我的不花钱的健身十招再次亮了出来。这就是：天鼓齐鸣，小便咬牙，用头写字，鼓嗽咽津，喝酒三忌，闭目养神，便后净身，躺下揉腹，散步聊天，坐下梳头。这十招是我坚持了几十年的习惯，希望大家从年轻时就坚持，我绝对不骗你们，坚持数年，必有大益。

今天咱们接着聊罗马神话中的爱神维纳斯。

你见过那个断臂的女神雕像吗？那就是维纳斯。在希腊神话中对她的出生有如下描述：她刚浮出水面，赤裸的身子踩在一片荷叶上，她的身材修长而健美，体态苗条而丰满，姿态婀娜而端庄，有一头蓬松浓密的秀发与她的光滑柔润的肢体形成鲜明的对照，从而烘托出了她的肌肉的弹性与悦目的躯体。风神把她吹到岸边。粉红色的玫瑰花在她的身边飘落，果树之神为她做好了新装，碧绿的海洋和蔚蓝色的天空，也在渲染着这种美与祥和的气氛，就这样一个爱与美的化身诞生了。

一个有两米高的大理石维纳斯雕像，在爱琴海米洛斯岛的山洞中被发现。这个雕像高贵端庄，她丰满的胸脯，浑圆的双肩，柔软的腰肢，呈现出一种成熟的女性美，她的人体结构和神态极富变化又含蓄微妙，雕像体现了充实的内在生命力和人的智慧。这个雕像现在被收藏在法国卢浮宫博物馆。我想不少去法国旅游的朋友大概都看到过。

至于维纳斯为什么是断臂的残疾人？有两种说法，一种是原作品就如此，没有臂胜于有臂，别具一格；另一种说法是，在山洞里发现雕像的两队人抢夺雕像时，把维纳斯的两条胳膊弄断了。

不管有什么说法，维纳斯都成为爱与美的化身。受她保护的情人，可以尽情享受爱的幸福。维纳斯的魅力无处不在：她出现在海上，海水就由浪涛汹涌恢复平静，她出现在大地上，大地就会一派欣欣向荣。因为维纳斯喜欢玫瑰花，所以人们就拿玫瑰花向情人表达爱意。

以上就是在罗马神话中对爱神维纳斯的一些描写。

如果你是女性，希望你成为维纳斯那样的人；如果你是男性，希望你的爱人成为维纳斯的化身！

丘比特的爱情故事

亲们：

最近我一直在想：神话实际上是人话。是人们对自然界和人类社会各种现象无法解释时给出的解释。因此，它充满了神秘与幻想。

我们看神话时，要以人的角度去看。通过所谓的神话，去了解真正的人。

上封信，我向大家简要地介绍了缺两条胳膊的爱神维纳斯。人们只要一谈起维纳斯，就说她是完美的化身。其实并非如此。

维纳斯与玛尔斯生了个男孩叫丘比特。这个男孩不仅长得帅，而且箭法特棒，百发百中。某城有个国王生了三个漂亮女儿，三女儿普赛克尤其出众，获得美神的荣誉。这让维纳斯的嫉妒之火上升，她便告诉儿子丘比特，一定要惩治普赛克，让她这辈子过最低贱的生活。

普赛克被其父送至一座大山。这里十分凄凉，她痛哭起来。万万没想到的是她哭累了竟睡着了，梦中她进入一个豪华的宫殿。接着她听见有人喊：普赛克，我是上天安排来当你的丈夫的人，我们在这个宫殿里过荣华富贵的日子吧。你们猜说此话的是谁呢？恰恰是维纳斯的儿子丘比特。

本来维纳斯让儿子去害普赛克，没想到丘比特却对普赛克一见钟情。他们在大山的一处宫殿里悄悄生活在一起了。

此事被人告密。维纳斯火冒三丈，一面将自己的儿子关起来，一面把普赛克抓来，使尽一切招数进行折磨，非要把这个漂亮姑娘折磨死不可。

就在普赛克快被维纳斯折磨死时，丘比特逃出来救她。丘比特的亲吻使普赛克的脸上慢慢恢复了血色，心脏又恢复了跳动，双眼也睁开了。当普赛克苏醒过来后，发现她躺在丘比特的怀里，无比幸福。后来天公朱庇特批准他们成婚，并在天宫里为他们举行了婚礼。在天公面前，维纳斯就算嫉妒也没办法了。

看来，爱神也有不可爱的一面。

今天是周六，因为大家要吃“饭”，我这个“大师傅”是没有休息日的。

失眠的王后

亲们：

今晨四时醒来后，我脑海中突然蹦出一句话：人出生的方式几乎是一样的，而死的方式各有各的不同。最近，有四位表演艺术家相继仙逝，他们每个人去世的情况都不相同。我在野外散步时，脑海中又蹦出一句话：人要享受生活，而不要让生活享受人。

言归正传，咱们还是接着说神话。

你有失眠症吗？是否因长期睡不着觉而得了抑郁症，甚至苦恼到了寻死觅活的地步？在印度神话中有个治这种病的妙招。

古时候印度的某个王国的王后，好吃懒做，整天打扮，对仆人残酷无情，整天寻思着怎么折腾周围的人和全国的老百姓。她最大的苦恼就是夜里在床上翻来覆去睡不着。

一天晚上，灯神告诉这位王后，我能帮王后分忧解愁，向天保证，让您睡得又香又甜。王后说，只要你能让我睡好觉，你让我干什么我都答应。

灯神说，您的失眠症，除了您自己，谁也帮不上您的忙。如果您肯去从事体力劳动，我保证您每天晚上睡得又香又甜。

王后按照灯神的吩咐，就装扮成一个普通劳动者去一个工地干活。白天挑灰抹浆，晚上就睡在工棚里。奇怪的事情发生了，她比在王宫里吃得还香，晚上只要一沾枕头，便呼呼大睡，失眠症一扫而光。

过了一段时间，国王在工地上找到王后，看到王后精神特别好，身体非常健康，特别高兴，请王后和他一起回去。王后却不愿离开工地，她担心回到王宫又睡不着觉了。国王说，王宫里有的是活干，只要你坚持劳动，同样可以睡着。

王后随国王回到王宫后仍坚持体力劳动，通过劳动不仅治好了自己的失眠症，而且体会到老百姓疾苦，成为一位受百姓爱戴的王后。

这个神话故事告诉我们：参加一定的体力劳动，是治疗失眠症的最好良药。你如果有失眠症的话，不妨试试。

太阳神的故事

亲们：

你听说过印第安人吗？他们不就是散布在美洲的一个民族嘛！不错。但你听说过印第安人与我们中国人的血缘关系吗？

真不知道。

据有关资料记载，美洲的印第安人是千百年前从咱们中国迁过去的，印第安人有许多风俗与中国人相同，更重要的是，科学家们从血液中发现了印第安人与中国人属于同一种族的重要证据。

印第安人在美洲本来生活得很平静。但从 16 世纪开始，欧洲人到达美洲殖民，大肆杀害和奴役印第安人，这是一个受欧洲人凌辱和屠杀的民族。

然而，印第安神话却很生动有趣，想象力十分丰富。今天我向大家介绍一个关于太阳神的故事：

太阳神名叫维拉科查。他虽然是万物的创造者，高高在上，但他喜欢搞点恶作剧，寻开心。他经常装扮成乞丐到处游荡，和诸神嬉闹。一天他来到一个村落，看见一位名叫考伊拉的漂亮姑娘。这位姑娘颜值特别高，诸神都爱她，而她都看不上。太阳神看见这位漂亮姑娘后决定逗一逗她。他把自己变成一只小鸟，飞到姑娘乘凉的树上。他又取出自己的一滴精液，将它变成一个果实，掉在姑娘的面前。这位姑娘吃下了这个果实后，不久就怀孕生下一个漂亮的男孩。

姑娘感到十分奇怪，我看不上所有男性，我没有与任何男性接触过，我生的这个孩子的爹究竟是谁呢？我一定要把他找出来。

一天考伊拉召集诸神来认子，以便找出孩子的爸爸，诸神应邀到达。太阳神仍装扮成一个穷人坐在诸神的后边。当漂亮姑娘宣布了请诸神来的用意后，诸神大眼瞪小眼，谁也不承认自己就是孩子的爹。

姑娘说，既然你们都不承认，我就让孩子自己找爹。说时迟，那时快，她把孩子放在地上后，只见孩子跑到穿着乞丐衣服的太阳神跟前，直叫爸爸。

姑娘恼羞成怒了，这个要饭的怎么能成为我高贵的孩子的爹？一气之下，她带着孩子跑了，跑得无影无踪。太阳神在后边猛追，一直追到大海边。结果考伊拉和孩子已经变成石头。这使太阳神非常伤心，他悲痛欲绝，围着这块石头转悠，始终不愿离开。

这个故事至少告诉我们两个道理，一是太阳神也有开玩笑的时候；二是千万不可以貌取人！

现在天气渐渐变冷，早晚与中午温差大，诸位要注意添衣服啊！

印第安人为何不伤害熊？

亲们：

在咱们中国对熊的印象负面的多，正面的少。什么熊瞎子，什么狗熊掰棒子，掰一个丢一个……连股市都用牛代表涨，而用熊代表跌，遭遇“熊市”，不知会弄得多少股民倾家荡产，甚至跳楼自杀。

但是在印第安神话中，熊的地位却大大不同。印第安人不仅从来不捕杀熊，而且把熊视为自己的祖先。

这是怎么回事呢？

相传：天神在创造万物时，凡是他手触摸的地方，都长出树木和花草。天神把他手中的拐杖折断，搓成木屑，洒向树林后，这些木屑就变成各种动物。在众多走兽中，最大最难看的就数灰熊了。天神不愿见到这么难看的动物，就让熊住在远离自己的森林中。

一天，天神与家人围着篝火又吃又喝，享尽欢乐。风神看到后非常嫉妒，便施魔法用大风将篝火吹灭。天神让自己的女儿出洞与风神交涉。万万没想到的是，风神不仅不把风停下来，而且还把天神的这个女儿的头发抓住，一下子扔到很远的森林里。

正在天神的女儿叫天天不应，叫地地不灵时，小灰熊的妈妈看见了天神的女儿，便把她带回自己的家里，与自己家的小熊仔们一起吃住和玩耍。天长日久，天神的女儿与熊妈妈的一个儿子结为夫妻，他们生了许多孩子。

熊妈妈临死前心存不安，因为她后来知道她的这个儿媳妇是天神女儿。她决定将这一切告诉天神，并请天神宽恕。谁知天神并不宽恕她，并将自己的女儿带走。

然而，天神的女儿与熊妈妈的儿子共同生育的这些后代，却遍布大地各个角落。他们后来就成为印第安人的祖先。

这就是印第安人不残害熊的真正原因。

据说，印第安人如果被熊咬死，要将其尸体立即埋掉，并在坟头上标明是被熊咬死的。这样，凡路过这个坟头的人，都要以尊敬的心情，往坟上扔一块石头，直到垒成像座小山那样的大坟。

每个民族都有自己的图腾，熊就成为印第安人的一种图腾。

多年来老夫养成一个习惯：今日之事今日毕。白天因接待出版社的同志，没有给亲们写“情书”，晚上必须补上，不然这个觉是睡不好的。

诸位晚安！

太阳神的儿女们

亲们：

有两句话你听说过吗？

哪两句？一句是“清官难断家务事”，另一句是“家家有本难念的经”。

这两句话几乎代表了绝对真理。咱们普通人家里如此，连神家里也是如此。不信，我领你到印第安神话中描写的一个神的家族中看一看。

相传太阳神有许多儿女，他们在太阳神跟前个个都毕恭毕敬，表现非凡。但是太阳神想，如果把儿女们放出去独当一面，他们会是个什么样子呢？一天，太阳神把他的众多儿女召集起来，给他们宣布了任务：

大儿子平时忠厚老实，颇有长子的风度，太阳神命他监督众兄妹的言行。大女儿平时博爱仁慈，太阳神命她负责万物生灵的繁衍。二儿子平时非常善良，太阳神让他负责飞禽走兽的繁育及牧养之责。平时公正廉洁的三儿子负责驱除邪恶，整顿纪律。四儿子为酒神，太阳神让他负责庆典之事。二女儿负责爱情婚姻。五儿子善武，负责杀伐征战之事。三女儿负责草树枯荣和音乐吟诵。四女儿负责降雨露霜雪之事。

众儿女领取了任务，向太阳神庄严宣誓：保证遵纪守法，圆满完成父命。

太阳神的这些儿女来到大地之后，开始的一段时间表现都相当不错。但是过了一段时间行为就放肆起来。首先是管酒的那个儿子，整天喝得大醉，还纵容众神喝酒。喝醉后胡言乱语，还对女性进行性骚扰。喝醉了酒的众神个个失去了理智，互相残杀，烽烟四起，血流成河。简直弄得人间乌烟瘴气，民不聊生。

太阳神在天上看得一清二楚，由于这些没出息的儿女败坏了太阳神家族的声誉，他大为伤心。最后太阳神决定，把这些败家子女全部打入地狱。

常言道，君子之泽，五世而斩。太阳神想：我家斩得也有点太快了吧？

从这个神话中，我们领悟到家风、家庭教育，尤其是孩子独当一面之后，对他们继续管束的极端重要性。否则，他们很难担当大任。

国王与皮鞋匠的故事

亲们：

你听说过这句话吗："一步赶不上，步步赶不上。"咱们还在步行时，人家骑上了自行车；咱们骑上自行车了，人家骑上了摩托车；咱们骑上摩托车后，人家坐上了汽车；咱们好不容易买了辆便宜的二手汽车后，人家的旧车已换成高级小轿车。人比人，气死人。

但是，我们中国还有几句话：寇能往，我亦能往；后来可以居上；长江后浪推前浪，后浪更比前浪强。这说明只要自己努力，就可以赶超别人，摆脱落后地位。如若不然，社会的发展就停止了。社会总是不断由低级向高级发展的。当然，其发展形式不是直线的，常常呈螺旋形的发展模式，有时还可能出现进一步退两步的局面。

超越他人靠什么？靠体能，更重要的是靠智慧。在我看过的诸多神话中，埃及神话提供了不少斗智的故事。

你说国王最缺什么，缺吃吗？否。王宫里山珍海味堆积如山。缺住吗？否。他的皇宫富丽堂皇。缺伴侣吗？否。三宫六院妻妾成群。

那么，作为国王他最缺什么？由于整天生活在歌功颂德之中，国王最缺的是对民间真实情况的了解。他对大臣们报喜不报忧的做法烦透了。他决定走出王宫，亲自察看民间的实情，听到百姓的心里话。

然而，在国王出去之前，宰相和地方官员却把国王视察的路线规划好了，见什么人也事先指定好，国王问话时，什么能说，什么不能说，也都交代得一清二楚。结果，国王出去视察了一圈，看到处处歌舞升平，听到的全是颂扬之声。和在王宫里听到的一模一样。

国王纳闷儿了，我出去看到听到的是民间的真实情况吗？他把他的怀疑向王后吐露。王后说，陛下，您要想了解到民间的疾苦，我想了一个办法，不过这个办法要让陛下辛苦了。国王忙问，什么办法？王后说，你打扮成穷苦模样的老头，微服私访。

国王听了王后的建议，打扮成一个穷老头悄悄走出王宫。令他吃惊的是，到处没有歌舞升平的景象，人们都在发牢骚，以表不满。国王终于了解到许多真实情况，听到了与大臣们说的不一样的情况，这对他制定利民政策，大有好处。

国王准备返宫时，看到一间茅草屋亮着灯光，还听到一个人在屋子里高兴地歌唱。这是国王在私访中第一次听到有人高兴地唱歌。他决定进去看看。

国王进去后说，天黑了，我迷了路，又饿又渴，想在你这里歇一歇，寻口水喝，行吗？原来这个小伙子是个修鞋匠。他放下手里的活儿，请这个“穷老头”坐下，端上水，还把一块面包放在小桌上，请老人家吃喝。他接着一边干活一边唱歌。

国王感到奇怪：一个修鞋的，为什么会生活得如此幸福和满足，我倒要问问他。国王说，小伙子，你一天能挣多少钱？小伙子说，我一天靠给别人修鞋能挣四个皮阿斯特（大概就是四块钱）。国王惊讶地问，这么点钱，你就这么满足吗？皮鞋匠说，我挣四个皮阿斯特不少了。我吃掉一个，还掉一个，借掉一个，往河里扔掉一个。很好了！

国王说，小伙子，你说的这些话，到底是什么意思，难道让我猜谜吗？小伙子说，老人家您听我给您解释：吃掉一个是用来购买我的食物；还掉一个是给我的爸爸，以报养育之恩；借掉一个是用来养活我的儿子，将来他长大了我老了他会赡养我；向河里扔掉一个是指养活我的女儿，因为她会嫁给别人，远走高飞，生下孩子也姓别人家的姓，我不指望她报答我。

国王从这个皮鞋匠口中，不仅学到了生活态度，而且学到了智慧，兴奋之下，向皮鞋匠暴露了自己的真实身份，并命跟着他的随员，拿出 1000 个镶有国王头像的里亚尔赐给皮鞋匠。临别时，国王告诉皮鞋匠，你见我 1000 次面之前，不准对任何人讲你的故事。

一次上朝时，国王对大臣们说，你们都是有大学问的人，我有个谜语你们猜猜，猜对者有赏，猜不出者受罚。有一个人每天挣四个皮阿斯特，他吃掉一个，还掉一个，借掉一个，往河里扔掉一个。他是怎么安排他挣的钱的？大臣们大眼瞪小眼，不仅当天没人猜对，过了好几天，也没人能猜出来。大臣们愁得团团转。

宰相知道国王出去私访过，又从随员处打听到国王去过这个皮鞋匠家。于是他也来到这个皮鞋匠家打听。小伙子一五一十地告诉了宰相。再次上朝时，宰相向国王揭开谜底。

国王生气地说，准是那个皮鞋匠告诉你的，他答应在见我 1000 次前，不把谜底告诉任何人，将这个皮鞋匠给我押来！我要把他钉在清真寺最高的塔尖上。

不论宰相如何为皮鞋匠开脱，国王还是派人将皮鞋匠押到朝上。国王厉声问，你这个混账，你不是亲口答应我，不见我 1000 次面，不向任何人说你的那个故事吗？你犯了欺君之罪，杀无赦！

只见皮鞋匠不慌不忙地说，我敬爱的国王，请息怒！在我向别人说出那个谜底之前，我不只见过国王 1000 次，至少也在 2000 次以上了。国王说，你竟敢在我的面前胡言乱语，咱们只见过一次，你怎么说见过我 2000 次以上呢？

皮鞋匠说，国王，您不会忘记您临走时奖给我的 1000 里亚尔吧，每个里亚尔上面都刻着国王陛下的头像，我天天看，总共看了 2000 次以上。这不等于见过您 1000 次以上了吗？我并未欺君，何罪之有？这个充满智慧的答案，使国王喜出望外，他太爱有才之人了，不仅免了皮鞋匠的死罪，而且又奖给他 1000 里亚尔，还破格提拔这个小伙子进入智囊团任职。

我国有“三个臭皮匠，赛过诸葛亮”的格言。在埃及竟有一个皮鞋匠，就赛过国王的传说。

对我改编的这个埃及传说，你们感兴趣吗？

三句箴言

亲们：

过去常说，度日如年。现在度年如日，大家都感到日子过得太快，一晃，再有两三个月，今年又要成为历史，一去不复返。我知道由于我的早起，使我的不少粉丝朋友也改变了睡懒觉的习惯，成了“早起的鸟儿”。不过，每个双休日，我希望大家多睡一会儿，以养精蓄锐，为下周的工作积蓄能量。你们不能与我比，因为我已养成早起早睡的习惯，几十年了，年年、月月、天天如此。每天凌晨四点，生物钟准时来把我唤醒。加上我已年迈，觉少了。你们年轻人必须睡够 8 小时，而我有 6 个小时足够了。

常有人问我一生爱读什么书？我的回答是：爱读有智慧之书。为什么现在报刊上登的有些文章人们不爱看，不在文字，而在缺乏哲理与智慧。这些文章不提出问题，分析问题，归纳问题，而是豪言壮语满天飞，没有令人为之一振、永生难忘的内容。你看我国的四大名著为什么常读常新，就因为它们充满着有智慧的故事。

昨天我写的那个埃及传说受到亲们的喝彩，为什么？就是那个皮鞋匠充满智慧，许多大臣的智慧都在他之下。今天我再给大家写一个埃及故事：

埃及有位大商人，家里很有钱，他不知该把他的家产交给谁来继承。好不容易把他唯一的儿子盼到长大成人了，他想在实践中磨炼他，以便有朝一日能挑起家庭重担。一天，他把儿子叫到跟前说，这里有一批货，很值钱，希望你自己把这批货卖出去，赚了钱，咱们父子俩平分，而且以后咱们一起做生意，再往后由你接班。

儿子运着这批货去闯荡。运气不错，很快卖了出去，并赚了 2000 元。他高兴地在市场上转悠，对城市里的一切都倍感新鲜。忽然在市中心的一条路旁围了很多人。他挤进去一看，一个白发苍苍的长者在卖箴言。一句箴言竟卖 1000 块。小伙子以怀疑的口气问，一句箴言能值 1000 元？老人说，在生活中有许多复杂的事情，关键时间，一句箴言就能救一条命，千元难买一句箴言啊！

正好小伙子手里有刚赚的 2000 元，他就从白发老人那里买了两条箴言，一条是："把爱你的爱人铭刻在心，尽管他可能是个淘气鬼。"另一条是："不要背叛信任你的人。"

2000元买了两句箴言，把做生意赚的钱全花光了，这怎么回去见老爸？小伙子决定在城里找个工作先干起来，挣了钱再回家。于是他在一家磨坊找了个差事。当天晚上，他怎么也睡不着。突然听到有响动，他一看，只见一个巨大的黑色神灵出现在他的面前。这个神灵左手牵一个漂亮女人，右手牵一个丑陋无比的女人。神灵大声说，小伙子，你说我应该在这两个女人中爱哪一个，答对了饶你一命，答错了，你立即死亡。

小伙子吓坏了，突然想到他白天花钱买的箴言，他大声回答说："把爱你的爱人铭刻在心，尽管她可能是个淘气鬼。"神灵对他的回答十分满意，没有杀他。而以前没说出这句箴言的人，个个被神灵处死。

磨坊主的老婆长得像仙女一样，比小伙子小好多岁，她心里早暗恋上这个小伙子。趁老板外出期间，她来挑逗这个小伙子。她先是穿戴十分华丽，往身上洒了许多香水，勾引他。她见小伙子不起心，又把上身衣服脱光，暴露在光天化日之下。小伙子仍未动心。一天晚上，老板娘赤身裸体来到小伙子的房间，正在小伙子心神不定之时，他突然想起他买的第二句箴言"不要背叛信任你的人。"小伙子把老板娘轰出门外，把门顶死，再不准她进来。

但是恶人先告状。过些天老板回来后，这个老板娘又哭又闹地说小伙子调戏她。正在老板要开除小伙子时，小伙子把他买的两条箴言怎么救了他的经过向老板如实说了一遍，使老板非常感动，从此他抛弃了这个坏女人，把磨坊交给小伙子经营。

写到这里，老爷子我有点伤感。这些年，我写了近4万条微博，提供了无数的箴言，可还没人给过我一分钱！等书出版后，买本书吧，就算付了费。哈哈，开句玩笑。

真假朋友

亲们：

你有朋友吗？这些朋友经过考验吗？可靠吗？你的孩子整天接触的是什么

人，他的朋友圈你过问过吗？咱们中国有句流传甚广的话：近朱者赤，近墨者黑，你知道其含义吗？

今天的“情书”一上来，老夫就劈头盖脸地问了这么几句，用意何在？我是要把埃及的一个传说引出来。

相传古埃及有位大富商，家里很有钱。这位富商因年轻时拼命挣钱，把身体搞垮了。他只有一个独生子，他把继承家业的希望完全寄托在这个儿子身上。

但是，这个儿子很不争气，不爱读书，不爱劳动，整天与一些不务正业的狐朋狗友勾搭在一起，吃喝玩乐，搞恶作剧。富商的儿子有钱，那时又不兴“AA制”，每次大吃大喝都是他付钱。这帮狐朋狗友与他形影不离。

富商与儿子多次谈话，希望他摆脱这些像苍蝇一样围着他嗡嗡叫的人。而他的儿子根本听不进去。在儿子看来，这些铁哥们儿才是他同生死共患难的好友。

富商自知在世的时间不多了，悄悄对妻子说，我快离开你们了，我最放不下的是咱们这个不争气的儿子。如果我把家产全交给他，他很快会挥霍得一干二净。现在我把10万枚银币埋在地下，只有你知道，现在千万不能告诉儿子。等他得到教训，回心转意时，你再挖出来交给他。夫人答应了他的要求后，富商微笑地闭上了双眼。

富爸爸去世后，儿子渐渐没了生活来源，他手里的一点钱，很快花光了。他觉得他的那些朋友的态度在发生变化，有的开始讽刺挖苦他，有的骂他，有的干脆不来了。他成了一贫如洗的穷人，成了没有一个朋友的孤家寡人。

富商的儿子决定用自杀的方式结束自己的生命。在此关键时刻，他妈妈对他说，儿子，你知道后悔了吧，你不能就这样结束自己的生命。你还可以去要饭，过一段乞讨生活，体会人间艰难。有妈妈给你撑腰。

儿子按照妈妈的吩咐去乞讨了。当他走到他的那些朋友家要饭时，没有一个人正眼瞧他，更有甚者，还放黄狗出来咬他。经历了这段生活后，他才真认清了原来和他厮混在一起的是些什么人。这时他懊悔极了，又告诉妈妈真的不愿再活下去了。

直到这时，他妈妈才说，孩子呀，你现在真的知道后悔了，你不必寻死觅活，应该好好继承父业。我现在实话告诉你，你父亲临终前在地下埋了10万枚银币，让我在你落难和真正悔悟后交给你。现在咱娘儿俩去后院把这些钱挖出来吧！

见到这些钱后，儿子泪流满面地向九泉之下的父亲发誓：“由于我经历了苦难，得到了教训，我知道今后该怎样生活。是上帝和父亲为我指明了方向，保证了我的光明前途。从今以后，我一定认认真真做人，踏踏实实做事。当一个顶天立地的男子汉！”

当听说富商的儿子又有了钱后，他的那些狐朋狗友又向他围过来。这时他严肃地对他们说，你们用自己的所作所为教育了我，使我明白了你们和我交朋友是冲着我的钱来的，当我穷困潦倒时，你们就离我而去，还放狗出来咬我。再见吧！“朋友”。

富商的儿子赶走了那些“朋友”后，走上经商之路。浪子回头金不换。其事业蒸蒸日上，后来成为埃及的一位巨商。

希望这个故事能对你和你的孩子有所启迪。

我记得郑渊洁在他的作品中有句话：交友不慎乃人生大忌。

中秋节的传说

亲们：

今天是中秋佳节，许多朋友一大早就向我祝贺，在这里我一并表示感谢，并祝大家节日快乐，阖家团圆，幸福美满！

今天，我向诸位谈点在我国的神话传说中，关于中秋节和吃月饼的小故事。这种故事的版本很多，我只挑几件说说。

中秋节是怎么来的？一种说法是，因后羿射日立下汗马功劳，西王母娘娘就奖给他两粒吃后可以长生不老的仙丹。这两粒仙丹太珍贵了，后羿就交给他的妻子嫦娥代为保管。一天后羿的一个弟子想在八月十五日这天抢走这两粒仙丹。在万分紧急之下，嫦娥为了不被他抢走仙丹，就把仙丹一口吞下。谁知吞下仙丹后，嫦娥立即就飘到了月宫，从此再也下不来了。后羿太想念美丽的嫦娥了，因为八月十五日这天晚上，月亮很圆，他就按照月亮的样子做了美食等着嫦娥归来。这个故事代代相传，这就是中秋节的来历。

至于月饼的来历，传说也很多，有些不便说了。我只说月饼这个名字是怎么来的？在很早很早以前，人们把月饼称为“胡饼”，也有的称为“小饼”“月团”“宫饼”“金饼”“月糕”等。而叫月饼与四大美女之一的杨贵妃有关。相传有一年的中秋节，唐明皇李隆基和杨贵妃一起赏月，一起吃“胡饼”。李隆基觉得叫“胡饼”不好听。杨贵妃望着上空圆圆的月亮，灵感突来：“皇上，这胡饼和月亮相似，就叫月饼吧！”李隆基一听，拍手叫绝，就下令全国，把“胡饼”改叫“月饼”。

我说的这些都是神话和民间传说。考古学家和历史学家不会认可，所以，大家就当神话听听，一乐！

再一次祝亲们中秋节快乐，如有外出旅游的朋友，一定要把安全放在首位！

减肥的故事

亲们：

你的体重超标吗？有没有为肥胖而苦恼？我的体重一直超标，总在90公斤左右晃悠。体重超标的部位我十分清楚，一是腹部，二是臀部，那些多余的肉，绝大部分赖在这两块地方不走。

减肥的方法五花八门。不少人为减肥还吃了不少药，花了很多钱。减了增，增了减，拉锯战没完没了，把肉皮都拉松了。

究竟怎么减肥？我记得在埃及传说中，有个减肥的故事：

埃及古时候有个富商，家里的金银财宝堆积如山，山珍海味满仓。想吃什么有什么。他的妻子长得非常漂亮，与他成婚时身材苗条，人见人夸。她的胃口很好，饭量很大。大商人有的是钱，吃穿全满足她的需求。没料到今天增半斤，明天增八两，妻子由原来的百十来斤体重一下子增到200斤，不仅所有的衣服全“下岗”了，而且体态极为难看，走起路来上气不接下气，变成远近闻名的胖女人了。

她到处打听能治疗肥胖的名医，终于在百十里之外，找到一位据说能治肥胖病的神医。她找到了这位神医后，哀求说，请您老人家治治我的肥胖病吧！

神医是位白发苍苍留着大胡子的老人。看了她一眼说，先交费，明天再来。胖女人交了许多钱后，满腹狐疑地回去了。

第二天按照约定时间，胖女人来了。神医给她仔细检查了一遍，然后以十分惊讶的口气说，夫人，神灵告诉我，你的病已经治不了了，还有七天上帝就会把你带走。你现在就回去等待死亡吧！

听了医生的话，她吓得出了一身冷汗，哭丧着脸回到家中，往床上一躺，一点食欲也没有了，只吃点流食，等待着死亡的到来。

七天过去了，死亡没有到来。八天、九天、十天过去了，死亡还没到来。于是她去找这位神医算账。

她见了这位大夫后，气不打一处来，说道，你这个大骗子，骗了我好多钱，你说我七天后就死，怎么过去十多天了，我还活得好好的？

神医毕竟是神医，微笑着对贵夫人说，夫人，你当初远道来找我是为了什么？夫人说，我是为了减肥呀！神医问，那么，请您告诉我，你今天来找我的路上是否觉得身体轻快许多？您现在是瘦了，还是胖了？

这位夫人说，自从你告诉我还剩七天就会死，我吃不下饭，睡不着觉，现在我瘦得很厉害，这都是被你吓的。

神医告诉她，正是这种害怕，才使你吃不下喝不下睡不着。这是对你最好的减肥药，不然的话你的饭量减不下来，谁也治不了你的病。明白了这个道理，你就不会再骂我是骗子了吧！

夫人连忙向神医道歉，又给他加了不少治疗费，轻松愉快地走了。临走时大夫送给她一句话：一定要控制饮食，不然还会变胖！

这个故事告诉我们：对肥胖要有危机感；要控制饮食；不要乱吃药；减肥之后要防止反弹。

我已经这么大岁数了，减不减肥意义不大，好在我没有“三高”。老夫希望年轻的朋友们，如果你体重超标的话，通过适当的节食和运动，把体重控制在合理范围之内，从而为自己的健康与家庭幸福创造最根本的条件。

千年难题怎么解？

亲们：

昨天，老夫看到一则新闻，有个千年难题，被我国台湾的一位男子通过与其老婆反套路的对话给解决了。这个千年难题就是：母亲和老婆同时掉进河里，你先救谁？

咱们先看一看人家是怎么解决的。

老婆先问丈夫：“老公，你爱我吗？”丈夫回答：“爱。”妻子又问：“那我和你妈掉到河里，你救谁？”这时男子反向妻子：“你爱我吗？”老婆回答：“爱啊！”

丈夫说："爱我就不要问这个问题。"老婆说："那我不爱你。"丈夫说："那我干吗要救你？"

绕来绕去，还是救自己的亲妈。

这和孟夫子的答案差不多。孟子曰，我爸死得早，是我妈把我拉扯大，为了使我有个好的生长环境，不被坏孩子带坏，三次搬家。我当然先救我妈。老婆淹死，我还可以再娶一个。

当然，曹操对这一问题的答案不同。曹操说，我的信条是：宁叫我负天下人，休叫天下人负我，不管老娘还是老婆，我都不救。

最有趣的要数孙悟空。老孙舞了舞金箍棒说，俺老孙是从石头缝里蹦出来的，没有妈；俺老孙是和尚，也没老婆。因此，对我来说根本不存在母亲与老婆落水不落水的问题。

由此可见，千年难题是否解决了，还有待观察。估计，今后还会有各种更巧妙的答案冒出来，不信走着瞧。

国庆节长假一天天临近了，你准备出国旅游还是在国内旅游？是加班坚守岗位还是静下心来读点书，写论文或剧本？我还是老一套，给亲们做"饭"吃。这辈子当"老厨师"的命注定了。不过，我乐此不疲。

人外有人，天外有天

亲们：

你听说过"人外有人，天外有天，峰外有峰"吗？你听说过"金河一去路千千，欲到天边更有天"和"强中更有强中手，一山更比一山高"这几句名言吗？

今天我向大家介绍一个埃及故事：

相传在古埃及有个男子长得身强力壮。他力气大，当然饭量也特大，一天能吃一头猪。

这个男子经常向他妻子吹嘘：全世界没有人比我力气大。每当他吹牛时，就眉飞色舞，目中无人。他妻子却说："我承认你的力气确实很大，但是你不要骄傲，若碰上力气比你还大的，你会吃亏。"这个男子根本不信世上还有比自己力气大的人，为了使老婆相信，他真把院子里的一棵大树拔出来了。

有一天，他妻子回娘家，在路上看见好多人围着一位白胡子老头。原来是有一块魔石，几十个小伙子都抱不起来，而这位老者是仙人，虽然瘦得只剩皮包骨，却把这块石头抱在怀里，像玩儿似的。

妻子回家后，把她看到的这一幕对丈夫说了。小伙子不相信这个骨瘦如柴的老头子会比他的力气大，让妻子马上带他去找这个老头子比试比试。

小伙子去后，见老头坐在石头上，两手抚摸着自己的长胡子，得意扬扬地接受众人的赞美。小伙子大吼一声："给我滚开，看我怎么抱起这块石头！"

老人二话没说，笑了笑，从容地离开这块石头，瞧他丢人现眼。

只见小伙子脱了上衣，光着膀子去抱这块石头，而石头纹丝不动。他使劲地抱，不仅没抱起来，还把自己的手压在石头底下，疼得他嗷嗷叫。

老人不费吹灰之力，又把石头搬到一边，把小伙子的手解救出来。这时小伙子向老人深深地鞠了一躬说："我认输了，您老人家的力气确实比我大。"

老人笑着说："希望通过这件事，你要牢记，以后永远不要吹嘘，不论你有多大的劲，有多高的地位，有多么多的钱，有多么聪明，总有比你强的人。人外有人，天外有天呀！"

谈喝酒

亲们：

最近，连着去世了多位从事文艺工作的著名人物，先是88岁高龄的常宝华老先生仙逝，接着84岁高龄的单田芳先生走了，过了没几天88岁的朱旭老先生也走了。往后的几位年龄越来越小，盛中国先生77岁，师胜杰先生65岁，而臧天朔只有54岁。

本月接连去世了不下10位名人。各种议论都有，我们可以不必管它。但是由于师胜杰与臧天朔都是死于肝癌，恰恰这两位都爱喝酒，因而舆论顺理成章地就把酒判为造成他们死亡的罪魁祸首。过去说"禁烟限酒"，意思是说抽烟一点好处没有，而少量饮酒对身体还是有益的。师胜杰和臧天朔逝世后，我看到有些专家在文章中，把饮酒说得一点好处也没有了，别说多喝了，每天喝二两，也能引起肝功能负担过重，从而造成肝硬化，接着就到另一个阶段：脂肪肝。再接下来又一个高台阶等着你：肝癌。而且，肝癌不容易早期发现，只要一发现就是晚期，再大再好的医院，也无回天之力，“死刑”立即执行，没有“缓期”执行的可能。

对此，老夫持有异议。《本草纲目》中说，酒为百药之首。在我国造酒饮酒已有几千年历史。只要自己乐意，坚持少量饮酒对身体绝对是有益无害。在最近去世的人中，朱旭先生就天天喝革命小酒，这点有著名导演郑晓龙和大家非常喜欢的宋丹丹可以证明。朱旭先生逝世的前几天想喝酒，宋丹丹还给他送去茅台。而天天喝酒的朱旭活了88岁，这个怎么解释？前不久，看到一个报道称四川一位老太太快100岁了，每天喝一斤白酒；陕西一位102岁的老汉每天喝半斤白酒。他们并没有患肝癌，现在仍下地干点轻活儿或放羊。

如果说师胜杰和臧天朔是因为喝酒死于肝癌，就提倡不喝酒，那么死于胃癌的人因为吃了有污染的食品，是否也不能吃饭呢？

在同样喝酒、同样吸烟、同样吃饭、吸同样空气的情况下，为什么许许多多的人并未患肝癌、肺癌、胃癌呢？鄙人认为主要应从内因上找原因，也就是从自身的抵抗力上找原因；从饮食的方法上找原因；从精神是否保持乐观上找原因，我非常赞成“十癌九气”这句话。人生了大气，情绪失去平衡，癌细胞就会乘虚而入。我在《郑洪升保持健康的十招》中，曾提倡喝酒“三忌”：忌空、忌猛、忌多。现在我再加上一忌：忌气。千万不要喝闷酒，喝闷酒伤身呀！不是有句名言吗：借酒浇愁愁更愁。

明天就要放长假了。在放假期间，爱喝两口的朋友和家人或朋友们聚餐，不要吓得不敢喝酒了，只要把握好度，喝点酒，对身体绝对有益无害。

我这篇文章的观点你赞同吗？顺便申明，我可不是为造酒厂做广告。

祝大家节日快乐！

人格与国格

亲们：

今天是国庆节，按照国务院的规定，放长假七天。您是在家与家人团聚，好好休息或静下心来看几本书呢，还是出去旅游？如果是旅游，是在国内旅游，还是去国外旅游？

我老了，身强力壮的时候没条件走出国门，等能走出国门了，我却不适宜远游了。有的朋友会说，有许多老年人仍一个劲地满世界游，你完全可以迈出家门和国门，出去转一转，看一看。不错，我有条件旅游，但思想与行动比较保守，使我不愿远游。我受“好出门不如赖在家”“金窝银窝不如自己的草窝”“在家千日好出门一时难”“看景不如听景”等传统思想的影响较深，总觉得在自己家舒服，所以就变成了个老宅男。

自己不游也就罢了，可是我还关心别人游。关心什么？我最关心的是两点：一是安全。高高兴兴而去，平平安安而归。我看到报道说，有的人出去旅游，在外发生了重大事故，与亲人阴阳相隔；二是关注出国游的极个别人，把咱们中国人的脸都丢到外国去了，造成了极为恶劣的影响。

所以，在这封信里，老夫想简单地谈谈人格和国格的问题。

人有人格，国有国格。人格就是人的素质，它是由人的思想、情感、行为举止、道德以及仪表等组成的。国格是指一个国家所应有的荣誉、尊严、声望和品格。更明确地说，国格就是一个国家的总体形象，是衡量一个国家、一个民族的政治、经济、文化、生活水平、科学技术的总体标准。它是无形的，又是有形的。

人格代表个性，国格代表共性。而共性寓于个性之中。国格与人格如同根与枝、源与流的关系。没了国格，人格就成了无根之木，无源之水。而人格是国家的脊梁，没有了人格，国格就失去支柱。失掉完美的人格，就不会有完美的国格。因此，完善国格要从完善人格开始。人格教育和人格的高尚是兴国强国之本，是国格之基。

这些年，通过出国游我们开阔了眼界，看到学到买到不少东西，为他国经济做出了不少的贡献，绝大部分出国游的朋友给外国人留下很好的印象，不愧为有5000年历史国家的公民。但是也有极少数人的不端行为，把咱们中国人的脸都丢到外国去了。有些外国人说，在公共场合，哪里有大声喧哗，随地吐痰，到处扔垃圾的现象，哪里准有中国人。人家把咱们视为“会走路的钱包”，称我们是“土豪”。偏偏富豪不当，文豪不当，当了个“土豪”。更有甚者，有的人竟在外国犯罪，打架斗殴，还有人偷人家的马桶盖！这些人虽是个别人，但外国人说，你们看，这是中国人！真是一粒老鼠屎坏了一锅汤。我们这些不出国的宅男宅女，在家里都为这些民族败类脸红。

因此，老夫建议要大力抓人格的教育，特别是要对出国旅游的人员进行严格审查和教育。

不知大家同意我的这个建议否？

节日五卦

亲们：

你们都好吗？每逢佳节倍思亲，就像冯巩的那句口头禅：我想死你们了！

我不是算命先生，但我今天要发挥我的想象力，算一算你们正在干什么，算一算你们当前遇到的情况。如果我算对了，请你们吭一声，赞一赞老爷子。咱们不就是在节日里寻个开心，逗着玩嘛！

我算的第一卦是，你放假没休息，正在坚守岗位，一个人干五个人的活儿，累得够呛，但你忙而不乱，工作井井有条，心情十分愉快，毕竟加班工资可以翻番。放长假总是多数人休息，而有一部分人不能休息，停什么似乎都可以，但生产绝对不能停。我记得马克思说过，人类的生产如果停一周，就会造成极其严重的后果。在加班之后，你和几个好朋友还去吃了烧烤，喝了二两酒。加班的疲劳一扫而光。我算对了吗？

我算的第二卦是，你正在图书馆或宿舍构思和书写一篇论文。这篇论文的主题已经确定，从什么角度入手也构思得差不多了，但你掌握的材料还不够丰富，你想要超过前人，贡献出自己的新东西，避免与别人雷同，而且尽量逻辑清楚，语言准确生动。这些问题还没想好，所以你迟迟下不了笔。不知老夫这一卦算对了吗？

我算的第三卦是，你正在高速路上驾车行驶。路况特别好，也不收费，就是车辆太多，尤其是前方有车追了尾，交通警察正在处理事故，数百辆车停在那里动不了，真是急死人！有的人开始在车上吃饭，有的人后悔不该出来凑热闹，有的人不停地骂骂咧咧，有的人甚至互相打了起来！要知如此，何必当初？后悔晚矣，现在只能向前，退回来都难。他们心想下次长假可不出来了，而下次好了伤疤忘了疼，照出不误。我的这一卦算对了吗？

我算的第四卦是，你在家和家人团聚，除吃了团圆饭，喝了美酒外，还和父母搓了会儿麻将，坐在一起看了会儿电视节目，并且充分发挥手机的功能，给亲朋好友发短信、聊天。经过严格的网络管理，网上干净多了，谣言满天飞的情况大有改变，正能量逐渐占了上风。不过喜中也有忧，孩子发烧了，于是你们赶快把孩子送医院，经检查没什么大事，虚惊一场。我这一卦算对了吗？请您评定。

我算的第五卦是，你们小两口大过节的闹别扭了，为公公婆婆或兄弟姐妹之间的矛盾，闹得很不愉快。常言道，天上下雨地上流，小两口打架不记仇，白天吃的是一锅饭，晚上睡的一个枕头。这回由于太生气，其中一人睡到沙发上去了，并说，不行吹灯散伙，离婚。但是，你们的气现在已经消了。大哲学家康德说过一句话：生气是拿别人的错误惩罚自己。何必呢？该忍就忍，小不忍，则乱大谋也！

老夫就算了这么五卦。算得准不准，不能老王卖瓜自卖自夸，由你们说了算。

你我皆凡人

亲们：

昨天我和大家逗着玩，以算命先生的身份，算了五卦。竟有不少朋友说，老爷子神了，算到我们心里去了。

其实，世界上并没有神，神都是人造出来的。凡是上了神坛的人，还得从神坛上下来，回归于人。

前几年经常有人问我，喜不喜欢我国台湾的歌曲？我总是毫不犹豫地回答，非常喜欢。人家进一步问，喜欢谁的？我说，好多位歌手的歌曲我都喜欢。但是我更喜欢李宗盛先生。为什么？因为我特别喜欢他的《凡人歌》。这首歌把人生许多道理通俗而深刻地揭示出来了。不信，我给大家抄录如下：

你我皆凡人
生在人世间
终日奔波苦
一刻不得闲
既然不是仙
难免有杂念
道义放两旁
利字摆中间
多少男子汉

一怒为红颜
多少同林鸟
已成分飞燕
人生何其短
何必苦苦恋
爱人不见了
向谁去喊冤
问你何时曾看见
这世界为了人们改变
有了梦寐以求的容颜
是否就算是拥有春天

我就特别喜欢李先生把我们都视为凡人。

既然我们都是凡人，我们就要吃凡人饭，穿凡人衣，住凡人房，坐凡人车，办凡人事，永远生活在凡人中间，不要摆架子，也不要觉得自己高人一等。

世界上没有神，不等于没有伟人。但伟人也是凡人，而且伟人都认为自己是凡人。自吹自己伟大的人，往往都是冒牌货，因为伟人是装不出来的。历史一再证明自认为是伟人的人，往往都不是伟人。越是伟大的人，越认为自己是个平凡的人。伟大来自平凡。你看路遥同志的名著叫《平凡的世界》，它怎么不叫《伟大的世界》？因为真理蕴藏在平凡之中。

“你我皆凡人，生在人世间”，让我们为是凡人而自豪吧！

真心英雄

亲们：

《凡人歌》虽然是李宗盛先生多年前创作和演唱的一首老歌，但它的生命力一直不减。为什么？就是因为它揭示了人民群众才是历史的创造者，凡人并不平凡，所以受到经久不衰的喜爱。李宗盛先生还有一首歌，名叫《真心英雄》。鄙人认为它是《凡人歌》的姊妹篇。为方便亲们回味，老夫不惜年迈，抄录如下：

在我心中，曾经有一个梦

要用歌声让你忘了所有的痛
灿烂星空，谁是真的英雄
平凡的人们给我最多感动
再没有恨，也没有了痛
但愿人间处处都有爱的影踪
用我们的歌，换你真心笑容
祝福你的人生从此与众不同
把握生命里的每一分钟
全力以赴我们心中的梦
不经历风雨，怎么见彩虹
没有人能随随便便成功
把握生命里每一次感动
和心爱的朋友热情相拥
让真心的话，和开心的泪
在你我的心里流动

为什么我说这首歌是《凡人歌》的姊妹篇呢？因为它要回答的主题是：谁是真的英雄？接着又非常明确地说：平凡的人们给我最多感动。由此可见，英雄出自凡人，英雄干着平凡的事，他们的事迹令人感动，他们才是真正的英雄。

同时，这首歌还告诉人们几个重点：

第一，我们的心中都有一个梦，为了实现这个梦，就要“把握生命里的每一分钟”，全力以赴地为将梦想变成现实而去奋斗，否则梦只能还是个梦；

第二，歌词特别强调了人生应与众不同，要敢于打破常规，勇于创新，另辟蹊径，走别人没走过的路；

第三，歌词尤其强调了“不经历风雨，怎么见彩虹”。真正的英雄，都是那些在大风大浪中经过磨难的人，甚至是勇于牺牲个人生命的人，一分耕耘一分收获，天上不会掉馅儿饼，没有免费的午餐，一锄头挖不出个金娃娃，总之“没有人能随随便便成功”。换句话说，没有人能随随便便成为英雄。

这就是李先生心目中的“真心英雄”。

我有一个感受，对一些经典歌曲，不仅要听，而且要对歌词的内涵反复琢磨，拆开了一句一句地领会，不然，只是凑个热闹。我认为对宝岛台湾的庄奴和李宗盛等先生，以及对大陆的乔羽和阎肃等先生的经典歌词，都应持这种态度。

写文章有时很有意思，由算卦说到神，又由神说到凡人；由凡人说到《凡人歌》，又由《凡人歌》说到《真心英雄》。可见人的思维和冰糖葫芦一样，是一串一串的。国庆节长假已过半，在假期里重温这两首歌词，您是否也感到别有风味？

何谓国民性？

亲们：

人的思维活动像冰糖葫芦一样，是一串一串的。国庆长假第一天，我算了五卦，大家都夸我神。我说世界上没有神，我们都是凡人，便由凡人联想到《凡人歌》，又由《凡人歌》跳跃到《真心英雄》。现在老夫又要跳跃了，跳到哪里去呢？我要跳到国民性上来。

什么是国民性？

国民性，通常是指一国国民共同的，而且是反复出现的性格特点，情感内涵，精神特质，行为方式的总和。它不是在少数人身上偶尔出现的心理特征，而是在大多数身上长期地反复地出现的比较稳定的性格特点。

简言之，国民性，就是国民共有的性格。

对于我国的国民性，论述真正比较系统的是位美国人。这位美国人是位传教士，名叫明恩溥，他在中国传教30多年，与许多人都接触过。他写了一本书，名叫《中国人的气质》。在这本书中，他从26个方面论述了中国人的国民性有如下特色：爱面子、省吃俭用、辛勤劳作、恪守礼节、漠视时间、忽视精确、容易误解、喜好欺瞒、柔顺于压力并顽固于己见、智力混沌、麻木不仁、轻视外国人、缺乏公共精神、因循守旧、不讲究舒适方便、充满活力、遇事忍耐、知足常乐、孝行在先、仁慈行善、缺乏同情、社会风暴、连坐受法与互相牵连、互相猜疑、言而无信、信仰不同。这位美国人对我国国民性的论述，虽有些偏激，但总的来看还是有一定道理的。

之后，研究我国国民性的文章不少，最典型的就是鲁迅先生塑造了一个典型人物阿Q，柏杨先生写了一本名叫《丑陋的中国人》的书。

鲁迅笔下阿Q的精神胜利法，就成为中国国民性的典型代表。因为阿Q的形象大家太熟悉了，就不用我多说了。

老夫认为，在中国的国民性中，确实存在着上述消极的东西。但是，有另外两样更重要的东西，无论如何不可忽略。

一是和为贵。己所不欲，勿施于人。人与自然的和谐，人与人之间的和谐，自我身心的和谐，以及国家间的和平共处都十分重要。和气生财，和气致祥，家和万事兴，也是我国国民性的重要组成部分。

二是不屈精神。人敬我一尺，我敬人一丈；人不犯我，我不犯人，人若犯我，我必犯人；来而不往非礼也；善有善报，恶有恶报，不是不报，时候未到，时候一到，一切全报。

谁若不全面地了解中国的国民性，就无法与中国人打交道。

朋友，你了解中国人的国民性吗？

今年国庆节长假，已经成为历史，希望大家把心收回来，全身心地投入到工作和学习中去，以优异的成绩回报社会，回报家庭，回报祖国！

大师是怎样读书的？

亲们：

你最近读什么书呢？经常有人要求我列书目，对此类要求我都谢绝了。因为我读的书并不多。古人要求读万卷书，行万里路。还说：读书破万卷，下笔如有神。说实话，我读过的书，离万卷还有相当大的距离，充其量也就是千百本。因此下笔老出不来神。读书经验倒是有一点，在我出版的《人生十论》一书中，专门有一论叫“论读”。在我出版的《聊天》一书的前言中，我写了“郑洪升的读书五步法”。这样，我读书体会方面的那点精髓都被挤光了，再挤，出来的就是“水”了。为了满足大家的要求，我只好搬大师级的人物出来救急了。看看人家是怎么读书的。

今天，老夫要搬出大文豪老舍，看看他在读书方面有些什么主张和体会。我把老舍先生的读书过程比作“吃饭”。

第一，老舍先生主张读什么书的选择权要掌握在自己手里。他说：“书的种类很多，能和我有交情的可很少。我有念什么的全权。”这就是说，不要让别人给咱列读书单子，读什么书的大权在自己手里，咱就是“全权大使”。

第二，老舍先生爱“吃西餐”。他说，他对中国的古书读得不多，外国的文艺作品读了不少。“使我受益最大的是但丁的《神曲》……有一个不短的时期，我成了但丁迷，读了《神曲》，我明白了何谓伟大的文艺。论时间，它讲的是永生。论空间，它上了天堂，入了地狱。论人物，它从上帝，圣者，魔王，贤人，英雄，一直讲到当时的‘军民人’等。它的哲理是一贯的，而它的景物则包罗万象。它的每一景物都是那么生动逼真，使我明白何谓文艺的方法是从图像到图像。天才与努力的极峰便是这部《神曲》，它使我明白了肉体与灵魂的关系，也使我明白了文艺的真正深度。”回想起来，我也读过《神曲》，我怎么就没“吃”出老舍先生“吃”出的味道来。

第三，老舍先生读书不讲系统。他说，借到什么书，买到什么书，遇到什么书，就读什么。读不懂的放下，使我糊涂的放下，没兴趣的放下，一点儿也不客气，我不能叫书管着我。他还说，我读得很快，而记不住。读过的书，要让我都记住，还要书干什么？书应该记住自己。他最讨厌有人问他这个典故是出自哪本书上，他永远不回答这些问题。

第四，老舍对“吃”着不合口味的书就练“跳远”。看几页，跳过去几页，有时先看后边几页。事有必至，理有固然。他对某本书读后如有不同意见一般不说出来：“我有我的爱与不爱，存在我的心里。我念什么就念，有什么心得自己知道，这是种享受，虽然显得自私一点。”老舍先生读书只要求一点灵感。哪怕某本书上的几句话对他产生灵感有帮助，他就对这本书有了好感。更有意思的是，老舍先生从来不读自己写的书，他认为书是别人的好。

亲们，你们对老舍先生的这些读书体会感兴趣吗？

陈垣先生谈读书

亲们：

在上封信中，老夫向大家介绍了老舍先生谈怎样读书，受到一致好评。在这封信中，我要向大家介绍陈垣先生读书的几点体会。

我琢磨着有些年轻的朋友对陈垣这个名字可能不像对老舍那么熟悉。老舍有《骆驼祥子》《茶馆》《四世同堂》这些耳熟能详的名著。而陈垣先生则是位历史学家，他的著作只限于学术圈，普通人知道的较少，虽然他担任过辅仁大学、北京师范大学的校长，但于1971年逝世，至今已40多年了。

陈垣先生说，经常有人问他读书有什么方法，他的回答就是：苦读。也就是刻苦钻研，专心致志，逐步养成刻苦读书的良好习惯。看来，读书不下点苦功夫是不行的，连坐下来的狠劲都没有，怎能练到苦读？

陈先生特别强调博与精相结合。博，可以“不求甚解”，知道在某个方面有什么书，知道作者的名字就可以了；专，要做到“要求甚解”。每个人都应有几部常翻、常思的书。陈先生说：“这就是有博，有约，有涉猎，有专精，在广泛的历史知识的基础上，又对某些书下一些功夫，才能作进一步的研究。”每个人应有自己专门的学问，如果样样都去深钻，势必由于时间、精力有限，反使样样都不能深，不能透。不管研究什么学问，不博则难以全面，不专则难以获取精髓。

根据我的理解，博与精如同打游击与根据地的关系。在打游击中，到处涉猎，扩大地盘（知识面），但不管打到哪儿，都不能忘记与丢失自己的根据地。要在一点上站稳脚跟，在一点上求得突破。一招鲜，吃遍天。否则，就成了样样通，样样松，一瓶子不满，半瓶子晃荡。

陈垣先生特别强调打好基础的极端重要性。他说：“基础知识好比盖房子时的地基，地基不打结实，房子就会倒塌。我国各行各业都有注意基础训练的优良传统，拳术、武术，初学时要花很多时间练好一招一式；戏剧科班，先学唱做念打，先练基本功。读书更是如此，古人读书，先背诵一些基本书籍，写字先学会拿笔和基本姿势，讲究横平竖直，作诗先学会做联句对句，学诗韵。研究一门科学，基本知识更是起码条件，不打好基础，就好像树没有根。”

陈老还教导我们：不管别人介绍了多少读书的经验，指出多少门道，但别人不能代替你读书。读书的时候一定要做到脑勤、手勤、笔勤、多想、多翻、多写。有了心得，或者找到什么新资料，就赶快把它记下来。多动笔就可以免得忘记，时间长了就可以积少成多。只要脑子里装了很多资料，到用的时候，就可以左右逢源，下笔如有神了。还是那句老话：书山有路勤为径，学海无涯苦作舟！

有不少人奇怪：老爷子你都奔90岁的人了，怎么每天都有文章往外冒？我说，这都是我年轻时候多读、多记、多想、多练、多写的自然流露。在读书上没什么捷径可走，一分耕耘一分收获。耍滑头耍不出学问来。我真心希望我粉丝中的年轻朋友们，趁脑子好用时，多在求知上下点功夫。千万别把主要精力用在传播小道消息上。在读书上下苦功是值得的，小道消息都是过眼云烟。随着你年龄的增长，读书越来越会使你尝到甜头。

最后，愿大家：高调读书，低调做人，扎扎实实，求索学问。

鲁迅先生谈读书

亲们：

有人问，鲁迅先生在读书方面有什么教导？

鲁迅在谈到怎样读书时，讲了一个印度的故事。这个故事说：有个老头和他的孙子牵着一头毛驴去集市上卖货物。卖完货后，孙子骑着毛驴，老汉跟着走。路人看到后便议论开了，这个孩子太不懂事了，怎么能让老人跟着走呢？于是孩子赶快下来，让爷爷骑上毛驴。走了不一会儿，又有人说了，老头怎么忍心让孙子跟着走呢？听到此话，爷爷就把孙子抱上来，一块儿骑着毛驴走。后来又有人说，这爷儿俩太残酷了，那么小的毛驴怎能让两个人骑呢？听到这种议论，爷儿俩都下来了，毛驴空着走。又有人说了，这两个傻子，毛驴空着走，他们却步行。这个时候，老头不知该怎么办，便对孙子说，看来咱们只有抬着毛驴走了。

鲁迅讲这个故事的目的，是告诉人们读书要有自己的主见，不要像那骑毛驴的人一样，不必请别人开书单，自己喜欢看什么书就看什么书。

更重要的是，鲁迅把人的读书分为两种。一种是“职业的读书”；另一种是“嗜好的读书”。

所谓职业的读书，是指学生为了升学，教员为了备课，职员为了工作而读书，他们并不一定喜欢这些书，但为了职业的需要，硬着头皮也得读。“其实这样的读书，和木匠的磨斧头，裁缝的理针线并没有什么分别，并不见得高尚，有时还很痛苦，很可怜。你爱做的事，偏不给你做，你不爱做的事，倒非做不可。”因此鲁迅认为，社会上有许多人读书是为职业读的，是带着痛苦读的，是勉勉强强去读的。

所谓“嗜好的读书”，是指“出于自愿，全不勉强，离开了利害关系。”他说，如同打牌一样，天天打，夜夜打，有时被警察捉去了，放出来之后还接着打。为什么有些人手不释卷，就因为他太喜欢他读的书了，在每一篇每一页每一行文字中，他都能寻到自己的趣味，读得他简直上了瘾，不能罢休。

鲁迅先生说，我不是反对读职业以内的书，我是提倡大家多看点职业之外的书。他说：“现在中国有一个大毛病，就是人们大概以为自己所学的这门是最好、最妙、最要紧的学问，而别的都无用，都不足道的，弄这些不足道的东西的人，将来该当饿死。其实是，世界还没如此简单，学问都各有用处，要定什么是头等还很难。”

鲁迅主张读书的过程像逛公园那样自由自在最好，应非常轻松快乐，不要摆出个架子，我现在要读书了，我要做学问了，端着那么一种架子读书，往往效果不好。

不知你们认为如何，我是很赞成鲁迅先生这些读书的主张的。尤其是在为职业读书的同时，也为兴趣读些自己喜欢的书。如果把为职业读书比喻为给自己找饭碗的话，以兴趣读书就是享受饭碗里的东西。

今天的“情书”就此搁笔。希望大家双休日快乐，并读点你们喜欢的书。

警世通言

亲们：

这几天我一直向大家介绍大师们对读书的看法，这对读书活动无疑是个不小的帮助，也引起了大家的兴趣。今天是星期日，老夫想将明朝大学问家、文学家、画家、书法家陈继儒的千字文《警世通言》抄给亲们，请大家仔细看看这位生于今上海松江的人，当时是怎样教导人们要把自己的人生把握好，把势利看淡，把官场那些事儿看透，而把智慧的载体看重。由于行文简洁通俗，非常易懂。如果你记忆力好的话，最好将它背下来。

《警世通言》

作者：明朝陈继儒（1558 年至 1639 年）

一生都是命安排，求甚么？
今日不知明日事，愁甚么？
不礼爹娘礼鬼神，敬甚么？

弟兄姊妹皆同气，争甚么？
儿孙自有儿孙福，忧甚么？
奴仆也是爹娘生，凌甚么？
当官若不行方便，做甚么？
公门里面好修行，凶甚么？
刀笔杀人终自杀，刁甚么？
举头三尺有神明，欺甚么？
文章自古无凭据，夸甚么？
荣华富贵眼前花，傲甚么？
他家富贵前生定，妒甚么？
前世不修今受苦，怨甚么？
岂可人无得运时，急甚么？
人世难逢开口笑，苦甚么？
补破遮寒暖即休，摆甚么？
才过三寸成何物，馋甚么？
死后一文带不去，悭甚么？
前人田地后人收，占甚么？
得便宜处失便宜，贪甚么？
聪明反被聪明误，巧甚么？
虚言折尽平生福，谎甚么？
是非到底自分明，辩甚么？
暗里催君骨髓枯，淫甚么？
嫖赌之人无下梢，耍甚么？
治家勤俭胜求人，奢甚么？
人争闲气一场空，恼甚么？
恶人自有恶人磨，憎甚么？
怨怨相报几时休，结甚么？
人生何处不相逢，狠甚么？
世事真如一局棋，算甚么？
谁人保得常无事，诮甚么？
穴在人心不在山，谋甚么？

欺人是祸饶人福，强甚么？

一旦无常万事休，忙甚么？

这篇《警世通言》中，有相当多积极的部分，亦有某些消极的东西，你能分辨出来吗？望批判地吸收。

陶行知先生谈读书

亲们：

最近一个时期，老夫几乎天天给大家写一封“情书”。虽然是带引号的情书，因为是带着感情写的，又没有闲言碎语，一上来就谈知识，谈方法，谈人生，所以也吸引了不少朋友看，而且还看得津津有味。有人夸老爷子辛苦，有人夸老爷子无私奉献，也有人说我高尚。其实，我辛苦有之，但谈不上什么无私奉献，更谈不上什么高尚。实话实说，我也是“郑洪升优先”。

在我国有句话很流行：七十三，八十四，阎王爷不找自己去。73 岁我闯过去后，我就等 84 岁。消极地等也是等，积极地闯也是等。我选择了后者。老年人最怕痴呆。人活着，但脑子已经“死”了，对外界的反应熟视无睹，出了门连自家的门都找不回来。后来我看到我儿子的汽车，一辆价格低的，老开着，开了十几年了还没坏；一辆价格高的，舍不得开，在车库里放着，还给它穿上车衣，但是不久就出故障了。由此我联想到：脑子也不能省，越用越灵。所以，我 80 岁后在我两个孙子的帮助下，用手写板写微博了。人和狗一样，都是爱听好话的动物。我写着写着，脑子越来越好使，鼓励我的人越来越多。人家越给我鼓劲，我越不知天高地厚，好像自己也成什么“人物”了。充其量就是因为我是个 80 多岁的老头，大家哄着我玩，几十万粉丝在那里鼓励着我。

我说这个，不是谦虚，不是客套。我是想说，我每天这么不停地写，优先考虑的是自己不要痴呆。跑不出“人不为己天诛地灭”那个理由，谈不上什么高尚。至于在客观上起到了传播知识，教育后辈的效果，那就不是我的事了。在此我想到陶行知先生说过的一句话：“多少白发翁，蹉跎悔歧路。寄语少年人，莫将少年误。”不能不承认，我们这代人是走过不少歧路的，我写的这些能让年轻人少走些弯路，就达到目的了。

说到陶行知先生，他是我国一位最著名的教育家。可惜在55岁时，因劳累过度突然离世。关于读书，陶先生有好多言论，例如他说，中国有三种人：书呆子是读死书，死读书，读书死。工人、农人、苦力、伙计是做死工，死做工，做工死。少爷、小姐、太太、老爷是享死福，死享福，享福死。他主张不管什么人都要读点书，但绝对不要死读书，读死书，要学用结合。他认为："书只是一种工具，和锯子、锄头一样，都是给人用的。我们说读书，不如说用书。书里有真知识和假知识。读它一辈子不能分辨它的真假，可是用它一下，书的真面目就显出来了。真的便用得出去，假的便用不出去。"陶先生还有个顺口溜："用书如用刀，不快就要磨。呆磨不切菜，怎能见婆婆。"

陶行知先生指出，民国时学校教育是把上不起学的人封锁在大门外，有钱，有闲，有面子的人才有书念。不过当时上不起学的人，也可以靠自学成才，"社会就是我们的大学"。我们向社会大学学的东西，未必比有些大学差。在这点上，我有深刻的体会。人的一生从小学读到大学，再读几年博士，也不过二十几年，而大部分时间还是在读社会大学。有时有人问我学历，我就说大学。又问什么大学？我的回答是：社会大学。一笑了之！

亲们，我每天给大家写"情书"，实际上是在闯90岁大关。我希望到我90岁时，你们还可以看到我的文字。不过，人家陈继儒老先生在《警世通言》中，头一句话就说了："一生都是命安排，求甚么？"随它去吧！

人生四界与读书的"十二字方法"

亲们：

最近一个时期，北京的天空一直是蓝天白云，从昨天开始乌云占了上风，空气又开始重度污染了。不过这场雨下得不错，对秋种大有好处。天气和其他万物一样，总不能没有变化。我们都愿意看蓝天白云，但天天蓝天白云，恐怕连饭都吃不上了。还是那句老话：天有不测风云，人有旦夕祸福。一切都在变。变，符合辩证法，不变，那就成了形而上学。世界在变化中前进，世界在矛盾中前进，世界在螺旋形上升中前进。

你们听说过冯友兰先生的大名吗？对，他是北京大学的著名教授，活了95

岁。我对冯老先生提出的“人生四界”与读书的“十二字方法”，很感兴趣。

什么是人生的四个境界呢？冯先生说，就是自然境界，功利境界，道德境界，天地境界。所谓自然境界，就是人的最低境界，也就是吃饭穿衣，以满足人的最低生存需求。所谓功利境界，就如同《红楼梦》中唱的那首《好了歌》中说的，世人都晓神仙好，只有金银忘不了；世人都晓神仙好，惟有功名忘不了。所谓道德境界，就不是光为自己了，而是也为他人为社会服务。所谓天地境界，就是一个人不仅是社会的一员，同时是宇宙的一员，不仅为人类社会服务，而且为整个宇宙服务，不仅是“公民”，而且是“天民”。这四个境界是由低到高的。能达到最高境界是很不容易的。

今天，我要着重向大家介绍的是，冯友兰先生根据他一生读书的经验，高度概括出来的读书的“十二字方法”。

这十二个字是：精其选，解其言，知其意，明其理。

先说，精其选。冯先生说，世界上书很多，但有价值的少。可以把书分为三类，第一类是必须精读的；第二类是可以泛读的；第三类是只供翻阅的，如同看报纸，翻翻大标题就行了，只有发现里边的好文章才认真去读。那么，我们自己怎么精选？冯先生说，凡好书都是经过时间考验留下来的书，从古至今书籍多如牛毛，不知有多少书被时间老人毫不客气地淘汰了，能留下来的，被大家公认的，一般都是经典，对这些经典著作，我们要选来认真阅读。

再说，解其言。书是用文字写出来的，过去的书还是用古文写的，你连它的文字都看不明白，怎么能读懂书？因此，要有工具书，如用字典、辞海等辅助自己去读，遇到拦路虎，就用工具书查一查，不要怕麻烦。

然后说，知其意。不仅认识书上的字，还要知道作者的用意，知道弦外之音。语言文字是读书的拐棍，但读到一定程度，就要把拐棍扔掉，从而达到古人说的“得意忘言”的地步。冯先生还很形象地说，人与人相处不可过河拆桥，而读书不一样，要过河拆桥，只要把这本书的意思弄清楚了，至于具体文字，不一定记住。

最后说，明其理。书不一定尽言，言不一定尽意，书上写得对不对，还要到实践中去检验。明其理，就是要把书上写的东西，拿到实践中去检验，看它合不合乎客观的道理。

冯友兰先生曾语重心长地教导人们，特别是年轻人：“会读书的人能把死书读活；不会读书的人能把活书读死。把死书读活，就能把书为我所用，把书读死，就是把我为书所用。能够用书而不为书所用，读书就算读到家了。”

大家认为，冯老告诉我们的这个读书的“十二字方法”好吗？你能否在读书的过程中有意识地用一用呢？希望大家读书读到家，而不要读到家门外边去。

朱光潜先生谈读书

亲们：

有三句话，你知道是谁说的吗？

第一句：人要有出世的精神才可以做入世的事业。

第二句：凡所难求皆绝好，及能如愿便平常。

第三句：我常分析中国社会的病根，觉得它可以归原到一个字——懒。懒，所以萎靡因循；懒，所以马虎苟且，遇不应该做的事拿不出一点勇气去决定不做；懒，于是对一切事情朝抵抗力最低的路径走，遇事偷安取巧，逐渐走到人格的堕落。

我冥冥中，似乎听到有位朋友说：我知道。我问是谁？答曰：我国著名的美学家、文艺理论家、教育家和翻译家朱光潜先生。

真了不起，完全正确。看来，在我的60多万粉丝中，大有藏龙卧虎之人，不能不令人刮目相看也。

以上我只是设了个“圈套”，是个引子，我的用意是把朱光潜老先生关于读书的教导引出来，我也是醉翁之意不在酒呀！

首先，朱先生劝告人们，必须认真读书。因为读书是要算清过去人类成就的总账，把几千年的人类思想经验在短促的几十年内重温一遍，把过去无数人辛苦得来的知识教训，集中到读者一个人身上，让其受用。有了这种准备，一个人才能在求学问的路程上去探索，去发现新的世界。把读书比喻为算前人的总账，这个提法颇为新颖。其实，真是这么回事。作为后人应该看看前人写了什么，哪些对，哪些不对。对的继承，不对的批判，然后在前人的基础上，进行新的长征，把自己的新的经验体会再写出来。读书的过程就是“算总账”与“建新账”的过程。

其次，朱老强调消化。现在许多人自夸读了许多本书，但“过目”的虽多，“留心”的却少。如同吃饭，吃下去不消化的东西积得越多，越易酿成肠胃病。任何一种学问的相关书籍现在都可以装满一个图书馆，而“其中绝对不可不读的基本著作往往不过数千部甚至于数部”，许多人把精力花在没用的书上，浪费了有限的时间与精力。所以“读书不在多，最重要的是选得精，读得彻底，与其读十部无关轻重的书，不如以读十部书的时间和精力去读一部真正值得读的书。”有句话应成为读书人的座右铭：“旧书不厌百回读，熟读深思子自知”。读得虽少，但消化了；而读了很多，是吞下去，没消化，反而“吃”出胃病来。

再次，朱老特别强调读书时不要钻牛角尖。世界上的学问虽然是分门别类的，但它们之间的许多道理是相通的。因此，千万不可“如老鼠钻牛角，愈钻愈窄，寻不着出路。其他学问也大抵如此，不能通就不能专，不能博就不能约。先博而后守约，这是治任何学问所必守的程序”。朱老指出，现在有些大学的课程设置过分强调专，专到不近情理，“好像逼着吃奶的小孩去嚼肉骨，岂不是误人子弟？”

最后，朱光潜大师告诉我们，读书人要有自己的“储藏室”。人的记忆力是有限的，过目不忘是不可能的。因此，我们必须在脑子外边另辟“储藏室”，把脑子装不下的，或装下了又容易忘的东西转移到“储藏室”里去。可以记笔记，也可以做摘抄卡片，还可以搞点索引，而后分门别类放在一起，到你用的时候，一喊它们都出来向咱报到来了。这样做，“还可以增强思想的条理化与系统化”。

朱光潜告诉我们的这几点，不知你感觉如何，反正老夫受益匪浅。让我们共同努力，读好书，并读出成果来！

人的素质的养成

亲们：

昨天我没有给大家写信。有朋友问：你干什么去了，怎么也不给大家打个招呼，使我们等得着急？现在我向大家补报：我昨天应邀给一些年轻人讲课去了。邀请单位给我出的题目是《人的素质的养成》。我脱稿讲了一个半小时。我可以把我的讲课提纲，向亲们透露如下：

衡量一个人的价值大小主要看什么？看素质：政治素质，思想素质，学术素质，技术素质，身体素质。

素质在哪里？就在每个人的身体里。也可以分为内素质与外素质。内素质一般指一个人的学养；外素质一般指一个人的体质和体形。

为了叙述方便，我把人体分为几个部分。以肚脐眼作为“三八线”。“三八线”以上为“富贵区”。这个区域“高楼大厦”和“别墅”不少，心、肝、肺、胃都住在这里，更重要的是大脑这个“司令部”也住在这里。为了给大脑提供信息，还配备了“萨德系统”，如眼、耳、鼻、口。肚脐眼以下，我把它比喻为“贫民窑”。这个区域住着肠子、屁股，再往下就是两根柱子（腿）和两只脚丫子。

今天，我讲人的素质的养成，就从上往下讲。

最顶端的是头发。不要小看头发，这是能够体现人的外在素质的重要部分。在清朝不仅女性很重视头发，连男人也留着长辫子，它甚至是地位的一种象征。后来剪掉了辫子，但人们对头发还是很重视。现在做一次头发少者 10 元，多则上百元，为什么？为了庄重，漂亮。

头发之下就是大脑了。这是每个人的“司令部”所在地。人的一切行动统统由大脑指挥。但人与人的脑子是大不一样的。有的人脑子里有货，有的人脑子里没货，或者货极少。怎样使脑子里有货？主要靠读书，靠实践，靠向全世界古今中外的名人“借脑子”。

再说眼睛。眼睛是用来观察世界的，要看得远，看得准。要真正达到眼观六路，不要熟视无睹，不要睁一只眼闭一只眼，不要睁着眼睛说瞎话，不要眉飞色舞，不要眉来眼去。

眼睛下边是鼻子。鼻子的嗅觉要灵，要善于嗅出香臭来。也要注意气候的变化，不要鼻子不通，更不能使鼻子眼泪一起往下流。

再说耳朵。耳朵要听八方，要能听到很远的声音。不要充耳不闻，不能左耳朵进去，右耳朵出来，要做到一切行动听指挥。还要善于听逆耳之言，老人之言，不听老人言，吃亏在眼前。

接下来咱们说嘴。嘴有两大功能：一是吃饭；二是说话。还有两句话制约它：一是病从口入；二是祸从口出。因此一位有素质的人，吃饭要讲卫生，重视营养。说话不可胡言乱语，不可信口开河，不可不分对象不分场合，不可脏话连篇，不可欺骗别人，不可不守信用。

再往下咱们说说心。心和鼻子一样最辛苦。别的器官还可休息，而心与鼻子从人出生到死亡，一刻也不能休息。一个人不要心事重重，不要什么都放心不下，不要三心二意，不能口是心非，更不能没有良心。

接着咱们说手。人类自从把手解放出来后，手的作用相当大，待遇也不寻常。

你看有手机，没有“脚机”。人类的好事出自手，但不少坏事也是手干出来的。提高素质要从手抓起，使手只干好事，不干坏事。不拿群众一针一线，不行贿受贿，不向组织伸手。

现在讲肚脐眼以下的“贫民窟”区域：大小便必须畅通无阻。进出口要保持平衡。对这里的危险分子要严加管教，使它只完成传宗接代的伟大任务，而不出轨去进行权色交易。两条腿与两只脚的贡献特大，万里长征就是靠红军的双脚走出来的。同时我们的脚还踢出了深受人类欢迎的足球运动。

由于我讲的时候不看稿子，还穿插了许多生动的故事，所以演讲多次被掌声打断。

成语故事之“解其言”

亲们：

我向大家介绍的冯友兰先生读书的“十二字方法”，你还记得吗？没忘，不就是“精其选，解其言，知其意，明其理”嘛！

小伙子脑子真好使。但是，你光记住这十二个字，还不行，要知道怎么用。就拿“解其言”来说，在读书中究竟如何用？今天老夫想向亲们示范一下，以免你们说我也是个天桥的假把式，光说不练。

已经一年多了，我每天早上一睁开眼，就在我的自媒体上发几条成语，让大家把它连成一首诗。我发现粉丝里边真有不少高手，诗连得非常好，出了不少精品。令人拍案叫绝。这已经成了我微博平台上的一道光彩夺目的风景线和传统保留项目，吸引了成千上万的人作诗或欣赏。

但是，有些人只知道这条成语，也大概知道它表达的是什么意思，然而它出自什么典故，到底是什么含义，未必知道。这就要用冯友兰先生的“解其言”了。下边我举些例子说明这个道理。

我给大家出的成语中用过“老骥伏枥”这个成语。要真正理解这个成语，你就要查词典，首先弄懂“骥”是什么意思？原来“骥”是良马。接着弄清“枥”是什么意思？“枥”是马槽。原来它是说，骏马虽然老了，卧在马槽旁，但它的心也向往着一日千里的奔驰。人们用这个成语比喻像郑老爷子这样八九十岁的老头子，老得快没牙了，但雄心壮志不减当年，还想日跑千里呢！

再往下一层层地剥。“老骥伏枥”这句成语是怎么出名的？原来是曹操53岁的时候打了大胜仗，在得胜回朝的路上，诗兴大发，提笔写了一首名曰《龟虽寿》的诗。在这首诗中，曹操说：“神龟虽寿，犹有竟时。腾蛇乘雾，终为土灰。老骥伏枥，志在千里；烈士暮年，壮心不已。”过去人的寿命较短，五六十岁的人就成老人了。53岁的曹操在这里自比老马，这首诗的意思是：神龟虽然活得长，但有死的时候；腾蛇能乘雾飞行，最后也要变成土灰。当年驰骋战场的骏马，虽然年迈体弱伏卧在马槽边，但它的心仍向往一日千里地向前奔驰，胸怀远大理想的斗士，虽然年老体弱，但那颗拼搏之心，永远不会停止呀！

这样一来，你就把“老骥伏枥”这个成语的含义以及它的来龙去脉弄清楚了。这就达到了“解其言”。

我再讲讲“杀鸡儆猴”。首先弄清“儆”字是什么含义，它有警诫、警告、吓唬之意。杀鸡警告猴子，比喻惩罚一个，警告一大片。相传过去有位耍猴的艺人，买了一只非常机灵的猴子，猴子会做出各种动作和鬼脸，特别招人喜欢。但它不大听话，常常惹主人生气。艺人就抓来一只公鸡，当着猴子的面，对这只公鸡又打又骂，然后举起手中的刀，一刀下去把公鸡杀了，鲜血直流。在一旁的猴子吓坏了，从此，猴子再也不敢不听主人的话，再也不敢调皮捣蛋了。

读书，必须认真，必须一追到底，必须学会举一反三，必须善于联想，必须提高自己的想象力，必须为我所用。而要达到这个境界，就要“解其言”。如果连人家字面上的含义都不明白，咱们怎么能理解其意？

这封“情书”就写到这里，不知你们爱看吗？有不少朋友真好意思，天天看，连句话也不留。

祝大家双休日快乐，老夫向你的家人问好！

成语故事之“知其意”

亲们：

大家可能意识到了，近一个时期我不厌其烦地谈读书。因为我发现年轻人玩手机的时间越来越长，而坐下来认真读书的时间逐渐减少。这样发展下去，对提高我们的民族素质十分不利。吾儿郑渊洁曾访问过以色列，他回来告诉我，以色列人口虽不多，但科技很发达，其中一个重要原因就是他们国家的大人小孩都爱读书。在学校就不用说了，在车站，在公园，在马路旁，都能看到抱着一本书在读的人。

我在《聊天》一书中，向大家介绍过一段名言：

10 岁前读书，开启的是心智。

20 岁前读书，滋养的是血液。

30 岁前读书，强壮的是骨骼。

40 岁前读书，丰满的是肌肉。

50 岁前读书，美化的是皮肤。

60 岁前读书，兴旺的是毛发。

70 岁前读书，贴身的是衣服。

80 岁后读书，手拄的是拐杖。

像我现在读书，就是为走稳路，找个拐杖了。

昨天我在信中着重向大家谈了冯友兰大师教导的读书"十二字方法"中的"解其言"，今天我想仍以几个成语为例，说说"知其意"。

有个成语叫"厚德载物"，这四个字还被列为清华大学校训的内容。但是你未必知其意。现在，老夫向你慢慢道来。

你听说过我国有本很难懂的书名叫《易经》吗？在这本书中有这样的话："天行健，君子以自强不息；地势坤，君子以厚德载物。"这句话太厉害了。它的意思是说，天为阳，地为阴；天为金，地为土；天性刚，地性柔。天地结合，万物生长。因此，君子也应增厚自己的美德，以容载万物。说白了就是人要像天那么高大，自强不息，要像地那样厚重，只有厚德，才能载物。凡是德不厚的人是容不下人的，也是承载不了重任的。

还有一个成语叫"一字之师"。这个成语的意思是什么呢？说的是，在唐朝时期有位诗僧名叫齐己。有年冬天下了大雪，万花都凋谢了，只有梅花还开着。他看到这种景象后，诗兴大发，提笔写了一首诗，名叫《早梅》。其中有两句："前村深雪里，昨夜数枝开"。齐己本人对这首诗感到满意。一天，他的好朋友郑谷来他家做客，老齐把他写的这首诗给老郑看。老郑也觉得写得好，但觉着在哪儿还有点不足，应该好上加好。老郑经过反复推敲，提笔把"数"字改为"一"字。他的理由是，既然数枝梅花都开了，就不是早梅了。这样一来，这句诗就变为：

“前村深雪里，昨夜一枝开”。只改了一个字，使诗句更完美和切题了。从此之后，老齐就称老郑是自己的“一字之师”。这个成语就这么来的。

还有一句成语叫“入木三分”。你可能也会用这个成语，但不一定知道它是怎么来的。

相传大书法家王羲之散步时，碰见一位老妇在集市上卖扇子，而每把扇子只能卖一点钱。他把老妇请到家里，给她每把扇子上都题上字，并告诉老人，你卖的时候就说这扇子上的字是王羲之写的，保你卖个好价钱。果然一把扇子就卖了上百块。王羲之还给朝廷的匾上写过字。晋成帝即位后要换匾上的字，谁知工人费了九牛二虎之力，也刮不掉王羲之写的字。后来工人们大吃一惊，连声赞叹：原来王羲之写的字入木三分，好像刀刻的一样，哪能轻易刮掉。这就是“入木三分”的来历。

这些成语，我在今天的成语连诗中用了，好几位朋友连出的诗相当好。但再深一层，不仅要知其然，还要知其所以然。这样，学习步步深入，就有意思了。你说是吗？

每日三个成语故事（一）

亲们：

我给大家写这封信时，是凌晨五点，大多数朋友可能还在酣睡之中。“大师傅”总是起床后先下厨房，备好了“饭”，以便大家起床后吃。

这几天我主要和大家谈读书的重要性，并介绍名家关于读书方法的论述。为了说明问题，我又以成语为例。有些成语人们经常挂在嘴上，张口就来几句，但是并不知道它的来历和真意。经过我扼要地剖析，不少人说原来如此。恰好一年多来老夫天天出几个成语，供亲们连诗。我何不把二者结合起来，来个相辅相成呢？

说干就干，今天我就在给大家的“情书”中说说“弄巧成拙”“南辕北辙”“死灰复燃”这三个成语的来历与含义。

先说“弄巧成拙”这个成语。在北宋时期，有位名叫孙知微的大画家，他带了一些学画的门徒。有一天他应约画了一幅名为《九曜图》的画，内容是水星菩萨和侍童。当他把轮廓画出来后，有人请他吃饭，临走前他交代他的学生们为画着色。他的这些门徒在着色时发现老师画的侍童手中拿的瓶子是空的，感到奇怪，他们觉得老师平时画瓶子，里面总插着花，这次瓶子中没花，大概是走时匆忙而忘记了。于是学生们在瓶子里加了一枝莲花。

等孙老师回来后，学生们十分高兴地请他看画。当老师看到侍童拿的瓶子里有莲花时，生气了。学生不解。孙老师说，《道德经》上说，这水星菩萨的瓶子是用来镇妖伏水的，里边是不应插花的。插上花，这幅画就废了。你们这是弄巧成拙啊！原来，“弄巧成拙”这个成语出自这里。它告诉人们，本来想卖弄聪明，反而做了蠢事。

咱们再说“南辕北辙”。大家知道，辕是指车前面架牲口的那两根长木，辙是车轮子碾过的痕迹。意思是说，心里想往南走，却驾车往北走。这个成语出自《战国策》。说的是魏王要发兵攻打赵国，他的大臣季梁觉得不妥，本来他已出使外国，便赶快回来劝魏王放弃攻打赵国。他见到魏王后并不直说，而是讲了他在路上碰到的一件事：“我在回来的路上遇到一个赶着车向北走的人，他告诉我说，他要去楚国。我问他，你去楚国为什么不向南而向北走呢？他说，我的马好。我说，你的马虽好，但这不是去楚国的路啊！他又说，我的路费很充足。我说，你的路费虽然多，但这不是去楚国的路呀！他又说，给我驾车的人本领很高。他不知道方向错了，赶路的条件越好，离楚国越远。”季梁说这个故事的目的是告诉魏王：“大王动不动就想称霸诸侯，办什么事都想取得天下的信任，依仗自己国家强大，军队精锐，而去攻打赵国，想以此抬高声威，岂不知您这样的行动越多，距离统一天下为王的目标越远，这正像要去楚国却向北走一样啊！”这就是“南辕北辙”的来历。

最后，咱们再说说“死灰复燃”这个成语。西汉时期，梁孝王手下有位大官，名叫韩安国，此人很有学问，也能干，很受梁孝王器重。但他后来骄横跋扈，触犯了国法，被流放边疆。在流放的途中，狱卒老是欺凌韩安国。韩安国生气地说，你们就不怕“死灰复燃乎！”意思是说，你们就不怕我官复原职吗！狱卒哈哈大笑，说，如果你能复燃，我就用尿把它浇灭！后来韩安国果然官复原职，这两个狱卒怕他报复，吓得跑了。韩安国把他们找回来说，像你们这些势利小人，才不值得我报复呢。这就是“死灰复燃”的来历。

我起床后，就给大家做“饭”，我还没吃早饭呢，赶快打住，老夫吃早点去了。

每日三个成语故事（二）

亲们：

成语确实不简单，它是在很长的时期内，经过千锤百炼而流传下来的。许多成语含有很丰富的哲理，令人回味无穷。

在这封信中，我想给大家谈的第一个成语是“尺短寸长”。

平时我们在有些文章或演讲中，常引用“尺有所短，寸有所长”这句话，但未必知道它的出处。现在我可以告诉大家，这句话出自屈原的《卜居》：“夫尺有所短，寸有所长；物有所不足，智有所不明；数有所不逮，神有所不通。”说的是屈原曾多次向楚王提出治国理政的主张，但楚王一点听不进去，还把屈原流放至外地。屈原心中苦闷，就找了个算卦的先生给自己算一卦。他对算卦的先生说：“对君主应该真诚直言呢，还是虚假应酬？应为真理牺牲一切呢，还是奴颜婢膝？应与天鹅比翼高飞呢，还是与鸡鸭去争夺食物？”

算卦先生说：“你提的问题我实在难以回答。尺有所短，寸有所长，神也有不灵之时，你的问题我没法算呀！”

我讲的第二个成语是：“齿亡舌存”。

春秋时期，老子的老师常枞患了大病，老子前去看望老师。师生间有段对话：

常枞说，经过故乡时要下车，你记住了吗？

老子回答，经过故乡下车，这是告诉我们不能忘本呀！

常枞又说，看到乔木就迎上去，你懂吗？

老子说，看到乔木迎上去，这是让我们敬老。常枞点头表示答对了。

接着常枞把嘴张开，让老子看：我的舌头还在吗？

老子说，当然还在。

常枞又问，我的牙齿还在吗？

老子说，老师的牙早就不在了。

常枞接着问，你知道为什么舌头在，而牙不在了吗？

老子说，舌头之所以存在因为它柔软，牙齿之所以不存在，是因为它刚硬。

常枞说，世界上的许多道理都包含在以上对话中了，我临终前没什么要告诉你的了。

说了半天“齿亡舌存”的道理，就在于舌柔软，而牙齿太硬了。它告诫人们，不能锋芒毕露呀，要学会低调做人。

我再和大家谈谈“巢毁卵破”这个成语。

在孔夫子的后代中有个叫孔融的人。是否就是让梨的那位？不错，是他。相传曹操准备带大军攻打刘备和孙权时，孔融认为不妥，他劝曹操不要出兵。曹操哪会听他的？孔融碰了钉子后在背后妄议曹操，被他的政敌向曹操打了小报告。曹操火冒三丈，他可不管你是孔子的后代，也不管你小时让梨，品性有多好，脑子有多么聪明，下令把孔融逮捕，并决定处死他全家。在如此大祸临头之时，孔融的两个年幼的儿子，表现出少有的沉稳，还在不慌不忙地下棋。当来人逮捕孔融时，孔融说，可否只杀我本人，保全孩子的性命？然而，两个孩子却说：“覆巢之下，安有完卵”。意思是说鸟窝都翻了，鸟蛋还能完整无损吗？二话没说，脸不变色心不跳，跟着父亲一起被捕。他们的结果就不用老夫我多费笔墨了。

亲们，我还是信奉：早起的鸟儿有虫子吃。你们看，我已发了三条成语；外出散了步；拍了北京的天空；又写了这封“情书”。干了这么多活儿，才八点多。多好！真是勤能补拙啊！

每日三个成语故事（三）

亲们：

心细的朋友可能注意到了，我给大家做的“饭”是经常变换花样的。这不，这几天与成语杠上了。因为我组织成语连诗活动已经一年多了，出了 1000 多条成语，朋友们热情很高，几乎天天根据这几条成语连成诗，出了不少精品。但是这些成语是怎么来的，它的内涵是什么，寻根刨底之人并不多。其实，每条成语后边都有一个故事。我为何不挑一些出来，给大家讲讲？

今天，我先说“分崩离析”。

相传在春秋时期，孔子的两位弟子冉有和子路给鲁国的大臣季康子当谋臣。季康子有扩张领土的野心，这时孔子的弟子力劝季康子不要这么做，否则后果不堪设想。但季康子不听。孔子的弟子在无计可施的情况下，问孔子该怎么劝。孔子说，你们告诉他，治理一个国家，不在地盘大小，也不在人口多少，而应考虑如何使百姓安居乐业。只要百姓安定，国家就会富强。同时再对百姓进行“仁义礼乐”的教育，就会把远方的百姓吸引到自己的国家。如果人民有异心而不和，国家就必然分裂。在自己的国家处于分崩离析的情况下，还想用武力征服别的国家，季康子的麻烦大了。这个麻烦不是来自外部，而是来自国家内部，祸起萧墙呀！孔子的原话是：“邦分崩离析，而不能守也”。

我现在向亲们介绍第二个成语“东山再起”。

相传我国东晋时期有位宰相名叫谢安。此人脑瓜子极其聪明，肚子里装着大学问，但就是不爱当官。他在别人的推荐下，也当过几次官，当了没几天，就以各种理由把官职辞掉，尔后隐居在东山里，与王羲之、高阳等书法家和学问家在一起游山玩水，写作诗文，好不自在。后来他的弟弟被罢了官，为了挽救谢家的名声，谢安有了出山当官的心意。恰好征西大将军桓温请他出任司马一职，他就答应了。在为他送行的宴会上，有人和他开玩笑说：“你过去多次辞官，高卧东山，这次怎么东山再起了！”这就是“东山再起”的来历。后来谢安官至宰相。

最后，我再向朋友们介绍成语“天下为公”。

我知道“天下为公”这四个字，还是看了孙中山先生的题词。但不知道它的出处，在相当长的时间里，我还以为是孙中山先生的原创。后来经过学习，才知道这四个字出自《礼记·礼运》：“大道之行也，天下为公。选贤与能，讲信修睦。”那么，“天下为公”是个什么样的情景呢？该书上说：“故人不独亲其亲，不独子其子，使老有所终，壮有所用，幼有所长，矜、寡、孤、独、废疾者皆有所养，男有分，女有归。货恶其弃于地也，不必藏于己；力恶其不出于身也，不必为己。是故谋闭而不兴，盗窃乱贼而不作，故外户而不闭，是谓大同。”这就是古人所向往的大同世界。路不拾遗，夜不闭户，大概也出自这里。

我写得真有点累了，今天的作业就到这里吧！

每日三个成语故事（四）

亲们：

昨天我没给大家写信，是因为与我在《龙门阵》中神侃的一位近90岁的老伙计突然感到胃不舒服，我陪他去办住院手续。其实，人家有子女，还有医护人员跑前跑后，我主要是抓住他的手，在精神上起个安慰作用。写作需要心情，看到老友痛苦的样子，我一点提笔写字的激情也没有了。昨晚与他通了个电话，得知他一住院"吓"得胃不痛了，我的心也就放下了。现在，我给亲们的"情书"接着写。

阁下知道"后顾之忧"这个成语出自哪儿吗？不知道？我现在告诉您。它出自《魏书·李冲传》。说的是在南北朝时期，北魏孝文帝手下有位名叫李冲的宰相，不仅谋略高人一等，而且对孝文帝忠心耿耿，两袖清风，一尘不染。孝文帝每次出征，都把朝廷内外的大事交给他，李冲料理得井井有条，皇上非常放心。李冲还爱才如命，有个叫李彪的年轻人从京外来投奔他。经过交谈之后，他觉得这个人确实不凡，便向孝文帝进行了举荐。孝文帝也觉得李彪确实有才，就把此人放在身边使用。而李彪虽有才，但德行极差，不能厚德载物，看不起周围的人，尾巴翘到天上去了，在皇帝面前说三道四，甚至连推荐他的恩师李冲也不放在眼里了。一次在孝文帝带兵出征时，李冲怒发冲冠，给孝文帝写了一封揭发李彪恶行的信，由于怒火攻心，李冲一气之下得了急病，暴病身亡。孝文帝出征回朝后去李冲的坟上哭了一场，边哭边说，李冲品德高尚，忠于职守，他办事，我放心，使朕每次出征都无"后顾之忧"，不料他死得这么突然，朕伤心呀！

原来"后顾之忧"还是出自孝文帝之口。

那么"破镜重圆"这句成语又是怎么来的呢？相传南北朝时期隋文帝准备举兵南下灭掉陈朝。陈朝乱作一团。陈国有位名叫徐德言的人是陈后主的妹夫，妻子长得十分漂亮。一天他哭着对妻子说，你长得如此美貌，亡国后你必然会落入人家帝王宫中或富贵人的家中。倘若咱俩不死，希望能再团圆。徐德言拿着一个镜子一劈两半，一半自己拿着，一半交给妻子，并互相约定在离散后的第五个元宵节，在看灯的集市上假装出售破镜子，以寻找对方。后来他俩真的"破镜重圆"了。

最后，我给大家介绍一下"大器晚成"这个成语的来历。

说的是东汉末年有位名叫崔琰的人，虽武艺高强，但没有上过学，肚子里没墨水，被人们看不起。崔琰心想，我一定要好好读书，做一个文武双全之人。他拜师求学，潜心攻读，经过苦读深钻，真的成为一位文武双全的人，后来竟成了袁绍的谋士。官渡之战，袁绍败给曹操后，曹操知道崔琰文武双全，收他为谋士，替自己出谋划策。崔琰给曹操出了不少好主意，深受曹操器重。崔琰有个堂弟名叫崔林，此人年轻时一事无成，被人瞧不上，而崔琰却说，凡才能大的人都需要经过长期磨炼，这叫“大器晚成”，崔林将来一定会成器的。果然，后来崔林当了大官。

大家看，每个成语后边都有一个有趣的故事。中国人是“吃”故事的。让我们不仅把成语连成诗，而且品味每条成语之后的故事吧！

每日三个成语故事（五）

亲们：

今天凌晨四点我一睁开眼，突然想到两个问题，一个是，天下的所有文章，无不是在贩卖自己的主张，或为自己的行为进行辩护；二是，对人生处在两头的人要多给些宽容。多给小孩子们些玩耍的时间，让他们自由发展，对老年人在生活上不要限制太死，这也不让吃，那也不让喝，必要的限制是需要的，然而过分的限制，反而影响寿命。对他们来说毕竟时日不多。

言归正传，咱们还是讲成语故事。

你知道“鹤立鸡群”是什么意思吗？意思是一只仙鹤在一群鸡中，就显得十分突出，如果一只仙鹤在仙鹤群里，当然不会显出它高大来。这个成语是形容一个人的品质、仪表、才华高于一般的人。其故事的来历是：魏国时期“竹林七贤”之一的嵇康被司马昭迫害致死。司马炎称帝后，召嵇康的儿子嵇绍到京城洛阳当官。有其父必有其子。嵇绍不仅有父亲的学识，还有父亲的仪表，很受世人尊敬。一天有人对嵇康的好朋友王戎说：“我见到嵇绍了，他长得魁梧，仪表不凡，如同一只仙鹤站在一群鸡中，那么高大不凡。”王戎说：“只可惜你没见过他的父亲，比他还高大突出呀！”这就是“鹤立鸡群”的来历。

接下来咱们说“刮目相看”这个成语是怎么回事。

据说孙权手下的战将吕蒙，指挥打仗那是没的说，但从小家境贫寒没有读书。他向上报告战况，向下传达命令，都是口授，不能书写。孙权对爱将吕蒙说，你要读书啊！吕蒙却说，我领兵打仗这么忙，岁数也不小了，没时间读书，我已过了读书的年纪。孙权说，我比你忙，也比你年纪大，可我现在每天都要挤出时间读书。孙权给吕蒙亲列书目，其中有《孙子兵法》《六韬》《左传》《国语》《史记》

等书。吕蒙真的发奋读起书来，几年下来好像变了个人似的。后来孙权派鲁肃来吕蒙的营地视察，鲁肃从言谈举止中感到吕蒙已不是过去的那个吕蒙，变成了文武双全的吕蒙。鲁肃拍着吕蒙的肩膀说，人真是聪明一世，糊涂一时呀，我真没想到吕兄的进步如此之大。吕蒙则说，士别三日，理当刮目相看。况且你我之别远非三日也。“刮目”是擦亮眼睛的意思。

那么“金屋藏娇”又是出自何处呢？

汉武帝有个表姐名叫阿娇，是他姑姑生的，长得非常招人喜欢。大家知道汉武帝名叫刘彻，小时候他去姑母家玩，姑姑非常喜欢刘彻，把他抱在自己的膝盖上逗他说，儿啊，你想娶媳妇吗？刘彻说，要。姑姑指着身边一个女子说，那就让她做你的妻子吧？刘彻马上说，不要。姑姑又指了身边的好些女子，刘彻统统说，不要。最后，姑姑把自己的女儿阿娇指给刘彻，这个你要不要？刘彻高兴地说，我若能娶阿娇做媳妇，就建造金屋给阿娇住。“金屋藏娇”的成语应运而生。

每日三个成语故事（六）

亲们：

您最近生活得快乐吗？吾儿郑渊洁写的《郑渊洁家庭教育课》一书正式出版上市了。我从来不为儿子的书做广告，因为几代读者都是他书的受益者与推销者，根本不需要我来当他的推销员。但是这本书，我希望各位家长与孩子们，以及老师们都看一看，或许对改进家庭教育有些帮助。教育的改进，首先要从改变教育理念开始，其次是行动。只要理念对，行动正确，我们的家庭教育和社会教育就会面貌一新。

在这封信中，老夫向大家介绍另外三个成语故事。

你大概知道“下笔成章”这个成语的来历：曹操的儿子中，曹丕、曹植，都很有才。曹植的文章水平更是高过哥哥曹丕。曹植从小就显出在诗词歌赋上的天资，年纪轻轻时不仅熟背几百篇诗文，而且文章写得令人拍案叫绝。其父曹操一方面为有这样的儿子高兴，另一方面也在心里嘀咕，这是他写的吗？不会是有人代笔吧？一天，曹操把曹植叫到跟前，直接发出疑问，这文章真是你写的吗？曹植对父亲说，确实出自我手。我能够“言出为论，下笔成章”。如果父亲不信，可以当面出题，由儿当面而作。曹操那是多么机智之人，他早就看出这些文章都出自曹植之手，何用当面再考。“下笔成章”的成语就是这样来的。

“大放厥词”这个成语的故事与韩愈和柳宗元有关。柳宗元是我们山西晋南永济县人。我曾去过他的故乡参观过。柳宗元是位神童式的人物，10 岁时他写的诗文就受到众人的称赞，他 21 岁考上进士，26 岁就当上大官。柳宗元是主张改革朝政的改革派，积极参与了以王叔文为首的改革派的活动。后改革失败，他被贬为永州司马，又贬为柳州刺史，47 岁时死于柳州。柳宗元著述甚丰。韩愈获悉柳宗元去世的消息后，写了篇《祭柳子厚文》(注：子厚是柳宗元的字）其中有这样一句话：“玉佩琼琚，大放厥词”，其意是说柳子厚的文章文笔秀美，尽力铺陈辞藻，净如玉石。而现在“大放厥词”成贬义词了，形容大发议论，夸夸其谈的不良现象。

最后，老夫再向大家介绍“车载斗量”的故事。

相传三国时期西蜀与东吴发生战争，东吴派赵咨向魏国国君曹丕求援。曹丕眼里根本瞧不上东吴的人。曹丕见到赵咨后，以居高临下的傲慢口吻问赵咨：“像你这号人，在东吴有多少？”赵咨不慌不忙地说：“东吴文武双全之人不下八九十人，像我如此差的人，多如牛毛，简直可以车载斗量，数不胜数呀！”赵咨的回答得到曹丕的尊重，满足了他抵抗西蜀的请求。原来“车载斗量”的成语就是这么来的。

亲们，寒冬渐渐逼近，望适时添加衣服，特别是照顾好老人与孩子。昨天我听到一句话：人最宝贵的是生命。所以一定要注意身体健康。

每日三个成语故事（七）

亲们：

我一大早就给亲们写“情书”。这些“情书”虽非通常说的那种男女之间的情书，但它字里行间都包含一位老人对自己几十万粉丝的深情厚谊。我万万没有料到，在我快 90 岁时，还有这么多人陪伴并互相交流，使我的晚年生活过得如此有意义和丰富多彩。在咱们的微博上没有乱七八糟的东西，全是围绕着向全世界名人“借脑子”，传播知识，提高素质，交流生活经验，创造幸福生活这几个主题。正因为是这个宗旨，所以老夫越活越年轻，越写越有劲。在此，我感谢所有瞧得起我的人，同样感谢在某些问题上与我持不同见解的人。

现在咱们还是接着说成语故事。

第一个“目不识丁”。过去有位财主姓丁，生了个不争气、不爱学习的儿子。他为儿子请了几位老师，然而他的儿子一个字也学不会。财主急了，发榜求师：谁能教会他儿子认得一个字，奖银子 10 两。一位秀才应聘了，他想再笨的孩子也能教他学会一个字吧。在教的过程中，这位老师只教他“丁”字。不管老师怎么费劲，想了多少手段，这个少爷连“丁”字也学不会。一天，他爸来检查儿子的学习成绩，老师怕他不会念“丁”字，事先找了三个钉子让他拿在手里，若想不起来，看着手中的钉子，就想起来了。当财主爹问儿子“丁”字怎么念时，他不会。老师启发他手中握的钉子，而儿子却说，我手里有根铁棒棒。秀才气得说了句，你真是目不识“丁”呀！

我要说的第二个成语故事是“借花献佛”。

相传很久以前，有个小镇闹蝗灾，同时有野兽出没，弄得庄稼颗粒无收，人畜惶惶不安。释迦牟尼知道后，从天而降，消灭了蝗虫，人们又过上安居乐业的生活。这个镇上的人非常感激佛祖。村里有个年轻人穷得叮当响，但他还是从别的镇上借了一枝鲜花，当面献给佛祖。释迦牟尼问，你穿着这么破的衣服，哪里来的鲜花献给我？小伙子实话实说，我是借花献佛呀！从此这个成语就比喻拿他人的东西做人情了。

现在咱们说“千夫所指”。

在西汉时期哀帝有个男宠名叫董贤。此人与哀帝同吃同宿同车，简直形影不离。为了讨董贤欢喜，哀帝把他的亲戚几乎都提拔重用，真是一人得道，鸡犬升天。哀帝的宰相名叫王嘉，实在看不下去了，于是冒死向哀帝进谏：董贤恃宠而骄，为非作歹，作恶多端，臭名远扬，已引起公愤。俗话说“千夫所指，无病而死”。如果董贤不加以收敛，他不会有好下场的。皇上也要为社稷着想，请勿胡作非为了。哀帝看到王嘉的谏言，怒不可遏，下令处死王嘉。王嘉真是位硬骨头宰相，在狱中绝食而亡。“千夫所指”的成语，就是这么来的。

每日三个成语故事（八）

亲们：

昨天有位好友告诉我两句话，并问能否通过我的“情书”转告给我的几十万粉丝？我说当然可以。一句是丘吉尔说的：“战争时，坚毅；失败时，不屈；胜利时，宽容；和平时，友善。”另一句话不知作者是谁：“慈不掌兵；善不为官；情不立事；义不行商；懒不治学。”前几点因我缺乏实践，所以体会不深，或毫无体会。但是对“懒不治学”最有体会。要想学点东西，脑懒、口懒、耳懒、手懒、脚懒，是绝对学不到东西的。

现在是凌晨四点五十分，窗外仍是漆黑一片，稀稀拉拉的几颗星星，恋恋不舍地不愿隐去。老夫已洗漱完毕，坐在电脑前，用手写板给亲们写信了。此时此刻我常常天真地想：在全国像我这样 80 多岁的老人，这么早与自己粉丝交流的有多少？

今天，我先说“锦囊妙计”这个成语的故事。

相传刘备的甘夫人去世后，周瑜与孙权合谋，想把孙权的妹妹嫁给刘备，从而借此把刘备骗到东吴，趁机杀害他。诸葛亮那是什么人，一眼就看穿了周瑜的诡计。刘备不敢去，诸葛亮则说可以去，我有三条妙计既能保主公安全，又能让您把孙权的妹妹娶回。临行前，诸葛亮交给随身保护刘备的大将赵子龙三个锦囊，每个锦囊内装着一条妙计，他告诉赵子龙在遇到突发情况时可打开锦囊，然后按计行事。果然，在刘备遇到危险时，这三条锦囊妙计都使刘备化险为夷。刘备成功地把孙权妹妹娶回来了。周瑜和孙权则落了个“赔了夫人又折兵”的下场。

我现在介绍成语：“肝脑涂地”的故事。

刘邦彻底击败项羽后，拟将汉朝的首都建在洛阳，借以与周王朝一比高下。此时有位名叫娄敬的人来晋见刘邦。他对刘邦说，汉朝与周朝不能相比。周朝是以德治天下，而陛下是马上夺天下。您经历无数厮杀，在战争中使大批百姓死于战祸，他们肝脑涂地，尸骨暴露在荒野，受伤的人还未康复，您要在洛阳建都，不如在长安建都。长安地势依山傍水，易守难攻，固若金汤，还是把汉朝都城建在长安好。刘邦真的采纳了娄敬的高见。“肝脑涂地”出自娄敬之口。

最后我谈谈“前功尽弃”。

秦朝大将白起是位百战百胜的常胜将军。秦王令他率大军攻打魏国。这时有位名叫苏秦的高人劝说各国诸侯联合抗秦，否则会被秦国各个击破。他给几位诸侯王出主意，派人去告诉白起：大将军身经百战，为秦国立下汗马功劳，如今又发兵攻魏，如果这一次打不好，岂不前功尽弃了吗？您不如告病，不要去攻魏，以留下一个全胜将军的好名声。苏秦也是个书生气十足之人，各诸侯哪会派人去劝，况且白起也不会听呀！不过苏秦倒留下“前功尽弃”这条成语。

今天北京上空又是万里无云，空气很好，适合户外活动。

每日三个成语故事（九）

亲们：

今天老夫提了一个建议，大家可能看到了。我建议由央视或感兴趣的省市电视台，做一档《成语连诗大会》栏目，不是背成语，而是专家出几条成语，由选手当场作诗，如同当年曹植的七步诗一样。这个活动肯定会引起广大观众的浓厚兴趣，也会发现不少人才，增强学习的自觉性、趣味性。建议是建议，有没有机构采纳那是另一码事。如果没人理睬，咱还在我的微博平台上继续进行成语连诗活动，以实际行动感动“上帝”们。

下面我给大家介绍成语“投鼠忌器”的小故事。

你大概听说过在我国西汉有位名叫贾谊的人。此人不简单，他既是政治家又是文学家。他向汉文帝提出过不少改革旧制的建议，最著名的是那篇《治安策》。他主张严格执行等级制度：皇上是至高无上的，皇上管辖的大小官吏如同一级一级的台阶，各级之间应界限分明，尊卑有别。在皇上身边犯法的大臣，该处死就处死，但不能在他们脸上刺字，应该把鼻子和耳朵割掉。写到这里，贾谊引用了一句话：欲投鼠而忌器也。意思是说：处罚这些大臣时，本来是打老鼠，因这些老鼠在皇上身边，千万小心，不要伤着皇上。

“退避三舍”这个成语有什么故事呢？容老夫慢慢道来。

先弄清什么是“舍”？古代行军以 30 里为一舍，退三舍就是后退 90 里。这个故事出自《左传》。说的是有位名叫重耳的晋国公子，在楚国流亡期间，楚王待他非常好，让他吃好住好玩好。在一次宴会上，楚王开玩笑说，假如你有朝一日回到晋国又当了国君，你怎么报答我对你的恩情？重耳马上说，我若托大王之福，能回国执政的话，我要与贵国友好相处，让老百姓都过上好日子。万一晋楚两国非交战不可的话，我一定命令晋军退避三舍，以报陛下的大恩。

现在已经晚上快八点钟了，我把“水滴石穿”的成语故事写完，今天就可以收摊了。

相传在宋朝有个名叫张乖崖的县令，发现自己管辖的县盗窃成风，屡禁不止。他就带上几个随从蹲守，抓捕盗贼。一次他发现一个管库房的人慌慌张张从库房走出，行踪可疑。张乖崖令其站住，经搜查发现此人的帽子里藏着从钱库里偷的钱。但这小子嘴硬，死不招认，张县令下令打他二十大板。虽然打得他皮开肉绽，但他还说，我不就偷了一枚铜钱吗，你还敢杀了我？县令提笔写下判决书：“一日一钱，千日千钱，绳锯木断，水滴石穿”，命人将这小子拉出去斩首，杀鸡儆猴。从此基本上解决了全县的盗窃问题。这就是成语“水滴石穿”的来历。其含意是水不停地滴在石头上，滴的时间长了，也能把石头滴穿。一般用来形容只要坚持不懈，天长日久也能干成大事。据书上记载，彭德怀元帅曾用过的化名就叫“石穿”。